雾中寻

Wuzhong Xun

胡 刘◎著

时代出版传媒股份有限公司
安 徽 文 艺 出 版 社

图书在版编目（ＣＩＰ）数据

雾中寻/胡刘著. —合肥：安徽文艺出版社，2018.4（2022.5重印）
ISBN 978-7-5396-5993-0

Ⅰ．①雾… Ⅱ．①胡… Ⅲ．①长篇小说－中国－当代
Ⅳ．①I247.5

中国版本图书馆CIP数据核字(2017)第006393号

出 版 人：朱寒冬
责任编辑：汪爱武　　　　　　　　　装帧设计：褚　琦
....
出版发行：时代出版传媒股份有限公司　www.press-mart.com
　　　　　安徽文艺出版社　　www.awpub.com
地　　址：合肥市翡翠路1118号　邮政编码：230071
营 销 部：(0551)63533889
印　　制：三河市人民印务有限公司　　(0316)3650588
....
开本：880×1230　1/32　印张：12.75　字数：280千字
版次：2018年4月第1版　2022年5月第2次印刷
定价：52.00元
....

目

录

■ 第一章　慕映红的早晨

　　再过五分钟就起床。慕映红暗暗地下着决心。冬天的被窝实在让人眷恋。"上班"就像一根鱼刺，总不能让人痛快地吃肉。慕映红思忖着，企图用客观的态度减少些被窝的魅力。经历了一番斗争，她终于一下子坐起，绷直了腿，脚背与腿成一线，舒服地抽搐了几下，迅速穿衣下床，刷牙洗脸，抵抗冷水引起的畏惧。喝了热茶，吃了两片饼干，她走出了门。刚才在屋里时还缩头窝颈，现在穿着厚厚的冬衣走在大街上，尽管冷风拂面，还是有些愉快和豪爽。她四顾，端详流动的行人，得意于自己的暖和。很想对人笑，对谁说几句，但还是闭紧了嘴巴，严肃端庄地走着，暗忖自己和别人没两样。

　　她从栖身的出租屋出来，穿过狭窄的小巷，经过一闻而知的秽所，再拐个九十度的弯，就来到大街上。她朝东面望望，早点摊热气腾腾，不想过去，那些在寒风中吃早点的人看起来卑微可怜。她，一个瘦瘦的、穿着臃肿显得弯腰驼背的人，怀着对高雅生活的渴望，转过脸向着西边走去。背后传来哗啦一声，她没有回头，一定有人在倒垃圾。在宽阔大街与小巷的相交处，那个有目共睹的地方，有一个天然的垃圾堆。说它"天然"，是因为它的形成和消失都有些神秘。它每天形成，几日后消失。它总是很惹人注目，尤其女人的卫生巾不加包裹和掩饰地摊在堆里时，仿佛有什么在替它叫嚣。在距离垃圾堆几步远的地方蹲着几个年轻力壮的农民工。他们在抽烟，交换几句简短的评论。他们一定全看见了。这个寒冽的清晨仿佛塌下来一个角、一个窟窿、一个洞。

走到第一个红绿灯，她停下来。为什么？为什么没有鲜花与洁白，没有美与空间？她低着头，过十字路口，向北走去。一百多米的距离，有一家小吃铺。慕映红每天都在这儿买两个香菇青菜包，边走边吃，从不坐下来吃。她慑服于它的简单明了，一元钱加一元钱等于两个包子。它覆盖了一切卑琐和鄙陋，摒弃了复杂和模糊，瞬间到达终点。

然后，她就可以专心考虑了。考虑什么呢？想到这个问题时，这个问题就像泥牛入海，眼见着化了。她瞪眼遥视，抓不住。她茫然四顾，心如潮水澎湃。香菇菜包很好吃。

她在印刷厂上班。很小的一个印刷厂，附属于一个单位，从来也没弄清楚是什么单位，就像她从来也不清楚自己走在这个小城的什么街道上一样，仿佛生长在天地间和缥缈在云雾里没有区别。

在三栋宏伟的古典气息与现代气息相结合的建筑物后面，有一座平房，二十多米长，房前有一个院子，院子里有一棵桂花树、一棵银杏树、一棵不知名的常青的树。平房有些破败，与它前面的建筑相比，平房就有些萎缩，仿佛随时准备消失。所幸的是，这三棵树的存在使得平房虽然怯懦却仿佛有了点思想。"印刷厂"，这三个字光秃秃地写在一个刷白的长木牌上，木牌就靠在窗户底下，有时候又移到院子的铁栅栏旁，位置经常变动，都毫无疑问地表明这儿有一个印刷厂。印刷厂没有名字,白色的底子上三个方正的黑字,这样的标牌,加上三棵树,倒像有了名号。

她每天上班都要从宏大气派的建筑物前面走过,绕行、拐弯,踅进笼罩在其阴影下的小平房里,吁一口气,在办公桌旁坐下,透过玻璃窗的灰尘凝视建筑的高大的飞檐、它的气势和坚硬的墙壁及无言的窗户。慕映红眺望了一会儿,感到自己的脚在新买的温暖的廉价的皮棉鞋里很舒适,她蜷蜷脚趾,拧拧脚跟。办公室里,四张桌子,四把椅子,两个木柜子,古老的木制的盆架,上搁洗脸盆,搭着一条失去本色的毛巾。慕映红最后瞅了一眼外面一条逡巡的狗。那条狗正在龇牙咧嘴地抓痒痒,狗毛稀疏,一条患上狗皮癣的狗。她不舒服地在椅子上挪挪,想驱赶这条因为她的注视而趋近的狗。狗毛仿佛碰着了皮肤,她猛然站起来,离开桌子,在屋里徘徊起来,又一次地打量这间屋。

从隔壁房间传来窃窃私语、克制的笑,她没有一点好奇心,然而又想到,这一切都和她息息相关,她是这个单位的职工,这个单位的风吹草动都与她有关,发工资、发奖金有她的一份,别人的事她会照样经历一番。在将来的岁月中,她还没有认识到这一点。她像一只小虫,周围是罗网,她却没有被网缠住。

她踱到洗脸盆前停下来,望着盆里的污水。端起盆,向水池子走去。靠近会计室时,听见里面笑语喧哗,经过门口,里面忽然沉寂。有目光瞥向她。她坚定地,昂着头,煞有介事地走向水池子。

公共水池旁,有人洗菜,有人剥大虾,大家都在利用公家的时间做私事。慕映红一言不发地接了半盆水走开了。她的好高骛远、自命清高,仿佛灰色衣服上的闪闪发光的纽扣,在招摇。她也就靠着它微弱的光的指引,在自己昏暗的生活中跌跌撞撞。回到办公室,坐下,看看前面,她的对面空着,没有人,稍远是两张紧靠在一起的桌子,面对面坐着两人,通常的情况是坐着三个人。总是有人走进,径直走向那两人,坐下,闲聊。她和她的桌子就像生意冷清的摊贩——留不住人。

她听着声音渐渐消失,知道他们都去办事了,就放心大胆地踱起步来,从东到西,从西到东。在脸盆旁边停下,思忖着。洗脸盆,很有意义的一个名字,可没人拿它洗过脸。这个印刷厂,在她来这儿的三年里没印过什么。门前空地上堆着破旧的印刷机器,有草挤着钻着冒出来。

渐渐感到冷,走到门口站着,听见有人说要下雪。下雪?这个词仿佛一枚红辣椒投进油锅里。她跺跺脚,搓搓手,原地转了几个身,产生了和谁说说话的念头。从他们门前经过,有的人在打毛衣,有的办公室空无一人,老田头又在睡觉,口水和鼻涕都流了出来。没人会对老田头的睡态有疑问。老田头快六十了,家住马庄,每天骑车四十分钟来上班,来了喝杯茶就睡,接近下班时梦醒,骑车回家。冬天的冷风经常吹得他感冒,鼻涕邋遢与他布满灰尘的呢帽成了老田形象上的传神之处。

她沿着平房的走廊走着,又走回来。这一长溜平房一共有六个房间,她经过六扇门,心里纳闷,所有的看起来都一样,如果她能融入其中,会看到多少新奇?只不过像今年入冬的第一场雪,仅湿了地皮。她低头沉思起来。

一阵咯咯咯的笑声响起。她抬起头,看到一张抹着润唇膏和淡扫细眉的脸正望着她笑,正要开口,这张脸忽然说道:"小慕——

慕映红。"伴着很有含义的笑。似乎笑者很吝啬自己的笑,这笑的后半截留在嗓子眼里不出来。似乎不言自明,"慕映红"三个字是多么可笑怪诞,需要刀砍斧斫地修饰才能表达。

被这种含义丰富的笑弄得有点烦恼,她不自主地用巴结和友好的笑回应,准备与这个女人扯几句。这个女人是会计,自己每月都要从她手里领钱,每次看到这个女人,慕映红就感到现实的冷酷和刚硬。她讷讷地咕哝道:"赵会计——"赵会计用四十五岁女人洞察一切的目光盯着她,又好像在笑了,不说什么,稍停,走开了。慕映红有些尴尬,有些不快,好像被人看到了内心,这内心又是多么令人不屑。

她继续沿着走廊向西走去,回头望了一下,赵会计正优雅地踩着一种叫作"三四步"的舞步在门口转圈,嘴里还哼着什么。锃亮的皮鞋、笔挺的衣服、一丝不乱的发型和僵硬的舞步,都透露出做作的情态。优雅?那只是世故人嘴里的流畅。

为什么这样?赵会计对她还算客气,有时也含着点小觑。她忽然愤怒起来,脚步踉跄,左脚绊着右脚,险些跌倒。从身后传来啧啧声,舌头挤牙齿的声音。她又回头看,准备用一笑作为回应。赵会计已经踩着轻盈的——全厂人都认为是轻盈的(除了慕映红)——步伐走进厂长室。那女人的背影,从后脑勺到脚后跟都在抒写着从容不迫和高人一等。

感觉很淡薄地在心里旋了个水花。

什么都进不了她的心。她的心拥挤,认真探究时,它们又纷纷逃逸,空无一物了。

从最西边的房间里传来喧哗声。屋里的桌子上放着瓜子、糖果,几个年轻的男子女子正在说笑,看到她进来都停顿了一下便又开始欢闹。她忽然心生感激,如果他们都因为她的突兀出现而噤声,她将是非常难堪的。奇怪的是,她从前不曾意识到这一点,此刻这一点却是那么明显。

她不知该说什么,就站在角落里望着他们,希望自己被忽略。年轻人互相瞅瞅,开始谈论中午吃什么。一个女子总是用手套砸另一个男子的头,对他的任何提议都报以嬉笑和斥责。慕映红对于他们的嘻嘻哈哈抱着高度的容忍和理解,认为她看到的一切、感到的一切都是磊落的。那个女子不停地用手套扔那个男子,那个男子不停地闪避,嘴里不停地叽咕着惊奇。当那个女子第二十次把手套砸向他的脑袋时,他仍然像第一次一样感到惊奇。慕映红赞同地笑着,生怕自己的憨厚不能从笑中散发出来。

玩笑和对午饭的盼望使她索然。她毫不犹豫地走了出去,听着他们在背后争论是番茄鸡蛋浇面好吃还是茄丝肉丁浇面好吃。番茄?这个季节会有番茄?她疑惑着,想驻足细听,从身后传来一声轻微的言语:"孤僻。"她走到院子里,望望天,望望树,望望自己的那间办公室。

低着头走进去,站在门旁又犹豫起来,回头望望,也没有什么。进去,坐下。拿出镜子照照,不满意,拉开抽屉翻翻,没什么。从包里掏出一本书,好像心无旁骛地看起来。这是一本《医古文》,繁体字。娱乐休闲的报纸杂志都读腻了,现在发现看不懂的书也很有意思。

她使劲地瞅着那些繁体的方块字,心里一遍遍地描画着,渐渐感到每一个字都像一个人。如果能从这些印刷体中感到趣味,书法恐怕会更加意味无穷。她开始一句一句地默读,实在不懂的马虎过去,等看完全篇,却也像火中取栗,有一种冒险、披荆斩棘的情趣。每有所悟就放下书,沉思默想半天。偶尔惊诧,过去有这么多神医,现在似乎没有。

忽然一声尖叫让她惊愕不已,回过神来细听。会计室里,陈林燕,厂里最开朗的女孩子,正在大谈恋爱经。最惊世骇俗的是,她竟然大叫:"快来欺负我!"慕映红一愣,屏住一口气,世界上还有这样的表达!

第二章　从此名叫慕伏瓦；第一次的看见

慕映红想起自己读过的一个叫什么伏瓦的人的哲学著作，非常仰慕，暗地里给自己改名，叫慕伏瓦。这个名字在心里叫过许多遍，从没有说出口。慕伏瓦，她想，我把他写在日记里，有了这样一个名字，会好受得多。这栋房子确实是青砖灰瓦。一个名字仿佛一个诺言，王强肯定比王富贵有更多承诺，慕伏瓦肯定比慕映红有更多坚忍。慕映红坚信，一旦自己改名叫慕伏瓦，就会有崭新的生活。在每天上班的签到簿上用力认真地写上"慕伏瓦"三字，抬头环顾，希望有人问，她立刻解释：不是哲学家，是头顶一片瓦。

她默念着这个名字，感到鳞甲纷纷脱落。她告诉陈林燕，等于告诉所有人。没有人惊奇，没有人询问，他们只是交换眼神。陈林燕竟然也不反问、不质疑，一张漠然克制的脸。她走出别人的房间，似乎听到背后有人不出声地笑。陈林燕从此会在远处大声招呼她时称"慕伏瓦"，有时还眨眨眼。

又看到一句莫名其妙的话，慕伏瓦呆视半晌，起身出去。令人费解的语言组合应该适可而止，否则就像乱石堆，沉滞无意义。她心里嘀咕着那句话，走至走廊上，那句话已经由一团灰雾凝聚成一个小小的灰球，发着微光。她，则如含珠的蚌，用自己的血肉摩擦着这粒沙。它,始终不肯屈服,抗拒着理解和通融。在这个缓慢的过程中发生了变化,不明白,也释然了。吃东西,不清楚食物的营养和化学结构,也不妨碍吸收与满足。那匆忙的脚步、焦虑的眼神,纷至沓来。

在院子里再一次地茫然四顾,三棵树仿佛三个勇士,凭着自身的强大在四季里荣枯。银杏树和桂花树只剩了秃枝,记忆里还有它们春天里的勃勃和秋天里的卓绝。另一棵常青树,没有人会停下脚步注视它的层层绿叶;只有当雨雪的天气,凄凉的环境才衬托出它的永不淡薄的浓情蜜意。这忠贞的永不会背叛的伴侣。

有人注意到她在树旁呆视良久,不解地看了她一眼,赵会计心知肚明地不屑地笑着走过去,陈林燕大叫:"瞧,她又在那发呆了。"她一愣,讪笑着,讨好似的看看四周,咬咬嘴唇,走进屋。屋里依然没人,就是有人,她也还是觉得没人。

空气像透明的纸,覆盖一切,又分明隔着一层。

从远处传来细微的窃窃声,用心去听,一群人正在哄笑着散开。他们又聚集在赵会计屋里了。赵会计是这个小厂的精神领袖,指示着厂子里的风向,大事小事、厂领导的喜怒哀乐都在赵会计屋里抖搂出来,赵会计的喜怒哀乐就具有了普遍的意义。慕伏瓦再次在桌边坐下,一动不动地凝视着。屋里的家具开始起伏、变形,那一条条直线像蚯蚓一样扭动,淡黄色的桌面幻化成沙丘。她转动了一下眼睛,看出这个空旷的办公室顽固地静默着,戒备着她。空气静悄悄地凝固起来,她感到呼吸有些困难。这时,仿佛有人走近。

慕伏瓦的办公室在东头,她已经习惯了听见脚步声走至门口,停顿一下,犹豫是否进去,后想到了什么似的猛然离开。这间办公室自从贴上了她的标签后就成了被遗忘的角落。同屋的另外两人耐不住寂寞就常常去别的屋。这次有点奇怪,脚步声没有在门外停下,持续地响起来,终于挨近了门口。她也忽然意识到有人要进来了,胆怯地缩回视线。不用多想也知道不是同屋的那两人,这是一种陌生的脚步,夹杂着一种熟悉的状态,一种奇怪的预感。她差点要站起来,冲到门口,结束这种乏味的好奇。

厂长带着一个年轻人走了进来。她惊奇的面孔加上疑问的神色显得难看。厂长瞥了她一眼,微笑着说:"就坐这儿吧。"她迅即意识到不是和她说话,是和那个年轻的小伙子说话。厂长拉开椅子,年轻人就在她对面的桌子旁坐下了。她也坐下了,没人想和她说什么。厂长微低着头,抽着烟,含笑走出去。她扫了他一眼,为什么她的前面有个男子呢?那个座位永远空着更好。现在她不能随便地唉声叹气,不能随便地发愣卖呆,不能随便地走来走去,这个房间里有了一双陌生的冷峭的锐利的异性的眼睛。

她把目光移向外面的一块天空。灰云密布的天空。看看表,才九点半,离下班还远着呢。今天中午吃什么呢?再一次想起这个问题。这个问题已经想过许多遍了,从早晨吃过两包子之后就在考虑这个,偶尔会忘记,又忽然想到。拾起一本久违的书,又怀着相似的状态翻阅起来。

没有想出几个碟子几个碗,不过把每天中午都吃的东西回忆了一遍。她最近每天中午都在出租屋附近的菜市场上一家兰州牛肉面馆要上一碗牛肉面和一碟凉拌菜。她的家离市区比较远,单位却在市区,她就在距离单位有两条马路的批发市场旁租了一间屋,租金不贵,一个月五十元,母亲的意思是让慕伏瓦中午在那歇歇,下午下班后还是回家,她却觉得待在出租屋里更自由。不知道自由的意思,却立刻喜欢上了它。躺在床上看书,该睡觉时不睡觉,有时用零食代替正餐。

一种过了今天没有明天的感觉。

她浑浑噩噩,思绪万千,度过了一天又一天。不知身在何处,不知寒来暑往。她不解风情,又宣称:只要是个男的就可以结婚。这句话让单位的人哂笑了很久。她的意思是,世间的婚姻都一样,世间的男女也都一样。

老天爷不会让一个人永远悬在半空中,只要活着就会坠落。总有一天,她会理解赵会计的从容和陈林燕的勇敢。这样的日子不会很远。

她漫不经心地看了他一眼,像看一只玻璃杯。她的眼睛无处着落,又瞥了他一眼。这个年轻人头发干枯,面容憔悴,厚厚的嘴唇裂开了皮,好像吃过许多苦头。她想,这副尊容很独特。他看起来是那样老实,始终低着头,玩弄着手里的一把钥匙。她大胆地瞅了他一会儿,他则垂着眼皮。这一刻,她似乎感到空气的浓稠。

不过,没什么意思,她又这样想道。她乐于这样定义自己。这个黄瘦的沉默的不够帅气的小伙子。不够帅气。她不会预料到,有一天,他会成为她心中世界上最好看的人。即使预知这一点,她仍旧无精打采,无论是现在、过去还是将来,他都和她毫不相关。她不再考虑这个,本来也没考虑什么,也没什么可以考虑的,她还是决定不再考虑。她抽出一本书,《百年孤独》,从书摊上买来的,五元钱,很便宜。这是一本质量低劣的盗版书。她稀里糊涂、眼花缭乱地捕捉着那些熟悉的字眼,阅读的过程中她发现并不容易,朦胧中觉得不像看起来那样简单。看到最后,猛然醒悟,这不是质量问题,这是作者的风格问题。没有兴头再看一遍。马贡多,那是在美洲,她在亚洲,地球转半圈,感觉像外星球。

莫名其妙,还是感到了它强大的感染力。那些人名在心里蹦跳着,她只感到动感的压迫,梦幻般地释放。她迷迷糊糊向前望去,"马贡多"在眼前闪烁,不期然看到了他。她瞪视着,仿佛不认识他。感到他有所觉察,但他依然低着头。他一定是个固执的人,还有顽强的自尊心。

她还没有受够自己,不想忍受别人。她随便地拂拂手,像对抗一股微风,轻易地把他抛开了。朝夕见面,彼此却毫无印象。有一次,她望着他的枯发想起"咫尺天涯"这四字。这四个字在以后的日子里会经常不期然地冒出,像丽日彩虹一样稀罕,像六月飞雪一样惊人。确切的意思暂时还没有确定。

她甚至买了一本《数学简史》研究起来。

隔壁房间传来争吵声。杨四极和张长征正在根据各自的记忆对论题和论据进行篡改,都惊奇于对方的出其不意,不屑于对方的离题万里。慕伏瓦听着他们越来越响的辩论,模模糊糊地察觉到他们是在就洪承畴是反面人物还是正面人物各抒己见,起先双方情绪高涨,后来两人忽然达成一致,认为应该站在某个角度、某个高度看待此人,不能简单划分。慕伏瓦想,这个结论是一句废话,适用于一切问题、一切场合的废话。张长征和杨四极大概也都感到这句话的无聊,意犹未尽,又就多尔衮和孝庄是否有私情争吵起来。

　　两人都自诩博古通今，能言善辩，劲头勃勃，说什么都底气十足。慕伏瓦想，谁的声音洪亮清晰，谁就是胜者。杨四极和张长征经常争论，大家都习以为常，不以为然，顶多说一句：这两人又拧上了。独有慕伏瓦，一听到隔壁传来争吵声就激动，听到好笑处就哈哈大笑。他们的大嗓门响在小院的天空上。大嗓门——这是最可爱的。如果人人都用大嗓门说话，世界就充满阳光。

　　慕伏瓦瞅瞅不远处的两张桌子和三个人，她们正在开秘密会议。她从来不想知道她们在说什么，她们似乎偏偏要避讳她，还要清楚地表明这一点。不管她如何想，她们都要给她戴上嫌疑的帽子。如果她能宽容豁达一些，她会和她们成为朋友，可她才十九岁，正是对一切敌意敏感，对一切善意想入非非的时候。她能从一个表情看到人心的晦暗，从一个眼神感到对方的排斥，她尚未接触到就已经感知到。她把自己裹在真相里，像在闷热的夏季裹着塑料雨衣。

　　慕伏瓦听到且仿佛看到杨四极和张长征气宇轩昂、心满意足地离开隔壁。那三个女人又鬼鬼祟祟地把头凑到了一起。其中一人还用眼角瞄了她一眼。这使她怀疑起来。有片刻的工夫她如坐针毡，疑心越来越重，简直像压城的乌云。这时，下班时间到了。几分钟之内小院就变得杳无人迹。她走到街上，逛逛，又吃了饭，就把自己的屈辱忘了。

　　她不知不觉走进百货大楼，看到琳琅满目的商品才意识到自己又来这儿了。想走出去，又觉得羞愧，这楼里的营业员肯定都认识她了，并不和她打招呼，用眼睛看看她，也不向她推销什么，似乎都知道她从来不买东西。她的两条腿和她对着干,拖着步子踱进去了。

想到钱,她忽然惊慌起来,一块冰贴在滚烫的脑门上,悚然。望了望精致的化妆品柜台,从镜子里看到了自己。强烈的自卑感腾地升起。她涨红了脸,低下头,看到了自己的布满灰尘的旧皮鞋,反抗般地抬起头,又看到镜子里的那个穿着过时、衣服黯淡的女孩。不敢走近镜子细瞅,慕伏瓦在商店里的红地毯上踟躇起来,还往里走吗?往深处看看,"打折区"三个字忽然映入眼帘,又有人穿着睡衣毛拖从深处走出来,这仿佛是一种保证,一种平民百姓可以接受的保证。自己一点也不比睡衣毛拖更不衬这个金碧辉煌的商店。有了勇气,向里走去。她感到奇怪,为什么今天像伤口一样敏感,又不是第一次来这儿,来过多少回了。经过睡衣毛拖身边时,注意地看了看她的神态,人家却很坦然。

走进打折区,感觉舒适些,又像往常一样,把每一件商品都仔细看过,读了一遍价格标签,对营业员视而不见,心里总害怕有人问。在角落里有一个很大的柜台,四周拢着细铁丝网,里面堆着处理的衣服,她像发现宝贝似的兴奋地凑过去。买不买是次要的,重要的是,她一看到这种售货方式——堆在一起,随便翻腾——就热心。已经有几个妇女在倒腾,慕伏瓦底气十足地加入其中。

她拿起一件毛衣,青灰色,很喜欢,重要的是它只要 10 元钱,又挑了一件白色的,两件一起也只是 20 元,很满意,又舍不得离开,为自己这么快就达成交易不满足,还想延宕一会儿,就开始左翻右翻、左看右看。给一位妇女做参谋,证明她女儿穿粉红色会很靓,拿着衣服在自己身上比画着,想起自己的母亲。又解答了一位老年妇女关于毛衣是否为貂毛的疑问。"很简单,不是貂毛,还用说?"那位老太太还是嘀咕着。她斩钉截铁地说:"不是貂毛,哪有这么便宜的貂毛?"并表达了自己对满大街的貂毛貂皮嗤之以鼻的看法。老太满腹狐疑地瞅瞅她,抿抿嘴,嘴边的纹路更深了。

老太又从"貂毛"下面挖掘出一件羊毛衫,她则从羊毛衫下面挖掘出一套运动服,蓝紫色,很合她的胃口,立刻就想拥有,问了价格,76元,觉得有点贵,心里晃悠晃悠,冒险砍价——她以为打折区的衣服都是不还价的——没想到竟然砍了下去,46成交。她像拾到了钱一样满心欢喜,掏出钱包一数,有点尴尬。营业员看出来了,问道:"钱不够?"她丧气地说:"差20。"立刻就想走开。这种态度大概激励了营业员,她大声说道:"我认识你,你天天都从这儿过。这样,你明天从这儿过时送20元钱来。"说完,手脚利落地包好衣服递给她。她惊奇万分地接过了衣服。

她急急忙忙地走着,像被什么追赶似的,总觉得那个营业员信任的目光闪烁不定地在背后逡巡。走过一条街道,看到一条狗伫立在一家旅馆的门口,用聪慧的温柔的人一样的眼神平静地看着她,忽然想起自己尚未试穿这套运动服,不知大小是否合适,假如不合适也不能退货的,调换也不大可能,也许她应该返回去再问问,忽然变得懒怠和没信心,完全不想再去,今生今世也不会再去。

站住,凝视着那条狗,专注地瞅着它的眼,它一点也不怕她,和她对视着。一人一狗互相看了足有五分钟,她走开了,心里想道,一个人样的狗是多么可爱,反过来,一个狗样的人却是可憎的。没有就这个问题继续发挥,运动服是否合适还在心里纠缠,这微不足道的一件事仿佛水葫芦,迅速蔓延,一大堆枝叶,阻塞了水的流畅,她的思绪将会被这件事时时打断。她会时时感到揪心和不快,想到此,她加快步伐朝出租屋走去。

一路无阻地进了屋,觉得自己跨过了重重障碍。进屋后就迫不及待地试衣服。还好,大小正合适。肩膀正合适,这正是一切合适的标准。她吁了一口气,如释重负,这个心事是如此快地涌上来又如此快地解决。她发觉自己是越来越没有耐心了。她期盼着事情,真有什么事时,她又是这样心绪不宁地急切盼望着结果。时间对于她,要么是过于短暂,在她的无知觉中滑过去;要么是看不到头的漫长,在她的分分秒秒绷紧的神经中磨蹭。有时一天等于一分钟,有时一分钟等于一天。早晨,她怀着未知和胆怯想着晚上,到了晚上,她发现这一天如此快地不留痕迹地过去。

今天是浓墨重彩的一天,她买了新衣服。她抚弄着衣服,注意到了标牌,仔细读起来,什么含棉含真丝的都没什么意思,全是假的,印出来给人看。价格让她大吃一惊,标牌上竟然标着价格"789元"。慕伏瓦不相信自己捡了个大便宜。从789元到46元?自己还少付了20元,那么说,这件标价789元的衣服只收了她26元。她想起营业员信任的目光和言语,认为这只是一种策略,并不真的需要她再去送20元。可她又羞愧了,为自己的小人之心度君子之腹。那个营业员看起来是温和的,她的目光和语言看起来是真诚的,她是一边手脚不停地忙碌着一边说出了这番话,似乎没有考虑和斟酌,这似乎保证了它的真实性。慕伏瓦又惯性地不相信一切了。只是策略,她又一次地这样想,自己绝没必要再送去20元。心里隐隐地不安,有蚂蚁爬过内脏。

在以后的一段时间里,每次路过百货大楼,望着那熙熙攘攘的门口,总要踌躇,是否该进去送钱呢?那个营业员显然会料到她不来送钱的,有谁拿走了衣服还回来补钱?她若真的送了,就是傻瓜了。可那个营业员啊,实在让她割舍不下。慕伏瓦被此折磨得心神不安,吃饭时会猛然抬起头来想到她,蹲在厕所里时也会思忖着她,百无聊赖地盘踞在办公室里时,那个营业员的言行举止就像画片一样凝固、定格。有时候想干脆把钱送过去算了,可她干吗要扔掉 20 元钱呢?这钱不是自己的?这样反复思忖了一个星期,不敢再跨进百货大楼的门,甚至从门口经过都疑心有人看自己。

买衣服这件事仿佛一颗话梅,在嘴里含了好几天,直到没味了才吐掉,只剩下衣服实实在在地抓在手中了。衣服具有这样不变的实质,其他的都变化了。怪不得人们都那么注重物质,物质不会改变,精神却在时时变化。她现在路过百货大楼时不是感到可笑有趣吗?她仿佛已经在看一篇日记一样阅读它了。

毛衣早已穿在身上,坐在办公室里望着块状的天空时,会常常蓦然低头瞅瞅自己,疑心自己变漂亮了。想象着镜中的自己,雪白的脸配着雪白的毛衣,有时是青灰色的那件,多么纯净或者多么深沉!对自己微笑,是的,这是她刚刚从韩剧里学来的,认为这样会显得很有见地。对面的那个小伙子迅速地瞥了她一眼。

自己默然发笑有些古怪,她这样解释,唯恐那根自作多情的春草遇上合适的温度。用冰冷的理性来对抗涌动的激情,她就在这种脆弱的微妙的平衡中维持着尊严。她的内心深处很想吻吻他的手,有着钢琴家的细长和炼钢工人一样有力的一双手。忽然羞愧翻滚上来,她的脸陡地一红,迅疾凝视窗外,一动不动,仿佛陷入了沉思,警告自己或者别的谁。

■ 第三章　一辆牛车

　　这栋平房位于市政府大楼的阴影之中,夏天是凉的,冬天更凉。一到冬天,同事们都要议论一下大楼里热烘烘的暖气和平房里冰冷的温度。平房有暖气片,却是聋子的耳朵——摆设。这个歇后语被说过许多遍。每当同事们说出这句话,或者慕伏瓦想起这句话,都不能不为它的生动形象和丰富含义打动。坐在冷飕飕的办公室里,望着冰凉的暖气片,听说大楼里的人们都穿着轻便舒适的秋衣,尤其是,只要把大楼的热水管道和平房的暖气管道一接通就行了,然而,没有人这么做,你就会明白它的丰富含义了。

　　向南望得见大楼,向北望得见那条小巷,这座平房东西走向。慕伏瓦望了望南面热闹的大街,她仅能看到大街的一小段,大部分被大楼挡住了。街上自然是人来人往、车水马龙的和平景象。她瞅了一会儿,像一个听着自己听不懂的音乐的人,总疑心会有刺耳的音符陡然响起,刺破这沉闷和懵懂。她注意地听着,市声很遥杳,空气在流动。轰轰声,还有嘶嘶声,有什么在扭动。忽然,一阵喧哗传来,她迟钝地想想,走至窗边,几个同事正兴冲冲地进来。她凝神听着。

　　他们进了会计室,开始大谈自己的见闻。市政府门口又有人闹事了。据说是从陈大庄来的,农民们开着小四轮,打着大标语,写着"抗议警察打人",来了有五六百号人,到市政府讨说法。杨四极呵呵笑着说:"还带着棉衣棉被,打算在市政府门口长住,门口又增加了不少警卫——拦不住的,能拦住谁?"说完,头和脚都富于表情地晃动起来。张长征疑惑且忧虑地说:"这么冷的天在外面过夜怎么受得了?""他们受得了——农民什么受不了?去年我下乡,看到那农民的房子,有的就是四面透风,冬天也照样过!"一个人这样说道。杨四极又渲染道:"有的标语还写着'严查凶手'呢。"大家哄然而笑。赵会计一边笑一边用鼻子发出嗤嗤声。赵会计惯用这种隐晦的方式表达意思。

常会计问道:"前一段时间不是闹过一朴子吗?这又来了?"杨四极回答:"不是一路人马,前一段时间是柳郢矿的,占用土地发生纠纷;这次是陈大庄的,打死了人。"赵会计问:"这一有事就闹到市政府,市政府就能处理好吗?"杨四极回答:"市政府专门有一个信访接待办公室。"大家不再说话。似乎竖起一堵墙,堵住了什么。慕伏瓦听出了这沉默之中的意味,立刻都成了怀疑主义者。

听着那渐渐压低的声音,仿佛什么漏气了。她想起那爆过又瘪的车胎,平板车就在纯人力的作用下艰难地移动。平板车早已不时兴了,拉车时吃力的样子却仿佛沉淀,在轻松时忽地一紧。

公园里的一处树荫下,曾经放置着一辆牛车。木头的车,木头的轮轴。笨重,仅看它一眼就不能不感叹时代的变迁。慕伏瓦每次去公园,都要认真瞅瞅它,摸摸它,踢踢它,看看周围又看看它,想说说它而抿抿嘴走开。是谁突发灵感,将一辆牛车放在公园里,成为公园一景。这比那狭小的人工湖、拥挤吵闹的蹦蹦床有意思多了。这个人——他应该在园林局工作,过着一张报纸一杯茶的办公室生活,且与众不同。她想不出这点不同,却猜出许多相同。这些相同之处使她理解了他的卓越之处。他们有着共同的基础,长出了不同的植物。这辆牛车就是他的智慧和哲学,像那扇窗户,她办公室的窗户,就是她的思绪和心灵。一个放鸽子的人,在窗边放飞了多少远游的情绪,一个恋旧的人,从窗边收拢了多少回归的嘈杂。她转过身,又开始打量这间办公室。

犹豫着是否应该出去看看热闹,别人都去看了,这是她不想去的主要原因,也是她想去的主要原因。同屋的另外三个人,两个女同事已经"观摩"回来,正在走廊里有一句没一句地议论着。另一个男同事,就是坐她对面,厂长亲自安排的那个,正如坐针毡,似乎也想凑热闹又似乎觉得不该这样。慕伏瓦斜睨着他,对他的轻浮嗤之以鼻,看他还能坚持多久。仿佛有心灵感应,他用余光瞟了她一眼,忽然蹿了出去。她一愣,对他的轻盈和灵巧感到吃惊,他一扫那种僵硬和呆板的神气,呈现出生机。她不禁对他刮目相看。他很快又表现得漠然了。不过,他已经引起了她的注意,她不再把他当成桌椅板凳了。

她开始偷偷地观察他,认为自己很谨慎,没有被他发觉。他不会注意到的,谁会注意她呢? 一个在自己心里无限膨胀的人在别人眼里一定是若有若无的。她愈想愈大胆起来,竟然开始研究他的脸,想把面前的这个人用语言分解一番。

她凝视着他的永不抬头的样子,心想,自己给他描画了多少优点,又把多少缺点涂上草原的色彩。他究竟是个怎样的人呢? 别人谈到他时,她留心地听着。有一天,听到平落沙说他上高中时谈女朋友的事。她兴趣盎然地听着,仿佛看到穆斯林女子揭去面纱,露出生动的脸。他与女朋友一起围在烤红薯的炉子前吃时,该是怎样一幅场景。一个纯洁多情的高中男生,他的红色的含笑的面孔被炉子熏得热气腾腾,他的清澈的不含杂质的眼睛望着女友,他的童音一定笼罩着温柔。不是面前这个淡漠的人,身高一米八五,有着不相称的儿童般的嗓音。

慕伏瓦听说他是复员军人,就问他在哪儿当兵。话一出口就觉得不合适,已经说出了,只好虚伪地笑着,干巴巴地等着。他也真是个人物,他能闭紧嘴巴,一声不吭,完全不理睬。她有一瞬间怀疑自己得罪了他,自觉尴尬,脸也红了;又想到,不妙,怎么能在一个男子面前脸红呢?下定决心,还是当他是桌椅板凳。

同事们聚在一起侃时,一听到关于他的话语,她的耳朵就灵敏起来。关于他的大部分信息都是从平落沙那儿听说的。平落沙和他父亲,也就是厂长,走得很近。想起平落沙,她要默然了——一贯的默然添上雾霾的黄昏。平落沙这个人,这个女人。如果有人让她对平落沙做出评价,她会说:"朋友,对人不能要求太高,人非圣贤,孰能无过!平落沙是我们中间的一员,我们非正人君子,她也不会更高级。"如果有人问她张长征此人,她会说"迂腐";有人问她杨四极此人,她会说"滑头"。对平落沙,不能这么说。平落沙有一个最大的优点,就是,她有一个忠贞不渝的好朋友。当别人都趋时而动,做骑墙草,随着厂长的喜恶而变化多端,只有她始终如一地毫不避讳地对唯一的朋友忠诚,这一点,厂里没有一个人能比得上。

时时感到生活逝去不留痕迹。回头望时,仿佛在看一幅印象

派的画,没有鲜明的轮廓,又似乎浮游着什么。有一种明确的东西
扎着她,感觉有时会突然袭来。慕伏瓦沿着公园的林荫大道慢慢
走着,这样想。

蓦然,她看到了他。就是那个坐在对面的年轻人。她不想提
他的名字,他的名字仿佛炸雷,会引起轰动;仿佛毒药,会毒化氛
围,仿佛一切突兀的不平凡的事物,会搅乱空气和她的心情。她刚
刚意识到这一点,看到他与他女朋友肩并肩地悠然散步时,她忽然
意识到这一点。

她怀着几分好奇盯着那女孩,忘记了躲避,没有发觉自己越走
越近了,简直是迎面而去。忽然,她看到他似乎愣了一下,接着,他
忽然跑了几步,与那女子拉开距离,使得他与女子看起来不大亲
密,很奇怪的做派。她省视自己的内心时,觉得她很清楚,可她不
想清楚。她的想象里没有他,她的未来也不会与他有关,他就坐在
她对面,他与她都和那个无聊的单位息息相关,她不能想把自己绑
在这份无聊上会怎样。她寻觅的是陌生和新鲜,不是这个一望而
知的生活。

她发觉自己很自大,不自觉地把他的做派和自己联系起来。
他怎么会注意到她呢? 在这簇簇的人群中,在她的呆痴的凝视中,
他怎么会因为她而舍弃自己的女朋友? 她假装毫无觉察,镇定自
若地走上了一条旁道,避开他们。不可能,她想,有许多种解释,她
不必在他那里寻找什么,现在,在她的这种情绪状态下,她不会得
到正确的结论。她有些激动。她一再对自己声明,没有,妄想,神
经病。

透过树丛望去,已看不到他们的身影。

有一天,她会为自己的迟钝和冷漠付出代价。她和他曾经离得很近,她几乎嗅到了他发散出的缕缕香味,然而,他和她就像南极和北极,永远分离。有这么一天,她会感到痛苦。这会儿,她很轻易地平复了奇异的联想。假如他在那遥远的地方,她也许会爱上他,可是,他就在那儿,那个印刷厂。她不会,也相信自己决不会堕入情网。

她又开始研究从身边走过的每一个人,尤其是那些情侣们,瞅他们的衣着和脸。情侣是不能被人观赏的。他们要么看起来没有爱情,要么看起来让人别扭难堪,那从容又优雅的一对大概已是情场老手。最值得看的是那些老年人,只有他们才显示出了青春和活力。他们大声喧哗,毫无顾忌地哈哈大笑,走起路来像跳舞。他们交谈时显得亲密无间、毫无芥蒂,他们不时地互相溜一眼,用洞若观火、成竹在胸的眼神,他们实在是——睹透而享受。

星期一,下午三四点钟的样子,她搬了把椅子坐在门廊里,望着远处的人影和近处的脚步,茫然地。一只鸟飞离树枝,一片叶子落地,她都会受惊,盯视着,领悟半天。

梅师傅——对于中年以上妇女她都称师傅,梅师傅中年将过却是个风韵犹存、有魅力的女性。慕伏瓦常常望着她的圆圆的腰和臀想,女人若想到了晚年仍拥有男人的爱就必须像梅师傅这样,有着鲜明的五官、微黑的皮肤、略微深陷的眼睛、避免浮肿松弛的眼皮和萎黄或苍白干滞的肤色,那淡黑的皮肤总让人想起吉卜赛女郎什么的。梅师傅有着一个与她的容貌截然不同的名字——梅诗韵,这个名字散发出的一丝幽香似乎不应该属于一个有着野性的面貌和深色眼睛的人。她就叫这个名字,也似乎很喜欢这个名字。

慕伏瓦很崇敬梅师傅,梅师傅从不嗤笑她,从不打断她的话,即使在她张嘴结舌时也是耐心地等待,最重要的是,梅师傅总是用若有所思的目光注视她,她感到了这点。她坐在门廊里,正凝视着那棵常青树,凝视了这么久这么专注以至于耳边似乎响起了蝉噪,这时梅师傅走过来,忽然拍着巴掌笑着说:"我说这个小慕——哈哈哈。"她望着梅师傅,不明白,似乎又明白,不好意思地笑了,又有点烦恼,被人撞破了。梅师傅很理解很体谅地,对随她一道的赵会计说:"看到现在的年轻人就想起咱以前做姑娘的时候——"慕伏瓦不愿意自己在别人眼中如玻璃一样透明,她讪讪地笑。两人走过去了。

慕伏瓦把椅子移到树下坐着,过了一会儿就觉得自己如同这棵树,存在却被忽视;又移至门廊,靠近会计室。李明辉,平落沙的好朋友,走到跟前和她聊两句。她忘了自己是否回答了李,大概懒于开口。李明辉的话,同样的话问过不止一遍,她觉得李只是没话找话。她对于李明辉的友好没有做出应有的反应,没有意识到自己损伤了别人的尊严,幸好李明辉是个开朗豪爽的人,不计较,仍旧站在她旁边打着毛衣。

李明辉站在这儿,平落沙从厂长室走出来后也站在这儿。这时,同屋的另外两个女人,高丽娜和尤梅也走过来站住。高丽娜、尤梅是常常和平落沙结伴的。慕伏瓦是坐着的。她们站在旁边,都不说话,互相注视着,也注视着她。这种局面是很罕见的。如果慕伏瓦是个聪明人,她就应该抓住这个机会,开朗大方坦诚地谈谈自己,消除从前的误会和偏见,取得她们的谅解和宽容。她是个笨蛋,还是个一意孤行的笨蛋,她讨厌被人围观,她轻蔑她们,她对别人的目光感到别扭不自在,她也在煞费苦心地想说两句,文不对题也没关系,开口就行,可是她被一种气氛笼罩,她的身体和内心都感觉到它的敌意和压制。

她不耐烦地瞟了她们一眼,大家都很敏感,高丽娜立刻转身走开,她走得那样迅疾,慕伏瓦简直疑心会闪着她的腰,立刻,尤梅也果断离开。尤梅的离开是可以理解的,她总是跟在厂书记女儿的后面,也就是高丽娜的后面。慕伏瓦想,不要说她是跟屁虫或者马屁精之类的话,这只是一个聪明人的花招。既然高丽娜离开了,李明辉和平落沙也慢慢走开了。

如果想突破重围——"突破重围"这个词用在这里很合适——她的感觉似乎苏醒了。

星期天似乎总是一样。她站起身走进屋倒了一杯茶。她对于茶没有特殊的爱好,只不过觉得一个人坐着没事就应该喝茶。茶是那样一种东西,使人煞有介事,给白水平添滋味。她抱着茶杯在屋里走动,不时喝上一小口,手感到暖暖的,这一瞬间有什么贴近了。这种感觉隐约又短暂,轻淡得像四月的霜,等到感到内急时,它就消失了。她坦然地充实地走向厕所。

在厕所门前遇到他。印刷厂的这个厕所是不分男女的,一间屋,一个蹲位,一个水池子。钥匙挂在厂长室的墙上,谁用谁去拿,只限于内部员工。偶尔会有路人来找厕所,如果看门老刘发善心,就会指点他拿钥匙,或者告之没有厕所。老刘每每要说与人听,使得大家格外开心,想象那家伙内急的样子真有意思。

她没有在厂长室找到钥匙,估计是被谁拿走了,就站在厕所门口等。没想到等出他来。没想到就没想到吧,也不惊奇,倒是他,似乎有点尴尬,然而也许她神经过敏。她扫了他一眼,发现他含羞低着头微笑着走了过去。她又看了他一眼,他立刻跑开了。她迷惑地望着他的背影,站了片刻。这时,平落沙走过来,已经注意到他的神态,猜出了什么,就用那种对装模作样感到轻蔑的眼神盯了她一眼。她没有领会,只是奇怪且忧虑地想,自己得罪了平落沙?这也并不使她畏惧,她实在对"穿小鞋"和"睚眦必报"还没有概念,不是没有领略过,只是——她总以为,在不远的将来,会有一个全新的境界,有谁在看到璀璨的日出时会想到脚下的果壳?

她没有和平落沙说话,后者用力地盯着她,似乎想在她身上钻个洞。后来,她想,自己的沉默使别人感到憋闷和痛苦,自己是有错误的,那种"走自己的路,让别人去说吧"的态度是在鼓励别人的张牙舞爪。假如她大声地说出来,找准对象,找准时机,在适当的时候对厂长或书记诉衷情,一定会收获理解和同情。她却紧紧地包裹着自己,像蚕茧包裹蚕蛹,不同的是,她是一堆会腐朽的血肉。

她是如此珍惜自己,小心翼翼地生怕泄露,她就成了一个固守的人。

也许她正迎合了某人的狂想。昨天她收到了同学的信,一个男同学的信,这一点从信封上的落款就能看出来。传达室老刘喊她拿信时,她有了一种感觉,大家都听见了老刘的喊声——这不奇怪,老刘在院子里一喊任谁都听得清楚——她却这样感觉。信拿到手后才发现早已被人拆开过了。信里没什么内容,没有什么明确的含义表明这是一封异性来信。这是一封不值得偷看的信,竟被人偷看,实在是……她觉得不快,仿佛她走过后还有人盯视她的后背。那目光一直跟随着她,直到遇上了厕所的门窗。

她没有意识到它的含义,朱兰却从屋里伸出头来,望着她笑。这种笑仿佛带着难以言说的意思,她好奇地走过去,站在朱兰旁边,准备谨遵教诲。她对朱兰始终充满感激之情,后来朱兰和她也很疏离。她初来单位时,常常没事就找朱兰说话,朱兰就像一个大姐、一个过来人,把单位里的人情世故、名人逸事都说给她听,她尽量显得温顺感兴趣。实际上她是厌烦的,然而,这是一种情义,或许是一种恩情。后来,她彻底沉溺于自我不能自拔时,也常常想到朱兰,想到她们之间的冷淡全是在于自己。有时深夜醒来,会惋惜失去了一个朋友,太阳升起后,站在白日的光阴下又觉得一切都不可能了。

朱兰笑了一会儿,仿佛在拿定主意,突然说道:"慕映红——慕伏瓦,给你介绍个男朋友怎么样?"她觉得恐惧,好像有人硬把个男人塞给她了,连连后退,连连摇头摆手。朱兰和柯叶哈哈大笑。

柯叶笑着说:"男大当婚,女大当嫁,谈朋友有什么紧张的? 能谈成就谈,谈不成就不谈,反正年轻,谈着谈着就二十一二了,结了婚过两年要孩子就二十四五了,正合适。"慕伏瓦不喘气地听着,想当作笑谈,脸发硬笑不出来,一扭头跑了。回到自己的办公室,心跳,眼泪仿佛也出来了。她把别人的好意当成了侮辱。

仪式主导着生命,铁轨主导着火车。她实际上什么也不知道,这正是她不相信一切的原因和后果。她对于一切事物都抱着本能的怀疑,尚未了解就全盘否定,她涉世未深就听到了人们愤世嫉俗的话语,于是轻易就关上了亲身体验的门。

　　望望空无一人的房间,狠狠地踢翻了一把椅子,对于脚趾的疼麻木不知,呆呆地凝视着那把翻倒的椅子,恍惚觉得它被踢上了天,在云霄里翻个跟斗,重重落下,摔得四分五裂。看到它变成碎片是多么畅快啊,这个趾高气扬、一本正经的家伙。她想扑上去再踢一脚。把椅子踢坏就没法坐了,踢别人的椅子又仿佛在踢别人。她听到她们走近了,要进来了,高丽娜买了大虾和山药,她已经听出来了,尤梅只买了蒜苗和豆芽,她也仿佛看见了,她犹豫着,这时她们跨进门。高丽娜立刻惊讶地说:"椅子倒了。"她微笑着,镇定地扶起椅子。高丽娜说:"椅子怎么会倒?"尤梅嚅动着厚嘴唇,不说什么,看了她一眼。这使她反感,像反感自己的沉默一样反感尤梅的沉默。她又坐下了,被迫听着她们闲扯。望着对面的空位,意识到他一直在门口站着,走到窗前望着他的背影,奇怪他竟然进入了自己的意识。怎样进来的? 冬天的蝴蝶,不合时宜地出现了。

　　想起昨天的天气预报说,还有一场大雪,下决心今天傍晚就去百货大楼买一件羽绒服,已经有过一件了,畏寒的她决定穿两件,一件大的套一件小的。她的鼻子又堵了,不得不使劲擤鼻子,整个冬天都在感冒。春天快要来了,似乎让人振奋。她把冰凉的手揣在口袋里,两条腿伸出去,靠在椅子上,暗想,一点活也干不了,可也没有什么活要干。

　　她掏出一本小说,王朔的《我是流氓我怕谁》。读到滑稽处忽然大笑起来,她们俩奇怪地不耐烦地看看她,她毫不介意,继续哈哈哈。读完后,忽然感觉不对:对一切都嘲笑和调侃? 又比谁都认真真诚?

　　她不能接受别人的观点,就像不能接受别人的唾沫。可她自己有思想吗？她忽然觉得兴致勃勃，仿佛解决了一个问题。只要读一读叔本华、尼采、黑格尔，她就会获得精神和力量，她会超脱于庸俗，会不吃不喝而成仙。在她刚刚吃得饱饱的时候。

■ 第四章　后院（后屋）

厂长和书记低声抱怨着走出来，手里都端着盆。她目睹他们走进厕所，一定是有人方便过后不冲水，厂长和书记去端水冲洗。厕所里是不允许大便的，只能小便，蹲位里的水流也只能冲走小便，有时就能看到厂长和书记干这事。厂长和书记是这儿的一家之长，他们并没有官架子，具有一个普通人的情感和优缺点，在一个领导身上，这些特点都被放大了，有时候还会形而上学到严肃哲学的地步。比如，有人会从他们身上引申出人性的弱点，愤激地说，天下乌鸦一般黑。皆因他们有那么一点权力。大家都逢迎着他们，肚皮里却都认为领导一碗水没端平，都认为领导贪污腐败。慕伏瓦想，难道要他们出淤泥而不染，两袖清风，一身正气？

她好像听见张长征在隔壁房间窃笑着说，领导又去冲厕所了，后又继续读《偏方治大病》。张长征的偏方已经治好几个人了。慕伏瓦想，权力会生出奇怪的东西，像人会生各种各样的病。它本身不可名状，目的却很明确：利益和秘密。这就是原因，会得到好处，会获得秘密。他们天天自扰的也正是这个。

她发觉自己不比别人高明，她不关心好处和隐私，她关心的也无非是上厕所。这是办公室里的一件大事，另一件大事就是吃。

不想上厕所也不想吃的时候,她就读书或者对着书发呆。自以为找到了真理,潜心读起叔本华来,对别人读《恋爱·婚姻·家庭》之类的杂志还暗暗地轻视着。融于众人不露形迹,才是高人。"而今识遍愁滋味,欲说还休,欲说还休,却道天凉好个秋"。她想起这句话时仿佛觉得受到了嘲弄,抬头看看四周,没有因为她在钻研哲学就变得有趣。又低下头,瞅着那不懂的文字,像鲸鱼吃饭一样,大量地喝进海水,只留下小鱼小虾。她一目十行地看着,只拣能看懂的看,忙活了半天,终于感到智力匮乏、眼睛发花。四处望望,她们早已走了。大概他也走了,门口没有那个身影了。不知从什么时候起,他不来这间办公室了,一上班就站在门口,像石狮子一样成了大门的标志。有一次她在门口没看见他还觉得奇怪,留意了各个房间,看他在哪儿。

抛开那晦涩的读物,她觉得开朗些。

拐个弯向东去,走着走着,忽然想起今天有一件事没做,仿佛龋齿上的洞需要填满,否则一切安适都会从空里流失。也明知道,永远不会有安适,可此刻想着那个空时,安适似乎迫在眼前。她开始细细地回忆一天的活动,按照时间顺序,有时时间也会混乱,她就重新开始。她惊奇地发现,这一天并非想象的空寂。那个空洞在哪儿呢?不期然地,他出现了,那个傲慢的身影。她很快想到他的父亲,接着就是——厕所。想起厕所就好办了,可是厕所引起了后院。

后院有一栋平房,南北走向,锁着,从未被打开过。她曾经趴在窗户上往里看,积满灰尘的窗户挡住了好奇的视线。厂长室一定有钥匙。它似乎被遗忘了,从没听谁说起过它。有一次,她问李明辉,她漫不经心地说:"仓库,堆的都是东西。"她想再问,觉得答案不会这么简单,但是李明辉走开了,似乎在回避什么。

她每天上班时,坐在椅子上总不忘向它投去一瞥,几乎每天都是同样的情景。就像一个人总是在同样的时间去同一个地方买彩票,从没有中过,还总抱着希望。今天,她没有看它,脑子里还是昨天的印象——一个静卧在尘埃中的哑巴。

她没有注意它,就是因为这个才心神不安。她和它仿佛失去了联系。她,和一幢废弃的房子。经过千百次的凝望,她认为已经非常了解它了,了解光线在它身上造成的阴影的变化,了解大街的噪声传进它的紧闭的门所带来的气流的悸动,了解它是如何安享自己,用无言的端庄的踞坐使之成为一首凝重的诗。它也了解当她凝视它时,她眼里看到的并不是它。现在,她想着这些时,觉得它身上的暮霭越发浓重了,好像这暮霭不是从天上来,是从它身上散发出来。她很少看见过暮霭中的它。它在暮霭中一定就像青铜器在漏进墓室的光线中。这大概是她总把它们联系在一起的原因。明媚的太阳和黯淡的太阳都照耀过它,唯独暮色沉沉时它仿佛才苏醒。夜晚来临时,它是否还坐落在那个后院,也许去偷欢,也许就在街上逛? 它不会想到她,它在夜色中放荡。

一个人和一条狗,永远不可能成为知己,因为进化程度不同,在食物链上的位置不同,一个占主导地位,另一个是可以宰杀来吃的。它的生死存亡全依赖于她的目光一瞥。它是多么幸运,当整个印刷厂都淹没在大楼的阴影中,它却能够沐浴在阳光中。一到冬天总会有人提起,印刷厂应该搬到后院。有人跃跃欲试,做出了搬的规划。厂长和书记只是互相看一眼,不说什么,走开。厂长吸一口烟,吐出,烟慢慢消失在冰凉的空气中。

慕伏瓦走进百货大楼,在一堆价格不菲的衣服后面发现了藏在布帘后面的一摞羽绒服,那个布满污迹的布帘和堆在地上的衣服让她认定价格一定便宜,她迅速抽出一件雪白的羽绒服,试了试,很喜欢,正好笼在了身上那件羽绒服外面,这下可暖和了,问问价钱,五十元一件,处理品。她愉快地付了钱,立刻就穿着走了出去,临出门时瞟了瞟打折区,里面人头攒动。走在路上,不时地瞄一眼自己的白衣服。穿得厚仿佛加深了对生活的理解。她倾听着,厂长室的咳嗽声,会计室里的算盘声,最西边的屋里传出的哄笑声,似乎总有窃窃私语声,传到她耳朵里声如洪钟。

一阵脚步声从走廊里经过。经过了几个房间都没停下,她以为它马上就会停下了,走进去,可它没停。犹豫的笃实的思虑的脚步,缓缓靠近了,她感觉它要进自己的屋,这让她惊奇,谁会进来呢? 高丽娜的脚步声不是这样,尤梅也不是,平落沙也不是,她想了几个都不像,更加奇怪了,想站起来走到门口看看,又觉得无所谓,管他呢,它很快就会走开。她继续垂头看书,终于那脚步声来到了门口,用"终于"这个词是因为慕伏瓦瞅着一句难懂的话呆了半晌才听见脚步声在门口停下,她烦躁地望去,他正站在门口,似乎犹豫着是否进来。

她把他给忘了,这也是他的办公室啊。他探头望望,仿佛这个办公室陡然变得陌生了。她希望他走开,保持自己永恒的安静,就大声说道:"没人,都出去了。"他仿佛就要这个答案,坦然地,踩着沉稳的步伐走开了。片刻后,她歪歪脑袋,视线斜穿出去,看到了他在门口的背影,仿佛知道她在偷看,他往西移移。现在除非走到门口,她是看不见他了。

她又开始念念有词,想起苏东坡寒灯下读孟郊诗的感受:"寒灯照昏花,佳处时一遭。孤芳擢污秽,苦语馀诗骚。"她寻找动人心弦的词句,就像在荒草中寻找果实。她不时抛开书,掂量着刚才看到的一句话、一个词,对于它们一针见血的表达感到崇拜和静默。冷风吹开了白雾,那些由于朦胧暧昧而被人接受或忽略的东西霎时清晰生动,她不仅看到了生机勃勃的粗鲁和浇灌菜园的粪水,还看到了传情的眉目和闪烁不定的眼神。拿破仑骑在马上用手一指,瞬间人仰马翻、横尸遍野。用伟力掀开,也用伟力颠覆。她不能不信服书中的表达。她不是已经触电般地感受到了吗? 她放下书,走到门口,被暂时的愉悦鼓舞着,想抒发一番,这时从隔壁屋里传来尖叫声,她走过去一看究竟。

陈林燕正在汇报她最近的恋爱经——她总是在恋爱。发出尖叫是因为潘伟狠狠拍她的肩膀。大家都对陈林燕的男朋友感到好奇,陈林燕热烈地追求他,这不禁让人揣测,能让一个女孩如此痴心的男子一定有着出众的品格和相貌,慕伏瓦尤其这样想。听着陈林燕诉说他的穿衣戴帽吃饭跳舞诸事,仿佛觉得自己也喜欢他了。

当大家都用发光的含笑的眼睛望着陈林燕时,陈林燕忽然点着一根烟,猛吸一口,挥着手说:"其实我也不喜欢他。"

众人哄然大笑。陈林燕说:"他脚踏两只船,他和老板的小蜜勾搭。"慕伏瓦本来以为会听到振聋发聩的惊天之语,可听陈林燕后来的话却仿佛是在夸耀他有女人缘。慕伏瓦想,这样的人白送我都不要。陈林燕瞅了她一眼,仿佛听见了似的,说着:"他信任我,他啥都给我说,连他的第一次都给我说。"

众人笑着说,应该的。陈林燕说:"不是,他的第一次可以说是强奸,他强迫人家,和那个女的做过后气得那女人一星期没吃饭,绝食,他求了那女的好多回,人家才肯吃饭,多有骨气。他还说我,说我要是这么有骨气,他就和我结婚了。"众人说:"你咋没骨气的?你也有骨气。"陈林燕说:"我觉得我没骨气,每次见面都是我去找他,每次闹矛盾都是我先和好。"众人又笑着说:"谁让你喜欢他?"

慕伏瓦忽然开口说:"我认为这不能叫没骨气,你是个勇敢的人,敢于追求所爱,敢于承担事实,我佩服你。"众人不语。

陈林燕用不解的目光看看她,又说:"上星期我给他打电话,他说他忙,老板让他开车去徐州接人,我就和一个女友一起到上岛喝咖啡去了,谁知道——你说巧不巧?一走进去,我的女友就看见他了,还对我说:'燕儿,你看,那个人可像你男朋友?'我搭眼一看,就是他,正和一个女的肩并肩、头抵头地说话来,一看就不是正常关系,人家正常关系也可以肩并肩头抵头,这也没什么,我也不是老古董,可是他们那样,就给人一种感觉——不正常——不正经。你们猜我怎么办,我立马火就上来了,走到他跟前,二话不说,拿起酒瓶子就对准他的头砸下去——"

众人大惊:"那可不得了,头得缝几针了。"陈林燕说:"没事,他的头没破,酒瓶子碎了,那红酒淌一脸,看着就像血呢。他一愣,站起来就要揍我,那个女的在旁边笑。"

众人问:"你吃亏了吗?"林燕笑语:"没有,保安来了。他一擦干净,发现没伤,就不吭声了。真乖,我还以为他不揍我也会和我大吵一场,谁知他那么老实。"

众人曰："老实?"陈林燕解释："不是真老实,就是会卖乖,再说他还是有点喜欢我的,他想脚踏两只船,哪一条船都不翻。"

慕伏瓦又忽然激动地说："陈林燕,我佩服你,爱就大胆地去追求,恨就用酒瓶子砸他的头。"说完心跳不已。陈林燕瞅瞅她,又作惊人之语:"我主要是闲不住。"众人唏嘘。

星期五傍晚,她回家了。梦想着父母的温情和气,路过菜场时还买了一颗花菜和两颗牛心包菜,计算着回去让母亲炒一炒,晚上就稀饭吃。到了家,站在门口,忽然想转身离开。父亲看到她,露出欣喜却有破绽的表情欢迎她,大声说:"映红回来了。"母亲听到动静,走出厨房,看看她,没说什么。三个人一起吃饭,父亲总想说点什么打破这僵局,张了几次嘴巴说不出什么,母亲忧郁地望了她几次,也不置一词。她知道他们忧虑什么,她没有男朋友,又是那样的不近人情。她很想说些什么安慰他们,心里想象着自己的活泼开朗。她是这样笨拙,心里是这样的虚空,找不到言辞。如果妹妹在跟前会好得多,可妹妹去北京上学了。

一顿无言的晚饭结束了。她感到难受,这儿的沉默是那样滞重,似乎要压扁她。在自己的出租屋里,她要么看书,要么散步,要么睡觉,她可以在晚上七点就上床睡觉,在夜里十一点醒来,从床头的一大摞书中随便挑一本,每一本都让人神游。凌晨五六点时睡去,七点时起床,把昨日的一切忘得干干净净。昨日——许多年前了,中间隔着一个书构成的绝缘带。因此她总显得愚钝,没有历史的积累和沉淀。这铁皮一样的愚钝。

她很想问一声为什么,也知道理由只是用来欺骗事实。

坐在电视机前打呵欠,想着自己的恶劣心情,她多么愿意拥有一张快乐的面孔来娱乐父母，可他们又是多么难以讨好啊！她听了一会儿流行音乐，千篇一律的感伤和爱情。父亲劝她去睡，她恹恹地进了自己的小卧室。床铺得好好的，仿佛随时准备着她来休息。她忽然很感动，一种温暖从心里泛起，就顺着困倦的感觉躺下。很快睡着了。早晨醒来，吃了母亲做的鸡汤泡米饭，很可口，吃了一大碗。吃完后在屋里徘徊，该干什么？看看父母的神态是希望她干点什么正事，比如考个公务员、研究生什么的。她一明白这点就很烦恼，什么也不干就不行？

她满屋乱转后，在镜子跟前停下了，开始端详自己，用严格的挑剔的目光，不满意，走开了。过了一会儿又走过来，看自己的衣服，前后左右地看，半晌，不满意，走开了。片刻，又过来。这一回是贴着镜子看，她掀掀自己的眼皮，揪揪鼻子，又龇着牙看看牙齿，毛病很多，然而仿佛漂亮些。都说距离产生美，对于她这种五官模糊的人还是离得近看得清。在镜子前假笑起来，看到了自己的大门牙。

一阵铃声响起，父亲起身去开门，她大悟似的朝门望去，想避开。只要家里来客人，不管是陌生的还是熟悉的，她从不接待，她会一直待在自己的卧室里等客人走开。假如客人留下吃饭，母亲就会给她端一碗到卧室。尽管她羞于见人却对他们的谈话很感兴趣，她会偷听，为每一个听到的字句给出符合她的水平的解释，有时他们会压低声音，她就为听不到焦急。其实她只需大大方方地喊一声叔叔或阿姨，道几句亲热的问候，坐在他们旁边听就行了。这么简单的一件事她却觉得难堪，但偷听不难堪，偷听没人看见。别人的目光总让她有被扒了皮示众的感觉。她正要出去，表哥吉龙带着女朋友进来了。

第五章　一对情侣

　　她觉得那女子很美,就慌张起来。她在美丽的女子面前总是自惭形秽。那女子并不开口,在听了吉龙的介绍后仍不开口,不招呼姨父姨妈,也不招呼她。对于这样的无礼,她仿佛觉得是自己的责任,就大着胆子说:"你请坐。"那女子避开她的指引座位的胳膊,毫不犹豫地在正位上坐下。吉龙也随着坐下。父亲和她在侧位坐下。吉龙是那种沉着不多话的男子,在问候过姨父姨妈的身体以后就没话了。父亲拿出长辈的气派询问那女子的工作家庭,她总是先停顿几分钟,然后十分简约地说出几个字,如果父亲没听清楚,她也不屑再重复。母亲热烈的言语响起时,那女子也只是淡淡地瞅母亲一眼,似乎回答的责任全在别人。那女子在不停地观察这间小客厅。慕伏瓦想,如果她是个势利的人,这间小客厅会使她的目光里有更多不屑。这是一间多么简陋的客厅啊,慕伏瓦第一次想到父母的简朴生活。

　　小客厅里铺着方格图案的地板革,最触人眼目的是有的地方已经裂开,用透明胶带粘着,靠近边缘的地方已经拱起,靠近门的地方却翘起,谁不留心就会绊一下。小客厅南面窗户下放着两只单人沙发,沙发之间一张茶几,单人沙发和茶几是配套的,都是米黄色,沙发上铺着老虎图案的沙发套,看起来不错,可西墙就是一只三人沙发,红棕色的皮革,露出木头腿,很笨很丑,一望可知是自己找本地木匠做的。最显眼的是它的红棕色,年代久远而变成灰棕色或深咖啡色了。一只沙发有三种色彩,像挨打的人脸上的青色,到青紫色,再到青黑色。

北墙放着牡丹彩电,搁彩电的柜子是父亲年轻时自己做的,一个大木盒子,说它是正方形又稍显长,说它是长方形又稍显胖,无论是什么形状都不够秀气,它只是一个带着门的大木箱。慕伏瓦摸摸自己的脸,心想这倒和自己的脸有异曲同工之妙,自己的脸又长又圆。要是不清楚,照照那种效果类似于车窗玻璃的镜子就行了。

那女子的目光缓缓地移到家具上。家具不成套,结婚时做的和后来陆续添置的,仿红木色的和仿原木色的,还有那只漆黑的大木柜。慕伏瓦记得自己小时候就见过,已经好多年没有注意它了,这会儿忽然发现它还在那儿。这只大木柜和电视柜——那只搁电视的柜子,同样的做工,同样的颜色,同样的质地——在磨损的地方已经没了颜色,可以看出材质。父亲看出那女子瞅着衣柜和电视柜,就害羞且自豪地承认:"这都是我年轻时自己捣鼓出来的,没什么讲究。"慕伏瓦望了父亲一眼。父亲继续说:"结实耐用,咱就图这个,现在街上卖的成套的家具,看着怪好,搬两次家就散架了,像我的这两个柜子,搬五次也不会坏。"父亲沉吟一会儿自己点头道:"确实,有搬五次了。"父亲刚想历数自己的搬家经历,那女子忽然问道:"姨父以前是干什么的?"

父亲似乎没有听清,还在讲自己的柜子。慕伏瓦觉得父亲想回避这个问题。他没有光荣的历史,只是中专毕业,在农村中学教书,后来凭着母亲的本领和眼光来到这个学院。父亲是非常勤奋认真的,常常工作到夜里一两点,所以很快就站稳了脚跟,还评上了教授。慕伏瓦疑心那女子知道这个,却偏偏这样问,似乎是成心或者赌气,似乎她一走进这个门就非常不快,似乎是想表明她高超的教养是胜过这个贫寒的家庭的。她是恶意的,问了一个这样的问题。慕伏瓦不满地瞅了她一眼,她注意到了,根本不当回事。她认定自己是这家里的贵客,她的拜访类似于公主下嫁,她的一言一行、一举一动都应该受到重视。她追问不休。难道还没注意到父亲尴尬的表情?慕伏瓦把沙发上的一只绒毛狗狠狠地扔到五斗柜上。父亲清了清嗓子,回答说:"我以前在陈县教书。"她瞪着明亮的眼睛,带着故作天真的神气,继续问道:"在农村中学吗?"她全知道,慕伏瓦想。

　　慕伏瓦看看表哥,他很自豪很得意,自从进了屋就一直含着笑。那女子说话时,他就望着那女子。现在大概觉得需要解释,就说:"姨父是这学院的教授。"那女子不依不饶,继续问:"以前是在农村中学吧?"父亲请她吃瓜子糖果。慕伏瓦奇怪地望望父亲,不知道家里还有瓜子、糖果。父亲魔术般地端出一盘瓜子,又端出一盘糖果,放到小茶几上。瓜子、糖果离女子很近,就在她的胳膊肘的范围之内,显而易见,专供她享用。父亲对她点点头。她说:"我不吃瓜子、糖果什么的。"慕伏瓦站起来拿了一颗糖,迅速剥开塞进嘴里,甜蜜的滋味让她愉快些。那女子忽然盯着她说道:"你爱吃糖?可是你多胖啊,你的一个脸就顶我两个脸——还不止!"慕伏瓦气得发愣,她想不出有效果又有尊严的话,一下子打垮那个女人。她瞪着眼望着电视机。自己的生气一定满脸都是。吉龙不自在地在沙发里挪动了一下，说："大毛是个夸富脸，其实很瘦。"大毛是慕伏瓦的小名，已经很长时间，应该说有许多年没人这么叫了，慕伏瓦觉得好像不是在说自己。

那女子却怀着感兴趣和冷静的态度细细地逡巡着她的脸，忽然说："大毛有两个——三个下巴。"慕伏瓦觉得有什么要喷薄而出，她张了张嘴，忽然往沙发上一靠，发誓决不再看女子一眼，决不和她说一句话。父亲看出了什么，红着脸打哈哈。那女人又发问："姨父是正教授还是副教授？"吉龙说："大概是副教授。"那女人忽然直视着父亲，说："姨父是正教授还是副教授？"父亲有点羞惭地说："只是个副的，以后再努力，看看能不能——"那女人眼神诡谲地盯视片刻，忽然说："副教授多如狗。"

这时，母亲喊父亲帮忙，父亲走了出去。慕伏瓦忍不住地笑了起来，她发出嘿嘿嘿、哧哧哧的声音。那女人问吉龙，她傻笑什么。慕伏瓦站起来，忽然觉得很轻松，迈步走了出去，还轻轻地带上了门。这间小客厅里只剩下那两口子了。

慕伏瓦走进厨房，左看看，右看看，插不上手，站着又碍事，正想走开，就听母亲说："吉龙还怪有本事呢，自己找了个媳妇。那女子长得不孬，听说是和吉龙一个厂的。"慕伏瓦觉得母亲的话充满暗示，她想撇撇嘴，又改成抿抿嘴，心里鄙夷地想，母亲有时候也不免浅薄。她很快又鄙夷起自己来，自己胆敢鄙夷母亲。

她又想到了他，这个周末他在干什么？他有女朋友，她已经知道这一点。她早该想到，早就知道，可又仿佛忘记了。似乎他应该全盘属于她。她凝视他的背影时，不由得觉得他们在无声地对话。

可是,这多么可笑啊,任何一个男子的沉默的背影都会引起女子的遐思,他只是碰巧呈现出这种状态而引起了她的注意。她很放心很肯定地想到,不是。

有点微微的醋意。一盘可口的酸辣萝卜丝。昨天,听人说,他很疼爱自己的女友,给她买了许多衣服,件件都是那么合适。她想,他一定是个可爱的深情的人。这种想法抹杀了关于他的一切平庸的记忆,使他的形象熠熠生辉。她开始回忆起他来,忘了他的女朋友。她的回忆只是一些片段的重复,每播放一次就添上她的思虑,比如,他站在窗户下侧身望着什么,那种沉思的表情。她已经把这一姿态剪下来贴在广阔的漫想的天幕上,它在千百种姿态中跳出,进入她的瞬间的思索,获得情意。她没有觉得自己的不妥,对一个连一句话都不曾说过的男子抱着这样的幻想,现在是津津有味,当它们积聚起来时,就会带来惊人的力量而做出惊人的事。她又仿佛看到他了,微笑着,猛然抬头,凝视了她一眼。

小客厅里静悄悄的,不知那两口子在干什么。慕伏瓦站在门旁犹豫一下,轻敲几下,没有动静,她一下子推开门。首先看到的是茶几上堆得小山一样的瓜子皮、糖果纸,又注意到他们的脚下也满是垃圾。那个女子还啃着一个硕大的苹果——这是母亲送进来的。两人结结实实地坐在沙发上,似乎很合意。看到她进来,他们的表情纹丝不动,状态也纹丝不动,仍旧吃着看着。

慕伏瓦告诉他们,饭做好了。那女子拿眼斜斜她。吉龙问了一句,你会做饭吗?她很高兴有这么一个不用回答的机会,一声不吭,立马转身走开。片刻,母亲在门厅里大声招呼:"吉龙,吃饭了。"这小两口才缓缓起身,走到桌旁坐下。慕伏瓦觑着那女子千金小姐的做派，似乎饭菜不合她的口味和身份，她是为了照顾大家才挑挑拣拣地吃，她要在饭桌旁给众人树立榜样和规范，对于不服从的都要给予目光一瞥。慕伏瓦注意到，尽管一小口一小口地吃，她还是吃了很多。母亲给她夹的红烧肉，父亲给她夹的瓦块鱼，她全都一点不剩地吃了下去，她还吃了许多菜，母亲给她添了一回饭，最后喝了一盒酸奶，吃了两个苹果、两根香蕉、几片饼干。慕伏瓦望着她，觉得她可爱多了。那女子离开饭桌就宣布，她一点胃口都没有。慕伏瓦想，没有胃口很高贵？

父母陪着这两口子拉呱，本来他们午饭后是要睡一会儿，现在只好克制住倦意，和他们有一句没一句地说。父亲几乎不说什么，母亲则尽量找话说。吉龙负责与母亲对话，却也常常张口结舌，仿佛母亲问了什么深奥的问题，其实母亲只是询问他的母亲和兄弟姐妹的情形。那女子——慕伏瓦没听见她说什么，她一定正在消化饭食。他们一直到下午四点多钟才离开。看那女子的表情好像不满意。他们搂腰搭肩地离开了，仿佛走出散场的电影院。不等母亲关上门，那女子忽然松开吉龙，扭着身子走出很远。母亲还站在门口说："有空常来。"

第六章　人事突兀

　　她在办公桌旁坐了一会儿,正在考虑要不要喝杯茶,茶叶似乎已在水中袅袅,升起的水汽如化成雾的小白龙。传达室的水开了,声音好像在一个无人的辽阔的空间回响,老刘又跑到街上看热闹去了?她沉不住气,走了出来。各个办公室里都有人,却没人主动去提水壶。有人在嘟囔:"老刘跑哪去了?水开半天了。"她提起水壶,余音又响了一会儿,如拔了气门芯的橡胶轱辘,一阵比一阵虚弱了。她给自己冲了一杯茶,水碱似乎看不见,也就不在乎,正在考虑是否应该提着壶到各屋遛一趟,潘伟拿着个巨大的杯子过来了,接过她的壶倒了一杯。

　　壶放回来时她一掂,一杯起码等于半壶,看看潘伟,他怡然自得地说:"这一杯水够喝一下午了。"她恭维他的杯子大,不必为了一杯水跑多少趟传达室,要么人到了水没开,要么水开了大伙你一杯我一杯地倒光了。这实在是个好主意,只是上哪儿找这么大的杯子?

　　潘伟介绍,这是他姐夫泡蛇酒用的,他一眼就相中了它的大个,催促了姐夫多少回,终于等到酒快喝完了,他把瓶底的剩余的酒倒在普通的酒瓶里——差不多一瓶呢,拿了过来。姐夫还不同意,说他自己也是好不容易搞到这么一个大瓶子泡蛇酒,光是蛇就在瓶里占了一半,一条白花蛇啊。潘伟也不多说,抢了空瓶就走。

慕伏瓦听他得意地说出自己的逻辑:姐夫能弄到一个,也能再弄第二个,再说,瓶子再大也只是个瓶子,我不过拿走一个瓶子,又不是一瓶子酒。接着,慕伏瓦又听他神秘地压低声音说:"就他那瓶蛇酒,没有千把块钱买不来。"潘伟呷了一口茶水,咂咂嘴,仿佛喝了一口酒,迈着四方步——一个中年发福且悠然自得的男子的步履,走开了。

慕伏瓦看见他进了最西边的一间屋,印刷厂的年轻人喜欢在那里聚谈,那儿有一台电脑,就相应地有一只火炉,火炉不旺,却能吸引人,最重要的是,赵会计经常在这屋里做账。这间屋被称作机房,它拥有一台谁也不会用也不屑用的电脑,慕伏瓦常常看到赵会计在电脑旁扒拉算盘。为什么会有电脑,电脑是干什么用的,不重要,重要的是,有了现代化的与信息社会擦上边的东西了。印刷厂更有理由存在了。早就听说有人想拆了这个厂,这使得全厂人——当然只有二十四人,包括退休的、停薪留职的、在编不在岗的等,都有点人心惶惶,怕丢了饭碗。有了电脑,这意味着印刷厂进步了,发展了,有点资格了,不是谁想掀掉就能掀掉的。慕伏瓦看见潘伟进去,这只罕见的瓶子很快就会成为有目共睹的了。

进了自己房间,坐下来,凝视窗外天空,天阴欲雪,这仿佛牵动了愁思。不知过了多久,忽听外面一阵喧哗,她思忖着,慢慢起身,喧哗已到门口。接着,平落沙的脑袋探进来,紧接着,全身都出现在门口,然后是一阵谩骂。慕伏瓦目瞪口呆,屋里只有她一个人,另外三位早出去了。平落沙气愤得咬牙切齿地诅咒。她回头又瞅瞅这个房间,疑心哪里还躲着个人。被平落沙搞得有些紧张,一向呆板的她竟然也满面含笑迎着平落沙走过去。望着她的笑脸,平落沙停顿了一下,刚才被她的沉默激起的怒火仿佛又被她的迎合的笑安抚了。她立刻感觉到这一点,暗自庆幸:不做亏心事,不怕鬼叫门,她没做什么,也就不必紧张胆怯得像一个心虚的人,把友好充分表现出来吧,弄清楚到底发生了什么事。平落沙瞅瞅她,忽然一转身,站在走廊里大声叫骂起来,所有的屋都能听见,慕伏瓦明白并不针对她个人,心里一轻松,好奇地问道:"咋搞的?"平落沙不回答,在之后的骂声中却也透露了一点原因。

昨天下午,平落沙和厂长、书记、主任一起关起门来打麻将,有人向公安局举报,说印刷厂聚众赌博,公安局来抓人,虽然经过百般解释,没有把人捕走,然而很尴尬,尤其是老厂长和老书记,很爱面子的人,听说老厂长气得腿直抖,老书记脸一阵红一阵白。慕伏瓦觉得有趣,对平落沙说:"知道是谁干的吗?"平落沙不吭声。她恍悟:如果知道是谁干的就不会有这场吵闹了。她笑嘻嘻地说:"怪不得有人说,印刷厂是'庙小妖风大,池浅王八多'。"说完自己觉着说得很合适,又自信地笑了。这时,旁边一个人说了一句更合适的话。

她听见尤梅说:"又不是在上班时间,下班时间打打麻将又有什么不可以的?人家中央领导人下班时间还要娱乐娱乐呢。"潘伟也接茬:"美国总统下了班还要打高尔夫球呢,咱的厂长、书记上了一天的班,由平主任陪着打打牌,这也是人之常情嘛,十亿人民九亿赌嘛。"潘伟说完,望望四周,看他讲话的效果。众人仿佛没听见最后一句话,只是一致点头笑:"人之常情,人之常情。"每人至少说了两遍。在其后的一段时间里，每当平落沙为此气愤，这四个字就立刻出现在人们嘴角。慕伏瓦注意地瞅着每个人的神色，大家全是友好体贴地望着平落沙，好像在用眼睛和嘴巴表达他们与她有着无与伦比的共同的心声。慕伏瓦忍不住地想，如果福尔摩斯在这儿，他能看出是谁举报的吗？

门外走廊里又响起了脚步声，似乎已经响了半天，现在忽然进入了她的意识，她发觉它已经由一片杂沓的声音变成一种清醒的坚定的声音。可是，它在徘徊，考虑着什么。它在别的屋门口停顿了几秒，仿佛抬腿想进，又犹豫了，终于，它摆脱了，一步一步走近来。她有些紧张，又期盼着，似乎来者可以解决她的一切问题，她似乎又在妄想了。她早就听出这是谁的脚步声。它在寂静空旷的走廊里响起，仿佛一个知音。这脚步声诉说着许多理解和体贴，还有承诺和誓言，海枯石烂，一生不变。她有些坐不住了，那脚步声，仿佛锤子敲打她的绷紧的神经，仿佛重物在她的蛛丝般的神经上挪移。有什么摇摇欲坠，有什么肝胆俱裂。她变成了一个宏大的空间，脚步声就回响在这个空间里，发出轰轰的回响。

他过来了。她低着头，假装潜心读书。他站在门旁，手扶门框，扫视一遍，稍停片刻，仿佛意犹未尽，留恋地离开了。她在万分局促中还是看到了他的咖啡色裤子和咖啡色上衣。这个咖啡色的影子又逶迤而去。不久又出现在大门口。她舒了一口气，发现自己手脚冰凉。她暗自询问自己："为什么？难道在自己的心里也不敢面对？为什么？当风吹动他的额发，当夕阳照着他的侧面，我是这样的心神不定，我自诩的而且辛苦建立的心如枯井就这样不堪一击？难道我是个假正经？我如果能像陈林燕那样，也许要好得多，有着她的洒脱而不要她的矫情，嘻嘻哈哈地和任何人说话，不会望着他们的眼睛疑心重重，不会对任何一个男性生出莫名其妙的好感，仅仅因为他是男性；也没有执拗的反感，也仅仅因为他是男性。"

她告诫自己："宽广的心胸需要美好的事物，没有这样的般配就不会有这样的理由。可是，如果一个人吃饱了没事干，该怎么办呢？"她又一次地想到这个问题，这个问题仿佛一个巨大的红色的问号凸现在许多小的黑色的问号中间。层层叠叠，仿佛体育场的看台，忽然一个人站起挥舞红旗，欢声雷动。她在椅子上扭动了一下，换了个舒服些的坐姿。慕伏瓦叹口气，以为自己遇到了前所未有、独一无二的问题。她如果能够听到高丽娜和尤梅在另一间屋里的一番谈话，就不会有这样的感想了。

在最西边的屋里站着几个人，刚刚闲扯过，现在正在沉默。忽然有人提到了她。张长征故意粗着嗓门说："啊，慕伏瓦，与众不同。"说完，自觉好笑，又哧哧一笑。用鼻子发出笑声仿佛是他的独特的调侃和愤世嫉俗。但这样一句话仿佛惹起了众怒。

高丽娜轻蔑地说："总是空想有什么用？人还得生活在现实中，我觉得她还是有点单纯。"

尤梅立刻接口道："对，她不是与众不同，她是傻，她是比别人都傻。"众人不语。尤梅又说："她觉得自己了不起，我看出来了，她自以为是，其实她现在是什么心情，脑里想什么，咱都知道，咱年轻时也是那样的，但现在不那样了。"高丽娜笑着说："你年轻时？你现在老了？"尤梅嗫嚅着："那时我二十岁，现在都三十了。我能看透她,她一抬腚我就知道她拉什么屎。"说完立刻闭嘴,意识到自己的粗俗,有点不安和局促。

高丽娜缓释道:"她这人么,没什么坏心眼。"张长征斜睨了尤梅一眼。杨四极说:"还是年轻,年轻,我年轻时,那才荒唐呢,比她还荒唐。"众人惊奇。杨四极意识到用词不合适,连忙摆手道:"不是那意思,不是那意思,我也没做过什么说不出口的事,就是有点怪,总想和人扭着干、对着干,人家往东,我偏要往西,人家怎么说,我偏不怎么做,结果搞得自己很被动,过了很长时间才转过弯来,自己也很痛苦。"

张长征笑着,换了一个站姿,两手抱胸,说:"我看小慕过得挺愉快的,天天穿一身白,一尘不染的,飘来飘去。"杨四极说:"你看到的都是表面现象,心里的事,谁能说清楚?"尤梅说:"她懒惰,她天天穿着一身白衣服,能干啥?干啥不得沾上灰?她肯定什么也不干,她是个懒女人。"

杨四极笑,原地踏了几步。张长征不语,含着笑。他俩仿佛都不想认可尤梅的话,也不想反对尤梅的话,只是笑,仿佛同意。

高丽娜沉思着说:"我发现她有时候眼睛红肿,好像哭过。"尤梅抽抽嘴角,发出一声冷笑。众人沉默。杨四极觉得应该针时自己的"荒唐"之说再解释解释。他受不了别人的猜疑。

杨四极讲自己当年下放农村时养猪锄粪的事。他所谓的"荒唐"就是指不听别人的经验之谈,自行其是。别人告诉他,猪食不要一下子倒得太多,否则猪不吃,要一次往猪食盆里倒半盆,等猪吃完再倒,不要倒冷猪食,猪吃冷食不上膘。杨四极手舞足蹈地说,自己一听别人说要这样不要那样,心里就烦,忍不住地就要逆着来,结果,一年下来,别人养的猪都胖胖的,只有他的猪瘦巴巴,别人说他偷懒,他还觉得冤枉。他得着一个教训,就是当你对某事不了解时,你一定要听从有经验的人的意见,标新立异、独树一帜,那要等你完全掌握、熟悉以后才行,刚开始就得一步一步、按部就班地模仿别人。只有非常熟悉了才能突破、创新。杨四极对自己点点头,对自己说出这样有哲理的话有些惊奇、有些得意。众人感兴趣地听着,看到他的神态,又有些不想听了。他讲到如何翻粪晒粪时,大家觉得胃有点动静,都露出怪怪的神态。杨四极兴致勃勃地说着,最后得出结论:年轻人都这样,不听老人言,由着性子干,荒唐,撞上了南墙才回头。他很满意地给自己的解释画了句号。

张长征的乖戾脾气又发作了,偏要刺激他,就说:"鲁迅先生说不要理睬老年人,尽管去做,做错了再改。"杨四极连连摇头:"鲁迅的不能听,他太偏激,要是都听他的,那吃的亏可就大了,他能受得住,别人可受不了,不能听,不能听。"杨四极又摇头又摆手,还晃了晃脚,就像所有的伶俐人,说起话来不仅用嘴还用腿。张长征站着纹丝不动,似乎老成沉稳。可他经常哈哈大笑,表示对一切的不以为然和自己的高超与旷达。这笑声却显示出他还是一个年轻人,一个未婚的年轻人,有着多少落寞和眼泪在里面。他的笑会戛然而止,仿佛突然裂开,开始的放肆和结束的克制都是那样不自然。

杨四极还想发表些高谈阔论。他的下放经历是他的财宝,他经常拿出来示人,每次讲述一番似乎都加深了理解,仿佛又经历了一次。还有,重要的是,这些使他与众不同,比别人高明,比别人练达。他也时时表现出这一点。不讨人厌。他是聪明机灵的,会觉察众人的态度及时刹车,有时也控制不住地滔滔不绝,他的谈话里也有点新鲜的有趣的东西,还能吸引人。高丽娜站在那儿,觉得这点新鲜有趣要结束了,便借口喝杯茶扬然而去,尤梅也尾随而去。

慕伏瓦觉得自己的铠甲惊人地厚,似乎又惊人地薄脆,她有时不在乎一切,有时又似乎有一线犹疑钻进。她望着那个站立在院子门口的背影,那个高大而执着的背影,想着朱兰曾经对她说,他的脸上有一种英气。想起这个她觉得甜蜜羞涩,似乎别人说的是她的男朋友。可笑的情感,她瘪瘪嘴唇,蔑视自己。可是,他的背影,她望着它时,恍惚觉得他转过身,含笑的谦恭的而不是傲慢的沉着地向她走过来。她觉得他有点紧张,他是那样镇定从容,这点紧张使她深受感动。她多么想热烈地迎上去。想到自己无神的近视眼表达不了的情怀,自己的短短的鼻子势必会破坏的气氛,刹那间回到了现实。

她仍旧站在窗前,望着那冷淡的背影。站在窗前几乎看不到他,仅仅看到了他的衣服一角,其余的都靠想象来补足。她忍住不再看他,他的脚步声又在心里响起。她仰望大楼。

她可以视而不见,充耳不闻,不让他有空子钻进来,大扫帚把他扫出去,仿佛他是一粒尘埃。想到他对她完全无感觉时,就更要下决心当他是尘埃了。奇怪的情绪,她就这样来贬低他,侮辱他。她看清这一点,心里的烈火却燃烧起来。她走进院子,烦躁地踢了一脚常青树,锐痛的感觉传过来,几乎要大叫,瞬间,又感到了解脱。他从她的心里倏乎消失了。一只跳蛙,刚才还呱呱吵闹,现在突然跳进了水里。青绿的荷叶上,水珠抖动。

远远的有一个女子袅袅婷婷而来。她好奇地凝视着,心想:她似乎是要到这儿来,她的神态和步态中透露出的一种气息表明这一点,还未看清脸,却具有一种一望而知的情态。到这儿来会是找谁呢?她把单位的男同事在心里数了一遍,有的没有这么年轻的老婆,有的没有这么大的女儿,有的自身条件简陋似乎配不上这等标致女子,她已经认定这女子标致。眼睁着那女子走过来了,她忽然感到一种焦心般的好奇。也许只是个碰巧路过的人,可这个方向并不是路,那女子越来越近了。她盯着女子,心跳起来,又耐住自己,冷静地想:只是这女子身材好,远看效果很好,也许经不起近观呢?况且,又和自己有什么关系呢?她不必降低别人,或者降低自己。大概是来找厂长的,报社的记者之类,前一段时间曾经有报社记者来过。不知什么事,想也没什么事,能有什么事?她这样一想,觉得就是这样。

不管靠不靠得上边,这个女子做记者似乎挺合适,有着文人的气度和自信的举止,瞧她的腿、迈步的动作仿佛是走在红地毯上,一手挎包一手摇曳的姿态又仿佛她面前有着为她而一扇扇洞开的门。慕伏瓦想:这就是养尊处优的结果,像自己这样为着一碗牛肉面都要和人挤,也许最后还吃不上,尤其是自己租住的那间小屋,周围的贫困与脏乱;这样的环境绝不可能诞生这样的女子。慕伏瓦猜测:她一定没有结婚,一定没有和父母住在一起,一定有一套舒适的住房。

慕伏瓦打量着这个陌生女子。直到那女子打招呼的声音响起,她才突然意识到她是来找他的,接着,又一个念头冒出来:她是他的女朋友。她突然感到自己发烧的脸,用手摸摸,竟然很热。刚才她把他忘记了,她早就应该想到是他,除了他,还有谁般配这女子?她没有想起他来,她从来不愿意把他和其他男同事混为一谈,尽管他也是她的男同事。然而他是应该高洁的。她希望是这样,不过现在,一种模糊的羽毛掠过眼角形成的暗影,在她的空空的眼睛里、空空的办公室里飘过。

她很快摆脱了幻想,克服了揪心的感觉,再一次地战胜自己。心里的那面镜子又举了起来。她想转身走开,却发现别的同事出出进进,似乎勤快了一些。她恍然大悟,他们要看爱情戏,他们都知道,只有她不知道。看出这一点仿佛使她更冷静了。她也在门口站住,手里端着茶水,不时喝一小口,品茶赏景。她想看看爱情中的他是否也同样可爱。千万不要让人恶心,或者让人别扭。

他低着头,那女子仰着头,仿佛拧动了扳手上的螺丝,两个卡口慢慢靠近,螺丝不动了,上卡口与下卡口就隔着几厘米的距离互相凝望了。听不见他们说什么,从他们的态度来看一定是没有隔阂的。两个人,一个仰着头,一个低着头,这种姿势保持了很久。慕伏瓦发觉很久了,心想:他们的脖子不酸吗?他们老是说话不觉得累吗?他们的互相凝视的眼睛不会受惊吗?

这真是一幅好风景,三棵树旁,一对年轻人,其他的不要看,看了也别想。朱兰从她旁边走过,别有用意地笑着瞅了她一眼,弄得她有点紧张。等到听见朱兰问厂长:“又谈了一个女朋友?看着不大像上次那个。”她才放下心,自己没暴露什么。竟然没听见厂长说什么。陈林燕忽然跳出来,拿着相机要给他俩照相。他俩也挺大方,瞅着相机照了几张,手牵手进了厂长室。慕伏瓦想,厂长室里有沙发,有饮水机,有报纸杂志,还有两盆花,也是个谈恋爱的好地方。不知怎么,她竟然发觉他有点尴尬地朝她的方向瞟了一眼,只是一瞬间。两人已在厂长热乎乎的招呼中走了进去。她大奇,先疑自己神经过敏,后疑自己眼花了,后又一想,即便是真的又如何?就像一瓢水和一条河的区别。不时有人从厂长室门前经过,伸头看看。她忽然觉得自己也不应该免俗,也倒满了水,捧着玻璃杯,呷着,也经过而伸头,迅疾一瞥。

■ 第七章 原地打转

慕伏瓦忽然觉得轻松愉快,自己也奇怪,为什么会轻松愉快呢?她惧怕什么?她不是给自己生造了一个圈套,套牢自己,现在发现轻易地摆脱了?他有女朋友,她不必抱幻想,确知她和他之间的天堑鸿沟,这一点似乎是轻松的原因。她有足够的理由和理性劝阻自己,还是有点伤心,这点伤心仿佛使她坚决,她快刀斩乱麻,完全割舍,像从前一样。慕伏瓦得意地在院子里走走停停,认为自己已经医好了迷茫症,不时用无畏的目光扫扫他屹立在门口的背影,还捋捋头发,摸摸衣扣。平落沙走出来,斜眼瞅瞅她。她忽然明白,自己在平眼中又在装腔作势了。她四顾望望,发现厂里的两个小聚会又开始了。

以平落沙、李明辉、陈林燕为主要人物,还有其他几个人,是经常在一起开小会的;以赵会计、常会计、高丽娜、尤梅为主要人物,是另一个小会。第一个小会里的平落沙和厂长关系好,第二个小会里的赵会计和书记关系好。厂长书记不大参与,却对每一个人的言行都心知肚明。慕伏瓦从不参加这小会,不是轻视,是不耐烦。她觉得听他们说话总不如看书有趣。还有一些人,不是坚定的抱团主义者,也就不是小会的忠诚会员,他们这儿串串,那儿遛遢,保持着高度的新闻敏感和机警的应变态度,了解同事们的情绪动态,观看风生云起。这样,他们才能像平落沙们一样吃得香睡得甜。虽然平落沙吃得不香睡得也不甜。按照印刷厂的原则,知道领导在干什么,也知道同事在干什么,就可以放心了。平落沙对此很清楚,她应该有这样的通俗情绪,只是,她有一个不幸的家庭。每当平落沙化着浓妆时,大家都知道她又在家哭过了。

张长征和杨四极就是这样的串子。慕伏瓦认为他们很高明,他们可以在任何时刻出现在任何聚会上而不会被戒备,被冷遇。她后来才慢慢发现原因:杨四极和厂长书记都亲近,张长征喜欢掉书袋,无论何时何地,他都能够任凭嘴巴信天游,这是他俩受欢迎的原因。没有多少工作要做,一天的活一小时就能干完,剩下的时间就是互相刺探,锐利的眼睛和耳朵就能抓住时机为自己谋福利,不那么精明的就只有怨自己糊涂。

这会儿慕伏瓦注意到业务室的门悄悄关上了。又有阴谋了,她想。竖起耳朵,听不到什么,进去听也不可能。那些特务间谍都是怎么活动的?如果有窃听器就好了。她特意从业务室门外经过时,听见陈林燕大叫:"那个马屁精,她凭什么?"众人嘘她,屋里安静了。

片刻,李明辉沉静地说:"凭什么?凭她和领导关系好,你和领导关系好吗?你要是像她那样,也照样会给你,凭什么?不凭什么。"

陈林燕仍然激动地说:"她有什么资格当三八红旗手,她有什么资格评上中级职称?"

张长征用鼻子笑着说:"资格,谁和你讲资格,领导说她有资格就有资格,你说她没资格,你是领导吗? 你要是领导,来,我这就巴结巴结你,走,中午别回家了,跟我吃饭去,想吃啥就点啥,看能不能把你这个猴子精给吃胖一点。"

大家哄笑。笑声没有结尾,尾巴仿佛断掉了。似乎众人心里都存着一把刀。片刻,一个怨恨难平的声音响起:"不声不响,偷偷摸摸地想给谁就给谁,哪儿还有法制和民主,到局里告她去!"众人沉默。

慕伏瓦明白这沉默的意思,经常是有人到局里去告状的,也不大有人问。慕伏瓦觉得局长更多的还是相信厂长书记,难道要相信不名一文的小百姓?

有一声动静,她赶紧走开,刚至树下站住,门开了,平落沙第一个走出来。慕伏瓦望着她走进排版室,忽然感觉谐趣无比。要知道,关着门说的每一个字都会清晰无比地传达到厂长书记那里。这里面有着她不能理解的奥妙,猛一眼望去,似乎懂了,细细琢磨,又不懂。

她猜出刚才这场谈话的起因,肯定是领导又悄悄地把什么好处给了某人。这种事所引起的怨气可以持续多少年都不消失,这简直就是一个毒气弹,不仅毒死了动植物,还毒化了土壤水源,影响力的巨大让人想不出。梅诗韵二十年前受到的不公正待遇,直到二十年后还念念不忘。赵会计不大唠叨,然而讲起某件事时,听者仍然能够强烈地感觉到那种冰冷的待遇在她心里扎了多么深的根,使一个毫不相关的听者也仿佛看到它执拗地在她的神经血管里盘踞,时时提醒着她,敦促她去做戏。

这不是心胸狭隘,这是对人类天真和本性的挑战,人们就是要在不公正中被塑造出来。

她感觉院子里的空气从四面八方向自己周围聚集,密度很大。她用力呼吸,求救似的四处望着。她没有朋友,需要时也没人靠近她。她很清楚,这种郁闷感不过是早晨四五点钟时做的不愉快的梦,真实感很强。它是浅睡时的梦境,一声轻轻的呼唤就能唤醒她,使她瞬间摆脱梦的麻醉和无力。可是,没人向她指出这一点。

只需几句话,几句无关紧要的话,用友好的态度说出。她望着陈林燕匆匆忙忙地走进传达室,希望陈能和自己说几句,她一向很感激陈林燕的没大没小和不知高低,和对她的一视同仁。看到陈林燕拿起电话,她有点失望地收回目光,知道这个电话会持续到所有的人都不耐烦地提出抗议才会结束。只要听听那五花八门的内容,你就会惊叹人们的生活可真丰富复杂,全然不同于她的生活,为什么她不羡慕也不理解呢?

理性解释说,她还没有跨过一个阶段,一个总是觉得苍白的阶段。将来有一天,她会认为这个阶段是最浓墨重彩的。在这时,树叶的落地是富有意韵的,风吹动一片被丢弃的纸片都仿佛在讲述着什么,抬头望去,树枝刺破蓝天,淋漓下大片的宝蓝染就她冷淡的心情。凝望他的背影时,那凝滞的后背,像一个人终于张嘴要说什么,又犹豫着闭上了嘴巴,紧抿的嘴角的线条纹在下巴上。这一时期的生活就像水滴,似乎寡淡,置于阳光下就会变换出色彩。等到度过了这个时期,等到她能够像别人一样生活。那种生活,不过是洗过调色盘的水,虽然丰富多彩,却是灰暗的。

现在,她只觉得自己被一层薄膜包着,需要一句来自他人的话,建立一个迥然不同的新世界。她又望了望他,对他不抱希望,他永远也不会对她有任何帮助。想到这一点,她对着模拟中的自己笑笑,嘲笑自己的异想天开,嘲笑自己的深以为苦的处境。没有注意到,她的笑打动了一个人。她朝她走过来时,她还有点惊奇,她是应该跟在高丽娜后面的。

尤梅欲言又止地站在她面前。她疑惑地注视着尤,搞不清她单独出现的意义。尤梅告诉她是谁评上了三八红旗手,不用考试、不用写文章直接享有了中级职称,这消息还是一个到省里出差的人偶然听说的,去年的事,一直没人知道,直到现在印刷厂的人才听说。慕伏瓦想,尤梅心里是很难受的,她条件都够,却迟迟没有评上中级职称,也没有编制、没有名额什么的。两人沉默地互相瞅着,像一条鱼与一个人互相看着。一个在鱼缸里,一个在屋子里,互相不懂。自己就是那个生活在清水里依靠饭粒苟延残喘的生物。她听见自己的沉默弥漫开来,为了打破这沉默,她笑笑,仿佛在说:"有什么办法呢,现在不都是这样?"

尤梅有点郁闷,又仿佛有点后悔,低着头走开了。慕伏瓦舒了一口气,感到自己能够呼吸了,她不经意地一笑,与世界建立了正常的联系。她望着尤梅颓然地走进办公室,在桌旁坐下沉思。从业务室走出的人似乎都有点情绪,一向嘻嘻哈哈的张长征也沉默地两手握着拳头。张长征看了她一眼,没有表情,没有惯常的嗤笑。她知道他惯于把她看作无知觉的人物。她望着他们走进各自的房间又传出刚才听到的信息。吞下一根针,需要胃酸来消化,幸而都有强大的胃酸。她不需要消化什么,她周身都在分泌酸,把自己周围腐蚀成岩溶地貌,现在就只有望着这稀奇古怪的景象发呆了。她又望了他一眼,疑心他和自己有共同的熵。

也许他和她应该相爱。这一句话刚在心里出现她就吃惊地截断了电流，望着空白大骇。她做了一个挥刀砍下的姿势，昂头走进办公室。她思忖，自己在乎什么呢？除此之外，人生还有什么好在乎的呢？她既感到空荡荡，又觉得填满了。一个有毛病的胃，一口饭没吃却感到饱胀难受。她又走了出来，来到树下，想放下什么。片刻，想从树下走开，却仿佛被什么牵住了脚。无论她想做什么，都没有理由，也没有动力。她做了，然后加倍地排斥、推翻、否定。她又对想象中的自己笑笑。没有路，不需要路，只要打转，原地打转就行了。她一手扶着树干，一手拎着杯子，一只腿直立，一只腿弯着，斜斜地站着，保持这个姿势很久，直到下班，背着包头也不回地走了。

■ 第八章　暮色羞花

　　她已经从同事那儿听说了他的轻浮与放荡,看到他时,却认为他是端庄严肃的。她怎么会不这样想呢?他的敏感和害羞,如此生动地像电影一样在她面前重现了。她会怎样想呢,还能怎样想呢,是谁使她这样想呢?他肯定不是故意的,她看不出那种羞愧的态度是故意的,还是伪装的。他的脸红红的,他的脸一向都是红红的,可是那一会儿似乎更红了。一个虚伪的人能够控制自己的神经,他能控制自己的血管,控制它的翻涌吗?他能哄骗自己、欺哄别人,可无法在瞬间的反应中做假。那一瞬间是真实的,她相信这一点。这一点仿佛沙粒,将在珍珠贝的体内磨炼包裹成珍珠;或者像一片雪花,在漫天的大雪中变成一个雪球。她知道这漫天的大雪是什么,这场纷纷扬扬的已经在她心里开始纷飞的大雪是什么。她见过他的女朋友,知道她长得很美,性格也很好,可是,她还是要下雪。一个英俊的男子满面羞惭地从你身边跑过去,你知道是你自己引起了这种羞惭,这种迷人的羞惭时,它的意味……

　　那天下午,她去传达室拿报纸。她很少走进老刘的房间,那个黑洞洞的充满气味的房间。烧水炉子和报纸常常放在走廊里,也没有必要进去。那天,老刘说报纸在床旁边的桌子上。她不假思索地进去了。有点好奇和惊讶,老刘的房间是这样丰富独特。炒菜锅放在屋子中央的地板上,一碗剩菜放在板凳上,唯一的一张小方桌上放着一双旧皮鞋,那种过时的尖头皮鞋。老刘跟进来看到她的目光,立刻解释道,皮鞋刚拿去修补过,还能穿,很结实,他大哥送的。慕伏瓦听老刘讲过很多次,他大哥在福州收破烂,一个月能挣五六千,有时候收到些衣服鞋帽的,看看还行就自己穿了。老刘每次都要强调,是收废旧电器、书籍报纸和不穿的衣物,等等,不是扒垃圾桶。他认为收这些东西比扒垃圾桶要光彩些。他很羡慕很佩服大哥的气魄和眼光,竟然想到跑去福州干这个,要知道他的家乡有许多人都在合肥、芜湖一带打工,大哥跑去了这么远的地方,挣到了钱还不辛苦,家里的几亩地租给别人种,粮食有保证,一年还落下个四五万。去年大哥过年回来,请戏班子唱了三天戏。老刘一说起他大哥就有许多话,若别人问他干吗不去跟他大哥干,他就噤口不言。大家知道他是舍不得这份看门的差事,工资低,可是煤、电、水随便用,不用交房租,活儿还清闲。张长征曾经揶揄地说:"鸡肋,鸡肋,食之无味,弃之可惜。"

老刘有个顾虑,就是怕厂长辞了他,尽管对大哥推崇有加,假若听者得出了他想离开印刷厂的结论,那就有悖他的本意而使他有点惊慌了。慕伏瓦看出那双皮鞋在老刘心里的价值,由床底下而升至饭桌上。她站在屋子中间,不知如何迈腿,没有下脚的空,想回头走出去,来的路上又刚刚堆了东西,那是老刘为了方便她走路从她面前移开的。她说:"老刘,你这屋里成仓库了。"老刘笑着,飞起一脚,一只动物惨叫着逃掉。她问:"你养狗?"老刘答道:"瘟猫。"老刘在前开路，又飞起一脚，把一只纸箱子踢进什么地方。

在糊满灰尘的暗淡的窗下有一张桌子，桌旁一张床，吊着白色的蚊帐。白色是推测出来的，蚊帐是灰黑色，根据用旧的蚊帐特点，它曾经一定是白色的，用在老刘屋里已经很讲究了。可见老刘并不是个邋遢人。慕伏瓦走到桌旁开始翻报纸，对这张磨损得掉了许多漆的桌子感到稀奇，桌子的来历没听老刘说过，以后得问问老刘。她无意中瞥了一眼床上，被子没叠，睡了一个人。她这才注意到，屋里还有一个人。她又瞥了他一眼，自己的眼睛已经习惯于黯淡的光线而看得清清楚楚了。是他。淡蓝色的牛仔服在室内看来像蓝灰色，她在外面见他穿过。他睡着了。她奇怪地望着他，心想他怎么会睡着？老刘说他喝多了。

她移开了视线，觉得看一个男子睡觉不大合适。老刘听到外面有人喊就出去了。她没有出去，借着窗户的光线细瞅玻璃板下老刘的全家福。可是，她又看了他一眼。后来她想，如果想让一个女子爱上一个男子，只要让她看看他睡觉时的神态，不是跟他睡觉。像现在许多电影小说里表现的那样，两人一见面就睡觉，实在是毁灭一切的方式。她望着他的隐没在阴影中的头，微微地歪着，脸部的光线要亮一些，像那种炭笔素描，明暗对比，轮廓清晰。素描要沉滞得多，他却很美。那张脸仿佛毫无掩饰地呈现出一种纯洁的、无辜的、恬静的、信赖的神态。他微微地张着嘴，仿佛有点口渴，向往什么似的微微噘起嘴唇。慕伏瓦很愿意自己手里有杯水，很愿意自己能毫无顾忌地把水滴入这张口中。她甚至还注意到他的睫毛长长的，睫毛是那样沉静地忠诚地守护着眼睛，不愿睁开。她很想轻轻地对它说，我不会伤害你，你为什么不信呢？

忽然,咣当一声,潘伟进来了。他大声嚷道:"老刘,你这屋子还能住人吗,你也不收拾收拾;外面的壶都要烧干了,你野哪儿去了,泡妞去了?"外面有人大笑,说:"老刘泡妞去了!"老刘拎着壶进来,嘿嘿笑着说:"我上哪儿泡妞也没你小潘有经验。"潘伟问:"报纸呢?"老刘说:"桌子上。"

潘伟走过来,瞅瞅,嚷道:"咦,老刘,你这床上还睡着一个人,谁?你儿子吗?怎么没听说你儿子要来?啥时来的?一股酒味,老刘,你儿子是未成年人,你可不能给他喝酒,《未成年人保护法》,你知道不,你懂不懂?你这乡巴佬,农村来的土坷垃。"潘伟的嚷嚷仿佛使一切都变得正大光明,慕伏瓦和他仿佛尊神一样站着,望着这个睡着的人。忽然,他醒了,脸上的圣洁感立刻消失,他显得有些不耐烦。慕伏瓦不再看他,潘伟问了她一句什么,她回答了。这仿佛提醒了他,他一愣,接着猛然起身,瞅了她一眼,跑了出去。她记得他的表情,永远也不会忘。在老刘那阴暗的房间里,如花盛开在幽暗的背景中。红色的花和羞涩的脸庞。

初春或者仍旧是冬天的早晨,冷水一样。她向包子铺走去。路上似乎冷清些。她左顾右盼,没什么区别啊,那些读熟了的招牌、看惯了的门脸,几个人影在晨雾中晃动,一不留神脚下还会趔趄一下。路总是那样不平。她慢腾腾地走进包子铺,屋里很挤,今天吃包子的人格外多,已经排起了队,她就走过去站在队尾翘首以待。嘴巴空闲,眼睛也空闲,四处打量起来。

以往摆在门口的蒸屉和桌子现在都搬了进去,就使得房间有些拥堵。一个大块头男人一转身碰掉了一笼包子,小白包子轱辘辘滚到地上,一个人想躲开反而一脚踏上去,踩烂一个,使得漂亮的包子立刻变成一种令人恶心的东西。卖包子的让大块头男人买下他碰翻的一笼包子,大块头男人不干,声称是笼屉放得不是地方,是他们的责任。卖包子的振振有词,说大家都看得清楚,就是你碰翻了笼屉。大块头男人扫描了众人一遍,大声说道:"谁看清楚了?"没人吱声,接着有人窃笑。

大块头男人用息事宁人的口吻说道:"这种情况就应该卖家负责,是在你卖家的地盘上,你卖家应该预先考虑到可能会发生的事。笼屉摞那么高,还不整齐,人又多,挤来挤去,别说我碰到了,就是我不碰它也会倒。"

卖包子的气呼呼地说:"说那么多干吗?你就说,这笼屉是不是你碰翻的?"

大块头男人说:"你想占我便宜?!"昂然欲走。

卖包子的抓住他的衣服,他猛然一甩,说:"你侵犯人权,知道不?"

卖包子的说:"你赔我包子钱!"

他说:"你放手!"

卖包子的说:"你赔我包子钱!"

两人重复了好几遍,围观者中又有人发笑。

大块头男子忽然用力,卖包子的马上跌倒,被别人扶起后,两人互相盯着。包子铺里出现了一种即将开战的气氛。卖包子的忽然不顾一切地冲过去,大块头男人抓住他的肩膀,不让他的头顶到自己的肚子。卖包子的瘦小,年轻,火气大。大块头男人似乎有内力,他嘲笑着紧紧抓住,嘴里还咦咦啧啧的。这样就耽误了大家吃早点。有人抗议,有人劝解,有人津津有味地边吃边观望。慕伏瓦瞅着那些心旷神怡的面孔,他们今天花的钱可值了。

有人大声问道:"以前都在门口摆摊,怎么今天放屋里了,这么挤能不出岔子吗?"又有人说:"他妈的,我走了一条街也没买到早点,瞅着这有个铺子,进来了半天还没吃上嘴。""咋搞的?"有人大吼。没人搭腔。

片刻,有人说:"评文明城市,不准摆摊设点。"

有人反问:"凭什么不准,不准摆我上哪儿吃,这是谁家的道理?"

片刻,又有人大声说:"谁不让摆摊设点? 谁?"

人群安静。稍停,忽有人大声说:"人民!"

众人笑。接着又有人说,卖菜的流动摊贩也看不到了。又有人说,还是人民! 众人哈哈大笑。慕伏瓦也觉好笑,再看看那两人,已被人拉开,大块头男人扔下十元钱,嘟嘟囔囔地走了,卖包子的从地上捡起钱,诟骂不止。

慕伏瓦拎着包子走进单位,看到门口贴着一张红色纸,大家都围拢看。她也凑近看,是市政府致全市人民的一封信。省文明委检查组来检查,可能问的一些问题都给出了标准答案,希望市民遵照给出的答案回答检查组的问题。潘伟说:"看清楚了,记住了,到时候别乱说,谁乱说扣谁工资。"

赵启明说:"这除了能管住有单位的人,那些没单位的人,扣谁的工资?"

杨四极说:"人,都能管住,没有管不住的人,只是,管不住的是嘴,人家入户地访,谁能保证人人都按要求说,还不是想咋说就咋说？"

张长征说："这不刚刚涨过工资么，听说要是评上了还能一人涨一级。"

杨四极说："有那心怀不满的，多少年没提拔的，这样的人，你就管不住他的嘴。"

众人默然。潘伟忽然大悟似的说道："听说文明委的人入户暗访时被狗咬了。"

众人语："检查组已经到了吗？"潘伟说："正式的还没来，先行的来了，听说昨天傍晚就在甬山社区，到了一家院子里不知怎么被狗咬了。"

有人语："关门放狗。"张长征夸张地说："胡汉三又来了。"杨四极嗤笑着说："和胡汉三有啥关系？这两者没有可比性。"张长征说："和啥有可比性？你倒说一个我听听。"

杨四极想了想，没说话，片刻，又说："这评上文明城市也是件好事。"

赵启明说："本来是件好事，可有人乘机大把捞，就不成好事了。"

杨四极连连摆手，说："别说了，别说了，扯开了头可就没边没沿了。"

张长征一本正经地说："该干啥干啥去，吃饱了为准。"

众人走散。

慕伏瓦坐在办公桌旁开始认真地吃包子，力争每一口都是享受，尽管除了咸味并没有其他，青菜的爽口和芬芳只是在她认为应该有时才出现。包子还是很快吃完。她倒了一杯茶，观察了一会儿茶叶,发现水里有闪光,久思不得其解,后来忽然想起一个解释:这是水壶里的钙质没有除去,又反复加热形成的结晶。喝进肚里不知是啥结果。她已经喝过多次都没有注意到,今天看到了,只能自慰说从前没有。喝了几口,终于还是倒掉了。

吃完了包子,她又迷惘起来,低头看自己的鞋尖,脚趾头拱了拱,再看看自己的手,第一次发现,两只手竟然不一样,一只小点瘦点,一只大点胖点。打了一个呵欠,第九十一个呵欠。其实并没有九十一个,她为什么要说九十一个呢?

这个数字有一种多的长的意味,如果说这是今天早上打的第八个呵欠,会有这么困倦的感觉吗?九十一,一个奇特的数目,很多,然而不够,离一百太近而使人一下子就跳到一百,于是看到了它的差距,同时意识到它的九十一次。这个数字在她的意识的世界里发着金光,忽然,红日西坠,数字像镰刀一样灼灼,冒着火苗,割倒了一大片黄色的麦子。一种空气的轰响席卷而来,镰刀忽然腾空而起,仿佛古典的字母在灰霭中燃烧。她再一次看看自己的鞋尖,检查手指,打个呵欠,从窗外望出去。

三棵树。忽远忽近的私语声。他的背影。

他开口说话时,她就仿佛看到,树叶纷纷飘落,一棵树枯萎,死去。

■ 第九章 啜饮仿佛吃喝

一个中年妇女出现在视野里。她瞟了一眼,觉得这个妇女似曾相识,便仔细打量起来。妇女穿着白色的袄、笔直的黑裤、不带一丝皱纹的皮鞋。慕伏瓦没有看到她的鞋,但从她走路的动作可以看出她是如何抬脚和落脚的。这种行走的特点,慕伏瓦在赵会计身上发现了,一种不使脚面出现折皱的行走方式,很省皮鞋。一发现这个妇女的一点迹象就可以明白她的全部。

高丽娜在走廊里遇上她,喊她李阿姨。慕伏瓦听见这个姓想起一个人。这个妇女有着一张怨妇的脸,还是一个色衰爱弛的女子。女子走进会计室,受到一连串的招呼,平落沙和杨四极也在会计室里,随后传出杨四极的玩笑声。她听出那个李阿姨叫李玉秀。她奇怪地想,李玉秀,是那个自己三年前看到的人吗?

那个有着一双锃亮眼睛的聪明俊俏的女子开朗地笑着,一口漂亮的牙齿像她的眼睛一样发着光。杨四极向她介绍自己:“这是慕映红,新来的。”又转向她说,李玉秀,也是厂里的同事,现在下海了。李玉秀对她忽闪忽闪大眼睛算作认识了,就忙着翻箱倒柜地找什么证件。慕伏瓦望着她灵巧的动作,心里十分敬佩,她是美丽能干的。现在看来一定出了什么事,又或者,此李玉秀非彼李玉秀。

　　果然，李玉秀离开后，就开始了关于她的议论。人们议论李玉秀的婚姻家庭。李玉秀曾经为了爱情而坐牢。慕伏瓦竖起耳朵听着，这迎合了她的狂想。李玉秀的第一任丈夫是个老实木讷的工人，成天只知道上班吃饭睡大觉。他经常上夜班，这种违反人的作息规律的工作制度使得他一天到晚总是疲惫不堪想睡觉，他的业余时间几乎全在蒙着被子打呼噜。如果不打呼噜他就会散步，专拣没人的地方去，比如，绕道从山的另一个坡上山，在防空洞地下道溜达，偶尔也会在人烟密集的大街上溜达。这时的他也仿佛仍在无人处溜达，他不看人也不和人打招呼，两眼直视前方，有时转动一下，那是遇见熟人了，他仿佛有点惊慌。

　　他给人的印象就是，手总是窝在口袋里，迈着距离相等的步伐漫无目的地走在大街上。他从不和人说话，也许也不和李玉秀说话。如果必须要交流，他就咬着舌头咕噜两句迸出几个含糊不清的字，没人明白他的意思。他的工作多少年如一日，就是拎着一只水桶，不停地提水往机器上浇，给机器降温。他没有被提拔过，也从没有改变过。他似乎很满意，在深夜里走过寂静无人的街道，怀着辘辘饥肠掀开锅盖吃妻子做的粉丝大白菜炖排骨，横倒在床上伸展四肢，思考着深奥的问题独自漫步。李玉秀说自己就像红色娘子军里的那个嫁给了木头的女子。

　　后来，她遇见了李青海，她丈夫的同事。这个男人会修家电，经常在下班时间给这家捣鼓电视机，给那家捣鼓电冰箱，被帮忙的人家过意不去，总要塞包烟送瓶酒什么的，有时给钱，他也不拒绝。找他帮忙的人是越来越多了，他就被看作个人物。他相貌不俗。

李玉秀家的洗衣机坏了一段时间了,跟丈夫说,他总不当回事——他当然不当回事,他从不洗衣服。李玉秀经人介绍找到了李青海。据说是一见钟情,具体的情形谁也不知道。李玉秀和丈夫离婚没离掉,就偷偷地和他结了婚,后来被发现,按重婚罪坐了五年牢。服刑期满后两人就正式结婚了,还生了一个儿子。随着国家改革开放的步伐,人们的生活发生了许多变化,两口子很能跟上步伐,开了本地的第一家家电修理部,随后又是室内装潢,接着又搞办公现代化,钱挣了不少。

钱就像糖果,甜蜜可爱但具有腐蚀性。慕伏瓦曾经到他们的店里去过一次,当时就觉得奇怪,在李青海的经理室里有一个漂亮的"花瓶"。"花瓶"无所事事,别人都在忙,只有她仿佛只是站着或坐着。过短的裙子,贴身的衣服显露出的曲线,修长的四肢,像一个长臂猿,没毛的长臂猿。慕伏瓦一点儿不觉得她美。

现在,这种现象已经稀松平常了。某一天晚上,李青海和一女子被发现在汽车里,老一套的故事又开始了。慕伏瓦听到这个故事后立刻眼前浮现出那女子的大腿。随后,就听说了李玉秀和李青海的战争。慕伏瓦只见过李玉秀两次,一次就是刚来印刷厂上班没多久,一次就是这一次。她已经能够认定,这个中年憔悴的李玉秀就是那个年轻俊俏机灵的李玉秀。一个女子几天之内变成了老妇,不仅是容貌,还有精神。眼神和表情都变了。人就像泥塑一样,失去了那点精神劲儿,成了一堆泥。

他不知什么时候进来了,这会儿正在玩打火机,不停地燃起又吹灭。他一定有乐趣,他很专注。野生动物一样永不停息地生动。

不是有科学家从猫喝牛奶中发现了数学定律吗？他从吹熄那小小的绝尘的火苗中发现了什么？瞧，他噘起嘴唇，轻轻地而微微带着点劲地猛然一吹，火苗立刻熄灭，令打火机愕然。他的大拇指稍微一动，火苗又出现了。树袋熊的眼睛，在墨绿的树影中眨巴。

她盯着那火苗入了神。多么有意思，稍许的期待和微微的成功总不落空。那火苗似乎不像火苗了，飞快地探出头，又飞快地缩回去，冒出来时是那样招摇，缩回去时又那样羞怯，仿佛在说，我是你能够触摸且感知到的小小物件，就像你的心脏上最粗的那根血管，它勃勃跳动，那就是我。它又出现了，扭动着，引诱着她。她禁不住地也吹了一口气。她是多么笨拙啊，这口气正吹到他脸上，没有吹灭那小火苗。他忽然一愣，迅速地瞅了她一眼，按下打火机，起身离去。

望着空出的位子，她感到内心在翻涌。他们是同事，为什么不能像同事那样相处呢？平静的，不冷不热的，保持着合适的距离和温度，不会翻云覆雨，不会大惊失色，像两个不相关却又在同一个屋檐下避雨的人那样，交谈或沉默。

他太沉默了，她也太寡言了，使得这种沉静仿佛有了含义。她还有一种奇怪的感觉，每次在外面看到他，她都感觉两人离得很近，但一回到办公室，在各自的位子上坐下后，再看看他，就感到无比的遥远了。他和她之间是一个不能传递光与热、不能传递声音与气味的太空。"咫尺天涯"这四个字又出现了。惆怅，茫然，感伤。

她屏住一口气，慢慢站起来，走到窗前眺望。现在她是如此热衷于眺望。那个提着菜篮匆匆走过的老太婆和她有什么关系？那个抱着宠物狗的女人，一边走一边抚摸着狗毛，惹得她怒火中烧。她想，我恨那玩意儿和那女人。可是，为什么呢？无冤无仇，两个无足轻重的东西，无足轻重，足以引人怨恨。她移开目光，不再看那女人和狗。她最后一瞥中却看到那女人和狗接吻。她只好笑笑，一个被狗咬了的人慑于狗主人的权威不好发作。她也笑笑，不介意她知道还有人在看着自己。

那三个家伙已经在那儿交头接耳半天了。她从窗玻璃上看到平落沙、高丽娜和尤梅三人的平面图，一张斑驳的印象图。不清楚，她还是能够看见她们三人诡秘的神态、不时变化的姿势。平落沙有时用眼角瞥她一眼，她注意到了。其实，她们不关注她。她们知道她根本听不见她们讲什么，三人都在打毛衣。高丽娜打毛衣，其他两人也打起了毛衣，用意却并不在打毛衣上。做着共同的事而有着共同的语言，这个玄机她还没有发现。

一个男人牵着两条大白毛狗走过去了。她又开始眺望。烦人，你避不开这种讨厌的动物就像避不开人。狗大摇大摆的，人在为狗得意。狗和人都过去了。上班、上学时间，街上并不热闹。一个瘦弱的衣着破旧的男人牵着一个衣服鲜亮的女孩走过去。他一定很爱那女孩，他不时弯下腰和她说话，或者摸摸她的小脑袋，把她的头发捋顺。这一定是一个贫困的父亲和一个被爱的女儿。假如，那女儿指着商店里昂贵漂亮的鞋时，那父亲该是怎样一种情态？那怜惜而酸楚的眼神。如今想看到这样的眼神也不容易了。在商店里，或者大街上，你能看到什么样的表情眼神？什么样的表情和眼神连接着他们的心和脑？总像有一层雾障。

她觉得有点饿了。一种容易满足的匮乏感让她有一丝愉悦和满足。一个人看着被书页划破的手指，深知那不是什么病症。在屋里踱来踱去，她开始感觉有点意义。被这点意义激励着，她走到她们身边，看她们织毛衣。

灵活的手指仿佛一个自动卷扬机，源源不断地吸收毛线而编织成物体。她聚精会神地欣赏着。平落沙瞅瞅她的神情，开始讲述自己打毛衣的历史。平的讲述应该是有趣的，她听起来却觉得空洞。平落沙想追求生动的效果，故意掩饰了什么，还自作聪明地突出某种情绪，在她看来却是乏味了。她以为平落沙有点缺乏才能，直到后来才明白是自己还不够世故，便理解了平落沙的良苦用心。那种缓缓的仿佛即将熄灭的火烬发出温热的懈怠的扯不断的日常用语，正是合乎印刷厂的精神的，合乎现在的三人氛围。

她从她们身边走开，感到难以忍受的厌烦。一下班她就提着饭缸快步走向农林局的食堂。

她有一个亲戚在农林局上班，帮她买了饭票。食堂离得不远且饭菜不错，比去小饭馆干净便宜。食堂不大，四间十四五平方米的房间，一间做厨房，另外三间饭厅。师傅是两个很干净利索的人，有着精瘦的面貌和红色的颧骨，那双有神的眼睛不大。瞅着师傅们也在吃同一锅里的食物，她就会更加放心。看到他们为了照顾顾客快速而有节制地吃饭时，她便觉得他们是很有涵养的。他们也不因自己掌勺就使劲多吃占公家的便宜，最让人感动的是，他们不用自己的筷子直接去夹大锅里的菜，而是用一把公用勺子盛在自己的小碗里，再谦卑地端着碗蹲在地上吃，一有顾客就立即站起来打饭。旁边有椅子他们也不坐。有人问他们为什么不坐，他们说，坐着就不想起来了，干活不爽利。

慕伏瓦觉得这两人可爱,常常满面笑容地望着他们说,别着急,别着急,吃完这口饭。他们眼瞅着她进来了就要站起来,把送至嘴边的一筷子菜缩回去。他们很善解人意,知道她也是肚子饿,不怠慢,立刻站起来给她打饭。他们也很大方,你要是说一句"再给点",他们也给你再添点。用感激的目光谢过师傅,慕伏瓦端着饭缸在第二间屋里找个座位。

她很少去第三间屋,从未去过第四间屋。第二间屋里的人似乎和自己差不多,普通人,大概是农林局的一般职工。第三间屋里很像中层干部,他们的举止和衣着似乎更有修养,不大像第二间屋里的人那样闷头吃饭,他们常常边吃边谈,谈的时候并没有饭粒蹦出来,吃的时候也没有声音。有滋有味,似乎他们吃的不是大锅饭,是小锅灶。慕伏瓦曾仔细地察看过厨房,并没有小锅灶。第四间屋常常半掩着门,有人在里面吃喝。那种一进来就引起众人招呼的人一般都步入第四间屋。他们不在窗口买饭,由卖饭师傅盛好端进去。第三间屋里的人,有的会时不时望望那扇虚掩的门,眼睛里有一种含义。

听着他们的谈话,办公室里的事或者家里的事,慕伏瓦是照旧地听不懂,她只觉得饭菜香,饭师傅不丑。

吃完饭刷碗很麻烦,没有刷碗布,又没有肥皂,用手刷会弄得满手油,她就像其他人一样,用饭缸接些热水,振荡振荡,用力摇晃摇晃,再喝口水漱嘴,就倒在门口的煤堆上。有的人提着脏饭盒离去,他们都是非常讲究的人,要回去仔细洗。等到次日吃饭时,所有人的饭盒都是干净的。

慕伏瓦曾经用没冲洗干净的饭缸打饭,被饭师傅惊奇地看了两眼,她就买了一块小方巾放在办公室里,专门用来洗饭缸。办公室里也有肥皂、脸盆、毛巾,用着挺方便,以前怎么没发现这一点?有条理和当回事就会好受得多。也不能太认真,她还得时时抱着一点玩笑的态度。

这都是从没刷洗干净饭缸被饭师傅一瞥得出的想法。饭师傅那善意的奇怪的眼神——吃了饭不刷碗? 她觉得不好意思立刻改正。次日再看到那一视同仁的目光时,她暗自舒服。从此,去农林局食堂吃午饭成了一个流畅的模式,饭后在卫生间刷洗饭缸时就更感到是一种圆润的拖笔法。她把饭缸洗了许多遍,里里外外,连饭缸把手的缝里都不放过,似乎饭师傅正看着她洗。打饭时每每自豪地把端着饭缸的手伸出去老远,甚至伸到饭师傅的下巴旁边,师傅似乎也习以为常,不表现出什么情绪。慕伏瓦觉出了吃午饭的乐趣。

食堂旁边有一大堆煤和一小堆黄泥,晴天时不觉得,一旦雨雪天,就会有黄水黑水大肆流淌。人们不得不踩着污水走进食堂。有的人一路跳跃,避免了鞋子上沾上过多的污浊。食堂的地板上已满是脏鞋印,你踩我踩的,到处污迹斑斑。慕伏瓦总是很小心地走过,看看食堂的地板她就忍不住地不快和空虚,坐在角落里,望着打饭窗口旁挤挤挨挨的人、门外潮湿的天。等到人少了,她才无精打采地去买饭。饭菜似乎不大香,饭师傅也似乎有着心事。天气一放晴她就会忘掉,就像一个人重新得到了个宝贝,很有新鲜感。

今天中午,一个阳光灿烂的日子。她起先没有发觉这一点,坐在传达室里听老刘说天气不错时才意识到太阳普照。她眯着眼看了看太阳,又在门口站了一会儿,踌躇着再一次走进传达室,在那张破沙发上坐下。这是张从厂长室淘汰的沙发,本来想卖给收废品的,却被老刘当宝一样地搬进了自己的小屋。这间屋被布帘分成两部分,里面的一间是老刘的卧室和厨房,外面的一小间是传达室,放着一张办公桌、一个木柜子、一张藤椅、一张破沙发,连转身都困难,却是印刷厂最热闹的地方。总有人来打电话、接电话、拿报纸、倒水,那只破沙发上总是坐着陌生人。慕伏瓦自然也不认识他。老刘也纠正了她好几回:"不是破沙发,没烂,沙发很好,很舒服。"

慕伏瓦望着老刘走进走出的背影,他在忙什么?老刘瞅瞅她,仿佛看出了她的想法,怀着一个谦卑狡猾的农村人的心思,不多说,面上带着笑。她忽然发现,老刘似乎总是面带着笑,她试着回忆老刘不笑的神情,好像没有。老刘十分委屈地对她说起书记待他不公平时,仍然面带笑容,仿佛一边笑话自己,一边笑话别人。

他给书记的儿子做媒,书记却没有请他吃大鲤鱼。两人结婚要请媒人吃大鲤鱼是这儿的风俗。慕伏瓦也是刚刚听说这一点,她好奇地问道,为什么没请你吃?她一说完就感到了自己的肤浅和唐突。老刘的表情很复杂,嗫嚅着。她经常在自己不假思索的问话后看到这样的神态。这一次使她又一次感到神秘与奥妙,她期待有人告诉自己不能理解的事,而人们往往藏得更严实了。

她看出老刘有一点伤心,声音有点哽咽。老刘笑着,拍打着自己的衣服——这也是他的语言,走到阳光下站着。她想了一会儿,明白一点。想安慰老刘几句,却想不出有分量的话。她不能拿自己的虚无态度安慰老刘,老刘和她不一样,老刘是泥饭碗,她是铁饭碗;她也不能拿出玩世的态度安慰老刘,他是个谨慎务实的农村人。他们的生活就像他们的房屋,每一块砖都是自己挣来的,每一分钟都是有着落的。无论说什么都是敷衍的无力的。她就满怀同情地说:"无所谓,老刘,无所谓,不就是吃一顿吗?说难听些,吃完了你还得上厕所?多麻烦。"说了也等于没说,她想。老刘却被她逗乐了,笑出了满脸皱纹。

下午上班时,慕伏瓦在签到簿上签了名就匆匆回到自己的办公室,惦记着上午没有看完的一页书,忙忙地坐下就看。没有注意到厂长书记的难看的脸色。过了半个多小时,忽然见平落沙一扭身离开这间技术室,进入她自己的办公室。慕伏瓦看出点奇怪,平落沙是难得在她自己的办公室里坐着的。这样过了一会儿,厂长书记拎着塑料袋进来了,凡是在岗的人员,一人一条毛巾、两块香皂。这仿佛是对那些老实上班不串岗不离岗的人的奖励。慕伏瓦不以为然地想,想管好别人,先管好自己,你自己的女儿迟到早退,上班干家务,打毛衣择韭菜,一天到晚尽叨咕家事,仿佛印刷厂是她家的客厅厨房,引得大家全都这样。以前大家也拿上班不当回事,但还掩饰着、藏掖着,自知有些理亏,被领导撞见了还要羞涩还要自我辩解几句,稍微自律些。现在可好了,全都在光明正大地逃岗干私活儿,能够坚持上班的越来越少,不少人签个名就溜了,快下班时再来露露脸。两头热闹中间空。慕伏瓦有点不平。

■ 第十章 有趣的事

慕伏瓦看着空气凝固成一种混沌，一点点剥落，再挥发成气体。这种感觉一结束就意味着上午或者下午也结束了，又到了下班时间了。她也就煞有介事地起身离去。走出这个院落，忽然想到它的后院，只是一闪念。

刚才她把毛巾、香皂放进抽屉，想到那些没有得到的人又该不舒服了。一条毛巾两块香皂仿佛不值得他们在办公室里坐守，没有又似乎很倒霉。潘伟的脸会更黑一些，他不高兴的时候，平时总是灰黑的脸更加灰。他肯定没有，慕伏瓦看见他出去了。赵启明去股市了，恰好回来，领了毛巾又去了。厂长很生气，一个人坐着抽烟，从鼻孔里喷气。他平静的时候总是从嘴角出烟。书记又去找赵会计诉说了，赵会计总能给他解闷。赵会计和别人相处时是沉默寡言的，有时微微一笑，仿佛另有寓意，她和书记在一起时却是殷勤地有说有笑的，体贴而通情达理。慕伏瓦总改不了这样的印象，赵会计是一个冷酷狭隘的人。她几乎能看到她的冰冷生硬的心如何被拘在优雅温和的外表下。有一次，碰巧在商店里，慕伏瓦目睹赵会计和人吵架的一幕。

当然，她没有看到开头，只是看到拥了一堆人就站住听听。她听到一个冷静的嘲讽的声音和一种声嘶力竭的叫骂。这种对比引起了她的好奇,她也正闲着瞎逛,就挤进人群看热闹。赵会计和一个老头子正在吵架。起因是听不到了,双方已经开始人身攻击。确切地说,是老头子丑态百出地大发雷霆,嘶哑地叫出别人听不清的话。赵会计站得笔直,保持着一种高贵的气度,不怒不争,不时地说一句清晰而嘲弄的话,与老头子恰成对比,这使老头子气得发疯。慕伏瓦看到他瞪得眼珠子都要冒出了,大张着嘴喘气。以她对赵会计的了解,她有些同情老头子,围观的人都在嘲笑老头子,个别的人用颇含意味的目光瞅瞅赵会计。也有人劝老头子,这么大年纪了还和人争啥,气出病来还得自己受着,想开点,赶紧回家吃饭去。老头子用拐杖捣地,嘴唇抽搐着,已经说不出话来。赵会计微笑着,和蔼地望着大家和老头子,精心修饰的嘴唇里又出来一句吐字清晰、尖如芒刺的话。至少在老头子听来是尖锐的,老头子忽然不动了,仿佛受到了剧烈的刺激,接着突然手舞足蹈起来。赵会计轻盈地一转身,走开了。老头子向她的背影扑去,被别人拽住了。一个乡下妇女对老头子说:"你弄不过她,算了吧。"老头哆里哆嗦地说:"我多大年纪了,她才多大年纪!"远处传来赵会计的话:"哟,倚老卖老。"那个乡下妇女说:"她一句都不让。"说着望望众人。只有慕伏瓦理解似的与她对视了一会儿。

慕伏瓦望着赵会计时,往往会在那张平静的脸上看到气急败坏的神情,那嘴角就在抽动中显示出深藏于心的无情无义。慕伏瓦觉得,赵会计和平落沙是这个小厂塑造出来的典型人物,她们都有鲜明的性格——看起来并不鲜明,这却是她俩的过人之处,在看似浑圆的处事态度中有着坚定的原则,那就是坚决地维护自己的利益,千方百计,钻窟窿打洞地寻找机会。她俩的一言一行都为这个目的服务,无论时间多么漫长,工作多么单调,她们始终耐心而警惕,虎视眈眈。别的人有时会忍耐不住而任性,说些不合适的话,发发牢骚,换得一点安慰,没有意识到为这点安慰所付出的代价——失去领导的信任,导致在某个无法预料的时刻失去无法预料的利益。平落沙和赵会计却从不会犯这种错误,她们总是有预谋有策划,如果显出点性格来,那也是形势需要。任性的表现是一个筹码。

慕伏瓦看到赵会计在书记面前哭哭啼啼,同情地想,出什么事了? 她走到跟前想安慰赵几句,没有意识到自己的不自量力,赵会计的苦恼是只有书记才能安抚的。赵会计泪眼婆娑地瞅了她一眼,她没有觉察这一眼中的锐利。书记显然也颇含同情,赵会计继续絮絮叨叨地抱怨着。慕伏瓦听出她身体不大好,问了一句:"不是什么大毛病吧?"赵会计瞅了她一眼,叙述自己的种种不适和担心,惹得她也认真起来。

这时,杨四极从旁边经过,站住听了一会儿,以开玩笑的态度说:"别想太多,病这玩意,你想它它就有,你不想它它就没有。我的一个熟人,今年五十多岁了,没查出癌症时过得好好的,红光满面,精神抖擞,走起路来小伙子都跟不上他;体检一查出癌症,不到一个月的工夫,人一下子瘦了,憔悴得很,走路都拄拐杖。你瞧,不知道自己有病还能活得好好的,知道自己有病就一下子垮了,这纯粹是心理作用,纯粹心理作用。"

赵会计也不多说,只是附和道:"纯粹是心理作用?"

杨四极手一挥,走开了,还说道:"心理在作怪。"

　　张长征路过,脚没停地走过去了。慕伏瓦不禁觉得他们有些冷漠,她又同情地望望赵会计。这时,老刘喊书记接电话,书记急忙朝传达室走去。望着书记的背影走进传达室,慕伏瓦扭过头来再次望着赵会计,惊奇地发现,赵会计已经擦干了眼泪,吐了一口痰,弯下腰扯了扯自己的裤线,使那笔直的裤子显得更笔挺,又跷起脚检查了自己的皮鞋,光滑没有一丝皱纹。她似乎满意了,走动了几步,迈着稳妥的步伐优雅轻盈地走进会计室。刚才的忧虑和悲伤似乎在书记转身去接电话的瞬间就消失了。慕伏瓦没有反应过来,还在那呆呆地站着。杨四极又从旁边经过,咻咻笑着说:"还站在这儿干什么? 不回你屋看书去!"

　　她疑惑地说:"赵会计的病——"杨四极猛然甩头:"什么病?"含义复杂地走开了。

　　慕伏瓦慢慢地回到技术室,听见隔壁房间里,张长征对杨四极说:"又该报医药费了。"

　　杨四极用鼻子喷着气说:"她去年哭一次报了一万多块钱。"张长征问:"是不是真有病?"

　　杨四极说:"你这人,什么眼神!"

　　慕伏瓦忽然觉得可怜,容易吗? 这一点可以原谅。慕伏瓦思忖半天,然后在一张纸上写道:污秽是有理由存在的,不能容忍的是,用一张漂亮的皮包裹它,冒充价值。

　　杨四极走过来看到这句话后嘿嘿笑,说给张长征听,他也哈哈笑,过后一想起这句话就要笑一阵。慕伏瓦被他们笑得恼怒,自己觉得挺深刻的一句话。杨四极用过来人的口吻说,他以前也钻研过尼采、黑格尔。张长征采取他一贯的态度,嘲弄地说:"你钻研出啥门道了吗?"

杨四极发挥:"哲学就是指导思想,不仅指导革命斗争、社会巨变,也指导日常生活,哪怕你吃一顿饭,这里都有哲学,要认清这个,尤其是像小慕这样的年轻人,明白这一点很重要,不要钻牛角尖,生活就是哲学。"张长征说:"你刚才吃的油条是什么哲学?"众人笑。杨四极说:"油条就是油条哲学。"

慕伏瓦听着他俩辩论,和大家一起笑,可是张长征忽然停住,注意地瞅着她说:"咦,你也笑,你可能听懂?"慕伏瓦坦率地承认,有时候不大明白。张长征问:"不明白笑啥?"她说大家都笑。张又想讥刺她,杨忽然说:"这是最好的理由,这是长大的标志。"张抱着胳膊,看着她说:"刚来的时候,人家都笑你不笑,人家不笑你咯咯笑,现在——成老工人了。"慕伏瓦疑心,不吭声。众人又笑。

这时,潘伟走过来说:"无线电厂那个案子宣判了吗?"

众人说:"凶手还没确定呢,判谁?"潘伟疑问:"不就是那个男的把他老婆杀了?"众人说:"有不在场证明。"潘伟:"什么不在场证明? 那是侦探小说的玩意,外国人的玩意,咱中国不需要这一套,那男的嫌疑最大,把他抓起来揍,他就招了。照我看,就是他,抓他也不会抓错,揍也不会揍错。"杨四极连连摇头:"你这人还是法制观念落后,你还得好好学学。"潘伟不服气:"我落后? 那家伙钻法律的空子,找了一群铁哥们给他作证,警察拿他没办法。法律是对守法公民讲的,对那些违法犯罪分子就不用讲法,该杀的杀,该关的关。"杨四极说:"你的出发点就不对,法律就是约束犯罪分子,守法公民不触犯法律,用不着讲法。"

潘伟意态昂扬地说:"这你就不懂了,法律就是要造成一种威慑力,使人人守法,对犯罪分子就不需要温文尔雅的条条框框,就是一个字——杀。"潘伟做了个砍头的手势。

"犯罪分子不需要依法惩处,守法公民又碰不到法,你说,法律是干什么用的?"杨四极问。潘伟说:"留着玩的。"

片刻,又有人说:"根本不需要法,自有老天爷。"

张长征大笑说:"都二十世纪了,还有这样想的。"那人说:"不是我一个人这样想,我的一个公安局的朋友也这样说,他说凡是被害的人都是该死的人。"杨四极又连连摇头说:"偏颇,太偏颇了,有人就是不该死却被害死了,你怎么说?法律就是要通过典型事物典型人物树立正义,普照众生,法律是具体而微的,你不能大而化之。"

赵会计踱过来听了一会儿,走开了。

朱兰说:"我见过那个女的。"杨四极疑问:"哪个女的?"朱兰说:"无线电厂的那个女的。"众人思索,立刻恍悟。"你是说那个被杀死的女的?"朱兰说:"是的。"潘伟说:"你遇见鬼了吧?那女的都死了半年了。"朱兰说:"我的一个熟人和那女的是邻居,我到他家去,碰巧看到那女的在门口洗衣服。"

"啥时候的事?"众人问。

"前年,我去熟人家,正巧看见那女的,当时我就问我那朋友,怎么这个人看起来这样没精神?我朋友说,她就这样,总是恹恹的,哑巴似的,没有孩子。不知她丈夫怎么受得了。"众人问:"她长什么样?"朱兰说:"瘦瘦的,黄巴巴的,不俊,也说不上丑,给人的感觉不舒服,像——嚼过的甘蔗渣给人的感觉。"杨四极说:"那也不该被毒死。"

众人不语。赵启明说:"那个男的我认识,没想到他会杀人。"停顿片刻又说,"那个男的长得不错,气宇轩昂,风度翩翩,能说会道,本市第一批买摩托车的人中就有他。他有外遇,那个女的,我在街上见过一次,长得像谁? ——像李玉秀,年轻时的李玉秀。"众人笑。

赵启明继续说:"听说他想离婚,他老婆不同意,好几次两人都走到法院门口了,他老婆又回来了。他对她说,他什么都不要,房子家产都归她,她就是不同意。"

潘伟开玩笑:"朱兰,要是你老公想离婚你赶紧同意,别你老公下毒手把你杀了。"朱兰说:"狗嘴里吐不出象牙。"

赵启明沉思着说:"其实过不下去就应该分手,不要耽误自己,也不要妨碍别人追求幸福。那个女的,要是有人开导开导也许不会这么不开窍,自寻死路。她肯定不会想到那个男的会毒死她。"

有人说:"是不是她丈夫下的毒还不一定呢。"赵启明说:"邻居都说是她丈夫干的。"朱兰说:"就是她丈夫干的。你们没见过那女的,我见过,如果我是那个男的,这个女人拖我的后腿,我也会把她杀了。"众人笑。潘伟说:"最毒妇人心。"

赵启明若有所思地说:"我能想出他们的那种生活,活死人,这种生活对那个男人来说很残酷,杀了人,对两人来说都很残酷。不,更残酷。"

潘伟说:"那个男人也是想不开,不离就不离,在外面姘着就是,何必走这一步。"柯叶说:"这个男人大概也是个率性而为的人。"潘伟说:"咦,你还同情杀人犯呢?"柯叶说:"咱不是就事论事吗? 我说的是事实。"潘伟说:"说事实? 事实就这么好说? 那个男人毒死了那个女人,这是事实? 公安局都还没有证据呢,咱们就有结论了?"说完点头笑。

柯叶说他不讲理,杨四极说他逻辑混乱。张长征大声说:"看似荒谬,其实——"有人说:"看似荒谬,其实还是荒谬。"

慕伏瓦心里说,这大概就是书上的那个概念——荒诞派。

慕伏瓦发觉众人中有一种奇怪的情绪,都觉得那女子该死,那男子值得同情。她不禁说道:"难道一个女子不活泼不聪明不美丽就该死吗?"众人说:"倒也不是。"

朱兰说:"听说那女人也不善良,要饭的在她家门口唱歌,她从来不开门。"众人默然。

慕伏瓦说:"那个男人太心狠手辣,你尽管在外面偷情,谁也管不了,那被害者也不是障碍,把她毒死就太过分了。"

张长征笑说:"过分? 怎么过分? 那女子不离婚,那男人就不能和心爱的人结婚,对那男人来说和这样的女人生活在一起没有一点意思,消耗生命。人家是追求爱情和幸福。情痴! 花痴! 多么可爱的男人啊!"

众人笑。慕伏瓦疑惑地望着他,觉得他又在讥讽谁。

赵启明叹口气说:"这一下子两人都完了。"有人说:"没有证据,那男人关了几天又放出来了,有人见他骑着摩托满街遛呢!"赵启明说:"过不了几天又得抓进去,他不是进去五六回了么?"潘伟说:"已经拘留了,我刚刚听说的,这一次大概不会轻易放出来。"这时,厂长、书记来到门口站了站,又板着脸走开。众人立刻走散。

慕伏瓦望着无人的空间。人们的神态仿佛动画在天边眨眼。

她为什么这样多地想到那个男人呢？那个凶手，杀人犯，毫无疑问是他，也应该是他。只是下毒这个办法太卑劣，他应该把她掐死，像奥赛罗一样，掐死她，他会有快感的，可他却怯懦地投了毒，而后离开家去与人打麻将直到次日黎明。她不喜欢他的不在场证明，杀了人，痛痛快快地杀了人，而后痛痛快快地承认，这似乎才应该是一个胸中有着爱情的男人的做派。那个男人有爱情吗？他和他的妍头，多么难听的一个词，有脱俗的真挚的爱情吗？

一个拥有真正爱情的心胸会有如此卑下的算计？

假如那个男人能逃脱法律，可他抵抗不了无聊，这最薄弱的时刻，一只蜘蛛的丝都会像绳子一样产生勒紧的感觉。它袭来时，谁能够面对宽阔的海面，忽然而至的空旷，不察觉心里的小小挪移？你能受住喧嚣，你受不住万籁俱寂。她忽然使劲闭闭眼，她妄图从不平凡的形式中寻找不平凡的爱，简直类似于从黄泥中寻找黄金。

高丽娜开始剥虾，尤梅开始剥毛豆。平落沙进来，开始讨论毛豆和虾。

天气开始变暖，可她老是觉得天是阴的，就像她从前还是个学生的时候老觉得阳光灿烂一样。她站在门口，懈怠地望着这个小院子。它仿佛是一个整体，可若坐在房间里，就会觉得它时时刻刻在撕扯。在这个贫穷的小单位里，大家都希望从干木里榨出汁来。靠山吃山，靠水吃水，他们常这样说。她怀疑他们什么也没吃到，他们个个都不满意。慕伏瓦同情他们，后来发现自己的无知。他们个个都有第二职业，个个都家有存款五六十万，有的更多。

一天下午，当慕伏瓦独自坐在办公室里想起这些时，觉得有一种模糊的冲动,钱,赚钱,赚大钱。钱是最纯正可爱的,它使一切复杂简单化,又使一切平凡的变得圣洁,它使事情回归本来面目,又给镀金的面目重新注满生机。她坐不住了,有点跃跃欲试了。书上的字在她的眼睛里有些七零八落了,它们不再是一个个散发着灵气的黑体,成了不再拥有诱人气息的笔画组合,她越瞅它们越不像字,几乎要把它们瞅散架了。这时从走廊里传来他的脚步声。仿佛在弹着琴弦,奏响了那首清新的歌。她抑住乱跳的心,望着门口,准备用坦然无物的目光否决他。他没有走到技术室门口,在业务室门口就拐弯离去。她听着脚步的渐渐远去,暗笑自己,又对这自欺的矫情的笑感到空乏。走出办公室,向股市走去。有点儿得意。

先办了个股票账户,存了七百块钱。遇见了赵启明,对他笑笑,赵全然不理会。她知道这里面有误会。赵最近被厂长书记排斥得厉害,他疑心所有的人。慕伏瓦对于自己在别人眼中的这种地位感到困惑,她没有从领导那儿得到好处,也没有从尾随者中获得信任,却被看作他们的一员。她从没有因此说过什么,也没有做过什么,现在也无法因此辩解什么。她忽然想到,赵的误解也不仅仅是这个,她的冷淡和无知觉也是别人反感的原因。

她和赵启明在股票窗口一前一后排着队,没有一个表情、一句话。赵也是一个十分倔强的人,连一点表面的热情都不想维持。平落沙,一分钟前刚刚在厂长面前汇报过某人,一分钟后见到某人仍然能够满面春风。大家一看到她对谁客气就明白了,当事者本人也明白,大家也习以为常。偶尔有人戳破这一点,问她:“又到厂长那儿说我什么了?”她就会义正词严地说:“我说的全是事实。”

　　赵启明对慕伏瓦的态度让她对他顿生好感。夏天的冰淇淋，冰凉的，却是沁人心脾的。她望着他的清瘦笔直的身材，想象着他的同样耿直的人品。

　　第一次去股市，发觉没有传奇。她忽然觉得自己会发财，很容易设想买的每一只股票都赚大钱，片刻之间，钱像放在面前的书页一样哗哗响起来。她意识到，有了钱她就可以过理想的生活，不必待在这半死不活的单位里吃半死不活的饭。关于钱的想象是多么惊人的宏伟壮丽。慕伏瓦觉得钱唾手可得。她开始研究股票，计算着自己假如有一双神眼，会有多少纸上的数字变成崭新的票子，厚厚的。她甚至考虑如何花，想了很多，想了好一段时间，有一天，忽然觉得已经享受够了，钱能带来的幸福不过如此，就有一点厌倦。只赚了四百块钱，她觉得满意，感觉像路边拾的。

　　她去了几趟股市，就不再去了。看透自己是发不了财的，又不想弄点买青菜豆腐的钱。一天来上班时，看见男同事站在院子里兴奋地谈论着，她经过时很快就听明白现在股市行情好得很，大部分人都赚，有的成了暴发户。男同事们个个意气风发，唾沫成珠。她听他们谈论了一会儿，然后都一个个溜去股市了。

　　厂长坐在屋里使劲吸烟。书记和赵会计拉呱，非常不满地说，人的素质太差。"素质差"是书记的口头禅，对于不好好上班的，千方百计占公家便宜的，她所看不顺眼的，一律称之"素质差"。赵会计也时常用这个词。每当赵会计这么说时，慕伏瓦就觉得不舒服。一次，尤梅愤激地对她说，赵会计的素质最差。她很有同感，佩服尤梅的犀利的目光，想到，尤梅是黑白两道通吃的人，是领导的心腹，又不脱离群众，尤其不被那些"素质差"的人看作另类。一般来说,只要和领导关系好也必然会和群众关系好,有时会有个别的人发出个别的声音,对待这样的人就得有诀窍。尤梅善说囫囵话,这类话可以有不同的解释,那要看谁听了,即使传到领导耳里也与尤梅无损。比如,一个人在你面前发牢骚,你不能随声附和,也不能置之不理,你必须表达出一种同感且不让人抓到把柄,在对方听来是同情,在别人听来是中性的事实,只是说明尤梅的老实忠厚。这个丑陋的小个子女人就是有这个天赋,在这一方面平落沙等都比不上她。

慕伏瓦看了一会儿书,在办公室坐到九点半,也去了股市。

一走进股市,她就胆怯地想转身走开。恐怖。挤满了人。所有的人都像在吵架和打架。她小心地挤入,想卖掉一些,每个窗口都是人,窗口很多,她也根本找不到空隙。只好胆战心惊地观望,想走开,她的股正在涨,她舍不得股票,也舍不得把自己的肉身投进野兽般的撕扯中。男人凭借自己的蛮力挤压践踏着不自量力的女人,女人怀着勃勃雄心毫不畏惧地与男人争斗。不是人挤人,是人摞人。慕伏瓦想起奥斯威辛集中营的毒气室。

一个男人忽然对着她恶狠狠地骂了一句脏话,她以为他要扑过来揍自己,还好,他仅止于骂,歪斜着胯走开了。这是个文雅的,更有甚者,有许多男人用手揪女人的长发,用脚踢女人的屁股,把那些挤在自己前边的女人薅出来,像扔破鞋一样扔出去。可是,有女英雄,虽然头发被拽掉,衣服扣子全被扯掉,鞋子也被踩掉,有的还流着血,还是能胜利地钻出人群。这其中并非没有少女。慕伏瓦望着其中的一位。那少女注意到她的目光,蔑视地瞪着她,仿佛要把她的洁身自好撕开,把她的温文尔雅放在脚下使劲踩。这才是尊严和无畏。她自愧弗如,朝那少女低了一下头表示敬意,赶紧躲开,因为已经有人朝她扔鞋子了。她理解这些扔过来的鞋子表达了男人对毫不退缩的女人的憎恨,她站在那儿,就成了发泄的目标。一只鞋正好砸在她脸上。她终于决定离开了。放弃了钱,很有挫败感。

她在日记里写道,男人全是饿狼,女人全是恶狗。爱情呢,那使男人女人全变成人的爱情呢,在哪儿?

■ 第十一章　即景与狗

临下班时忽然通知明天上午都去某处打扫卫生。

次日,大家扛着铁锨,拖着竹扫帚,都去某处。慕伏瓦搞不清,跟着走,走了半个多小时,看大家都停下来站住,她也停下来扫视周围,来了不少人,都是同一个系统别的单位的人,很热闹。

站了片刻,有人说,开始吧,早干早了。她想他一定是个头儿,也许不是大头,只是个小头,大头应该说出更有水平——比如更有理论性更高瞻远瞩的话,早干早了这样的话似乎不够表达意思。渐渐地有人挥动铁锨、扫帚,摆着花架子大干起来——胳膊扬得高而下手不用力。一个女同志格外引人注目,一身利索的打扮,包着头巾,简洁干脆地挥舞着铁锨,锄起石头泥块,向路边抛去。慕伏瓦实实在在地干了一会儿,觉得累了就停下来看众人。看看大家干的活儿,就是把乱石泥土换个位置,都扔到路基下。有人偷懒,不时地休息,尤其是女同志,穿的衣服不适合劳动而扭扭捏捏。只有那个女同志很出众,卖力地干着,动作也不像别人那样拖泥带水,很有美感。有一种舞台表演的效果。慕伏瓦听到旁边有人议论,才知道她是副局长。她旁边的人干得也很用力,以她为核心,离她越远越干得散漫,像月亮周围的光晕,离得越远越暗淡。

　　慕伏瓦发现有好几个这样的光晕效果，本单位的厂长、书记周围也是这样。由此，她看出这一次来参加义务劳动的有几个单位。她也惊奇地发现，自己似乎还有知音。绝大多数人都聚集在自己领导周围，云拥着月，光聚着灯泡，可却有那么几个人独自干活，且是远离自己的单位群。慕伏瓦就在另一个单位的边缘上卖力地锄着，忽然意识到无论她多么用心，她都是在替别的单位干活，这块地盘不属于印刷厂，没人划清这一点。那几个和自己一样孤芳自赏的人似乎有着和自己一样的观点，那就是，无论在哪儿干都一样，反正是义务劳动，无论在哪儿，他们都不挑剔，同样的是卖力。最典型的就是，在最南边，这条劳动大军的末尾，有一个人离开队伍约几米，正很费劲地铲着固结的砖泥，独自处于一种生疏的氛围中。慕伏瓦觉得除了自己没人注意到他，他似乎也不在乎这个。再看看平落沙，她紧紧跟着厂长，在别人铲过的地面上再铲，并且解释，是自己追求完美，容不得一点疏漏。她也不时地铲掉沉重的砖泥，这种举动总是会落在厂长眼里。

　　这些心不在焉的人干到十点半多，干了两个多小时，逐渐都现出疲累的模样，连领导们也不时停下擦把汗。厂长感叹自己年轻时多么能干，现在不行喽。他的话引起了大家的思索，大家都一致认为是久坐办公室，不惯于劳动了。望着被铲平整的路面，大家还是很有成就感，觉得自己其实没干多少，却看到了成果。有人不禁感叹道，人多力量大。"个人的力量是微不足道的，"赵启明说，"集体主义放光芒。"更多的人停下了，局长和几个跟得最紧的人最后也停下了。环顾四周，成果显著，局长宣布今天的义务劳动到此为止了。大家都很高兴，拍拍巴掌，说笑着，松松垮垮地慢慢走开了。

　　一路上不时有人说起劳动的好处,身体有点累,心情愉快,坐在办公室里身体不累心情不放松。大家认定,这种义务劳动应该经常组织,振奋精神,团结人心,有益社会。厂长沉吟着说:"义务劳动不大好组织,得有地点有单位出面联系,还必须是合适的劳动,不需要技术只要出出苦力的就行,照我看,咱可以经常搞个爬山活动——"厂长话音未落,大家踊跃赞同。平落沙说:"谁爬第一名给谁发条毛巾。"众人笑说很好。大家嘻嘻哈哈地边聊边走着。慕伏瓦没听见他们说什么,就是觉得耳边哈哈不断。身体的运动仿佛带走了一点精神,只剩下思索不透的部分。

　　走至美味宫对面的拐角时,赵启明邀请大家去他家坐坐。有人说:"你家那么小,这么多人去了,连插脚的空都没有,我们不去了,下次再去。"赵启明还在继续邀请,他们挥着手走开了。只有厂长、书记和另外几个人去了赵启明家。慕伏瓦说不清原因,打盹似的也跟着去了。书记回头看看她,说:"小慕大概从没来过,其他人都来过。"平落沙说:"赵启明结婚时我们都来了,那时慕映红还没来咱单位呢。小慕——慕映红,喊你慕映红你生气吗?你喜欢自称慕伏瓦,是吧?"书记和蔼地笑着说:"年轻,年轻。"慕伏瓦知道"年轻"一词可以概括一切的与众不同和技不如人等。

　　厂长疑问,似乎还有点不满,说:"我就一直搞不懂这个'伏瓦'是个啥意思。"慕伏瓦似听非听地,睁着眼睛左顾右盼。平落沙大声笑语:"慕伏瓦,给我们解释解释你的名字,我们都不知道是啥意思。"她愣了一下,回过神来,说:"因为倾慕法国的一个叫什么伏瓦的哲学家,所以——"众人笑。厂长依旧皱着眉头。

　　平落沙说:"不土不洋,莫名其妙的一个名字,你说是不是,慕映红?"慕伏瓦赶紧点头笑道:"是的。"厂长又问了一个现实的问题:"你这个改名字可在派出所备案吗?"她一愣。

厂长又说:"可在派出所的户籍上改过来吗?"她说不知道,记忆中没有和派出所发生过联系。厂长说:"那么以后填履历表考核表什么的还得填慕映红,不能填慕伏瓦。"

她默然点头,想到慕映红这个庸俗的名字又粘上了自己。平落沙仿佛知道她的心思,笑语:"没关系,我们平时就称你慕伏瓦;正式的场合,你还叫慕映红,反正也没多少正式的场合。"

厂长、书记都笑,书记是对不懂事的青年人的宽容的笑,厂长似乎很鄙视这么个名字又勉强认可地咻咻笑,没有恶意,只是有点少见多怪。

这一行七个人,拐弯抹角地在小巷里拧了一圈,最后来到一座平房前。有人说,赵启明家就住这儿。她愕然,赵启明家住这座平房?随即明白,他只可能住这座平房的一间。从自建的小厨房和煤堆破烂中挤过,来到最北面的一间,就是赵启明的家。大家全进去,然后又有几人走出来在门口站着。

在小板凳上挤挤挨挨地坐下,慕伏瓦打量着这小屋,感到新鲜又惊奇。在十几平方米的小屋里有着大床、电视、洗衣机、冰箱、锅碗瓢盆、痰盂、厨房和自建的下水道。作为餐桌的小几上搁着一盆馒头,黄瘦的馒头。慕伏瓦不禁朝馒头多看了几眼。赵启明请大家吃馒头。大家就开始议论馒头。碱放多了,蒸出了这样的"鬼掐手"馒头。又白又胖的面坯蒸出来后又黄又瘦,在当地说法,是被鬼掐了。赵启明坚持认为是碱放多了。

柯叶说不是:"如果碱放多了,揉面的时候就会感觉到,碱多会使馒头黄,不发,但不会在蒸出的馒头上出现被手掐过的窝坑。"众人笑,确实闹鬼了。赵启明认真审视馒头,确有几个馒头上有小窝。他也笑。

书记说,一样地吃,没什么。厂长说:"我也蒸过几次这样的馍,总结了几次经验,也没找出原因,怪!"大家笑。

房间小挤,大家听赵启明汇报生活,只待了几分钟就离开了。慕伏瓦就随着走出,就迷瞪瞪走散了。她老是惦记着黄瘦馒头,和那个漆着荷花的痰盂。很突出地在小屋里矗立。

她是最后一个走出那条曲曲折折的小巷的人。回头再望时,不禁想到,赵启明不是第一次学蒸馒头吗? 张长征,住在赵启明隔壁,是个单身汉,不也在除夕夜给自己包了一顿饺子吗? 潘伟,在他那寒冷的小屋里烧起了开水,当水蒸气缭绕上升时,白汽布满小屋,潘伟说他一家人看着蒸汽就不觉得冷了。慕伏瓦走过一片草坪,看到凋零的草坪有一点绿意,她记起下大雪的时候也还有些绿草在雪水灰泥中显示着。有的草是永不枯萎的。

下午休息半天,无处可去,就去遛街。她兴致勃勃地走进一家又一家店铺,用局外人的眼光观察一切,什么也不买,有点为自己得意,终于找到了一种方法,一种不太痛苦又不太郁闷的态度和生活方式。想到这一点,她仿佛觉得自己被人开导了一番,轻松自如多了。朝高楼大厦望去,太阳落在楼顶上了。路上行人渐渐增多了。到下班时间了。她昂首挺胸地走着,暗自以为形象尚可。她很为自己过于纤瘦的身材得意,瘦仿佛成了美的代名词,每当有人用同情的目光说她瘦时,她总以为是在曲折地赞扬她的美丽相貌,对于别人目光中的可怜意味不以为然。除了这一类误会,她还是一个很想拥有自知之明的人。为了达到这一点,她往往过于克制过于自抑,也是一个很谦卑的人。她带着自叹不如的心理向一切望去,洞穿其薄弱,看到深处的翩跹。

慕伏瓦走至街心公园的长凳上坐下。

她想着刚刚出现在心里的浮光掠影般的印象。从今天早晨刚一睁眼,到现在望着这个由几棵树和一块草坪组成的公园,仿佛经历了一场梦。虚实迅速转换,充满了她的茫然的目光。耳边则像过隙的风一样吱吱叫着。又在耳鸣了。这时如果有人仔细地凝视她的眼,就会看到一个在太空中行走的人,上不着天,下不着地。

她的涣散的目光随着冰凉的椅子被慢慢捂热而渐渐地凝聚了。一个学走路的小孩。一个踢小皮球的孩子。一个放风筝的男孩。放风筝的孩子欢天喜地地跑过来跑过去,不时喊叫着。在他心中,那只风筝一定飞上了九天云霄。没什么,她觉得稀罕。

实在不愿意看到。她想,难道一切意念中的挫败非要在现实中有一个反映吗?难道不都是我的夸大和过敏?正想着,小男孩的风筝缠在了树梢上。

他毫无办法地生拉硬拽,只是使线缠得更紧了。慕伏瓦看着看着也着急起来。小男孩的父亲一边安慰他说再买一个,一边想爬上树,试了几次,发觉树梢离主干太远,只有主干能承载他的力量。摔下来可不是玩的,一个老人告诫着。两人都束手无策时,走过来一个满头银发的老人。

慕伏瓦认为他头脑里的智慧也像他的头发一样闪闪发光。果然,那老人建议说:"不要一个劲地拽,先拽拽再松松,借着风使巧劲,多来几下。"孩子和父亲都笨拙地听从了老人的建议,不成功。老人接过线,有技巧地左抽抽右拉拉。慕伏瓦怀疑地望着,谁能扯开呢?老人似乎很有信心,不急不慢地扯动着。大概过了十几分钟,忽然一阵欢呼,慕伏瓦仰头望去,风筝自由了,树梢在风中摇摆。她意识到,刚过来的那阵风起了作用。一阵无与伦比的风吹开了被弄松的结,老人乘机拉了一下,就很巧妙地拉开了,风筝也一下子腾起多高。孩子高兴地扯着线跑开了。

银发老人对另一位老人说:"别着急,使巧劲,悠着来。"另一位老人笑语:"巧了,又来股风。事前说啥都不管用,事后说啥都管用。"银发老人还在宣扬自己的经验,另一位老人只是嘻嘻笑。慕伏瓦想,银发老人一定有着开朗乐观的性格,他能抓住瞬间的一切,找到明显的答案,另一位老人一下子就洞察了其中的曲折和复杂而被瞬间压倒,他只是旁观且嬉笑。一个平滑得像丝绸,一个凝滞如呢料,他们都有自己的解决办法。能够解释自己。抓住那最亮的一点,飞去。

她低下头,凝视着草叶,试图从中看出宇宙爆炸的痕迹。

一条狗,高抬着头扬着尾巴,得意地走过。她拾起一个石子砸过去,它立刻毫不畏惧地对着她吠叫,她猛地站起来,那东西先是后退一步然后又立刻看出她的虚弱,向她冲过来,她怕挨咬而急忙躲开,它更加气焰嚣张地吼叫。她蹲下去找石子没找着,它也发现这一点,就围着她跑,不时窜到她跟前,又迅速后退,叫声越来越放肆得意。她想离开,这条畜生竟然很聪明地挡住她的路,她一抬腿它就后退,她一站住它就跳着吠叫。

她站在那儿有点束手无策,很想踢那条狗,狠狠地踢。打狗看主人，也许狗主人比狗还凶恶，她畏惧一切人就像憎恶一切狗。想到自己竟然在狗面前都不敢逞强，不由得更加气恼，索性和它对抗到底，瞪着眼看着狗。狗一点都不示弱，不敢凑到跟前，叫声却越来越响，越来越有底气。她往周围扫视了一遍，看看狗主人在不在附近。没有发现谁注意这边的情况，看来这边的骚动没有引起谁的注意，大家都对狗叫习以为常了。她决定教训教训这条自以为是、妄自尊大的家伙，让它知道自己是一条狗，应该任人踢打，忍饥挨饿，不是与人共舞，享受朱古力、火腿肠。

她不再看那家伙，而是左顾右盼，似乎注意力转移到别处。那家伙愣了一下，嗓子里狺狺的，又仿佛识破了她的诡计，忽而狂叫起来，还企图蹿上来。她不动声色，继续察看周围，手插在口袋里，表情悠闲地微笑着。狗又停顿了一下，仿佛在思考。她晃了晃腿，狗立刻稍稍后退，继之以大叫。她站定，依然若无其事。狗嗓子里哼唧着，围着她打转。她又晃晃腿，狗如前反应。她心里有了主意，就更从容了。怀着必胜的信心，态度更加淡定。那家伙依然在吠叫，只是有些犹豫，对于她想干什么摸不准。为了让它放心，她温柔地对它微笑，凝视着狗眼，仿佛在说，可爱的小家伙，我是你的朋友，相信这一讯息能从眼神里表达出来。那家伙仿佛不甘心，意犹未尽，对于自己面对的这个软弱的人感到不过瘾，想啃硬骨头却递来面包。它望了她一会儿，露出轻视的表情，准备离开。她可不能让它离开，就跺一下脚。狗立刻警醒，狂叫。她又平静而友好地凝视它。它靠近她，她也不后退——后退也会激怒它。一个满腔怒火，一个镇定自若。弱者的愤怒和强者的冷静。

没有人来寻找它，也许是条野狗，或者它就住在这附近，自己出来散步。她瞄了瞄周围的房子，离得最近的也和这个小公园隔着围墙，其他的都隔着宽阔的马路，不必担心狗主人突然从哪里冒出来，说不定别人把她当作狗主人呢。她望着这只凶暴的家伙，想象中已经狠揍了它一顿，就加倍地亲切地凝视着它的眼睛。它有些迷惑，吠了一通，没有受到刺激反而受到鼓励。她忽然想起口袋里有颗糖，伸手去拿，这动作使它后退了两步又停下大叫。她把糖扔给它。它用余光瞟了一下糖果，眼睛仍不离开她。过了一会儿，她的安静使它略略放心，它开始嗅糖果，仍不时抬头望她。她一动不动，发觉一个微小的动作都会引起它的疑心，如果要采取什么行动的话，必须迅速有力。

迅速有力她似乎做不到，她的肌肉和精神只适合坐办公室喝茶。她必须充分地麻痹对方，能做到的就是尽量显得自在和无害，在合适的时候晃晃腿，让这家伙适应她的腿的动作。她鄙视地望着狗眼，心想，你怎么能和我相提并论呢？我是高等生物，你是低等生物，你知道狗肉多少钱一斤吗？这家伙立刻看懂了这个暗示，狂叫不休。这使得她有些后悔，低估了它的智力，刚才的自制都是白做。她决心消除它的戒心，和它友好相处，等待时机。它是非常的大胆，前爪几乎抓着她的裤子，仰着头吠叫。她盯着它，甜蜜地笑着，担心自己流露出内心的情绪，态度尤其温和。狗没有被她欺骗，可是觉得她可欺，不怕她，想战胜她。等到狗肚皮碰到她的脚尖时，她忍着，片刻，那个肚皮似乎如此小觑她，竟然贴着她的脚。她暗暗运功，猛然发力，狠狠地踢去。那家伙嚎叫一声，跑了。她望着它的背影消失在楼房中间，疑心没有踢重它。它只是受到了惊吓。可是，也许踢得不轻，当她踢时，是把石头当假想敌，假设去踢石头。她希望的是踢断它的脊梁骨,不是朝那软绵绵的部位踢说不清的一脚。

自己的脚还残留着狗肚皮的温软的感觉。对于虚空的发力仿佛要使她的脚抽筋了。她慢慢走开,快要走出小公园时又回头凝视。公园里有静坐的老人、玩耍的小孩、散步的妇女。经过一个大转盘,一个红绿灯,注意到一个大广告,她念了一遍,走开以后心里还喃喃自语。一座银行大楼,一个运管处,好莱坞商业城,巴黎印象公馆,灶王府……

天渐黑了,灯忽地都亮起了,长长的街灯使人感到夜晚降临了。车流人流在彩色的灯光中移动。不时有噪声响起,却像包饺子一样,囫囵一包,盖住了流动的馅儿。她拐了一个弯,走进一个僻静的小巷。对于这么轻易地就离开热闹还有点不太适应。热闹是什么? 灯光、车流和人流,声音、色彩和形状,撇开这些——这些又是多么容易撇开,她就来到了僻静处,由几栋楼和几座平房构成。它们一定是互相向往的,要不怎么这么容易转换呢? 眼睛干涩,很想闭上眼,瞅瞅前面,没有危险,就闭着眼走了一会儿。心思在眼皮后的流彩和心底的暗红中流动。

忽然一阵狂叫吓了她一跳,惊愕地睁开眼,就看到刚才那条狗正站在面前。她望了它一会儿,刚才的思索给了她力量,她猛地朝狗扑去,心里渴望着痛揍它一顿。它一愣,迅即跑开。她自然是撵不上它,它发觉这一点,就跑几步停下来叫一阵,保持着自己的安全和愤怒。她也很冲动,拼命追打它,有一块石子打中了它的尾巴。然而跑不了几步她就气喘吁吁,只好停下站住,望着狗,狗也望着她。它狂叫,她沉默。她转身走开,那条畜生竟然跟上来。她不回头看它,却注意着它的动静。这样走了一会儿,忽然转身,它退后,她又走开,它又跟上来。她弯腰拾起什么,它立刻飞奔跑开,站得远远地继续吠叫。她不由得咒骂着,深切地痛恨着,被幻想中的孔武有力弄得浑身没力。恹恹走开,不再理那条狗。走了很远还能听见它远远地跟着叫。

■ 第十二章 修女也疯狂

　　爱情和仇恨是一样的。只是这样的生活让它变了质。爱情这个概念刚一在她心里出现，就仿佛随着月亮升起的星星，看不到星光，然而就像在月亮旁边一定有星星一样，在那个概念旁边一定有他。

　　他是模糊的，跳跃的。她不由自主地一遍遍回忆，只看到他的笑脸渐渐隐退，他的身影忽然沉进了天蓝色的空间，忽然又凝固成具体，从她眼前掠过。他现在一定和他的女友在一起，这让人刺心，也让她认定了他在自己心中的位置。他永远是随着那个概念出现的那个形象。她想起他，心中有勃勃的热情，也有冷淡的理性。

　　使她忧心的不是这种矛盾，每日的思念似乎成了铁一般的事实。她曾经以为自己可以轻易地摆脱他，却像吸毒的人上了瘾。她甚至感到了痛苦。本来她是无所谓的，可是却看到了他的令人难堪的表现。

　　时间似乎很多，理想就在于吃饭。她心神不定地坐着，感到椅子极不舒适。她们三个又在交头接耳了。她忍耐了很久，觉得很久了，忽然一下子站起来，感觉立马消失。有蚂蚁向脚趾迁移。她甩甩腿,抖抖胳膊,煞有介事地抖擞精神,走到她们跟前,盼望听到振聋发聩的声音。

有人写人民来信告厂长、书记贪污专权。她们正议论这事。高丽娜愤愤地咒骂着。平落沙安慰她说:"都是诬告,没凭没据。人民来信大部分都是捕风捉影。"高丽娜瞅了她一眼,对她的风与影有点猜疑。平敏锐地察觉,立刻说:"完全是诬告,彻头彻尾的诬告,咱们身正不怕影子歪,不用理睬他。"高丽娜忽地站起来,仿佛有怒火腾地烧起,另两人目瞪口呆地望着她。只听她说:"我得上厕所。"急速走出去。另两人互相望了望,不说话。片刻,平落沙起身朝窗外张望了一下,说:"她确实是上厕所。"

尤梅疑虑地问道:"我就搞不懂了,人民来信是写给市纪委的,怎么会落在厂长、书记手里?"平落沙说:"信经过一级级领导下达,最后还是落进单位领导手里。""那他们一眼就能看出是谁写的。"尤梅说。

"信是用左手写的,有的字还是从报纸上剪下来贴上去的。"

尤梅很不谨慎地说了一句。慕伏瓦想,她会为这句话后悔,什么时候想起什么时候后悔,直到现任领导退休。尤梅说:"不看笔迹也能猜出是谁写的,谁和自己有矛盾谁还不清楚?那还不打击报复?"

平落沙摇摇头,似乎不置可否,又似乎无可奈何,或者满含同情。不知道她是同情写者还是同情被"诬告"者。

尤梅说:"咱只要注意观察,看谁倒霉了,就知道谁被报复了,就知道是谁写的了。"平落沙说:"也不一定打击报复。能怎样?工资不会少,工作也不会辞退,都是国家正式职工,能怎么样?"尤梅说:"大的方面不会怎么样,小的方面挤对挤对,就够人难受的了。"平落沙说:"厂长把信烧了。"

两人沉默一会儿。尤梅又说:"你看过那信吗?"平落沙说:"看了几眼,没看清楚。"

尤梅又逻辑性极强地说道:"写这封信的人一定是大家想不到的人,不是和领导有过节的人,假如有过节,大家能一下子就想到他;也不是临时工,临时工只要领导一句话就辞退了;一定是一个熟知内幕而且和领导关系好的人,这里面的暗箱操作只有他知道,想揭发领导也得有话说,有凭有据,有事有人,也不是谁想揭发就能揭发的;有这么一个人,表面看起来一团和气,实际上自以为吃了领导的亏,没比别人多占便宜,心里不平衡,就写了那封信。这样的人,说不定领导也不知道是谁。"

平落沙沉思着说:"领导知道,肯定知道,厂长烧信的时候我看出来了,他知道,他希望我把他烧信的事告诉大家。"平落沙说到此处,抬眼瞅瞅慕伏瓦。慕伏瓦忽然明白,为什么她们今天竟然当着她的面谈论这一重大新闻。

她有些感激,有些受宠若惊,瞬即又感到自己的奴颜婢膝。她浑身哆嗦着,想用自己的全身表达自己嘴里说不出的话。平落沙疑惑地望了她一眼。尤梅用眼角扫扫她,又变得克制而谨慎起来。高丽娜进来,二话没说,提起菜包就要上菜市场,平与尤也采取了同样的步骤,三人亲姐妹一样地走了。慕伏瓦想,与她们打成一片的代价就是天天陪高丽娜去菜场,这牺牲有些沉重。去菜场拎来两斤毫无美感的破菜,天天这样做,还要评点它们,充满激情地处理它们。哮喘病人长跑,实在不好受。

她应该住在深山野岭之中,穿着兽皮或裸体在群山之中奔跑,饿有野果,渴有山泉,一年四季都是春天和夏天,永远是柔风吹拂,狂风暴雨只在她的睡眠中。可现在,她却坐在这间充满尘味和人味的办公室里,像一个野人一样对人味感到不安。

在她看来,尤梅们有着她望尘莫及的智慧,有着她能够察觉却不能照着做的智慧,她试图模仿尤梅,却招来张长征的心知肚明的哈哈大笑。她也去亲近领导,却发现领导也是人,只有她自己感觉自己不像个人了。

很简单,不适应。不适应夸大了一切的感觉,突出了不适感。

她相信,总有一天她会和她们一模一样,可这过程多么不舒服啊,想到这过程的结果又是多么让人反感。被驯服的小狗欢蹦乱跳地与人和谐共处,那野狗,急急惶惶,一看到人就落荒而逃。假如自己不能接受改变,就像一段圆木不能接受刀砍斧斫,她就永远也不会成人。只有一条路,就是接受现在的一切,爱她所畏惧的、蔑视的、逃避的一切。

为了表示自己的决心和大胆,她决定给他写封信,或者就叫作情书。她要看看,当她毫无顾忌地宣判时,会有怎样的结果。她也想结束这些,她简单地以为如果他知道她心中所想,这些就会结束。

多少个日子,她独自坐在办公室里听走廊里响起他的脚步声,她的心是一层薄膜,声音就在薄膜上颤抖;多少个日子,她听别人谈起他的女朋友,恍惚觉得谈的是自己,感觉茫然的酸甜;多少个日子,听别人谈起他,感到心的跳动和肺的扩张;多少个日子,他在她的心里。他丝毫没有觉察,他毫不知情。曾经有一次,他凝视了她半晌,却对别人说她古怪。

当时她浑身僵硬地站在他的视线之中,她也知道他并没注意自己,她胆战心惊地听着他的声音在耳边轰响,也只是平静的家常话。她记得他们是在回忆老厂长死前的状况,她完全听不懂他的话而用发直的目光瞪视着他,知道是自己太紧张了。她无法平静,她怎么能够在他的形象与光影中处之泰然呢?她以为她给他写一封信就会改变这一切,她不是妄想企求他的爱,她只要他理解她,明白她的迟钝和麻木不是缺少爱,是心里充满爱。

可是,"爱",她又怎么敢妄谈这个字眼?这个字眼不是像口香糖一样在人人的口中咀嚼到没味,吐掉;也不是像香烟一样让人上瘾却有毒。它像酒一样让人陶醉,像毒品一样让人发疯。此刻,她就在发疯。

她激情澎湃地用英语写了一封信。如同一本书中所说,躲在英语里似乎不那么直接,不那么羞愧。语言的隔膜仿佛给她蒙上了一层遮羞布。她对自己说这是一封信,这就似乎好意思得多。她很快就龙飞凤舞地写了一页,诉说了自己爱而不能得的痛苦,好像还为这种痛苦得意,为她与他之间的距离能够造成的美感自得。她用了许多个"I love you",他必会明白这句话,猜出她的心意,于是报之以柔情,这正是她所需要的。含情的失落,里面有着忠贞和纯洁,超脱于矫情、滥情和背叛。她也疑心自己有点矫情。信写好后又从头读了一遍,似乎很满意,仿佛已经看到了他惊愕而沉思、专注而深情的目光,仿佛听到了他的爱情宣言。忘了他的女友,忘了他与她之间的隔阂,这由于不善言辞和想入非非而产生的隔绝。

她装入信封,贴上邮票,拿着信走出去,经过厂长室时听到里面话语不断,他在里面,用他孩子般的声音述说着自己第一天入伍的情景。她想象他收到信时的表情。打破他的平静,打破他的叙述,让他呈现出一种与以往、与现在不同的状态,让他重视她、看见她、明白她,与她一样地陷入自制的苦恼。这就是她的目的。她并不想与他谈情说爱,或者结为夫妻,她愿爱情永远停留在初级阶段,永远停留在望眼欲穿而又遥相辉映的状态,像烟花,永远是绽放前的准备和期待,一旦绽放就立刻变成烟灰。爱情,一切的爱情,谁期盼它的华丽与璀璨,谁就是期盼它的消亡和落幕。可是,谁能抵御它的光彩,它在夜空中散发的美丽与神秘,瞬间消失的激动与落寞?为了延长这个美好时刻,就应该永远不让火凑近它。

自己的行为一定很奇特,同在一个单位却用寄信这种方式,信封也是印刷厂的信封,上面有印刷厂的字样。她渴望知道他收到信后的神态。信投进街上的邮筒时,她的心就开始不规律地跳动,时而想象他的不屑一顾,时而想象他的惊骇万分,还伴随着一些难以言传的意味。她坐在办公室里竖起了耳朵,听着各屋的动静,听着外面院子里的动静。完全有可能,当他在这些地方时,信递到他手中,或者他自己得到通知去传达室取回信。边走边捉摸信封并且就在这些地方打开信。她发现她的耳朵是多么灵敏,仿佛听到一声叹息穿透墙壁消散在技术室的空气中,又仿佛听到某人起身时衣服的折皱声。有这么多喊喊切切的声音,仿佛有人在密谋,有人在悄然无声地干着不可告人的勾当,空气把他泄漏,替他喧哗。

他们在干什么? 杀人于无形? 这个武侠小说用语忽然出现在

她心里。她感到坐立不安起来,那种被挠到了痒处和痛处的感觉,舒适又难过。她想辨清它们,就像一个人想看见自己的后脑勺,却永远看不见。自己就是一只还在孵化的小兽,还在胎盘状态中,需要破碎,需要流血来帮她睁开眼睛。

她已经很长时间没有想到母亲了,发现这一点很让人高兴,她不需要母亲,从前需要得太多。母亲,应该退隐,不再以从前的潜移默化暗暗地影响她,像旧日的天气影响着今天的气候。有时想到它,心里还淡淡地不快,可是已经如浓墨在水中晕开了。

过了三两天,她预计着信该到达了,就去传达室看看。远远地,透过窗户,似乎看到桌子上有一只棕色的什么,在杂物之间很赫然,她猜测那是一只信封,觉得它就是那封信,散发着那种气味。仿佛熟悉的什么在向她招手,仿佛揭破了什么使她悚然。有片刻的工夫,她想拿走那信,眼前浮现出他的迟疑的眼光,欲语还休的神态,就仿佛受到了鼓励。她并不是空穴来风,无中生有,她是洞若观火,一目了然。她只是给干渴的土壤浇水,看小花小草郁郁葱葱。他和她心里都有一个根。

她在传达室外徘徊,不时地瞅一眼那封信,心里很矛盾,很想把信拿走,为自己的疯狂做个休止符。无人知晓,也同样无人理会。没有耻辱,也没有激情。只要拿走就行了。可是,她是多么渴望爱,想当然地以为一封诉衷情的信就会燃起爱。她夸大了自己也夸大了他,绝没有想到这样一封信被同事知道了,她会怎样难堪。多少讽刺和鄙俗的想象与猜测会在这栋平房里发生。靶子,成了一切瞄准的对象,使人得意,使人讪笑,使所有的人都高她一等,使自己变成侏儒,成为异于正常的东西。

她意识到这一点,可是仿佛对什么都不管不顾了,他的身影和声音成了她向往的东西,如果这东西是因她而发,她该多么高兴。也许他会为她保密的,她怀着侥幸心理,又下意识地觉得她把他的品格看得太高了。奇怪,她一会儿感到阳光在他头顶上灿烂,一会儿又觉得乌云沉思般地笼罩着他。他是个人,不能免俗的人,他怎么可能不得意而笑话她呢?她矛盾重重。突然,仿佛被人惊了一下,她下定决心,这封信不能给他,这片刻的理智占了上风,她不能犹豫。她迅速走进传达室,屋里没人,信就在桌子上。她伸手拿到它,转身离去。

老刘忽然出现在她身后。他一眼就看到了那信,也看清了是寄给谁的,他欲从她手里接过信,她就像一个小偷面对警察一样,乖乖地交出了。她感到信从手中滑落,老刘精明的目光瞅了她一眼,弯下腰拾起信,看了看信封上的字,说这字怎么这么熟悉。这使得她的心怦怦地跳。老刘天天看签到簿,一定熟悉了这个单位每一个人的字。老刘也没多说,大概不会想到她,献殷勤般地给他送去了。她听到他正在最西边的屋里与人谈话,似乎是从前的一个同事来了,相处不错的几个人都聚集在那屋与那同事闲谈。她听出那人现在在医院工作,升了,似乎是个科长,引起了大家的啧啧称赞。她赶紧溜回办公室,怕被人看到她与老刘手里的信在一起。可是,像一个被摘了心的人,忽而又高兴,忽而又担心。她还是满意的,不管怎样,她卸下了包袱,不再混沌和暧昧,若他爱,她就爱;若他不爱,她就不爱。她几乎认定他不爱。这没关系,她只需要一个明确的态度,她能够面对坚冰或者顽石,只要不是如傍晚黄昏,让人思绪万千,都是空。她希望他拒绝,她认定他会拒绝。

他不会说什么,也不会做什么,只要在她经过他身边时,他傲慢地脸一寒,就行了。

他的寒冷的脸一定像早晨的寒气驱散薄雾,露出冷彻清晰的太阳的面孔。她现在明白,不是为了爱写了一封这样的信,是为了不爱。爱,实在像白糖一样廉价腻人了,只有不爱才是真实可信的,可爱是真诚的,有价值的,永恒的。只有不爱,人们才能和平共处,互相体贴。只有当心里没有时,它才能被表达出来。若一个人内心充实,你会看到什么感到什么呢?

她看到老刘从那间屋里出来,手里空空,信已经交给了他。她听见他的声音忽然停止了,他在看信。她在屋里踱来踱去,不时透过模糊的玻璃窗窥视外面。忽然她听到走廊里响起他的脚步声,不再是那种一顿一顿的沉着的声音,是飘浮的裂开的,仿佛他拿不定主意是应该向左迈步还是向右迈步,向前走还是向后走,他又不愿停下,他的心里有什么涌动着,若停下就会像爆米花机突然爆裂一样,带来更大的震动和飞散的米花。这种变化是因她而起,她忽然觉得满意。这一刻,她拥有了他。

他要走过来了。又很疑惑,他这么快就明白了。她有些无准备地慌乱,赶紧奔回椅子上坐下,假装读书。全身无知觉地稀薄起来。在这种紧张木然的状态中,她还是发觉他在门口停下。静悄悄地,只隔着一堵墙,只有几步远,仿佛隔着一层纸,他的呼吸微微振动着纸样的墙壁,砖泥似乎裂开了,有什么在窥探。

她听到了他的喘息声,他的呼吸声,声音不大也不急促,传到她的耳朵里却像夏夜的雷鸣,远山的回响。忽然,她发觉她什么也没听见,她有些失望地侧耳,没有什么动静,是她多心了,她被自己弄得迷乱了。他无所谓,很正常,一封信算得了什么? 现在谁还在乎这个? 玫瑰花和汉堡包,还有按小时收费的旅馆,这才是真实的。信已经是老古董了。她看到了他的冷淡和讥笑,也禁不住地笑了,心想,以后有机会一定向他讨回那封信,那信,现在看来无异于一颗炸弹了,会在这个小单位里掀起大波浪。她开始也不是没有想到这一点,只是那时为什么那么糊涂呢? 她觉得自己不可理喻。爱仿佛是蜂蜜,这蜂蜜却是蜜蜂的唾液。爱,只是唾液和体液而已,不正常的激素,非精神的最高境界。

他只是碰巧站在那株绽放的美人蕉旁。和那火样的花朵像极了。

对于院子门口生长的那株花她常常觉得奇怪,在这钢筋混凝土的地方,在偶尔露出的一小块土壤里,竟然长着这么一束花,有着火苗一样的形态和花瓣。

忽然,她听到门外有动静,有人站在门口微微地挪移了一下。她一愣,他还在那儿。瞬间,刚才的自嘲和自制都消失了,她激动起来,呼吸困难。她的眼睛依然不离开书,她已经看不见任何东西。她急剧地想着,以为他早已走开,他还在门口,他一定是在屏住呼吸,和她一样的紧张,他明白她的意思,也许他早就明白,只是和她一样惧怕。一个关键词,"惧怕"。她没有时间深究了,她听见他走进来了,她又溃散了。她在千万种惊慌中找到了对付的办法,那就是端坐不动,目不斜视。很容易做到这一点,她浑身都僵了。似乎散发着冷气。她感觉那团咖啡色的雾越来越浓重了。他的咖啡色衣服仿佛在逼近了。他仿佛想说什么,往前探着身。她心里叫着,别说,不要说,什么也别说。只要他一开口,她就会倒下去,就地蔓延,像一杯水倒入沙地。他仿佛在她的桌前站了片刻,忽然一转身坐到了自己的位置。

现在她和他是面对面了,只要她一抬眼就会看见他。她微微掀动眼皮,似乎看到他低眉蹙额地端坐着。他的身材很好,坐的姿势也很美。她恐惧地想,不,不,这世界没有美,只有错觉和幻觉,老天爷,她不应该感到美,否则她就没救了。她胆战心惊地等待着,深切地感觉到他和她之间的距离。他们离得太近。老天爷给了他们互相吸引的距离,没有给他们互相靠近的距离。千里姻缘一线牵,一米的姻缘就没线牵了。她忽然觉得自己蒸腾起来,快要按捺不住了,直想跳起来大声说话。打破什么或者看到什么。希望他离开,永远不再看到他。他也仿佛接到了这个暗示,默坐了一会儿,忽然一起身走了。

卸下了千斤重担,她觉得轻松点了,能够呼吸了,茫然四顾,盯着他的桌子和椅子,仿佛盯着他一样,胆怯而大胆,羞愧而谦卑。空气中充满了他,桌椅前是他的形状。他的形象忽然腾空飞起,屋里的一切也都随着上了天,忽然又全都落下,恢复原位。意识到自己不妥,她狠狠地一扭头,注视着窗外。走廊里似乎动静多了一些,大家都往传达室里跑。她站起来,怀着莫可名状的心思走出去,生怕遇见他。站在走廊里望望大门口,他没有站在那里。他躲起来了,她想,略微舒心一点。及至走近传达室,听见他说话的声音,才知道他并没有躲起来,躲避的人应该是她,忽然意识到一切的无意义。他是老练世故的,或者开朗大方的,绝不似于她。那信等于没写,唯一值得担心的是他会在别人面前炫耀这信。她感到无地自容,在院子里站住了,用眼角注意着。没人招呼她。她决心也走进传达室,这决心能够拯救她,她会借此飞跃。她默默地深吸一口,迈着严正的步伐,走上万众注目的主席台。恐惧,不愿意,情绪像一种推动力强迫着她。她使劲咬磨那颗上火的牙。她就这样走进传达室,那个拥挤杂乱的小屋,似村姑走进殿堂,那里面有他。她以为自己一走进去就会看到他,他像黄金一样在沙粒中闪光。但是她没有看见他,屋里站着好几个人,正在分鱼。

■ 第十三章　鱼与水的分离

　　她低头看着一个黑色塑料袋在脚边蠕动，里面一定是鱼了。厂长、书记和平落沙正在把秤。她望着那些腥乎乎滑溜溜的胖鱼从一只大蛇皮袋里被捞出来，放进秤，再放进小黑塑料袋。厂长操作得准确无误，仿佛他的手里有强力胶，一旦他抓住一条鱼，无论鱼儿再怎么扭动也无法挣脱。他就这样干净利索地干着活。书记，是位女士，对付起鱼来就不那么利落了。鱼时常从她捏紧的手指间脱落，"啪"的一声砸在地上。她弯腰去捡时，鱼又蹦开了，试了几次都不成功。大家笑起来，纷纷为她开解。平落沙奋不顾身，猛然一趴，两手按住了大鱼，衣服污了点，有胜利的喜悦。

　　慕伏瓦痴痴地看着鱼，想到饭桌上的红烧鱼和面前的鱼有多么大的差别。她把已经分好鱼的塑料袋提到靠墙一侧放好，一个袋子忽然跳很高，她吓得一愣，厂长注意到这情形，笑着说："不要紧，你拿一袋吧，一人一袋。"她望着铺在地上的黑袋子，踌躇着，一种怕吃亏的感觉又浮现了，总以为她选定的那一袋必是最少的。她正在犹豫，书记又与一条鱼搏斗起来，平落沙放下秤帮忙，英勇地抓住了鱼。

　　忽然从背后传来他的声音："鱼的命脉真长，这都离开水多长时间了,起码有五六个小时了,还会蹦。"她一骇,原来他站在门后,刚才进来时没有看见他就是这原因。她假装镇静地扭头望望他,仿佛他的话引起了她的兴趣。他似乎很高兴,咧着嘴笑着,露出一口白牙。这笑很陌生,这笑表明他和这个集体的关系是融洽的,并不如她所想的冷傲,也不再如她所想的可爱。她站在这个冷飕飕的小屋里,突然意识到他与常人无异。她想到自己的信,自己这个人,是多么不伦不类。

她弯腰拿起一袋,预备走开,那袋子忽然有力一挣,落到地上。大家又议论起鱼的命脉。厂长说,他今年春节时买了一条大鲤鱼,都刮过了鳞剖开了肚子,内脏取出来了,拎着走时还被它挣烂了塑料袋,只好两手掐着它。

潘伟说:"都说蟑螂有六十条命,我看这鱼的命比蟑螂还多。"慕伏瓦自语道:"鱼比蟑螂有用多了。"潘伟听见了,说:"鱼能吃,蟑螂不能吃。"杨四极大笑:"你这不是废话吗?"张长征说:"你吃过蟑螂?"潘伟说吃过。众人笑。

梅诗韵和赵会计进来了。梅诗韵若有所思地浏览了一遍所有的袋子,慕伏瓦以为她会挑那貌似最大的一袋。其实袋子是同样大小,里面的鱼也是同样重量,六斤。可是,这同样的事物看起来就是不同。梅诗韵拿了距离自己最近的那袋鱼,还犹豫着是否应该换另一袋,另一袋似乎显得多一些。她看看自己手中又盯盯另一袋,终于尊严地决定,拿哪袋是哪袋。

赵会计就不同了。她先冷静地细心地观察一番,在鱼袋周围走了几圈,并不急于拎起就走。大部分人都是随便挑一袋就走,大家都认为,每人六斤鱼,误差不了多少。可是,赵会计在乎那点误差。她不时地伸脚踢踢塑料袋,不用手,用手太明显了,她只是迅速地伸直她的小巧好看的脚轻轻地踢那么一脚,被踢的袋子动静更大了,她就凝神观察,辨别鱼的新鲜度,还有许多别的奥妙都能从这一脚中感觉出来。慕伏瓦相信她能透视黑塑料袋。她绕着鱼转悠了几圈,每一袋都被她踢了不止一脚,经过判断与推理,她选定了一袋,不过不是最终选定,它只是入了围。只见她把那袋鱼从原先的位置踢到墙角里,然后开始专注地细致地踢它,最后放弃了它,又把另一袋鱼踢到自己方便的位置,开始踢这袋鱼,如此反复,过了有十五分钟。

慕伏瓦看着表,她就想知道这女人需要花多长时间才能拎起塑料袋走开。赵会计微微含着笑,这是厂长、书记在场时她常有的表情。最后,赵会计拎着鱼轻盈地走了。慕伏瓦发现她拿走的那袋,分量足,鱼儿还欢活。梅诗韵没有挑拣,然而似乎不快活。总是这样,只要发东西或者发钱,便有人不快活,如果不发,更是怨声载道。

有的人没有采用赵会计的方法,却存着赵会计般的心思,于是做得破绽百出,他用手拎起一袋,掂掂,放下,又拎起一袋,又掂掂,又放下,引得大伙齐声说:“都一样,都一样,没必要。”潘伟更是直接说:“你个大男人怎么这小家子气? 你简直像个女人。”事后大家在背后嘲笑他是个女扮男装的假男人。他知道了这说法,只是咧开厚厚的嘴唇笑着说:“我这是小巫见大巫。”众人望着,不说什么。

关于鱼,大家议论了一段时间,清炖、红烧,都在舌尖上过了一遍。慕伏瓦的鱼还养在技术室的洗手盆里,她经常换水,有时就望着真鱼和假鱼发呆。假鱼那么生动,真鱼那么呆板。一天,她又在对鱼发呆时,尤梅走过来。技术室里就她两人。她知道尤梅的每一举动都像下棋,每一步都是算好的,不明白尤梅今天为什么靠近她。

尤梅对她说:"你的鱼最好,每条都差不多大小,每一条都正好够一盘子菜,太大了,普通盘子放不下,太小了,一般的三口四口之家又不够吃,顶好的是一条一盘子。"

她迷迷瞪瞪地听着。她尚未成家、从不做饭,因而不知道有这么多讲究。尤梅告诉她,在结婚之前,她自己也不懂这些,等到居家过日子就明白了。然后,尤梅又隐秘地俯首低语:"你仔细看赵会计,她的鱼就是一条鱼一盘子菜,下了油锅还蹦跶了几下,听说张长征的鱼半路上就死了,赵启明看见他把鱼扔进了垃圾箱。"

慕伏瓦惊奇地反问:"干吗扔垃圾箱?死鱼也能吃啊!"尤梅望着她的眼睛,停了一会儿,说:"他不高兴。"慕伏瓦答非所问地回答:"书生意气。"尤梅似乎不愿苟同,窃窃地说:"你就多看看赵会计,书记不也喜欢去她那儿吗?"

慕伏瓦对这忠告不以为然。

她有时候想,尤梅也许是同情她,向她透露一点秘密,可是这种亲密的态度又使她反感,同情这种善良的情感竟和廉价的秘密画等号?一个人给灾民捐去了自己丢弃的衣物,且以此抚慰自己的良心?在这个办公室里,她能容忍高丽娜的傲慢、平落沙的轻蔑,却不大能认可尤梅的同情。这同情仿佛使自己或者她更卑劣了。

她无意识地抗拒着,懒洋洋地听着。院子里的三棵树,在初春的阳光下发着微光。

她路过会计室,赵会计在和书记低语。她停了一下,思忖着是否走进去。书记抬头望望她,眼神是和蔼的。赵会计也停止嘴的嚅动,用同样和蔼的表情望着她。可是她觉得赵会计的眼神非常凌厉,有一种驱赶她的意味,就像狗护食一样,护着它的食盆。她怀着别扭的心思走进去,就想看看赵的反应,与此同时,尽情地笑着,仿佛刚刚听说谁倒了霉。赵一定看穿了她的心思,不露形迹地撇撇嘴,瞬间一种冰冷的表情在她的脸上掠过。慕伏瓦立刻感觉出来,笑得更开心了。

书记笑着说:"小慕谈朋友了吧?"她脸一红,心里想着糟糕,嘴里说着还没有,加倍努力地笑着。书记沉思地望着她,似乎心知肚明,似乎知道她会这样回答而丝毫不怪,怀着一个年长者的和蔼。赵露骨地追问:"真的没谈?"她摇头。赵说:"我不信。"书记说:"该谈了,谈几年就到年龄了。"赵用犀利的目光审视着她,问:"哪个单位的?"她忽地心里一松,她们都不知道。这下子她真的有点高兴了。

赵望着她,笑起来,书记则宽容地望着她,微笑着。她忽然从心里冒出一句话,阎王比小鬼可爱。不合时宜的一句话。两人都笑眯眯地望着她,不说话。她有一种坦白从宽、抗拒从严的冲动。自我暴露的话在嘴边积聚着,随着她们的笑越来越温和,它们就要喷发了。

这时,一种危机感忽然像射进来的一缕光线一样照亮了在暗中波涛汹涌的水流。她瞥了一眼被光线照射的那本杂志和摊开的账本。赵注意到了,就用一种不引人注目的方式合上了账本。书记没有看见,或许看见了而不觉得。她看见了,仿佛被抹了风油精，凉飕飕的气息使她若有所悟。她还看见了赵的眼中轻蔑的意味。她下决心什么都不说，要说也只对书记一人说。赵又似乎觉察了，脸越来越像橡胶了，会变形也会迅速复原。慕伏瓦一声不吭地站着笑着。知道自己有点傻，很庆幸脸没抽筋。书记说："他们都在排版室，柯叶买了瓜子、糖果。"她明白书记的意思是让她去排版室玩。她温顺地答应了一声，后退着走出会计室，听到赵问起瓜子、糖果，似乎不知道柯叶为什么买这些。

排版室里很热闹，她推门而入，屋里忽然鸦雀无声，及至看到是她，大家又哄地谈论起来。柯叶的股票挣了两万块，买东西请大家。她站了一会儿，觉得没意思，就走开了。她感到众人用冷冷的目光注视着她离开。她很想扭过头说几句热乎话，可是厌倦和懒惰，说几句言不由衷的话都似乎要使出吃奶的劲。她浑身懈怠地走了出去。潘伟的高谈阔论还尾随着她在背后响起。

她需要时间把废铜烂铁煅成有用的器具，现在则火候未到。在院子里站定，左右望望，这三棵树是个奇特的障碍。在空间上，时间上，还是在精神上？它阻碍了光线。这个小院子几乎被市政府大楼遮挡了大部分阳光，树又遮挡了剩余的阳光，整个上午都是昏暗的，开着灯，到了正午和下午，才会有阳光射进来又很快移开。阳光既很稀罕，时间的流逝就显得神秘了。有时感觉过了很长时间，可一看表才九点，距离十二点下班还很远，有时又忽然发现时间变快了，不知不觉已到十一点多了。在精神上，它既是海阔天空的引头，又是寸步难行的铸铁一般的沉重和寂然。只要看看它的根和树梢就知道了。

她朝材料室走去。田常仁听到脚步声抬起头来，她看到他的睡眼惺忪的样子。有一次,慕伏瓦甚至看到他的上下眼皮之间扯着黏液。有人递给他一张面巾纸,他用手揉揉眼,又用手揉揉面巾纸。慕伏瓦望着那点分泌物感觉很不舒服。朱兰笑着说,老田还不知道面巾纸是干什么用的,接着对老田说:"用这纸擦擦眼睛。"老田咕噜着,从口袋里掏出手帕,不干净的手帕,擦擦眼。杨四极说:"上火了,眼屎就多。"朱兰说:"结膜炎,手绢该洗洗了。"老田仍然咕噜着,否认上火又否认结膜炎,用手指刮一下眼睛,看看指头,接着往衣服上抹去。朱兰又笑了。过后,对人说:"老田不才六十岁冒头吗,怎么弄得像八九十岁的老人?"赵会计说:"他年轻时就那样,也不是现在才这样的。"

慕伏瓦在老田旁边逡巡,老田让她轻松。

老田有一个原则,就是谈到单位的人事往往支支吾吾,对于其他话题却是很有见地。比如,老田对她的老气横秋的衣着很有看法,当她为自己的黑夹克得意时,老田听了一会儿,又仔细看了她的衣服,提出几个建议:多看看大街上人们的穿着,多逛逛商店,多翻翻服装书,还有,要多读世界文学名著,培养气质。慕伏瓦听着,吃惊又不快,吃惊于老田的时髦,不快于自己精心选择的黑衣竟是如此落伍。

她忍不住插嘴:"田师傅,我的黑夹克不是全黑,衬里是红的,只要我把领子翻出来,把袖子卷上去,就不那么难看了。"她很想说我的衣服好看得很。

老田吞咽了几口唾沫,说:"这种衣服就得竖起衣领,卷起袖子就像个干活的,不雅观。"她还想辩护,老田摆摆手说:"穿鲜艳点,大家看着都舒服。"

这时赵会计进来拿材料，老田面对着她说："是不是？小赵，等到你这年纪想穿也不敢穿了。碰上个大胆的，穿成老妖精。"赵会计做作地爽朗地大笑，不发一言，只是用鼻子嗯了一声。慕伏瓦想，按照赵的俭省原则，此时不必废话。看着赵拿着东西离开，听着老田和她的背影开玩笑。走出多远了才听见赵回了一句："老田，你今天可睡醒了？"老田笑起来，打嗝一样，引得走廊里站的几个人也笑起来。

老田安静了一会儿，忽然问她可报医药费吗。慕伏瓦说没报，没医药费，医院在哪儿都不知道。老田嘟嘟囔囔地说，他去了几趟会计室，都说没钱。慕伏瓦望着那张难看发皱的脸，很想抹平它，愤愤地说了一句："没钱？别人咋报的？她咋报的？"

老田晃晃脑袋说："别——别——别多说。"慕伏瓦忽然自作聪明地发现了一个词，不假思索地脱口而出："他们狼狈为奸。"说完这句话恍惚觉得把什么扔进了无底洞，专注地听着石头砸进坑底的声音。老田一惊，接着大骇，似乎脸变了色，他又摆手又摇头，站起来，藤椅也随着他起来，他手脚瑟瑟，按下藤椅，只听见衣服的摩擦声和久坐的藤椅发出的吱扭声。老田走出去察看四周，等他回来时就一脸严肃地说："小慕，你可不能乱讲。"

慕伏瓦陡然意识到自己的愚蠢，她选择了这样一个词来表达在泥浆里打滚的境界是不合适的，没有一个明确的说法可以形容这种状态。就像不能用人类的语言描述生物的世界，不能说羊羔愚蠢豺狼聪明，不能说三叶虫低级猴子高级。不能在混沌中辨别出"1＋1"，不能在火烧云中看到具体的形象。慕伏瓦明白了自己的错误不在于说出了这个在老田感到惊慌失措的词，而是妄图用一个这样的词概括一切不满情绪和蝇营狗苟。这个词是有限的、锐利的,也就是无力的、迟钝的。它不够精确,又不够囫囵,具有极强的色彩,不适合覆盖生活。它的鲜明和铿锵只适合舞台,适合写在纸上远远地抛开。当大风和尘土裹挟着它在天地之间飞扬时,它才是合适的。她把它说了出来,用锤子砸手指一样不合适。她觉得惭愧,为自己的无知和轻率,为自己的狂妄和盲目,她其实什么也没看见,什么也不知道,却像一个鹦鹉一样,发出了不属于它的声音。

她嗫嚅着说:"田师傅,谢谢。"老田说:"没啥,我不跟别人说。"她心里想说,你跟谁说我都不在乎,脸上还是露出感激的样子。老田望着她,说:"还是年轻。"

她望着老田的疑惑的脸,忽然想到:其实说什么都没关系,只要她大声地说,说出一切,以宽容和坚强接受它的效果,用玩笑和理解善待它,这是她这类人应该采取的措施。老田有老田的手段,赵会计有赵会计的策略,平落沙们也有她们的方法,只有她,还没找到适合自己的方法。有了方法她就可以像别人一样稳稳地站立。

这一刻,她几乎想大声喊着说出:你们的伎俩,我全清楚,我没有听见你们关着门的低语,没有看到你们在背后的小动作,可是我全感觉到了。我看不见听不见,我感觉敏锐;我说不清道不明,我加倍地理解。我愿意理解你们,希望你们也理解我,互相理解,会使小路成通衢,使涧溪成江海,使卑琐成磊落。理解,就行了。不是永远地打着算盘,永远地斜着眼看人,永远地在口袋里攥紧了拳头,永远把半句话留在咬着牙的齿间。你可以做一切,光明的与卑鄙的,只要你大胆地把它们摊放在阳光下面,就像把那发霉长毛有臭味的豆子在太阳下晒,就会得到一个香喷喷的结果。可以丑陋,可以阴晦,阳光使一切暴露无遗时,它们就会散发太阳的味道。

老田奇怪地望了她一会儿,说道:"你这人,也是个老实人。"她思忖着,"老实人"是个什么意思? 这个似褒实贬、似贬实褒的奇特的词,可以应用于一切场合而像变色龙一样,变化出不同的色彩。老田忽然又追加了一句:"你是太老实了,太老实了,人是老实点好,太老实了就有点——"

慕伏瓦憨痴地微笑着,不知是想表达谢意还是想表达反感。没有一个老实人喜欢"老实"这个字眼,像所有的狡猾之徒都喜欢"老实"这个词。她张大了嘴,想大放厥词,说出来的却是:"我最喜欢吃奶油泡芙。"

老田说,他女儿也喜欢,他从不给她买,一买来她就会吃很多,总吃不够。慕伏瓦说:"你应该给她买,女孩子吃奶油泡芙时,是会产生许多心理和生理的感触,像男人抽烟喝酒一样,不仅仅是花几个钱的问题。"老田懒洋洋地说:"我不给她买,女孩子不能惯。"慕伏瓦说:"你不喜欢女孩。"老田仿佛不愿承认这一点,又仿佛想表明,自己不喜欢女孩,也并不比别人做得差,便讲了一段见闻。

老田的声音,以及豆大的雨点打在午后的窗户上的声音。

昨天下雨的时候,她还望着雨帘感伤呢。

老田骑着自行车回家的路上,经过一条小河时听见嘤嘤的哭声。她不在意,骑过去,那声音在他心里却变得越来越真切了,越骑越觉得心里有事,于是在走了五分钟后又返回来。把车停靠在河边的垂柳上,沿河察看了一番,开始没发现什么,老田的心里存着一个念头,没有看到想当然的景象。他跚蹒着,声音是从河边的水草丛里传出的,是小孩的哭泣声,在这个荒凉的路上显得有些诡异。老田有些毛骨悚然,不是由于迷信和软弱,可是在淅淅沥沥的雨中,在不见人迹的野地里,出现奶声奶气的啼哭声,确实不是件正常的事。他继续搜寻,在水草丛中发现一个小小的襁褓,已经有些散开,一个刚出生几天的婴儿正在无力地蹬着腿哭泣着。老田仔细看了看她的下身,明白她被抛弃的原因了,这是一个女婴。

她的襁褓已经湿透,还没有被河水浸没,她哀哀地哭着。老田清楚了并不存在鬼神怪异,心里舒服些,想到自己的子女尚且需要操心,他无力收养这个女婴,就硬着心肠走开了,巴望着会有别的好心人。他下午上班时再次经过小河塘时,雨下得更大了,河水似乎上涨了一些,他猜测那个婴儿大概已经淹没在水中了。仍有嘤嘤哭泣声,在这个寂寥的野地里呼唤着什么,老田腿肚子有些抽筋,他低着头骑了过去,心里微微难过。有什么办法呢?等到老田傍晚下班路过那儿时,已经寂静无声,只有风声和雨声。老田疑心自己的耳朵,停下车子走至岸边,婴儿在水面上漂着,呈现出一种无生命的状态。老田忽然觉得心里一紧,接着也就放松了。他快快地离开了。

现在他把这事说给慕伏瓦听,有一种感觉重新泛起,他忽然觉得不能自拔,片刻的工夫,在这个舒适的藤椅里,在这个平淡悠闲的环境里,他忽然感到不能平静,他没法瞌睡,不能发呆,不能静静地笑,不能像一切过来人一样洞若观火。他告诉了慕伏瓦,这个稀里糊涂的女孩,只有她才会听他的细细的不厌其烦的叙述,他也仿佛在叙述中得到了解脱。

慕伏瓦惊奇地张大了嘴，忽然问道："你干吗不收留她？多可怜的孩子。"他对于她的清楚的言语感到愤懑，能用言语说清吗？他想说，他也很可怜，可是他没说。这个故事讲完后，一个不再想医药费的报销，一个不再想赵会计的眼神。

风声、雨声和哭声，在耳边，在眼前，在那个黑洞洞的心里，在这个暗室里。慕伏瓦觉得，这件事，使她超越了个人的痛痒体验到达广大的世界，也给了她勇气去面对平落沙们，使她忽然站在一个新的高度上。她难过，为那个可怜的婴儿，还有老田的不能被安慰。她忽然嘲笑着说："老田，亏你还叫田常仁呢。"她不知道嘲笑怎么像笑意一样漾起。老田嘴里叽里咕噜，站起来，再一次带起了藤椅，经历了一番挣扎摆脱了椅子，走出了材料室，上厕所，或者喝水。慕伏瓦觉得又听见了嘤嘤声，这奶声奶气的声音使她想起了什么。悲惨的事情，盖住太阳的乌云，它的背后是光辉灿烂的。

她走到院子里，望着他的背影，她想，假如他回头看她，她肯定会对他凝眸一笑。她的心里正装满了人间的苦难和天上的爱情。

他依旧站在院门口，魁梧地笔直地站着。她没有朝他看，望着相反的方向。这样很安全，没人想到她在注意他。一颗尖利的硬硬的核戳在心里，她变得从容而镇定。她像被注入了生命，被唤起了生机，恍惚觉得自己在遥远的过去的某个时候就曾躺在水塘边哀哀地哭。不知怎么，她竟然长大了，长得这么大，可以听着悲惨无动于衷。

这十九年来，她是怎样从一团感性的血肉成长为一个人？她想和人说说。她凝视着他的伟岸的背影时，就在心里嘀咕开了。她滔滔不绝地说着，他不时地变换着表情应和她。他的富于表现力的眼睛和嘴巴，说着比沉默更动听的话。她心满意足，与他的恳切交谈使得她的心像气球一样放大了。她忽然转过头，望着他的背影笑了一下。他的后背仿佛抽搐了一下，吓了她一跳，疑心真的会有心灵感应。

她转身走进屋，把一个气球强按进水里，就像按捺着自己。尤梅她们三人正在谈话，她进来了，她们不由得放低了声音。她照例地，没听见，看不出，没感觉。在桌边沉重地落座，感到腿僵硬得不会打弯，麻木痴呆地凝视了一会儿桌面，数着：一只水杯、一沓纸、一只圆珠笔、一张报纸、一本书。望着书，又听见了哭声。凝视窗外，又看到了他。"爱，不仅爱他伟岸的身躯，也爱他坚持的位置，足下的土地"。她想起了这句话。

她应该爱那个院门，爱那块他脚踩着的土壤，那块蚯蚓工作的泥土，时有臭虫爬进爬出的地方。那块因他的站立而荣耀，被别人的脚底践踏的一小块土壤，被水泥地拥挤的一小块泥地。逢到雨天，它就会把自己的泥水印上水泥路面。这就是她应该爱的。她知道那歌颂爱情的篇章。

她为自己的亵渎感到可笑，还有点胆怯。有一次，她在母亲的多次催促下翻开了《圣经》，不得不小心地拜读，深恐心里的妖魔会说出亵渎的字句，玷污了这圣书，给自己带来灾难。她不敢再望他，妖魔已经出动了，她想到了它们就仿佛点醒了它们，它们的狰狞和张牙舞爪像动漫一样活动开了。她咬牙切齿，睁大了眼睛，握着拳头，仿佛以此会带动心里的力量而驱除它们。它们却像夏天池沼里的蚊子，稍一动静就轰轰然拥起。她意识到自己的无能为力，意识到此刻她若不把他和自己弄进泥塘，滚一身污泥，是不会停止的。她忽然站起来,那另外三人似乎吓了一跳,望望她,不吱声。她大踏步地走出去。伫立,凝视前院,然后,扭身进了后院。

靠近仓库的窗户时,听见里面有声音。她迅速退后,倚着墙,仔细听着。屋里的人似乎认为不会有闲人站在外面,更不会有人听见,他所讲的事情又是那么新鲜有趣。他们咕咕啾啾地说着。她听出,是张长征和老刘在里面翻找什么。

■ 第十四章　飘浮

老刘饶有兴致地叙述着,不时用意味深远的眼光瞅他一眼。(她仿佛看见了。)她渐渐明白了老刘的话语,明白了他的意思,看到了一件发生在自己身上、自己却不知道的事件。一件小事,只是和他联系起来才显得那样不同,只是在她心里,在别人,比如老刘那儿,是被含义不明地取笑的。取笑,这正是老刘对张长征讲述的原因。她推测——根据老刘的说法,大概是上周。

一天,她到后院闲逛。她陡然记起曾经在后院的仓库里看到一身戏服,鲜明的色彩,夸张的样式,耷拉在半开的箱子里,像一张画皮。使她忆起这一点是因为听平落沙说,剧团借我们的仓库放东西,现在剧团有了新地址,大概要把那些东西搬走了。一个并不肚饿的人被放在一堆美食跟前,不由得想吃了。她于混沌茫然之中听见了此消息,虽不好奇也欣然打探去了。

她走进了后院。在她看来,她只是在后院逡巡了一番,又在走廊上行走了一趟,透视了所有的窗户。可是听老刘的叙述,还不仅仅如此。他蹲在走廊上摆弄一团电线,电线上缀着许多彩色小灯,很小的灯,像一个个小果实。市里提出要"亮化城市",所以买了这东西准备挂在单位门口的三棵大树上。夜晚来临时,那小灯在枝叶间闪闪发光，一定是美的。不知谁想出了这样的主意。电线电灯和树枝树叶在一起并不是那么和谐。

她的茫然若失和视而不见的痴愚会掩饰她心中的哽咽。

老刘看见她踩着游魂似的步伐从他眼前走过去，吃了一惊，他还没有意识到她的走近，猛然看见她的穿着黑布鞋的脚，他惊讶地略微抬头，像视力极好的人那样只稍稍一瞥就看清了，他迅速低下头，仿佛看到了什么不该看的，腼腆，羞愧，也许还有些恼怒。她，视若无物，旁若无人，走过去，几乎踩上了他的手，他猛地抽回手，就看见小灯在她的脚下碎了，仿佛它们不是被踩碎的，而是一碰到她的黑鞋就像火星碰上石头一样飞溅了。她只顾转动着脑袋左右乱看，自觉没有看到一个人。她渺茫地觉得看见了他，然而他，不是人。她高高地昂着头，从他蹲着的身体前飘过，踩碎了他正在摆弄的彩色小灯，还差点踩到他的手，自己却毫无感触，没有察觉这骇人的一幕。

老刘看见了，嘻嘻笑着说给张长征听。她也听出，他当时也吓了一跳，接着猛然跃起，跑开了。她想，自己的粗鲁和无知会使他怎样想。珍珠和花用来修饰美丽女孩的容貌，木头和野草用来修饰蛮荒部落的战争与和平。她是那脸上涂着油彩，腰间束着草裙，手里拿着木棍的土著人。她没法说清自己，又忽而疑心这像撒娇。心突然跳动起来，仿佛它从不曾跳过。她觉得尴尬，又有些得意。她悄悄地离开后院，走到前院，望着他的背影，疑心他也正和自己一样。想到了他的女朋友，忽然感觉服了一帖镇静剂。他和她的距离，也就是潘伟们和她之间的距离，她不会用想入非非充斥这个空间，也不会用冷酷无情充斥这个空间——像赵会计那样；她和他的距离,是前院和后院的距离。

下午上班时,她还想着这个结论。从他身边经过时还特意看了他一眼,他好像觉察了,隐隐地一笑,微微低头,她又愕然。走到办公室门口,发现没带钥匙。想想,得等别人来开门。别人都不着急进这间办公室,都在别的屋里闲聊。她决定去找他要钥匙。这么轻而易举地想到他,不是尤梅她们。不去进行十分重要的闲聊,偏偏要进办公室。

那间锁着的门呼唤着被打开。她神情自若地,自己也意识到这一点,走到他身边,含笑恳切地说明原因,她忘带钥匙了,下午天气转热,换了一件衣服,钥匙就和上午的衣服一起丢在了家里。家,这个字眼出现的时候,她想到了自己的出租屋,周围的破烂和脏乱。他似乎无动于衷。她有点惊奇,又解释一遍,仿佛真的以为他没听清。他仍旧无动于衷。最后,她大声说:"把你的钥匙给我用用。"

他仍旧无动于衷。她紧张地望着他,担心着自己的尊严,准备像一切宽宏大量的人一样自嘲。她微笑着,又粲然一笑,心里暗自在想:轻蔑我,好吧,很好,我将从此幸福快乐轻松坦荡。仿佛对着镜中的自己做鬼脸似的,她极其快活地大方地咧开嘴笑了。他的脸上毫无表情。箭在弦上,有一种紧张、一种严峻。她的泪几乎要流出来,也更开心了。她忽然自己就哈哈大笑起来,就调皮地瞅着他,说:"喂,钥匙,我得借用一用。"他的严肃的脸仿佛受到了感染,他的黑红的面孔变得柔和。她一发觉这点就几乎不敢看他了,赶紧又笑,想掩饰这忽然而起的慌乱。但紧接着,他的女朋友,这个概念又像钢印一样盖在了他身上,她看见了那凸凹不平的事实。

她疑心他在愚弄她，又不相信自己的疑心，疑心自己不仅多情而且多心。她愣愣地凝视着他，心里踌躇着，想推翻他，也想推翻自己。仿佛听到时间"吧嗒"一声响，这声音唤醒了她，她像每一个睡醒的人一样，感到自己的力量，充满莫名的自信。她忽然将手一挥，仿佛赶走什么，一句歌词涌进心里："我不得不存在，像一粒尘埃。"她又冲他笑了笑，就扭头走了。

他说了什么，在她的背后。她没听清，原想不理睬，他仿佛又哎了一声。这个轻轻的"哎"字，忽然使她脸红，她立刻就意识到这种亲切将会在她心里掀起什么样的风暴，她又将怎样克制自己来适应这种生活。

他明白他这种态度的后果吗？她需要的是剧毒和寒冰。她不期望他给予她什么，虽然在夜深人静时会这样地想念。他不会给她他所没有的，就像他所拥有的她都不屑一顾。她的心里永远有两条毒蛇在纠缠，仿佛火熔化了冰，冰又冻僵了火。她期望爱情会像天堂的光芒一样照耀她的幽暗的内心深处，可又不相信，她知道自己是错的。生活会改变她，这种潜移默化般的改变实在让她着急，她恨不得睡一夜觉就能在次日凌晨看到不一样的太阳。

听到背后传来一声轻轻的哎，她并没有觉察出什么，只是惯性地转过身，望着他。首先被他的光彩四溢的脸吸引，接着看到他手里托着个东西。他的手伸向她，向上托着，像观音菩萨托着净瓶一样，一种纯洁和无私的光圈罩住了他，她就在眼花缭乱中看到他手里托着的东西是什么——一串钥匙。技术室的那只钥匙独独地支立，这体现出他也有着细致的心思。

她对自己不满，为什么当她想清楚地看见他时，总是看见一团光？她觑着眼，皱皱眉。她希望自己能像高丽娜一样，在任何状态下都是美的，哪怕在强光的照射中。"苦笑"这个词现在用很合适，她暗暗地苦笑了一下，为自己即使搁在花蜜里也只能尝到酸味，为自己不敢面对这美丽的光影。她讷讷地，胆怯地，从他手里拿过钥匙，又担心碰着他的手，又担心他缩回手。

打开门，坐下。简直以为已经过了一个世纪了。

星期天早上，她瞅见父亲衣衫整齐地出去了。问母亲，母亲说他要去温哥华城。等到父亲中午回来时，她仔细望着父亲的脸，想在这张脸上看到温哥华的遗迹。父亲的鼻头和腮帮子被吹得红扑扑，眼睛也小小地灼灼地亮着。他没有主动说什么。待到母亲问起，他说："温哥华城就是几栋楼，两条街道，没啥。"妹妹问道："不是一个大花园吗？"她也说："我还以为是一个很大的商业区呢，有餐饮娱乐购物——看来也只是房地产开发商的想象力。"妹妹问："怎么说？"母亲说："就是盖了几幢房子，取了个名字叫温哥华。"她忽然想起来，说："这小城里还有好莱坞和巴黎呢。"妹妹又睁大了眼睛。她笑着说："怎么像个土妞？还在北京学过服装设计呢。"

母亲说："北京市服装学校就几座平房，连个操场都没有，门口挂的校牌倒口气不小，我和你爸送你去上学的时候，只想它是个中专学校，自然比不上服装学院，可也到底是北京唯一的一所服装学校，去了才知道什么叫唯一，一堆发面馒头里唯一的窝窝头。"慕伏瓦和妹妹都笑了，待到父亲听清，也笑了，又仿佛被铁器打了一下，父亲的脸又僵了。

妹妹毕业后就在一个个体服装厂工作，工作有时很忙，工资却不能按时发。离家并不远,骑车十分钟就到了。父母对她的工作不满意,对姐妹俩的前途也充满忧虑。妹妹不觉得,她愉快地上班,愉快地谈恋爱。父母暂时还蒙在鼓里,妹妹也并不告诉姐姐。慕伏瓦偷看了那个男孩写的情书,趁妹妹睡觉时掰开她胸前挂着的小塑料盒,里面有那男孩的照片。她不打算告诉父母,她觉得他们成不了。多可笑啊,小盒子,还有情书。她忘记了自己也曾写过同样万分可笑的情书,现在想起来,立时觉得浑身发热,血液倒流。

慕伏瓦望着父亲认真地扒下皮鞋塞进鞋柜,又扯开领带脱下西装挂在衣架上,像进行了一场庄严活动一样,满意地照照镜子,在镜子前坐下。听着妹妹不绝的话语,她没有想到再过几天,妹妹就会表演和人私奔的把戏。也没有奔多远。她和那男孩在街上遛,被母亲的同事看见告知了母亲,母亲审问时她还想抵赖,母亲火眼金睛,目光如炬,立刻让她离开那个厂,回家待着,她就奔那男孩家去了。那男孩家离她家也只是隔着一条马路,一条胡同。父亲母亲忧愤不已。

妹妹所在的那个服装厂位于八岗楼东面,一栋六层大楼的三楼,整个三楼都是艳霞服装厂,老板是一个叫作任艳霞的女子。这栋大楼原名叫"白天鹅大酒店",开张没多久,就听说老板卷款逃跑了,据说是逃到了香港,那时候香港还没有收回,有人预言,等到了一九九七年非抓住那家伙不可。这栋大楼就只存着个酒店招牌,非酒店。"白天鹅大酒店"这六个字很壮观,一个字有一层楼高,醒目硕大地成了行路指示牌,没有人想起把这名不符实的玩意儿摘掉,直到五年后,那个逃跑的老板,大名李勇者,大摇大摆地回来,

"白天鹅大酒店"还赫然昭彰。李勇回来后不久,酒店招牌才消失了,听说李勇又干起了别的买卖。人们仍习惯地称呼那栋大楼为"白天鹅大酒店",常常说,从"白天鹅大酒店往北",或者从"白天鹅大酒店往东"。"白天鹅大酒店"因为它处在十字街头和有个关于那个流氓的传言而闻名遐迩。

慕伏瓦谨遵母亲指示,来劝导妹妹回家,走到大楼门口,问路人:"请问艳霞服装厂在哪儿?"旁边一打烧饼的立刻告诉她,就在"白天鹅大酒店"三楼。她稍一疑惑,那人立刻说:"这就是'白天鹅大酒店'。"她谢过了他,按捺着扑通乱跳的心走进了这座宏伟大楼的窄小的木门,对于这种不统一的现象她已习以为常。

她原以为它有宏伟的外表就也应该有漂亮的大门和开阔的前厅,幸好它没有,这使得她不那么紧张了。她看到一个小伙子在门里面紧靠门的位置用纸板隔出的小间里伸懒腰,打呵欠,端起一杯茶水咕嘟几口。再看看昏暗的堆满东西的大厅,感到了一种熟悉和谦和,感谢这大酒店,没有用它的冠冕堂皇压迫她。本来还担心完不成母亲交托的任务,对于走进一个陌生的地方还感到畏惧,现在可好,它就像她的出租屋旁的邻居的住处。她站了一会儿,适应了昏暗,找到了楼梯,顺着楼梯走上去,心里数着三楼。

拐过了两个拥挤的楼道,估计是到了三楼,停下来仔细打量,没有看到进出的门,只在右手有几个大包裹,包裹堵住了两扇木门。她开始冷静地思考,如果这木门通往服装厂,它怎么会被包裹挡住,那么巨大的包裹;如果不走这道门,其他的就没有门了,也许,这儿不是三楼? 她向上望望,犹豫着是否应该再上一层楼。

这时,楼下那个懒洋洋的小伙子上来了,看到了她,并不理睬,大声说道："谁把包裹堆在这儿？这帮家伙真懒,送进屋能费多大劲?"他利索地移开了包裹,堆在了她的左手,靠着墙。她被包裹挤得没处站,正想上楼,忽然那小伙打开了木门。她望着那破木门,为什么是木门呢？如果是一望而知的玻璃门,这世界要简单得多。那小伙瞪着大眼看她,有一瞬间她疑心自己脸上的护肤霜没抹匀。那小伙大声且不耐烦地皱着眉说道："你不是找艳霞服装厂吗?"她忙点头,又忽然想,他怎么知道我找"艳霞服装厂"？那小伙用脚踹开了另半扇门,巨大的嘈杂声涌出。其实刚才这声音就哄然而出,只是她没有看见门里的人和机器,还以为是从街上传来的。

现在她看清了,这是一个很大的房间,一排排的机器和机器旁边的人,到处堆的是布料。这就是服装厂了。服装厂是这样的?她站在门口,不知所措,忽然想起一个问题,赶紧问一个紧靠门里看来没事的男子："这是艳霞服装厂吗?"那男子瞪她一眼,不回答,走开了。她想这一定是的了,自己的问题太简单,他不屑回答。她强迫自己定下心,走进门口眺望,在震耳欲聋的轰轰声中,在相似的机器和相似的女工中寻找妹妹熟悉的面孔。

女工们全都在低着头操劳,她们衣衫单薄,满头大汗。她忽然想到,妹妹是学服装设计的,也许不做女工这份活儿,应该在办公室。她想走出去,找找办公室。注意到有几个游手好闲的男子在屋里走动,还有几个人坐在墙角的桌子上开玩笑,你打我一下,我踢你一脚。其中一个望了她一眼,忽然带着驱赶的表情走过来,问她什么事。她吐字清晰且十分礼貌地说道(唯恐机器声淹没了自己的声音,同时希望用自己的礼貌讨好对方)："请问,慕映玉在这儿上班吗?"

　　那男子嘴里咕噜着,似乎在说:"什么'木影鱼',没有。"她胆怯而慌张地后退,这时,坐在远处墙角里的女子——不像女工,像个管理人员——大声问道:"找人吗? 找谁?"她鼓足勇气大声叫道:"慕映玉在这儿上班吗?"那女子思忖着,似乎对旁边人说了一句什么。慕伏瓦猜测她对这个名字有点印象。那个男子不再想赶她走,而是就近坐下,望着天花板。慕伏瓦忽然想起顾城的诗,改动一下,应该是这样:他有时望着天花板,有时望着机器和女工,他望天花板时离得很近,望机器和女工时离得很远。

　　在她这样愣神的工夫,墙角的女子忽然对她一挥手,她赶紧收敛表情回应这个举动。那女子用手朝屋内一指。妹妹大概就在这间屋里。走进屋,也仿佛获得了通行证,她大胆地走到屋子中间,朝机器望去,再一次搜寻熟悉的面孔。站在这个位置要比刚才的位置方便些,极目望去,她能够看出机器和人的区别了。

　　没人抬头看她,偶尔会有人飞速地瞟她一眼。她也只能看到前面几排的情景,布絮和线头粘在女工们汗湿的头发和脸上,大部分人都长着一副乡下人的面孔。她已经把前几排看了几遍,确定妹妹不在其中。沿着过道走过去,仿佛走进巨大的声浪中。她从置身事外到深入其中,感觉从被窝里被薅出抛上了大街。顾不得多想,也不可能多想,谁会在机器的轰鸣中沉思呢?

　　她全神贯注,一个一个地看过去,生怕混淆了或者漏掉了妹妹。她在机器与人的中间看见一件熟悉鲜明的衣服,红底黑点,顺着衣服向上望去,妹妹的热得红彤彤的脸显得有些陌生。正是妹妹。妹妹的小脸在那些成年女工或者同样稚嫩然而饱经风霜的脸谱中显得很突出,也许正是因为她认出她的缘故。她忽然想到自己的任务,想到她不可能这样完成任务,她不可能在这锣鼓喧天的地方劝说妹妹。她大声喊着妹妹的名字,告诉她,等她下班她来接她。妹妹似乎很高兴地注意到她,注意到她的话,点点头。她如释重负,仿佛完成了交托,走了出去。临出门时看了那墙角里的女子一眼,他们仍在说笑,很开心的样子,没人注意她,看来不需要和谁告辞就可以走出这扇门。

走到街上,她想到,不知妹妹什么时候下班,如果她不在这儿等着妹妹,也许妹妹一下班就和那男孩离开了。她开始在酒店门口徘徊起来,觉得无所事事又觉千头万绪,自从她午饭后答应了母亲来劝劝妹妹到现在,已经下午三点钟的光景,她还没有想过该怎么对妹妹说,能否说通。妹妹很随和,劲头上来了就很倔,和她正相反,她总是很倔,劲头上来了却会突然变软。她之所以不自量力地答应了母亲,是她那时突然感觉到母亲的软弱无力和走投无路。母亲曾把妹妹骂了一顿,过后不久又让父亲给妹妹送去了蛋糕和新衣服。母亲不知怎么认识了任艳霞,还托任艳霞劝妹妹,最近母亲又给那男孩没有工作的父亲找了个看大门的差事,做这一切只是为了劝妹妹回家。母亲认为,只要妹妹每天晚上回家住,她就有办法分开这两人。妹妹识破了母亲的伎俩,自以为精明地看穿了母亲。母亲无法,想到了她。她看着母亲忧虑的眼神,赶紧答应着出来了。

她徘徊着,想起母亲的话,不是嫌弃那男孩子,那男孩一家人,都没有生活保障,兄弟姊妹六七个,全没工作,父母下岗多年;那男孩自己只是初中毕业,在服装厂搞机修,一个月只有一百多块钱,这样的工作说丢就丢;退一万步说,即使母亲允许他们在一起,两人都在服装厂,服装厂都是说倒闭就倒闭,万一哪一天关门了,小两口儿吃什么? 妹妹还这么小,心性还不成熟,保不准有一天会后悔,等到她后悔的时候,一切都太迟了。母亲坚定了信念,一定要救妹妹出火坑。慕伏瓦听了母亲一席话,很同意母亲的想法,她担心,假如自己听了妹妹一席话,也许又要赞同妹妹了。

有一点很确定,妹妹年纪小,绝不会永远爱那个男子,如果任由她和他在一起,等她长大了,成熟了,也许会愤恨自己的父母当初不阻拦。这是一个切入点,不要劝妹妹和他分手,这个说法不能提,这是根敏感的导火索,一提就炸。她应该先夸奖那男孩几句,这样会使妹妹的脸色好看些,接下去,劝她等攒够钱再结婚,两人都年轻,不必急着结婚。只要妹妹认真考虑攒钱结婚,把事情往后拖一拖,就大有可能成功。在这段时间里,妹妹不可能攒够钱,她是爱吃爱花的,即使她不吃不花也攒不了多少,母亲抓紧时间给她介绍更优秀的男孩。想到有可能分开两人,她几乎要自笑了。

从烧饼炉子旁边经过时,被一声"刚出炉的烧饼"吓了一跳。愣怔了一会儿,又想到,如果妹妹任性胡来,只图眼前痛快,什么"只在乎一时拥有,不在乎天长地久",什么"我拿青春赌明天",这样的格调和态度,她又该怎么办? 呆立着,望望周围。妹妹什么时候才下班,也许可以问问。

她又一次走进酒店。那个纸板间一定就是传达室了,她看见里面有电话和报纸,那个小伙子正躺着或者说坐着,瞅着空气或者天花板。他的脚蹬着墙,身体笔直,可以说躺着,也可以说坐着,那把椅子在他的身体的中部,也就是屁股底下支立着,椅子有四条腿,只有两条腿着地,他的全身的重量就搁在这细细的两条腿上,而且这两条腿是斜立在地上,只是两个点与地板接触,也就是说,他是靠着一种杂技般的技巧获得平衡和舒适的。他的表情是自在的轻松的,还不时地晃悠悠,不担心摔倒。

慕伏瓦觉得他是个安于现状、得过且过的人,他有着彪悍的外表和有神的大眼,却是个与人无害的人。慕伏瓦非常客气地问他,服装厂什么时候下班。他似乎很傲慢,不回答。她看出这种表面的无礼是因为心里的空太多了,是一种迟钝和漠然。她很高兴在别人身上也发现了这种特质。她觉得这个年轻人看起来亲切多了,竟然和他聊起来,一开始只是她在自说自话,后来,由于她透露了自己的信息使得自己不像一个陌生人了,那小伙子也开始说话了。

她告诉他,慕映玉是她妹妹。小伙子告诉她,他认识慕映玉。接着,又说:"昨天加了一夜班,今天可能还得干通宵,老板拿到了一批订单。"

她问:"那你们不吃饭、不睡觉?"

小伙子回答:"一人一个大馍一碗汤,熬夜的两个大馍。"

"饭食能凑合,睡觉不能太少,要不会出岔子的。"她说。小伙子不吭声,似乎觉得她不理解。

她又说:"我家里有事,想找慕映玉,看来她一点空儿也没有。"

小伙子盯着一只苍蝇,片刻,说:"有空,你想找她就去把她叫出来。"

她说:"她正忙着,大家也都在忙着,独独喊她出来多不合适。"

他嗤之以鼻地笑:"计件工资,干多少拿多少钱,她家里有事自然得办事,少干点活少拿点钱。"

她点头："是这个道理,那我把她喊出来。"立时要去。

小伙子阻止她："一会儿任厂长要来,等她离开了再去喊她。"她同意,无语。

片刻,小伙子忽然自己说开了,他像烧开的水一样嘟嘟冒了,刚才她还以为他像凉水一样沉静。小伙子告诉她,他以前在钢铁厂上班,后来厂子倒闭了,他回家歇了几年,听说了这个服装厂以后就来这儿了,服装厂都要女工,只招了几个男机修工,还有厂长的几个亲戚在办公室里,他什么都沾不上,幸好他母亲和任厂长是同乡,他就做了传达和保安,勉强挣够吃饭的钱。

她说："吃不饱饿不死就行了,我在印刷厂上班,也只是个温饱。"

他说,他还想办法省了一点。

她惊奇地说："你有办法?"

他有点自得有点愉快地沉吟着,说道："厂里经常加夜班,只要加夜班就供应晚饭和夜宵,晚饭两个大馍,夜宵也是两个大馍,我白天就基本上不用吃了。再说穿,衣服都是出厂价,有的次品就几乎不要钱。"

慕伏瓦羡慕地问:"你能买到出厂价的衣服?"

他说:"在服装厂干,衣服还能没有优惠?"他捏着自己的上衣说,"别看我不起眼,这衣服可是欧洲的款。"

她注意到他的上衣的确很帅,注意到他的心平气和。安分知足的话从这样一个五大三粗五官分明的人口中说出显得有点特异。她望着他,忽然想到,他会把说出的话再收回去,然后像雄狮一样吼叫?

面前的他只想休息睡觉。

那小伙子以一种难得的简单和坚定表露着自己。从他的漠然平静中似乎有一种睥睨一切的力量，甘心喝白水吃馒头，他要么是个胸有城府的人，要么是个单纯质朴的人，他自有一套关于尊严和价值的截然不同的认识。

慕伏瓦望着他的穿拖鞋的脚，奇怪他竟然穿了一双白袜子。他注意到她的目光，依然舒适地伸展着四肢，那只两条腿斜立的椅子快要变成一条腿陡立了。她看出来，他从她的陌生中感到了放松和安全，透露了他的攒钱的妙法。他已经攒了一千多块钱了。她又一次地望望白袜子，决心走出去。她以为他应该有着粗大的健康的肉红色的脚，不是隐藏在袜子里的难看的脏脚。她认定白的下面一定是脏，是黑。

在这个小小的纸板间里，只有她和他两个人，他是以坐的方式躺着，她是以站的方式躺着。一张桌子和一把椅子，共处一室也永远不会有共同点。她不担心自己会爱上他——不知为什么，"爱"这个字眼就像春天的杨花一样布满她十九岁的天空。这个男子有些讨厌，原因只在于他穿了一双不合时宜的白袜子，像打烧饼的戴墨镜。别人会疑心烧饼，也会疑心他的质地。

她自如地笑了一下，意识到她的他又站在门口放哨了。她爱的是他周围的空气和正负电子的对撞，眼前的这个男人不在氛围中。她又心虚地想到，我总不会对随便一个长得像样的男子就心生爱意吧？如果那样的话，她又该把她的他置于何处？没人能和他比，他是绝无仅有的。他是山顶上的巨石。别处也有石头，不在山顶上，所以不能让她遥望，不能让她遐想。她断然明白，眼前这个男子并没有可爱的地方,她之所以感到爱情,就像任何人都会对服装模特抱有感情一样。他是作为一个模特接受别人的目光的,观众是作为池塘接受青蛙的哀鸣。说一千,道一万,她没有爱上他。

她问道:"你大概很年轻吧? 没有家室,要不怎么能够攒下钱?"

他说:"我就不明白人为什么要结婚。"

她说:"走别人走过的路要容易一些。"

他斜视着她:"我看你也很年轻,怎么说起话来倒像个假正经?"

她笑:"他们什么时候才能下班呢?"

他说:"你让慕映玉出来,再给任厂长打个电话请个假,你盼着她下班,那是没头的事。"

她拉着妹妹经过门口时,那个纸板间里的人依然躺着,像一具浮尸。他很快就会消失的,像那些明星脸消失在星空中。她不必担心,她有月亮和太阳,足以使一切星星黯然无光。

■ 第十五章　漫想行止

　　妹妹似乎对她有抵触情绪,仿佛知道她是母亲的说客,满腹怨气和大无畏。她稍稍想开口,妹妹就用厉害的眼神回她一眼。她想,先从无关的说起,再绕到中心。问起妹妹的饮食起居。妹妹戒心十足且很不耐烦地回答,简短生硬。她觉得受挫折,心里难过,偷偷瞅瞅妹妹的脸。妹妹本来是清秀的,现在看起来有些苍白憔悴。妹妹的工作辛苦,大概已经一夜没睡了,就小心翼翼地问道:"小玉,你多长时间没休息了?"妹妹很不屑地回答:"不知道多长时间。"接着又鄙夷地说:"谁能像你? 该吃就吃,该睡就睡。"她有些惶恐,为自己的吃睡羞愧。妹妹用凌然的目光瞥她一眼,说:"傻不愣登的。"

　　她顿时脸红了。发觉了妹妹的极端对立情绪,现在不是说话的时候,等到妹妹好好地休息过后,事情会容易一些。她买了一大堆好吃的,拎着大包,带妹妹去她的出租屋。进了屋,她赶紧烧热水,等妹妹洗过上了床,看出她的情绪好了些,就把吃食一一拿出来与妹妹品尝。妹妹吃着"怪味豆"睡着了。她坐在床边思索着。把妹妹带到这儿来是她的突发奇想。她租了这间屋,告诉母亲,单位离家远,走起来很累,每天晚上还要去少年宫的一个计算机培训班上课。都是借口,她想。母亲同意了。她感到了自由。现在,她要用自己的自由来说服妹妹放弃自由。

妹妹的睡态很不雅观,一个在粗俗拮据的环境中过着疲惫不堪的生活的人的睡态。母亲是对的,妹妹必须离开那个男孩,离开那个厂。这世界有许多苦和难,让别人去受吧。母亲给妹妹的规划:辞职,回家,参加自学考试,拿到文凭,想办法当个老师。希望妹妹做个乖孩子,听从母亲的话是多么明智。她自己不就常常愚蠢么?拼命钻牛角尖,钻出血来才满意。明知山有虎,偏向虎山行。情愿被虎撕成淋漓的碎块,也不要母亲的温情脉脉。她发这样的豪言壮语时,真的以为自己是个什么。母亲的错误就在于她过早地否定了这个"什么"。

妹妹发出很大的鼾声,说起了梦话。她疑心妹妹在喊那男孩的名字的,仔细听又不像,就觉得自己可笑,那男孩天天和她在一起,一个人是绝不会在梦中喊出身边人的名字的。梦中的人是精神的偶像,不会是与你同饮同酌的实体。要梦中喊出他的名字,需要多少隐秘的思念,需要打破多少规矩。她以为他会出现在自己的梦中,却从不曾梦见他。

看门人已经淡得像阳光下的灰影。他的耀眼的光照射下来,影子消失了。

妹妹睡了很长时间。刚开始时,睡相有点吓人,过了两个多小时后,就显得宁静多了。她瞧着妹妹,觉得有点陌生。仿佛这个熟睡的女孩子不是她的妹妹,那个好吃的爱美的,一点零食和一句好话就能哄笑的妹妹,那个自己容易高兴也能轻易让别人高兴的妹妹。这个妹妹,她已经一个多月没见了,忽然地有了执拗的脾气和惊人的见识。她会坚持自己的爱情,拿出善于交际的本领与人周旋。慕伏瓦佩服妹妹有三教九流的朋友,奇怪妹妹怎么偏偏看上那个男孩。瞧着妹妹在睡眠中变得红晕晕的脸,也许是那种容易犯的错误——被爱情冲昏头脑。可是,一个困苦贫穷没有立锥之地的人的爱情,又是多么可怜多么虚弱。妹妹怎么没有看到这种种呢?

她又怎样以自己的幼稚和无知来劝服妹妹的幼稚和无知。

她感觉床颤动了,扭头望去,妹妹醒了。妹妹一清醒过来就立刻用警惕的目光瞅了她一眼。她把菠萝递给妹妹,她说不吃,起身拿了一个大苹果,大啃起来。接着又吃了葱油饼、烤鸭、麻酱烧饼。她疑心妹妹不常吃到这类东西,她吃得那样贪馋,被噎了几次,不停地打嗝。她说:"慢慢吃,我再去买。"妹妹又用不屑的目光瞅了她一眼。她吃得很饱,蜷缩在被窝里,望着她。

屋里很安静,小闹钟滴滴答。她想开口,张了张嘴,又闭上,没有说话,两个人仿佛催促着空气流动。她有点着急,就随便说了一句:"刚才在路上遇到的人是你朋友吗?"

妹妹说:"是我朋友,他俩快结婚了。""在哪儿上班?"她又问。"都在我们厂。"妹妹盯着她说。她忽然意识到有一条路堵死了。她给了妹妹机会去赞扬这也同样被家庭反对的一对。

她言不由衷地说:"你和他们不一样。"妹妹斜视她一眼:"有什么不一样,你们总是认为自己和别人不一样,认为自己与众不同,认为自己高人一等,我不觉得自己有什么不一样,别人能活我也能活,用不着你们可怜。"

她一愣:"小玉,我不是这个意思。""你什么意思你自己知道,我不管你是什么意思,总之你别想训我,拿自己当老师,你以为自己怎样?"不等她开口,妹妹又说:"你们都比别人优越,你们都是上等人,我是下等人,我过我的下等生活,谁也别管谁。"她惊奇地叫道:"'你们'指的是谁?你的话我不懂。"妹妹怄了她一眼,仿佛在说,装什么装?

她茫然地愣怔了,眼前的女孩已经是一个有着想法,与她全然不同,相隔千里的一个人。她忽然明白,她不能当她是小妹妹了,应该当她是同事,怀着对于同事的理智和冷淡。只有这样,才能考虑说服她。她单刀直入地说:"你不能和他在一起,你们没有钱,没有房子。你们一辈子也买不起房子,你们工作不稳定,工资又低,你住在哪儿?吃什么?"

妹妹恼怒地说:"没见谁被饿死!"

她继续问道:"你现在都住哪儿?"妹妹说:"住他家。""能住下吗?"妹妹不吱声。

她又问:"你天天在他家吃饭喽?"妹妹一掠头发,说:"很少在家吃,在外面吃的多。"她问:"你们那点工资够吃什么?能吃几天?"妹妹犹豫着说:"都是别人请的多。"她追问:"你们有什么?凭什么请你们?无缘无故的,请你们做什么?"妹妹发火了:"我们没用,我们不是人!"她只好不吱声,感到言语的方向像风暴的方向一样难以预测。

妹妹似乎很恼怒,恶狠狠地吃下一口苹果,又疑心自己吃相不雅,挑战似的瞥了她一眼。她,不知怎么地,又脱口而出一句话:"你是要生活在人群中的,总应该顾忌一点别人的感受。"妹妹一扬眉,说道:"别人和我无关,'在我死后哪怕洪水滔天'。"

她想笑,不由得讥刺道:"你能和法国皇帝比?"瞧着妹妹的脸又阴暗了,她担心会导致谈话停止,慌忙地问道:"'你也是'——什么意思?"妹妹似乎不快,又似乎鄙夷,不说话。

她想让妹妹说话,又问道:"我可没有男朋友吧?"妹妹说:"你没有男朋友是没有男人看上你。"她说:"就这层意思?"妹妹舔舔嘴唇,说:"好好的家里不住,跑这破烂地方住,你不也想离开那个家吗!"她说:"确实想离开,可也得有点理性,不能离开这个陷阱就跳入那个火坑。"妹妹依然鄙夷地说:"你这么有理性,你一定过得很好了,你过得好吗?"她说:"我觉得不好,我衣食无忧,可是不好。"

妹妹似乎不懂,又不愿意流露出来她的不懂,又轻蔑鄙夷起来。片刻,她又说:"我不认为自己生活得好,但这是另一个层次上的痛苦,与忍饥挨饿的痛苦不一样。"妹妹冲了她一句:"我没那么可怜。"

"如果你不做长远考虑,就会沦落到这一步。"

"那又怎样?我有手有脚,活人还能让尿憋死?"

她沉思一会儿,说道:"本来可以避免许多的艰辛,为什么一定要去经受呢?"

妹妹不理她,自顾自穿好衣服,洗脸描眉涂口红,挎着包,昂然而去。走到门口,又回头说道:"跟我一起出去玩吗?见识见识我们没水平人的生活。"她摇摇头,妹妹扬长而去。

她知道妹妹怎么消磨时间。在滑冰场滑着玩,滑冰场只是一块平滑的水泥地,男男女女穿着轮滑鞋在上面滑来滑去,或者看电影、吃小吃,或者几个年轻人在一起胡扯,或者,以这种方式娱乐,比如,互相打耳朵——用头发在耳朵里戳来戳去,每每两人被弄得睡眼惺忪,让人怀疑他们的行径。

自己又有什么有趣的生活呢? 如果有快乐自由,大概是像妹妹那样的。她在想着时,觉得快乐像雾中的白色的路,隐隐现出来。

天快黑了,她在昏暗中坐着,不敢开灯,今天是收电费的日子,只要让收费人以为屋里没人,他们就会猛敲一阵门而后骂着离去。也许应该出去走走,不必像被堵在洞里的囚犯一样等待着。出去又怎么样? 她站起来,决定出去走走。

走出门,忽然觉得肚里有动静,向右一拐,进入另一条小巷。小巷里有厕所,这会儿正是高峰,她不得不忍耐着。终于解决完以后,感到十二分的憎恶,匆匆离开了。厕所里遍地狼藉的景象犹在眼前,破坏了她对一切的观感。她开始有点理解别人的嘴脸了。大部分人并不能够生活在花园里,在局促和龌龊中难道会有花样的脸? 她盯着一张张迎面而来的面孔,感到了他们的坚忍和迟钝,弃绝和忽视的沉默。这需要一个过程,一个在污秽中挣扎的过程,必会像藕节一样从臭黑的泥中拔出。想到这一点,她有些心平气和了。随着远离,那不堪的景象似乎被抛开了。她需要欢笑,需要和人交流。

从前总以为大街上熙熙攘攘,现在怀着渴望望去时,他们全成了肉骨凡胎、泥塑木雕一样空泛。她凝视着他们,惊奇他们的移动和偶然变换的神情。路边传来讥笑声,她循声望去,一个老头正瞅着她笑。她有点惊慌。可是,一个老头,一个人生将尽的老头,不用惧怕他,她只需宽容和尊重就可以收买他。她若无其事地微微一笑，还弯了弯腰。老头果然友好地问道："散步呢?"她也笑着说："散步呢。"说完，忽然觉得开朗一些。

做假也会收到逼真的效果，电影不是被称为艺术吗? 她假模假样地笑，就仿佛在真的笑了。她想起单位里的同事们，假的和真的是会融合的，就像油炸冰淇淋，谁说它们水火不相容? 人们都是可爱的，像电视剧一样具有观赏性。她难以忘怀那个厕所，她曲曲折折地总要奔向那个方向。粪堆吸引苍蝇一样，她的嗡嗡作响的思念就飞去了。

秋叶委地，铁球着地，雪片融化。飞舞的念头，爆炸后的碎片。

扫荡这纷纷扬扬的一切的是从新华书店门口传来的喧哗。书店门口有两班人马，一班人是跳舞的中老年人，一班人是一个正在和狗玩的家庭。这个家庭的几口人都在逗一只遍体白毛的大狗。似乎是女儿和女婿，分别站在东西两头，相距有二十米，不停地呼唤那条大狗，狗欢欢喜喜地一会儿从东奔到西，一会儿从西奔到东，得到的奖赏是几下抚摸或者挠挠头。它乐此不疲，旁观的老人和小孩也很开心，他们叫着那狗的名字，不停地赞赏它。慕伏瓦心里直难受，恨不得朝那只献媚取宠的动物踹过去，看它的软毛怎么抽搐。她朝周围看了一眼，看看有多少人注意这一家子人和狗。不大有人注意，停下脚步站着看的只有她，还有旁边那个一条腿的叫花子。

在这个闲适的夜晚，那个叫花子仿佛一个楔子进入了不同的质地。他衣不蔽体，斜躺在小广场边上，与几只狗嬉戏，一定是被人抛弃的流浪狗。她不敢仔细看他，怕自己的好奇的目光引起对方的反感。她很想知道他是怎么生活的。他看起来有三十多岁，正用懒洋洋的态度打量着周围,仿佛别人都是过客,他久已盘踞此地就成了天然的主宰。

他微笑着,任凭狗抓他的头发或脖子,还有小狗站在他腿上对着他汪汪,这似乎提醒他瞄了一眼自己的脚趾。穿着鞋子仍能看见脚趾。她从他旁边经过时不由得抽动鼻子,似乎有一股味道,又似乎没有,比她想象的要轻淡得多。他并不像一个疮疤,并不引人注目,在这个布局混乱拥挤而且经常拆修的大街上,在这些衣冠整齐有模有样的行人中,在满地丢弃的小广告中,他显得自若平常。

她从他的微笑中竟然看出一丝得意。她还发现,行人们对待这个流浪汉都有点害怕。他们经过他身边时都绕道走,当他传染病。没人轻视他,只是厌恶。假如他悄悄地蹲在某个拐角,某个偏僻不引人注目的角落,他们或许会舒服些,这样的地方也像他的衣服一样适合他,他竟然堂而皇之地在这个热闹地方展示自己,太伤大雅。人们不愿注视他,就像不愿注视自己的大便。

跳舞的老人毫无别扭地跳着,先生总比女士渴望更多。她慢慢走开,对那条撒欢的狗有一种不可名状的情绪。

简单的忠诚和轻易的快乐是这种动物应该沦入地狱的原因。她不同情他们任何人,和狗。“同情”,她不愿把这种轻薄如纱的东西罩在自己的良心上,产生一种穿衣遮丑的错觉,却像流浪汉的裤子一样什么都遮不住。

这个词像狼扑倒山羊那样野蛮凶残地出现,像远处的街灯一样朦胧,像近处的街灯一样刺目耀眼。消防车拉响了警笛,让人不安、好奇。诱饵引出了老鼠,是什么引出了这个词?是她没有在那个流浪汉脚边的缸子里投下一元钱?有人给了一百元;脚步凌乱地走开了。讨厌。

她走到立交桥下，听见"羊肉板面、水饺、馄饨"的叫唤声。听到几个开"木的"的男子仿佛下决心似的说："等做完这炮生意一定要去吃碗羊肉板面。"她不禁站住，留心听起来。对于这样纯粹的要求很有同感。曾听张长征说过"现代祥子"的故事，这会儿意识到这旁边的几位正是现代的祥子。

他们有和祥子不同的地方，他们会乐呵呵地谈论新政策，大街小巷的流言，反贪局长被双规了，在自己的"木的"上插一个小红旗，上书"钓鱼岛是中国的"。他们比祥子有眼界，会有比祥子更好的前途。他们的脸是圆活红润的，是夜风吹拂后的红润。

她在立交桥下走走停停，引起了卖烤红薯的人的注意，他在她又一次经过炉子时忽然大叫一声"烤红薯，又香又甜"。她吓惊了，急促地喘气，手按着胸口。卖红薯的人扯扯嘴角，对于这个悠闲地散步却不朝他的炉子望一眼的人感到愤恨，很高兴吓她一吓。她赶紧走开。那个卖红薯的唱起了情歌，怪腔怪调的尖声。她忽然一溜小跑起来，仿佛要远离一种不齿于人类的想法。那尖声戛然而止。她知道自己得了胜利，又慢慢走回去。走过红薯时，她思忖着是否应该去买一个作为胜利的注脚。她朝着炉子走去，只要自己买了一个红薯，就等于贬低了对方。她决定买一个最大的，吃不完就留待明天吃，她要让对方认识到自己的渺小。

他正忙碌着，几个顾客围着炉子挑选着。他们捏捏摁摁，拿起又放下，不时被烫得吸溜着。他也显得老实多了，专心做生意，刚才的轻浮和放浪只在他稍微眯起眼时似乎残存在眼角里。怪物，有着农民的本分和小商贩的浅薄，在农村的环境中受到教育，在城市的环境中被催熟,像那些转基因的或者被化肥激素催生的粮食蔬菜一样,看起来都正常,性腺却都成熟了。试想一想,一条狗拖着巨大的生殖器。

没有人觉得好笑,没有人见过这条狗。满大街的人都在欣赏从所有的商店的音箱里传出来的呻吟。她拿住一个最大的红薯,往他的秤里一扔。他飞快地瞅她一眼。她义正词严地说:"称称,多少钱,不准扣秤。"她知道自己说出了平常的话语,意味着端庄和人性,不容抗拒的人性。她蔑视他又理解他。她漫不经心地扫了一眼他的衣服,意识到自己的神态也很合时宜。他像江米条一样被轻易折断了,刚才他还似乎是根棍子,戳立在塑料编织袋里。她付了钱,看出他的脸有一种变化,认定他一定克扣了至少二两。她心知肚明,并不计较,只是微笑着瞅着他的眼睛,缓缓踱开了。虽然知道自己多付了至少一元钱,但很高兴自己有了一个嘲笑别人的机会。

祥子们依然在闲扯,没有生意也并不烦恼。她听到他们议论晚上回家后怎么过,其中一人大声说道:"二两酒,一盘爆炒肥肠,眯一会儿,上哪儿找这么好的日子,还是共产党好。"其余人点头赞同。听到祥子们这样的谈论,她感觉很愉快舒适。

■ 第十六章 又一对情侣

　　远处走来两个人,其中一个很像妹妹,另一个,似乎是个男孩,他走起路来有点扭捏,腰和臀过于灵活。奇怪,隔着一段距离她竟然有这么好的眼力。你会发现个别的男孩有这样的缺点,却不会在女性身上发现这种特点,这种特点在女性身上就几乎等于优点了,被称为"婀娜多姿"。那个扭胯的人一定是个男子,他不中看。有许多经验可以证明,无论离得多远,哪怕是两个影子,或者是两个点,你都能辨出男女。

　　她认定妹妹正和一个男子走在一起。她尾随过去,听到两人一边吃着糖葫芦一边说笑。她喊了妹妹的名字,两人一起回头。她从那男孩的眼神中看出,他知道她是谁,或许猜出的,她也知道他是谁,从两人的眼神中。妹妹没有介绍,只是有点冷淡地喊了一声姐。她问他们干吗去,他们回答,什么也不干。她又问他们怎么玩的,他们回答,没怎么玩。她还问他们吃过东西没,他们竟然回答,无所谓。她笑说,她请他们吃。男孩很乐意,妹妹似乎疑心她另有含义。

　　她把他们带进一家酒店,她自己从未进过酒店,可这会儿俨然觉得自己是个大人,口袋里有几张,她想他们俩口袋里的更少。望着这一对点菜,她觉得应该有信心把他们拆开,他们看来都是好吃好喝爱玩爱闹的人,这样的共同爱好使他们走到一起,这样的共同点,也像两扇相同的门,会有距离和排斥。门只会和墙壁珠联璧合。让他们玩吧,不超过两个月,最多半年。她产生了这样的懒汉想法。

那男孩很矜持,小口小口地吃着,还不时扫视周围。他和她的目光相遇时,他就表现出一种高傲又谦恭的神情。她觉得那是一种多么浅薄的态度,轻浮和世俗,高傲是他拐走了她的妹妹,很有成就感,谦恭是他想给女朋友的姐姐留下好印象,也是一种掩饰不住的心态。一个吃了咸菜馒头的人想掩饰嘴里的咸菜味。谦恭使得这种掩饰,不是遮丑,倒像炫耀。

他是有心机的,做作的,并不让人厌。他年轻,年轻是可以使污点也放光彩的,况且他又没什么显而易见的污点。她和妹妹很快吃完,他似乎还没吃饱,又觉得不该继续吃,有些恋恋不舍,望了望剩菜,那目光似乎连盘子都想撮走。她觉得好玩,他的贵宾一样的感觉。她建议他用大饼卷起韭菜炒鸡蛋,边走边吃。他坚决拒绝,仿佛觉得这种提法侮辱了他。她想,你饿着肚子装大方吧。把剩菜打包带走,他们都不愿拎,她就拎着,并不害羞,一想到浪费就让她不舒服。

他似乎认为浪费是一种美德,节俭太小家子气,讲起美国人把牛奶倒进大海。她知道,在自己的谈话中涉及美国如何如何往往会被看作开放和先进。她不想嘲笑他的露骨的表现,她自己不也常常被美国打倒吗?她嗫嚅着(仿佛自己做了错事):"浪费总是不合适,现在还有人吃不饱呢。"他奇怪地望了她一眼,似乎认为她没吃饱。她想，自己在他眼里成叫花子了。他问起她一个月拿多少工资。她老实回答，担心自己的工资比他多会使他难堪。他确实有点微微的尴尬，然而很快有了应对，他说："我们厂长一个月能赚五六万呢。"她自叹弗如，心里不由得想，你们厂长和你有什么关系？妹妹告诉她，他和厂长有亲戚，他喊厂长表姨姑。慕伏瓦想不出表姨姑是个怎样的关系，明白现在应该对他表示尊敬。她"哦"了一声，耐心地望着他微笑。他也似乎自觉更硬朗些。她决定给他个机会，为好玩也为好奇。

她开始询问他的工作、他的表姨姑。他告诉她，他很可能要去一趟西班牙，服装厂接了一批西班牙的订单，他目前正在用心学西班牙语。她仿佛看到他把手中的西语课本扬了扬。她却觉得，他一个字也不会。为什么这样想呢？他的脸上的态度和他的眼中的神情不和谐，就像一个偷吃的人被抓住了，一个衣衫整齐的人昂然迈出大门时不知怎么被绊了一下。

她惊奇地问："你怎么学，有老师吗？"他说他自学。

她说："口语一定要跟着录音机学，开始应该有人指点。"她觉得自己的问话降低了"西班牙"一词应该产生的效果。她知道，遥远的西方的一个国家在这个内地闭塞小城中的出现会有什么样的意思。她的反应令人不快，她应该仿佛受到打击似的沉默不语，或者羡慕嫉妒恨，而不是认真地询问什么学习，还有一种隐隐约约想为人师的味道。

她想让他不自在，就请他说几句西语听听："听人说，西语念起来就像唱歌。"他瞅了她一眼，很镇定。她觉得她看到了惊慌。

他说，他不习惯说西语。

她说："等你到了西班牙,不习惯也得习惯。"

他说,他还是觉得西语没有英语好听。

她想,他现在已经不再口口声声地说西班牙语了,而是像她一样称为西语,似乎西语对于他是轻车熟路。

她问："你还会英语? 你会两种语言?"他不吭声,默默地看了妹妹一眼。她想,自己渐渐地惹人讨厌了。可她就是想笑他、他的西语和他的表姨姑。一个人把金片贴在衣服上,倒像个杂技演员了。

她忽然悟出,自己的奚落和嘲笑也是浅薄的,她有什么资格嘲笑别人呢? 她的水里只是比他们的稍多一点沉淀的石头和泥沙而已。她说:"我是个糊涂人,什么都不明白,在许多方面我也许应该向你们学习呢。"他俩默默地望了她一眼。她继续说:"在人情世故方面我是个大傻子。"妹妹嗤笑了一声。她忽然领悟,这又类似于自夸了,连忙说:"我的工作也没意思,天天无聊得很,我也没有一个朋友,和父母也很疏远,我经常觉得苦闷。"她接着又意识到"苦闷"一词用得不合适,"苦闷"又似乎是一种特权了。

她忽然意识到自己的重要性,他在她面前是如此谨慎和夸张。他的眼睛不时地朝她瞄一下,又迅速移开。她不喜欢他,他的相貌不丑,然而由于睡眠不够或者过度睡眠而造成的眼袋和松弛的皮肤似乎不该出现在这个二十岁人的脸上。她总觉得他放荡,看他的目光中写着这个词,她也从他的举止神态中时时看到这个词。尤其是当他转动眼珠时,那眼白上的血丝,仿佛暴露了昨夜。她觉得他像个老人,一个瞬间就可以变老的人,就像电影,刚才还是少年,一分钟后就老态龙钟。

他好像看出她不喜欢他，就对她问长问短起来。她耐着性子，假装谦和地回答。她不愿得罪他，甚至有一种讨好他的想法。她的每一次回答都是在给他机会展示自己。每次听完她的回答，他总是立刻联系到自己，说自己怎么怎么样。比如，她回答他的询问"高中在哪所中学上的"，她说在矿务局中学，他就说他是在三中上的，紧接着就讲到他的三中学习生活的有趣经历，在欣欣然中又仿佛含着点得意。得意于他能把枯燥的学习生活描绘得有声有色，不像她，只有干巴巴的几个字。她也禁不住略含兴致地听他回忆学校运动会、上课时的调皮捣蛋鬼、学校附近的小食摊。心里想，当她想到三中这所名声不佳的学校时，他竟然充满回忆的愉快，竟有着诗意的描画。他热爱他的历史，珍重他的历史，心满意足地谈论他的历史。他一定有着比她更高超的人生观，或者更多的生活经验，能从不爽中咂摸出味道。比如，烟和酒，一开始都是不爽口的。

苍蝇肚里刮脂油，她想。她说："我很佩服你，总是感到有意思。我曾经去过三中，全市联考，我的考场就在三中。那天下着雨，操场上都是泥。我穿过操场去厕所，厕所是旱厕。"说了这样几句，她痛苦地感到，自己又想到了厕所。为什么她不能像他一样，看到厕所墙角下生出的小黄花？据他说，那种花可以吃，有点淡淡的酸味。

他谈起在操场上踢足球，踢得灰尘腾起，头发上、衣领里，都沾满了黄尘。他总是穿那种化纤衣服，耐洗易干。妹妹问他踢完足球去哪儿洗澡，他说起澡堂的经历。五角钱搓背，使劲泡，在澡堂里美美地睡一觉。现在她觉得他并非不可爱，只是太容易满足了。

她奇怪地问他,怎么有时间这样享受,而不抓紧时间回家做作业?

他笑道:"没有作业,有也不做,老师根本不管。"她仿佛听见了天方夜谭,不吱声。

他嘲笑着说:"谁像你们?天天受老师作业的压迫,我们是想怎么玩就怎么玩。"她的不以为然的表情引起了他的猜测。他大大咧咧地问道:"你上中学的时候成绩怎么样?"

她想,你这句话戳到了软肋,你是故意的还是无意的?于是她采取那种夸张的谦虚态度说自己不行。这种态度是如此夸张做作,倒使人疑心她其实很行。她喜欢这种效果。可是他要追问:"你那时候,物理都能考多少?"

她又故伎重演,使劲摇头,带着克制又满意的笑容,仿佛禁不住地欢喜,又似乎不屑地说:"不行,不行。"

他问:"能考多少分?"

她扯谎说:"七八十分吧。"心想,她也不由得虚荣了。

对于物理,她就像瞎子对于光明,永远揣摩不出它的模样。他说有一次,物理他考了一百分。她忍不住猜测道:"开卷考试吧?"妹妹说,开卷考试自己也考不了一百分。

她说:"也许你有物理方面的天赋,你倒应该在这方面钻研钻研发展发展呢。"

他似乎很喜欢这话,立刻深沉地叹口气,说:"现在是没这劲头了,上学时只想玩,等到工作了想学点什么又没时间了。"

她对他斩钉截铁地说:"你应该学点什么,弄个学历,你们俩都这么年轻,难道想永远在那个服装厂混下去?"他没说什么。她明白他懒。

她看出了他们的幸福,羊儿吃草的幸福,不是老虎捕食的幸福。没有危机感,没有成就感,一声不吭地啃着自己面前的草,以为草永远啃不完,以为这片草原永远这样宁静。她想想自己,永远觉得不安全,设想着种种挫折,永远地恐惧和忧郁。一个人吃饭的时候就预想有一天饭碗会被打破,他不会吃得香。她望望他们,心里思忖,到底谁才是更合适的?她想着这些,口中却讲起了另一个故事。他们听没听,她没注意,只是对他又一次地联系上自己而大发议论感到不快。

上中学时物理成绩很不好。她也很努力,一本物理书能够从头背到尾,然而她学得很死板,从来不会举一反三,更别说触类旁通,在她的脑子里,那些公式定理都像死尸一样毫无生气且令人畏惧。一个人面对死尸时,她怎么能够灵活而聪明呢?

老师说,熟能生巧,巧则生精。她牢牢记住这句话,把物理书看得稀烂。她没有变精,而是更加愚蠢了。她竟然发现牛顿力学互相矛盾。有一刹那,她竟然以为自己有了什么伟大发现。说到这里,她对他们不好意思地笑笑,仿佛担心揭自己的疮疤会冒犯了他们。两人都睁着大眼睛望着她,那种玩世不恭的表情似乎淡弱了。她继续说——意识到她多么愿意说给别人听,多么愿意有人愿意听——无论她读多少遍作用力与反作用力,总是不能理解,在课堂上似乎听老师一讲就明白了,课后再一思索又糊涂了。她想,牛顿绝不会有错,他是牛顿,出错的是我的脑子,我没有能力想象出一条定理所能表达出的千百种客观事实,我的生活太狭窄,看不到它的广阔和幽深。一定的,我有毛病,我错了。既然老师说,要多做题,每一道题都会揭示一种状态、一种事实,那我就做题,大量地做题,并且立刻夸下海口,做它一万道。她停下来,等着他们的嬉笑。他们都笑了,理解地笑,不嬉笑。

她说,整整一个暑假,她白天黑夜地做题,被弄得毫无信心,几乎想死。有时候会对着题目发半天呆,像一个切断电路的房间,无论你怎样拉闸,电流都不会进去。开学的时候,物理考试,苦干了一暑假,确实不太陌生了,有些题还做过,她竟然考了八十五分。老师表扬了她。可她心里一点不轻松,她深知,物理,如国家总理,天天看新闻而熟悉了他,却依然是陌生的,不可亲近的。两人听着,哈哈大笑起来。他瞅了她一眼,立刻止住笑。她很想对他说,你的牙齿不丑,你的笑容也不丑。他又瞅了她一眼,仿佛听见了她的心语。

他说:"我上中学的时候,那物理考试都是书上的课后练习题,老师上课把答案和演算过程都讲过了。"

妹妹说:"怪不得你能考一百分。"

他说:"考不了一百分的大有人在,就是考不及格的都有不少。上课睡觉,下课谈恋爱,这样的人,你说他能考几分?"

妹妹有点杞人忧天,说:"他啥也不学,以后到了社会上干啥?"

他很开朗地说:"批发市场里那些卖衣服的,卖鸡蛋饼的,就是这些人。"

妹妹说:"我的乖,那他们算账可能算清?阿拉伯数字可能写好呢?"

他说:"他们不也过得好好的?没听说谁饿死的。鸭吃糠,鸡吃谷,各人自有各人福。"她被他的语言折服,疑心母亲能否唤回妹妹。

她邀请他们去她的房间玩。他们都接受了,他们实在也没地方好去。在房间里的谈话远不像在大街上的谈话那样生动。她坐在房间唯一的一把破藤椅上,他们俩坐在床沿上。他十分规矩地坐着,脚尖脚跟并拢,膝盖紧靠着,两只手搁在膝头。他一直以这种方式坐着,似乎想表明他是个多么老实可靠的人。他后来不时翘起脚尖或掀起脚跟以摆脱长久的姿势造成的不适。每当这时,她就仿佛看到他的心在蠕动,似乎想摆脱强大的心肌的控制,呈现出一种缺血状态。

他们不说什么。她的目光落在对面的书桌上,愣愣地寻找着陆点,也不说什么。很快,她就发现,不说话是对的,他俩小声拉起呱来。她只要适宜地沉默和不时地微笑,就能够鼓励他俩了。她也很感兴趣,恋爱中的男女都说些什么呢?

两人先是谈起妹妹新买的包,对于包的廉价都很满意。十块钱的包,而且贴着"老人头"的牌子,比起一个她没有听清的名字,可能是他们的某个同事的包,真正的"老人头",广州买的,一点也看不出真假。

妹妹又加重口气说,某人的包将近一千块,她的包只花了十块,还是她的值,用旧了再买一个,常常背新包,新的总是好的。再好的包用旧了总不好看。

他建议:"根本不要告诉别人花多少钱买的包,就说也是货真价实的'老人头',谅他们也看不出来。"两人都觉得这点心计很好,都嘿嘿地笑起来。

她也笑了,觉得这确是个好主意。

他又得意地指指自己的鞋,说:"我这双鞋是'富贵鸟'牌的,你们能看出不是'富贵鸟'吗?"

妹妹惊奇地说:"你穿得爱惜,一点没折损,某某——又是一个听不清的名字——有一双真'富贵鸟',好像还不如你的。"

他说:"我这也是真'富贵鸟'。"

妹妹撇着嘴说:"刚才说着假'老人头',你又提到你的'富贵鸟',可见也是假的。"

他说:"真的,真正的'富贵鸟'。"

妹妹说:"吹牛,不合逻辑。"他仿佛受到了启发,哼了一句歌,"为什么每一种爱都不合逻辑",摇动自己的脚尖。

她想,不合逻辑这个词原来来源于这首歌。她用余光注意着他俩的表情,想知道一首情歌在一对情人之间的反应。两人看起来没什么特别的反应,不像她,听见别人唱情歌总是会使她想起她的他,使自己的面目呈现出木痴状态。妹妹低下头,是微微地害羞还是得意地研究她的包?他,不自觉地哼起了歌。

她被那小伙子的情歌唱得有点尴尬,仿佛是她的他在耳边低语,那语气拂动她耳旁的毛发。她忍不住猜测自己的耳朵后面是不是有点脏。

他哼了一会儿,忽然冒出一句:"假作真时真亦假,真作假时假亦真。"妹妹问他什么意思。她想,还是"老人头"和"富贵鸟"。

他故作高深地说:"什么意思?"

妹妹甩甩头发说:"我知道,《红楼梦》里曹雪芹说的,我是想说,你怎么想起这句话了?"他不回答,意思是让她自己琢磨。

妹妹想了一会儿,忽然领悟:"那以后咱根本不要想着买名牌,就买冒牌的，谁也分不清真假，还便宜。"他笑了，似乎觉得妹妹的认识有些浅薄。

她却对妹妹无限赞同地说："这样理解就对了。"她看出自己在这小伙子心里有点地位，一听见她肯定妹妹，他也跟着肯定妹妹，说妹妹聪明、反应快。

现在两人不再小声说话了，满屋子打量起来。问了屋子的租金，一个月五十，两人都觉得贵，对于她床上有四床被觉得惊奇，对于床头摆着的书瞅了一眼，眼神扑朔迷离。

他问："大姐喜欢看书？"

她支吾着，仿佛承认这一点并不光彩。她说："闲着无聊，没办法。"

他说："以后我们出去玩也喊着姐一起去。"

她一听就连忙拒绝："不用，不用，你们玩你们的，我不行，不行。"他用一种好玩的神情注视着她，还想劝说她。

妹妹开口了："我姐不会和我们一起玩的，你不懂，别拿你的小见识去理解她。"他又联系起自身，说他曾经也是个孤僻内向不合群的人，后来又是如何走出自身的阴影。她想，她又给了他一个理由谈论自己了。她有些不耐烦地听着，她愿意自己承认自己性格内向，可不愿意别人说自己性格内向。她像一切假装谦逊的人一样，暗地里还得意呢。

她听着他絮絮叨叨，眼睛望着窗户，窗户上贴着满满的好莱坞明星照，这是前一位租户留下来的，她曾经想撕掉，换上一幅风景画，只撕了一个角就发现，这所谓的窗户其实并不是窗户，它有窗框，窗框里砌的是砖。它其实是一堵墙。幸好贴着这么多美人脸，使墙看上去还算顺眼。她逐渐认识到,比贴风景画高明多了,风景会使人神思悠远,当你神思飘忽时会时时遇到墙的阻隔。你以为打开窗户会有空气进来,却要面对一堵堵死的墙。

这些形态不一的美丽的脸就是一种安慰,窝头蘸大酱,窝头不好吃,大酱多么鲜美,搅拌在一起就可口多了。一种便宜的随处可得的安慰。她花了二十五块钱买的风景画就待在角落里了。这个把窗户做成墙的人,实在有些创意。

她久久地注视着明星窗帘,引起了他们的注意。他们开始讨论哪一个明星更讨自己的欢心。妹妹对他们的发型更感兴趣,他咬着字眼说自己喜欢梅丽尔·斯特里普,仿佛这个名字抬高了他,他念着这七个字就觉自己与众不同。梅丽尔·斯特里普是高雅的、有头脑的,是演技派明星。

她故意说道:"我还以为凡是男子都喜欢玛丽莲·梦露呢。"

他撇撇嘴唇:"梦露就是个花瓶。"

她想,你喜欢梦露,你一点也不例外,你就是个普通男子,不会因喜欢梅丽尔就变得高明。她说:"梦露其实很可怜,她也有表演才能,和大部分演员一样,遇上合乎自己口味的剧本就会有好的表现,只是她的容貌太突出了,盖过了她的普通人的光彩,使得大家都对她的理性苛求起来……"

妹妹想离开了。他也搭讪着说:"大姐以前当过老师吧?"

她这才注意到他称她姐,忆起母亲的叮嘱,就说道:"不用喊我姐,我不习惯。"

他说:"以后会习惯的。"

她立刻说:"永远也不会习惯。"为自己的语气的生硬觉得别扭、难堪。妹妹明白她的意思，拉着他准备离开。她觉得有些歉意，她原可以更圆滑地引入主题，不用这样咄咄逼人，可他是那样友好和温顺，使得她忍不住地逆行。软绵绵的东西总激起这样的情绪。

她请他们吃菠萝，请他们再坐一会儿。心里思忖着，怎样留下妹妹，让他自己开路。他对她的热情拿不准，不知道是否应该再待一会儿。妹妹已经拉着他的胳膊走到门口。她想，他一定觉得这儿要比他的拥挤的家有意思点，疑心就算她邀请他们在此过夜，他也会同意的。屋里有两张床，一张是她自己买的，一张是随屋出租的。她想着自己和妹妹一人一张，让他自己回家睡。瞧他的目光，已经瞅了那张床好几眼了。

她言不由衷地邀请他们下次再来玩。他满含笑意，频频点头，说——她没有注意他说什么，她正在疑虑自己是否表明了一种态度，一种不合适的立场。送走他们，独自回屋坐下，思忖着。面对他们，她板不起脸，他实在不是一个敌人，如果理性地考虑，他又实在不合格。这真是一个难题，拆开他们又不使他们察觉。也许他倒好对付些，问题是妹妹，妹妹是这样的敏感，稍微一点动作，她都疑心是诡计，也许事实上也的确是这样。妹妹一个人抵得上十头犟驴，发情期的犟驴。怎么办呢？把这两人分开是个问题，她已经看出他们迟早会分手，可他们应该立刻分手。

妹妹一心想捍卫的爱情其实和她自己的一些做派异曲同工，自己拒绝异性害怕异性正是由于强烈的渴望，妹妹如此大胆地亲力亲为，也是为了一种渴望。饥饿的人选择了馒头，然而吃饱以后就会藐视一切，包括那个馒头。劝阻妹妹的办法就在于不阻拦她，给她宽容,给她机会,给她一点时间,她终会觉得自由的价值并非如她所想。

　　敞开怀,接受这一切。压力会使物质凝固,自由的空间和空气却会使物质分解。她有了一种成功的预感,得意地笑出了声,开始自言自语。这个昏暗的房间仿佛登上了赤裸之巅。她在想该如何向母亲表达她的预想。

■ 第十七章　一个春天的黄昏

　　次日上班,她兴致勃勃。心里存了这么点事,就像老姑娘终于出嫁了一样安心。走到单位门口,看到他在门口站着,穿着夏衣,雪白的 T 恤,黑色的裤子,非常清爽。她竟然勇气十足地和他招呼,说:"今天是个好天气,不冷也不热。"他仿佛愣了一下,似乎刚才正在深思什么却突然听见她的毫无意义的话,仿佛在深邃的隧道里响起了一声锣,他侧耳谛听着这锣响来自何方。她保持满面笑容地注视着他,使他确信她是声音的来源。他微微地笑着,慢慢地低下头。她认为这是表示他的和蔼和谦逊。他没有看她,她注意到这一点,却觉得,他的周围都是她,就像她的周围都是他。两人都时时意识到这一点,不曾遗忘这一点。稍微一点风吹草动都仿佛在提醒这一点。

　　那一天的傍晚,她离开办公室,像从前无数次离开一样。

　　用粉笔在黑板上写了一个字,她盯着那字的时候,仿佛领悟出什么,一旦擦掉就踪影全无。她不仅在黑板上擦掉了,也在心里擦掉了。这就是她对他反应迟钝的原因,她时隔多日才明白的原因。

　　黄色的天光照耀着印刷厂的小院,树叶显出隐隐的金色,树身更坚定倔强地直立,仿佛随着下班的人走出后,它更加广阔和深沉了。她注意到他仍然站在门口,隐约听见老刘说他在等女朋友,她望着他的背影,疑心并非如此,不仅如此。可这也只是昏暗中蜡烛的火苗无力地一跳,它的熄灭不费吹灰之力。她坦然地站在门口,像他一样,俯视着大街。仿佛尊神坐在奥林匹斯山上用心知肚明的眼光看遍大地。奥林匹斯山,她怎么会想起这么个洋名?那些荒淫纵欲为所欲为的、精神和肉体一样赤裸的古希腊神话,在她的一个下午的阅读中,只留下这样的印象。这种印象,她竟然在现实中也感触到了,像蜗牛一样从狭窄和拘泥中探出。

她看上去是淡漠的、无所谓的。她就这样在门口与他并排站着,中间隔着几步的距离。她左顾右盼,偶尔扫他一眼,怀着热情和冷漠的心观察着大街。仿佛她的心里有两个泉眼,一个冒冷水,一个冒热水,截然不同却能迅速地融洽。她微笑着,奇怪着,莫名地得意着。仿佛她经过一下午的欧风沐浴能更适合这个小厂了。她朝西边瞥一眼,看快落山的太阳还剩下多少,无意瞅了他一眼,他的侧面泛着金光,她注意地盯了片刻,又若有所思地向前遥望。

同事们一个接一个从身边经过,从视线中消失。下班总是比上班快。她主动和他们打招呼,他们也礼貌地回应,不停下匆匆的脚步。只有梅诗韵,当她热切地寒暄道:"梅师傅,下班了?"梅师傅立刻站住,用含义深刻的眼睛看着她,说:"小慕,你在单位里再玩会儿,你梅姨得回家烧饭伺候孩子。"这时,赵会计迈着精心计算好的步伐经过,说:"她小姑娘,现在是最快活的。老梅,咱俩一道走。"梅师傅与她相搀而去,并回头道:"小慕,你梅姨先走一步。"慕伏瓦忙点头。梅师傅的最后一瞥却让她心有不安。梅看出了什么,注意到了什么?她疑心和自己有关,又疑心也许只是梅师傅的深色的漂亮的眼睛的惯常风貌。

她有点得意，有点惶惑，自己也不清楚。为什么要在门口站着？仿佛要等什么人，直到所有的同事都离开，她还不想走。现在，印刷厂里静悄悄的，门都闭着，只有看门的老刘、她和他，还留恋徘徊在门口。她以为她是为了他，窃以为他也是为了她。他是为了什么，她很久以后才明白。

三人都不说话，都望着大街。似乎被大街吸引住了。大街是一幅名画，她茫然地盯视着，觉得有什么从静穆中探出头来，又有什么又开始挤挤挨挨。她循声凝视，又动静全无。她的理解力仿佛用干涸的颜料作画，无法涂抹。她扭头望望老刘，又望望他，想知道他们的所感所想。他微笑着，略低着头。老刘也微笑着，到处撒眼，每一次撒向她时都似乎颇有意味。她不想猜。她之所以耽搁在这儿，只是不想回出租屋。那小屋的冷清和孤寂曾万分吸引她，现在却失去了吸引力。她渴望热闹，又对它退避三舍；她逃避孤独，又习惯性地让它拥入怀中。孤独是可耻的。她知道这么一句话，下意识地反抗它的含义，企图借模棱两可的态度来挽回自己浩然正气般的孤独。她实在是无处可去，无话可说。

老刘小心翼翼地问了她一句："小慕，晚上吃啥？"

她愣了一下，想起自己的晚饭是烧饼和什锦汤，如果她告诉老刘，她还得解释为什么。没人知道她在外面租了房子，她也不想让别人猜测。她慢腾腾地回答："不吃什么，减肥。"

老刘笑："现在的女孩子不管多瘦都想减肥。"

她摸着自己的手腕说："我觉得最近又发胖了。"

老刘说："工作这么清闲，家里又没负担，除了吃饭睡觉就是玩,怎么能不长点肉？是不是,安?"老刘侧头问他:"你的肚子都有点挺挺的了。"她朝他的肚子望去,他猛然转身,使她瞧不见。老刘暗笑,明笑,偷笑,哧笑。

三人站在安静的门口,听着黄昏的声音。

她准备离开,又似有留恋。回头望望厂房,想起它的后院。心里想着,迈步走开了。老刘问:"走了吗?"

她回答:"走了,再见。"

老刘又问:"干吗去?"

她回答:"去看电影。"

老刘问:"什么电影。"

她答:"《红粉金刚》。"

老刘笑曰:"一个人看吗?"

她答:"不一个人看还能咋办?"

老刘说:"有两个人啊。"

她顺嘴问道:"谁啊?"

老刘望望他,眉眼灵活。她不理会,还是不懂。后来她想,自己是多么愚蠢,总是不合时宜地敏感多情和不合时宜地麻木不仁。"针针点点计算,偏偏相差太远"。走开了几步,听见老刘在后面说:"有人想去。"

她回头,问:"谁啊?"老刘又看他。她仍旧不理解,又欲走开。

老刘大声说:"安想去,你请不请?"

她回头凝视,说:"当然请喽,走吧。"她笑哈哈地望着他说出这样的话。为自己的笑是这样友好开朗而得意。她不是很善于交际吗?

"安"——他的名字,她避讳说出这个字。他转头望着西边,她朝他望的方向瞅一眼,已经看不到太阳了。她自顾自走了,又回头看了一眼,惊奇地发现他跟上来了。她站住,吃惊地望着他。她早就忘了自己的话,她是曾经邀请过他的。她后来想到,她怎么那样迅速地忘记自己刚刚才说过的话。在行驶的列车上看到的景物,一瞬间就抛开了。假如她没有忘掉,持续地展示自己的友好与开朗,会怎样呢?他很聪明,也同样地敏感,立刻掉头离开,脸上出现一种漫不经心的表情。她立刻抓住了这表情,呆了呆,走了,忘了,像一个早晨五点钟起床的人忘记四点钟做的梦。

她一个人,慢慢腾腾,晃晃悠悠,尽力想把回去的路拉长。她仔细地看了电影海报、路边的广告牌和小摊贩的货物,听着响亮的情歌,感到居无定所,心无着落。旁边又传出了凄清的港台歌。

一个少女在下班后的黄昏独自一人走在人头拥挤的大街上,遍视左右,没有一张多情的面孔在看着自己,她觉得自己浑身都在散发着情义,流行歌曲也使这一切都膨胀欲爆。她脚不点地地走着,像被激情充满的气球,飘飘的。觉得自己引人注目,又觉得自己瘪实,不堪入目。她从橱窗玻璃中看到自己,就仿佛被针扎了一下,泄了气。

她吃了烧饼喝了汤,看到爆米花时又吃了爆米花,然后又是一块哈密瓜、一块菠萝、一根煮玉米、两串烤肉,最后吃了一根冰凉的雪糕。除了吃还能做什么?这是一个春天的晚上。她想起自己的寂静的小屋都有点胆怯。摸摸包里的书,向少年宫走去。

少年宫的电脑培训班里坐满了人,都是中学生模样的人。她在里面已经算大姐了。她不知道该怎样做大姐，就不敢和他们多说，只是低着头打字。学这个有什么意义呢？她早该抛下书本。小时候受到的那些单纯的教导深深浸染了她，书、学习，总是有意义的。她在拂面的微风中，潜心学了一会儿，抬头望去，灯光和房屋在夜色中潜伏。窗外黑茫茫，屋内是多么明亮。她终于成功地把一个函数表达式输入电脑。会有用的，她想。

她靠在椅子里，陷入一种放松状态。这时才发现培训班里是多么嘈杂，这里似乎成了自我表现和追逐异性的场所。有滔滔不绝满嘴新词的年轻人；有一心想取悦别人的女孩和一心想引人注目的男孩；还有孤傲冷清的异人，心里正巴不得讨好别人也被别人讨好，只是没人理会而悻悻然，为了掩饰这一点，表情更加冷漠了。慕伏瓦怀着极大的乐趣看到，一个没有眼色的老实女孩遇到了难题，老师正忙着指导别人，她慌不择人，向一位异性请教。那个异性看起来受宠若惊，羞答答地口齿不清地说了一通。女孩感到他比自己还老实，深受感动，觉得遇到了知音。

这也许是个谈恋爱的好地方，比逛公园有趣，互相切磋，互相学习，带着点小小的疑惑，用别人作背景。她收回目光，想自己会以什么样的方式遇见他。不是安，却透露着安的气息。再一次朝黑洞洞的外面望去，她感觉自己像一个两面人。

培训班的老师在她旁边坐下。她望着女老师，要做什么？她叫于莉，下意识地摆弄着电脑，熟练的操作让人眼花。于莉歪头对她笑笑，又继续摆弄。忽然，一个黑蓬蓬的脑袋出现在于莉的右肩。两人都惊奇地扭头望。她以为是于莉的男朋友，就含着笑羞愧地瞅着他们。他的头紧紧贴着于莉的头，把于莉挤得歪着脑袋。

她觉得自己应该走开。于莉朝她转过脸,和她找话说,不理会那个头。她看到了抗拒——于莉不想挑破。有人喊老师,于莉起身过去。那男人就直起腰看遍教室。慕伏瓦用眼角打量着他,不漂亮,具有小眼睛男人的心机和混世精神。

等他走后,她听到学员开始议论他,才知道他是这个培训班的老板。三十几台电脑全是他的,教室也是他租的。有人透露机密,他从南京拉来这些电脑没付一分钱;他自己几次进出拘留所;他就指着这个培训班吃饭呢。一个小女孩聪明地说,他专干买空卖空的勾当。周围人笑。慕伏瓦想,这是老板们的风度。再瞅瞅于莉,坦然自若,处变不惊,仿佛并没有听见什么。这是一个怎样的女子,如何在夹缝中度日且不损脸上的红颜?

她瞥见门悄悄地开了,有人进来了。那个男孩,李由。看到他进来,她忽然觉得高兴。他是个活泼的、能和一切人都友好的人。这曾经引起她的误会,以为他的热情只对自己,后来才发现大家见了他全都很热情,似乎相见恨晚。她有点伤心,又很快自嘲。她已经掌握了自笑的技巧,明白它能在一瞬间抹杀一切。

目睹他的轻浮,他的哈哈,思忖着如果没有这种误会,他也是一个可爱的伙伴。这种误会也许是他有意促成,她看见他已经促成好几起了。发现了这一点,她彻底放开,开始欣赏别人的窘态,有时用透彻的眼神盯盯他,挤挤眼,他仿佛受到了鼓励,热情洋溢地偎上来。她不当回事,对他的热情有了绝对的免疫力。她表现得加倍和气和风趣。有时想,如果安看到了这一切会怎么想?有一次,李由告诉她,安不理他。她听见了很高兴,又和李由随和地呱了半天。李由的进来牵动了女孩们的心,好几个女孩招呼他。

　　李由像一支热闹的舞曲,能吸引人却打动不了人心。安呢,沉默的安呢,为什么能够引起她的遐想和沉溺? 如果安像李由一样,她早就把他置之度外了。她希望解开这个结,又望而却步。她是自私的,她只想和安游戏。有时也很矛盾,有时会想象他们共同生活的情景,无语而沉静。想得多了,就当真了,以为自己和他会有一个远大前程,忘了他的女朋友。于是赶紧收回心思,又从头开始,在结尾逼近时,戛然而止。

　　她是这样悠闲和多愁善感,为一个不相关的男子,仅仅因为他在自己的狭隘的眼界内、局促的生活中,自以为是地和他产生了交集。他也被迫、不得不面对这个交集。她这样相信。他的女朋友,她要感谢她,她像一座山横亘在田野上,是个莫大的障碍,却使景物不单调。

　　她想要不平凡的爱情,遭受折磨的爱情。她看出自己的冷淡。李由的泛爱主义似乎是对她的警告。她想,我会失去什么呢? 她也从来没有得到过什么。一粒石子,夏天的热和冬天的寒都不会改变它,它不是血肉之躯,它是无知觉的矿物质。

　　慕伏瓦望着李由趴在一个女子耳边私语。又该怎样解释自己对安的感情呢? 李由扫了她一眼,仿佛看出了什么,忽然走过来,说了一句酝酿已久的话:"慕伏瓦,又在思考问题呢?"

　　她笑,知道他讨人喜欢的方式。旁边几个学员诧异地瞅瞅她,很不屑的样子。李由眉开眼笑地说:"一定是思考哲学问题。"这又使得周围的学员对她不满且轻蔑。

　　她真诚地谦卑地说:"别贬低人啊,我有那水平?"

　　李由说:"你总是若有所思,显得和人不一样。"

她说："我是个高度近视眼，什么都看不清，又不会和人交流，只有孤单单发愣了。你试试，几天不和人说话，你也是这种状态。"

李由惊奇地说："几天不和人说话？我一分钟也做不到。啧啧，你真是与众不同。"

一女孩听到他们的对话，冷冷地说："嘴笨呗。"

慕伏瓦笑。自觉笑实在是个武器，能反败为胜，能实输似赢。宽容大度，襟怀坦白。即使是一团泥，无遮拦地表明泥质，也会生出朴实之感。

那个女孩似乎看透她的伎俩，从鼻孔里嗤出一股气。她想，在这儿无论和谁计较都没必要。就赶紧低下头，专心用功起来。李由看到那本培训教材她已经学到了最后一页，又大惊小怪起来。她掏出一颗糖给他，走了出去。这个培训班真有意思，它不是她的单位，不是衣食父母，她完全不放在心上，来这儿不过相当于饭后消食，看一场真人动漫。

街上人不多，路灯总是昏黄。她想着平落沙尤梅们在干什么。平落沙这几天的妆特别浓。仿佛该红该黑的地方就让它使劲红、使劲黑。嘴唇通红，眉毛漆黑。这样鲜明的色彩想表明一种欢乐，却使人注意到她的哭红的眼睛、耷拉的嘴。印刷厂的人对她的痛苦早已习以为常，有时还当作笑谈。不是大家没有同情心，只是经常地听说，且她的诉苦有时看起来简直像一种策略，大家又都警惕起来，冷漠起来，每每当作好戏。有人对她有意见，会借此揶揄她，比如，昨晚又挨揍了？又怀疑你了？等等。有一次，张长征故意说："挨打有快感。"男士们听了都笑，女士们听了都互相瞟瞟。慕伏瓦想，这大概类似于祥林嫂的悲哀，自己又在生搬硬套了。平落沙不是活得很好吗？她又听见平的笑语声,看到平一口气吃下一斤蜜三刀。朱兰说："多吃些,养一身膘,打了不疼。"慕伏瓦头脑简单,想不明白平落沙的作为。别人似乎都明白。她曾经问尤梅,尤梅说："她说什么咱就听什么,别问那么多。"

李由为什么要对她说安的坏话呢?李由闪着明亮含笑的眼睛,告诉她,安很放荡,不像他在单位里表现得那样庄重老实。他看见安在歌舞厅里的胡闹。李由一撇嘴,说："你真是想不到,我也没想到,可是他就坐在我隔壁的包间,我听得清清楚楚,我还特地到那包间看了一眼,就是他。"李由一边说着一边注意地瞅她,仿佛想从她的眼睛里探测出什么。她矜持地微笑着,暗自奇怪自己竟然不受影响。李由被她的矜持弄得有些泄气,意犹未尽地闭上了嘴。现在她想起这个,恍惚觉得自己的力量真强大,他不是因为她而收敛而改变的吗?什么能比一个花花公子的暗中情愫更有意思呢?如果他一味地严肃,她也许会嫌他死板。他的花天酒地,却表现出内心的孤寂。

他和她一样的空虚。她会品味空虚,他只会逃避。他和她就像室内室外的空气,一样又不同。人们会开窗换气,对于太阳下的气流,只有放任。她忽然觉得,他的沉默凝重不再像真空,她可以讪笑他、嘲弄他、轻视他。他并不爱他的女朋友,有谁会和女朋友约会时找借口离开去找同伙吃喝,烟头酒瓶扔一地?她有些高兴,终于找到了白璧上的微小瑕疵。这点瑕疵又使她展开了无边的想象。李由的告密,倒仿佛使得安动辄害羞的脸庞更具深意。她仿佛看到了他的认罪伏法的神态、不安的睡眠。

■ 第十八章　吊丧与悲逝

　　她听见他走了进来。迅速切换状态，开始无事忙。翻翻捣捣，用眼角留心着他。她现在已经敢大胆地直视他了。这效果是她和李由都没想到的。直视很让她失望，他根本就不介意她。有一段时间，她几乎不再想起他。他坐在对面，她也能忘了他。直到发现一切照旧，他才又重新活过来。

　　院子里忽然传来一声号叫。大家都紧张地跑出门去看。一个肥胖邋遢的老太婆正在哭诉。厂长、书记站着听着。书记不时地侧过身看看周围，掩饰着心里的不耐烦。有的同事远远地看着，然后走开；有的踱到跟前晃晃，然后走开。没人在她的悲哀面前停留。她却似乎更加夸张地痛苦了。她跺脚捶胸，嘶哑着大声叫喊。语言像被嚼碎的泡沫，只在她自己的嘴里翻腾着。慕伏瓦很同情她，也不明所以。她是那种一见到别人的眼泪就仿佛自己也很悲痛似的。她很想走上前去，温言软语地询问她，满足自己的好奇心和同情心。

　　那老太婆哭号了半天，除了厂长书记在一旁若有所思地听着，没人走近。她知道这是个有些特殊的人物，就站在走廊里，细心地观察悲哀和冷漠的光景。

听见张长征问杨四极："又来要医药费了？"

杨回答："不是，这次不是，这次——老潘去世了。"老潘是老太婆的丈夫，潘伟的父亲。

张长征惊骇道："去世了？才多大年纪？"

杨说："年纪倒不大，六十多岁。病了多少年，现在终于解脱了。"

张长征诡谲地瞅了一眼窗外，说："我说他们怎么这么有耐心，陪着在院子里站了半天了，原来不是来要医药费的。"

杨笑着摇摇头，又叹了口气："为了医药费闹腾了多少年。"

张说："现在熄火了，不再讨人嫌了。"

慕伏瓦望着老婆子暴露的痛苦。过度地流露都会惹人厌。老婆子继续恸哭。厂长、书记大概是站累了，厂长请她到办公室坐一会儿。老婆子似乎看透了什么，用婆娑的泪眼瞅了他们一眼，一转身走了。

张长征望着窗外，说："等葬礼过后，还得来报医药费。"

杨说："这一次大概不会那么艰难——最后一次了。"

张沉思着说："老潘到底得的啥病？这么多年只见她来闹医药费，从没听说过到底怎么回事。"

杨笑，默然不语，片刻，压低声音用手指指会计室，说："她不是老说老潘装病吗？"慕伏瓦从他门前走过，看了一眼他的神秘，知道这个"她"肯定是指赵会计。

张长征愤然，说："照我看，谁也没她奸。"杨摆摆手，又叹了口气。慕伏瓦熟悉他的叹气，这种从胸腔里发出的气息，表示有千言万语又表示愤世嫉俗。

张又问:"这该出多少钱?"

杨说:"起码每人五十块,还得联系车,都是同事,都得去(殡仪馆)。"老潘未退休前也在印刷厂上班。

停了一会儿,张又说:"我怎么看潘伟还不大难过,还笑嘻嘻的,和这个玩笑,和那个玩笑。"

杨说:"受了多少年折磨,这一天都想过无数次了。"

张讽刺地说:"这样看来,死了老头子倒像范进中举似的。"

杨同情地说:"人年纪大了,身体又不好,实在是儿女的拖累。"

不大有人议论老潘的去世,大家似乎更关心该出多少礼,言语中倒好像认为,这礼不应该个人出,应该单位集体出。立刻就有人找厂长、书记商量。领导对这种说法很不满,认为他们太算计。他们也认为领导太吝啬。一人五十元,印刷厂二十人不到,单位掏一千块钱就行了。这抠门的领导,一毛不拔。很快地,谈话又扯上了贪污,仿佛领导和贪污是并蒂莲。慕伏瓦知道他们的惯例,他们会振振有词地大骂贪污腐败,也会冠冕堂皇地逢迎。千万不要以为他们是两面派,他们只是像水中的鱼儿一样流畅地转了一个身。

平落沙拿着一张纸过来,收礼签名。仿佛怕慕伏瓦不了解情况,平告诉她,老潘是印刷厂的一位老职工,在她来厂工作之前,老潘就退休了,她肯定从未见过老潘,但既然是同事,她也应该出一份礼。慕伏瓦点头说是,很快地掏出了五十块钱。她一点儿也不觉得五十块钱有什么,她没有像别人那样,用闪电般的头脑把五十块钱变成一堆实惠,如影像般在眼前闪烁,交五十块钱就不仅仅是交一张或者几张纸,而是交出了一大堆实物。假如她也有如此的想象力,她也一定会心疼。

殡仪馆离市区很远,厂里租了一辆客车,大家纷纷上车。慕伏瓦本来以为都是同事,肯定不会拥挤或者抢占座位什么的,结果发现大家似乎都变得无情起来,有巧劲的先抢了个舒适的位子,没有巧劲的自然有相好的替他占了位,像慕伏瓦这样没巧劲又没相好,且不屑于不好意思去挤的人,就没有位子了。她看了看,全都安然坐着,她平时的不为人,现在也没人拿她当人。没人邀请她这儿坐,连虚的都没有。她觉出点难堪。

朱兰和柯叶上来了,两人嘻嘻哈哈,你搌着我偎着,满面笑容地上来了。环顾车厢,朱兰叫道:"没位子了。"众人不起身,坐着回应道:"谁说没座位? 有的是座位,来,别嫌弃,坐我腿上。我搂着你还不会撞着,一会儿来个急刹车什么的,你的安全是第一。"朱兰说:"路很远,坐腿上受不了。"潘伟说:"轮流坐,这会儿坐他的腿,下会儿坐我腿上。"柯叶认真地说:"想占便宜怎么着? 就你素质最差。"朱兰说:"潘伟,你也该忍着点、悲痛点,起码沉默点。"潘伟笑着点头:"你说得对,说得对,朱兰女士总是有理。"

慕伏瓦看出车上就只有朱兰、柯叶和自己没位子,她们两人与别人笑语不断,没有低人一等之感。她扫了一眼他,他的脸毫无表情,紧接着就活泛起来,朱兰、柯叶现在扶着他的座位站着了。他立马站起来让座,三人推辞了一会儿,她俩就坐下了,柯叶坐朱兰的腿上。朱兰扭着柯叶的大腿说她该减肥了,压得她难受。

潘伟又说话了:"难受,难受和享受只有一字之差,就看你怎么对待,难受会变成享受,享受也会变成难受;你们女人对这应该更有经验。"朱兰说:"小潘,闭上你的臭嘴。"众人笑。潘伟仍然喋喋不休:"俺嘴臭你嘴香,其实女人的毛病才是最多的,女人比男人肮脏。"朱兰大声呵斥:"杨四极,给他一嘴巴。"杨四极站起来,装模作样地在他脸旁扇扇风,说:"回家刷干净牙再出门。"潘伟笑而不语。赵启明说:"这到底还是去参加追悼会,不是平时在单位里。"潘伟张张嘴还想说什么,接着又对杨四极挤挤眼,不吭气了。车厢里安静了。

慕伏瓦看到只有他和她是站着,其他人都各得其所。他没有给她让位,她对于自己想到这一点感到可笑,他为什么要给她让位呢?她又为什么如此骄傲,竟然想到这个?她应该想都不曾想过,从未意识到,这样才有尊严。她不觉难堪,只想心里暗暗发笑。

车子快到时,她甚至有了心情和勇气与他说话。她觉得这样做是如此虚无和淡泊。她问他——该问什么?她无话找话地说:"许多城市的殡仪馆都在郊区,是吧?"她感觉自己像一个老女人模仿小姑娘,竟然还"是吧"。他无动于衷。她庆幸他不理睬她,感到一阵凉且快意。她自如地打量着,心想,大家此刻想得最少的大概就是老潘了,他不仅在人们的嘴里没有形式化的出现,在人们的心里更没有实质性的蕴藏。他早就被人抛弃,从他的老婆在印刷厂吵闹着要医药费的时候起。印刷厂付不起他的医药费,他老婆不相信,别人也不相信,看起来大家又都相信。她难缠,搅扰了大家。在那一次又一次的哭诉和撒泼中会产生公平与理解吗?她应该更有技巧,不是死缠活要。也许她又是受人挑唆。就像印刷厂发生的许多事,都有个暗中的人。

本以为会瞻仰老潘的遗容,可大家只在大厅里走了一圈,看看花圈,瞅瞅遗像,再顺着人流走出去,就结束了。厂长的表情很肃穆,书记转动着大眼睛,随便看,幸好他们都不带一丝笑影。慕伏瓦奇怪笑意和呵欠一样可以抑制。她疑心有的同事眼泪汪汪是克制了一个大呵欠。除了潘伟的母亲丑态百出地哭着,没有谁真的觉得遗憾。看潘伟的光景,对于自己的特殊地位还有点尴尬。

几个披麻戴孝的人唱歌似的哭着,在慕伏瓦听来比潘伟母亲哭得还难听。她还有点好奇,这大概就是春秋时期流传下来的哭丧之礼:为死者的歌唱和舞蹈。在露天,大火堆旁大概会有意思,在这间人头簇簇的大厅里,怎么看怎么别扭,仿佛连死者都成了小丑,太夸张了。只要默默地瞅一眼就行了。不必造出这样的悲痛。她们跪在地上,上身随着哭歌的抑扬顿挫不停地俯仰,伸出双手,五指揸开,仿佛在说,天啊! 慕伏瓦总觉得那揸开的五指太做作,心里比画着这种仪式应该这样修改。她认真地观察起来,对于她们的难看甚至有了一种理解。

她最后一个走出大厅,差点没有赶上车,司机不知道她落下了,别人也想不起来落下了她。她看到车开动了,大声喊着跑过去。上了车还有点激动,刚才的大喊大叫似乎有点出格。她气喘吁吁地,涨红了脸,以为会有人招呼她。梅诗韵颇含同情地说:"小慕,到梅姨这儿坐吧。"她连忙感谢,拒绝。梅诗韵在单位里也可以算个另类。梅本来是单位领导,后来国家落实知识分子政策,梅没学历,现任书记是响当当的名牌学校大学生,梅下去了,现任书记接替了梅。这就使得梅的处境有点微妙。慕伏瓦也觉得有一种说不出来的微妙。

她逃脱不了小人的命运,她所看到的别人身上的斑点,照镜子时发现自己身上也有,同样大小,同样颜色。区别只是,别人会用衣服遮挡,她却暴露。她看出自己和他们一样,连衣服都懒得穿了。

她极其厌恶地听见赵会计做作地问她:"小慕,累吗?坐这儿。"赵拍着自己的腿。慕伏瓦明白,赵知道自己决不会熟悉到坐她的腿上。赵只是故作姿态。表达友好却还要捎带着点什么。这也很可贵。她也假笑着拒绝。赵会计不等她的假笑消失就转移了注意力。

现在大家都在议论请人哭丧要花多少钱,对社会上出现了这样的职业都觉新鲜。赵启明沉思着说:"还有点粗糙,应该有搞艺术的加入到这一行,升华提高,就像民间采风一样,经过专业人士的修改,就比较容易接受了。"张长征说:"我有时看那农村里哭丧的,唱得还怪好听,扭得也有点滋味,比这有意思。"杨四极说:"比啥比?这几个哭丧的一人只挣了十块钱,能有这种表现已经不错了,那还有二十的、四十的、六十的,你要是能听到六十块钱的人哭丧,就觉得她艺术了。"张长征说:"怎么都是女的?要有几个男的更真实。"杨说:"这活儿轻松,女的会哭。"平落沙说:"哭和笑一样,都可以买卖。"慕伏瓦瞅了她一眼,疑心她说的不仅指这件事。平落沙敏感地迅速地回瞅她一眼。

有人算计着潘伟还应该再请吃一顿,过了几天不见提起,就有些埋怨。慕伏瓦觉得好玩,结婚要请吃,丧事也要请吃。她发现潘伟根本就没这意思,没想起这茬,几个好吃的人的嘀咕是来源于老刘儿子的一句话。

老刘的儿子来了。小伙子来自农村,就有一双亮晶晶的眼睛和血色丰盈的脸。他老实羞怯地伏在桌子上,对所有的人笑。别人问他什么,他都迫不及待地略有点结巴地回答。他不结巴,只是有点紧张。很朴实很可爱的样子。慕伏瓦愉快地望着他,不担心自己会爱上他。她体验到一种与异性和谐相处的滋味。不排斥也不吸引,不会有令人尴尬的距离感,也不会有令人警惕的亲密感,就像一个人与一只兔子相处。这只兔子很快就失了宠。

慕伏瓦听他说,父亲给他盖房子做家具,准备给他娶亲。对于待嫁的女儿,只陪了一千块钱,把别人送来的彩礼全给了他。老刘还预备着闺女离开后给他盖栋小洋楼,他把楼租出去,靠租金就能生活得优哉游哉了。他没说"优哉游哉"这个词,他说"自迷地"。慕伏瓦没有听懂,只听张长征揶揄他:"盖起了小洋楼,月月收租金,快活似神仙。"她明白了那个方言的意思。她开始反感这个男孩子,把他看成女子不平等的祸首。再看到他时就别过脸去。本来站在旁边含着笑听着的张长征,这时忽然郑重其事地对她说:"为什么人人都想当地主呢?"

杨四极笑说:"不是人人都想当地主,是人人都想当周扒皮。"老刘儿子用下巴颏顶着桌面,屁股和凳子一起颠簸,舒适地说:"我能听懂你们的话,我不是地主周扒皮。"大家笑:"没说你是。"慕伏瓦突然说道:"和你姐姐相比,对你姐姐不公平。"忽然意识到自己不会逗趣。

片刻,老刘儿子说:"刚才听见厂长、书记说,晚上去'梅园大酒店'。"有人问:"去'梅园'干吗?"有人回答:"去吃呗。"又有人说:"何以见得?"

老刘儿子说:"厂长、书记和潘伟聊了一会儿,等潘伟走后他们就说去'梅园'。"大家恍惚都听懂了,潘伟请吃饭。有几人听说有饭吃,立刻踊跃起来,谈起了酒肉。没说话的人也暗暗咽下口水。她看到他们的喉结微微上下。想起了烤肉串,自己也悄悄吞咽几下。

几天里,大家都盼望着,不见动静,失望地开始数落潘家的种种不是,比如,潘母常来闹医药费;潘老爷子在床上躺了十七年,某某某撞见夜深时他在公园里爬山;潘伟的为人风格,前面说话后面摆手……只有杨四极清醒,说:"什么请客? 没有这样的先例,都是老刘儿子胡说,沾风不沾影的事。"

中秋节时,老刘儿子又来了。慕伏瓦现在知道他叫刘方。大概老刘太太姓方。后来问老刘,说他太太不姓方。后来又听说刘方的姐姐叫刘园。如果刘方的妹妹叫刘园,就好理解了。刘方这小子就像五瓦的电灯泡,发着光,引得大家像飞蛾一样在传达室里晃悠。慕伏瓦去拎水,总看到一张红脸在桌子上方。她似乎还总看到他的红脸,看看别人,在门口逡巡,似乎也在找他的红脸。刘方在传达室住了几天就回去了。

有人问:"老刘,你儿子呢?"老刘回答:"回家了。"潘伟问:"回哪个家?"众人笑。老刘笑而不语。

慕伏瓦以前常听老刘说五柳子什么的,现在知道是老刘的家乡。她想起书上看过的《五柳先生传》,不由得觉得五柳营村村长大概不比文化部部长差。

她有点儿盼望刘方来,他一来,传达室里就笑语不断,老刘出来进去的也很高兴,似乎很为儿子自豪。慕伏瓦站在树下,望着自己的影子和树影重合。

赵会计端着肩膀从厂长室走出来,迈着准确的步伐走进会计室。她一定比别人都更加技巧地艺术地围拢了书记。她碰巧有这才能,自己也知道这一点,就精心地修饰,把这当作事业。这会儿,看她的神态,不知又得着了什么,或者又听到了什么。传达室里的人并没有只顾着说话,他们都立刻捕捉了赵会计的神态,慢慢走开,各回各屋。慕伏瓦猜测,从赵会计那满足的神情中,和她鞋后跟敲地的方式中,这女人又有收获了。慕伏瓦不在乎,很窝火,很想扯乱她的头发,撕下她的衣服,她不能容忍那衣服如此舒适合辙地贴在她身上。

平落沙也带着满足的神情从厂长、书记室里走出来。

她思忖了一会儿,想起尤梅的话,不由得佩服尤梅的聪明。尤梅说:"和谁说话都不如和领导说话舒服,哪一天不找机会和领导聊两句,哪一天就心里不安——到了家也不安。"慕伏瓦问为什么,尤梅反问:"你没有这样的感觉?"她摇头说没有。这又仿佛得罪了尤梅,尤梅不愿多谈了。

天开始下雨,绵绵许多天。他不在门口站着了,天天坐在她的对面。她挺高兴能够看见他——其实是感觉到他,她从不抬头。他像气息散发在空中,捕捉不到,却人人都能感觉到。她一阵阵地热又一阵阵地麻木,在自己心思的轰鸣声中如老僧入定了。

平、尤和高,如三种不溶于水的物质,没有任何滋味。她觉得他也是一块顽石。自己就像石头旁的土坷垃,看起来多么和谐啊!她有点沾沾自喜,迅速地瞟了他一眼,看他可有此感触。

他正在玩钥匙,拎着钥匙环抖动,忽然往桌子上一抛,再抖再抛。她觉得他的心里一定是什么都没有,否则不会发出这样的噪声。她低头凝视面前摊开的一本杂志——《恋爱·婚姻·家庭》。多么腻烦啊,一篇又一篇的喜怒哀乐,为什么没有相看两不厌的敬亭山?她闷闷地再次抬头眺望,发现他正脸微红,微微笑着,一动不动地盯着钥匙。她也好奇地盯住钥匙,钥匙竖起,像准备点燃篝火的木柴堆。只竖一只钥匙不大可能,一大把钥匙却一下子就竖起了。这说不定是个什么科学原理呢。她想起牛顿的苹果、瓦特的水壶,还有什么——阿基米德的洗澡盆。她开始认真思索起来,先弄清事实,分离细节,从多个角度观察,再亲自试验。她也掏出钥匙,如法炮制,奇怪不像他的钥匙那样竖得有型。她开始扔抛,发出很大的响声。她是这样的不觉乏味,竟然投入了。

他忽然一把抓住钥匙,低头凝视它,仿佛他抓住的是一条蛇,非得用力捏紧才能制止它的扭动。她又现出一副小孩一样蒙昧无知的神态仔细地瞅他。她以为他必不会明白。她瞅着他,看他下一步要做什么。她认定自己是如此的黯然无光,认定自己无论怎样都不会产生含义。不管她在远离他时是多少遍地思索这含义,他的现实影像具体沉重地蹲踞时,她就不会思索任何东西了。远望大山的苍茫和登山者的境界是不同的。她多情到愿意爱任何男子,又憨傻到认为任何男子都不会爱她。

她有恃无恐,左看看右看看。他忽然笑着离去。她又开始扔抛钥匙,没有听见声音,只注意到它落在桌子上的不同形态。高丽娜她们三个频频看她,她正玩得高兴。她们三个沉默了一会儿就站起来到别的屋去聊天了。三个人的表情一定都耐人寻味。她听见常会计问:"怎么了?出什么事了?"平落沙说:"没出什么事。"高丽娜用压制的高亢的嗓门回答:"还能出什么事?"她仿佛看到她们三个的眼睛都转向了她。中间隔着几堵墙。常会计似乎心知肚明，发出会意的笑声。

她又玩弄了一会儿钥匙，有些腻烦了，也像他一样，一把抓住扔进口袋，飞速离去。她仿佛能够理解为什么他看起来总是兴致勃勃，这会儿她也不清不楚地兴致勃勃起来。她走出房间，站在门廊里望着。雨已经停了，到处湿漉漉。不时有人走出来看看，有人大声说话。她听见老田又期期艾艾地对着什么人说，幸亏停了，不然披着雨衣也会湿透的。她想起老田说的那个被抛弃的女婴，心里停了一下，接着又坦然地跳动起来。想起昨天母亲打来电话，让她周末回家。她想问问什么事，又没开口，想非要为着什么事才会回家吗。可是，当然有事，也许又是为着相亲的事。她从母亲的口气中感到这一点。

母亲是温和的、亲切的。她也应该报之以柔情。可是无论母亲如何和蔼可亲，如何抑郁寡欢，如何欢声笑语，如何心事重重，她都没有相映成趣。她只觉烦，望着母亲就像望着一只生不好火的炉子。那种劣质的煤，烧不出火，只冒烟，无论你往炉膛里塞多少纸、多少干柴片，它只是腾起火苗然后又迅速回落，将火苗吸进肚里喷出浓厚的烟，呛了人的口鼻。

母亲说是做了菜盒子，用自家园里的韭菜，鲜美可口，唤她回去吃。她知道父母在山坡下开了几分地，常在工作之余雄心勃勃地种菜，最近半年来常被人偷菜，加上死了不少，他们已经有些懈怠了，她知道是因为妹妹的事。现在忽然又种了韭菜还丰收了。她望望院里的三棵树，勇往直前，勇往直前。她要安抚父母，拯救妹妹，周末回家，再去见一个陌生男子。像别人一样，走路、说话、吃饭。她在心里一遍遍地这样说着。想起了上次相亲的经历。

母亲特意准备了她的衣服和皮鞋,托人从上海买来的黄色牛仔裤——看到那条两个月前从上海带来的裤子她才明白这次相亲酝酿已久。穿着橄榄跟的皮鞋她很别扭,她平时总是穿运动鞋或者平底皮鞋,一旦把这些弄到身上她就有一种被推销的感觉。看母亲急不可待的样子,她生气,又没办法。每一次失败的相亲都让她深感受辱,郁闷得不得了。她原不必参加这种人贩子似的配对,她有爱情,要爱情,一定会得到爱情。母亲暗地里对人说她长得丑。她的耳朵是如此灵敏,能隔墙听音。相亲回来后的一天中午,她又听见母亲偷偷问父亲,她是不是有点傻,不会和人说话。

她是又丑又傻的啊,承认这一点就仿佛开辟了一条路。

她靠着树身泄气地想着。感觉到冰凉的水滴仿佛要渗进内心。那天,刚吃完晚饭,母亲就催促她梳妆打扮,审视了她半天,似嫌不满意,没说什么。母女俩一路沉默来到一个熟人家里,人家很客气,请茶请糖,可她总觉得人家在掂量她。她深知自己是多么不够分量。

她恐怕自己的新衣新鞋会暴露出内心的骚动,看着人家注视她的目光更觉得无处躲藏。他们都是过来人,都清楚得很,知道这里面有多少勉强、多少猥琐、多少隐忍。他们知道她不是找爱人,她只是需要一个丈夫。她为了这样一个丈夫该扭捏出多少姿态,不能被人旁观的姿态。她要勇敢地坦然地做作,假设周围没有眼睛。她应该从一开始就是一个好演员,表现出能够讨男人欢心的特质,一下子抓住对方。

她有工作有工资,为什么仍然要抓住一个男人呢?不结婚就觉得恐慌,一旦结婚就立刻失望。就像等公共汽车,车没来时翘首以待,车来了就赶紧往上挤,上了车一坐下就立刻懈怠、木讷。

她浑身不自在地坐在沙发上,疑心自己坐得太深了是不是显得放荡,可是只坐一点点是不是又显得太迫切了。母亲和这家熟人也没多谈。那个男主人时时打量她一眼,冷淡的轻蔑的一眼,这使她想起"待价而沽"这个词。女主人始终没笑过,母亲总在微笑着。她开始在心里埋怨母亲为什么选择在这家人家里见面。这家人住得很拥挤,吃喝拉撒一应俱全,生活一目了然。在这样的景象中绝不会擦出火花。

她曾经向母亲建议在公园见面。母亲说:"要是你和他见了面又彼此不满意,被别人瞧见了还以为你和他真的在谈呢,会影响你的名誉,以后若传出去,说某某谈了七八个男的都没谈成,这就很不好。"她依从了母亲,认定这回又是竹篮打水一场空,看母亲的神情,又抱着希望。这家的女主人打了电话,说一会儿就来。她明白是说那男孩一会儿就来。也就是说她马上就要上战场了。她的膝盖互相磕碰起来,假装镇定,想掩饰膝盖的抖颤。她不想让别人看出来,母亲看了她一眼,她都觉难堪。听见叩门声,她一下子站起来,立刻觉得不妥,又迅速地深深地坐进了沙发。

小伙子进来了,女主人介绍,没听见他叫什么名字。她立刻意识到没戏,这个男孩子不会看上她,她也不欣赏这种文质彬彬的清秀的冷淡的长相。她得敷衍,她不能抬腿就走。她不够聪明,不知道应该搭个花架子,让大家都顺流而下。她的脾气,不知道怎么回事,竟然发作了。在此之前,她从没想过自己还会有脾气。她以为自己永远是不雨的阴天、暴日下的沾满灰尘缺乏水分的道旁树。

她的脾气是怎样发作的啊？奇特的发作啊！

她一声不吭，对于他的问话也只是抬头看看他，再低下头，想自己的心思。两个人被关在小书房里。她瞅了一眼关着的门，忽觉空乏。她是在相亲吗？她想起了他，如果她和他这样单独相处会怎样呢？千言万语成会心一笑，眼睛的迅疾交流说出了心中之字。她相信他是爱她的，可是他有女朋友，她还是相信这一点。她想起母亲曾经说她愚昧得固执。她希望今晚快快过去，凝视着台灯的光，觉得时间忽远忽近，像有什么东西晃晃悠悠地从黑影里窜过。

第二天，她从母亲口中听出那男孩对她很不满意，认为她太老实古怪。她不喜欢这个结论，听母亲的意思倒似乎这个结论不错。老实，她能忍受，不就是傻的意思吗？古怪，她一点也不觉得，偶尔自诩与众不同时，却总是发现自己根本没有脱离别人的窠臼。

母亲又有些愁闷。她想，那些有着几个不出色的待嫁的女儿的母亲不知会愁成什么样呢？她实在很理解《傲慢与偏见》中的班纳特太太。有人到传达室打水，诧异地看了一眼站在树下的她。不等这种诧异凝成语言，那人就匆匆走开，似乎对于自己刚才盯了她一眼都觉浪费。他们意识到她时都惊奇于她，假装忽视时，都变得无视她。她知道这里面有自然的和假装的。

他们只是不够鲜明，有些隐约的混沌而已。书中的语言是不应该用在他们身上的。天空，笼罩四野。没人能用清晰的语言描绘天空和四野，它们都是空气产生的感觉。谁能像拿一个馒头一样拿着空气和感觉呢？

手中的馒头往往定位了周围的空气和感觉。

这不,潘伟捏着烧饼油条走进来了。事物就显得明快多了。假如他不拿着吃食,只是迈着四平八稳的步伐,端着预知一切的双肩,走进来,他又会引起多少猜疑和思念啊!

是的,这个单位里的人都在彼此思念,甚至在睡梦中也念念不忘。他们会记住你何年何月掉了一颗牙,又在某时补了一颗牙,对于你与新牙的磨合了如指掌;他们会记住你五年前说过的一句不合适的话,会在五年后还时时发笑;他们会知道你的大腿根有一颗黑痣——不知道他们是怎么知道的,他们笑或者望着你的时候,你会在他们的眼睛里看到这颗痣;他们知道你的夫妻生活,知道你欲掩盖而他们都打听出的事情。他们全都知道,他们从不在你面前说什么、暗示什么,你却清楚什么都躲不开他们的耳目,他们的思念。他们的优点是暴露自己,他们的弱点是暴露别人,他们的可贵品质是彼此思念。

有个别强大的人能不限于思念而谋一己之私,如赵会计之流;有人就仅限于思念,如慕伏瓦预演中的自己。她不时向着那一扇扇开着或闭着的门扫一眼,知道他们看似悠闲其实都神经紧张,知道他们都竖起了耳朵伸长了脖子,虽然看起来不是这样。他们都很忙都很有才能,表现得很有生气。只有慕伏瓦,仿佛一个疤瘌,有着同样的血肉却是不同的质地。有人拿她当笑话,有人拿她当傻瓜,有人因她而理由充足地生活——她从没想到自己会使别人生活得更好。

一阵哈哈大笑从西边传来,这又是李明辉的笑声。就数她的笑声最爽朗。开朗豁达和家庭幸福,李能与所有人都真心哈哈。李明辉和平落沙是好朋友,李就也能和领导、会计无障碍地相处。

李和赵启明也是好友。赵就像一颗硬糖,吃着硌牙,味道却是甜的。只是领导觉得自己牙齿老,不宜吃硬糖。

平落沙和李明辉的友谊有一种超脱俗利的色彩。

一阵笑声从西边屋里走出。几个年轻人出现在走廊里。厂长也走出来,仰头看看天。大家一起说:"天气预报报了,不会再下了。"厂长说:"我看东边的天空微微发亮,还要有场大雨。"大家说:"明天肯定晴。"厂长斟酌着说:"就是今天,只要下下来就会一连晴好几天。"他们互相望望,开始谈到庄稼的收成、南方的洪涝、北方的干旱,发表自己看电视新闻时生成的观点。

第十九章　做一个傻瓜

她在路上遇见了妹妹。妹妹浓妆艳抹，穿着廉价。她知道妹妹绝不是庸俗的女孩，只是像许多女孩一样，爱美却没钱装点自己且不知道如何装点自己，就模仿别人，乱涂抹。这样的女孩往往生机勃勃，有一颗热情的充满爱情的心，只是这样的心从抹着口红因而鲜红而厚的嘴唇中吐出时会被看作浅薄轻浮。她们实在都是冰清玉洁的女孩，虽然有的人已经流产几次。她担心妹妹也会遭遇这事，仔细地观察妹妹，想凭自己的同样贫乏的经验看出端倪。妹妹瞅她一眼，洋洋不睬且有些自得。她感觉妹妹没这事，就高兴了一点。

沉默了一会儿，她胆怯地对妹妹说："用套吗？要从正规药店里买，在这一点上不要怕花钱。"妹妹或者害羞或者骄傲，对她的建议很看不上眼，也不想多谈，只说是他的事，她不管。她说："这个一定要小心，千万不能怀上，怀上可就糟了，糟透了。"妹妹撇着嘴说："大不了流产，十几分钟就流掉了。"她惊骇地说："不是这么简单。"她刚想把流产的痛苦和危害细，妹妹立刻不耐烦地说："你也不了解什么，你不也是听别人讲的？"

她还想说，妹妹又说要去"方顶"办件事，问她去不去。她想说不去，又想到这是一个接近妹妹、了解妹妹的机会。她发现尽管自己和妹妹共同生活了十八年却仿佛没有这十八年的经历，她们像两个陌生人一样相遇。思想里有了这样的认识，行动上就多了几分自然，她决定陪着妹妹去办事，暗地里觉得有点浪费时间，可她的时间要用来干什么，似乎也没有精确的打算。两人朝"方顶"走去。

她以前从未来过"方顶"，只听人说是个鱼龙混杂、痞子多、好打架生事的地方。现在她随着妹妹，坑坑洼洼地走到位于八岗楼立交桥东南面的被称作"方顶"的地方，心不安地直跳，生怕突然冒出一个流氓挡住她们的路。瞅着妹妹勇敢无畏地一弹一跳地走着，她觉得自己这个姐姐实在名不符实。她也抬头挺胸，目不斜视，可是路太孬，坑多，泥尘盖住了水泥路，还不时有大卡车轰隆驶过，把水泥路轧裂，把行人挤到路边窄窄的泥沟里。幸好沟不深，一连几天的雨，这两天太阳很好，已经晒得半干，沟里尚能下脚。在这样的状态下她很难保持端庄轩昂的风度，不得不像猴子一样左蹦右跳，像贼一样觑觑这儿觑觑那儿。

走了一会儿，她感觉满脸满身的灰尘，鞋子和裤脚已经脏不待言。看看妹妹，似乎能够理解她为什么描眉涂口红。她开始杞人忧天，这儿的人都怎么生活。路糟，房子破烂，时时也会有两层小楼拔地而起，用这个词也并不合适，只能说，有小楼像蝉一样从地里拱出来，没有脱离泥土的外貌，具有不堪一击的形态。她简直以为自己一脚就能踹倒它，至少也踹出个大窟窿。住在这些房子里的人都无精打采，不苟言笑，她特别留意他们出出进进时的神态。

她觉得他们可亲,他们是不快活的。她没有看到传说中的流氓,看到的都是窘迫的不舒适地活动着的人。没有人想欺负她们姐妹俩,大家都各忙各的,没有闲人——闲人也似乎是忙里偷闲。

她随着妹妹走过了一条街,以为妹妹是去拜访什么人,心里还有点紧张,不知要面对什么人。可妹妹并不走进谁家,和好几个人打了招呼还受到了邀请。妹妹咧着嘴笑着寒暄,她也咧着嘴笑着不吭声。两人走过去了。遇到一个妇女,妹妹站住和她聊了一会儿。听着她们的谈话,她觉得奇特,这些陌生人也和别处的人们一样生活,很好,没有谁少了一只胳膊或一条腿。看一个老头蹲在门口稀里呼噜地吃面条,她决定今晚也吃面条,要自己做,那种搁了葱花和香油的面条。

妹妹不时停下来从包里掏出小镜子照照又放进去,或者掏出梳子理理头发,或者就用手理理。在她看来和没理没区别,那是一种故意弄得纷乱而显出一种风格的发型,她在电影杂志的封面上见过,理发店里也见过,看上去很美,走在大街小巷里就完全失去了那种说不出的美感,倒是它常常让人觉得脏乱。她想贬低这种发型,可找不到什么能够对比其恶劣,直直的"挂面头"显得死板,"方便面式"头显得拿捏,"大波浪式"头适合中年妇女。

大街上的人,无论脑袋上顶着什么样的窝,她都看不出不同。应该人人都剃秃头,用一块个性突出的头巾裹上,要美得多,也方便得多。她瞅着妹妹,看到有一绺头发总是耷拉在前额上妨碍视线,妹妹用手一拂,不起作用,仍旧遮着半只眼。她思忖了一下,忽然明白,这种轻拂的动作,甩头时的不以为然,都是发型的一部分,也是美和时尚的微表现。一个漂亮姑娘无所事事地走在大街上,这些小动作和她们身上带的那些据说是金的或者玉的饰品一样，闪烁且有趣。

经过一家服装店，妹妹站住，对着正冲着门的大镜子看了看，经过理发店，又看了看。只要能看到自己，她都会停下观望一会儿。慕伏瓦总是把脸撇一边，不看自己。妹妹买了一瓶饮料，问她喝不喝，她不由自主地说不喝。她确实不渴，倒也想手里有点什么，才能显出某种情致。妹妹自己喝了。她觉得不快，又想，自己也可以买一瓶，或者买两瓶，给妹妹一瓶。看见一家饮料摊时她立刻买了两瓶，妹妹不看她，说："别浪费钱，我不喝。"她畏惧妹妹，没有坚持，拿着两瓶饮料，继续往前走。

她一直都在想法说点什么，好不容易嗫嚅出一句或者半句，没有听到妹妹的反应，她又咽回去了。愣愣地想，我做错了什么？又路过一家糕点摊，妹妹买了饼干，她忽然明白了点，赶紧也紧随其后，如法炮制。像妹妹一样抓着饼干，而不是轻巧地捏着饼干往嘴里送，且咀嚼出声。她赞叹这儿的饼干、甜面疙瘩好吃。忽然想起一句话，"赞美是最畅通无阻的语言"。她开始毫不费力地赞美妹妹吃着喝着穿着的一切。没有受到反对就仿佛受到了鼓励。她开始滔滔不绝地侮辱自己，惊奇地发现，侮辱自己时她是这样有才能。她发现妹妹的贪心，非要听到别人自取其辱的话才满足。她谈到自己的旺盛的情欲，认为这是一种耻辱；她谈到自己的小心眼，冠之以龌龊；她谈自己的无能和糊涂，不知人事，对生活中的变故总是不会应付。她还想谈谈他，埋在她心里的隐秘的他。为了得到妹妹的信任，她几乎想脱下衣服大声说，瞧，这儿有个流脓的疮。

她下意识地挽住了妹妹的胳膊,小心地靠着她。妹妹沉默了一会儿,说:"你是不是觉得别人都和你一样?"她假装茅塞顿开:"我觉得,别人都比我高明。"妹妹警告她:"你可不能见了谁都这样说话,人家会瞧不起你的。"她说:"我只说给你听,换了别人我根本就不开口,一滴唾沫都不费。你是我妹妹嘛。"妹妹微微笑了一下。她问:"你今天要办什么事?"妹妹不说。她疑心没什么事,可没有理由在这大街上喝灰。

她们走进了一条狭巷,在两排低矮的平房之间走过去,小心不碰着别人的屋檐。她好奇地朝里张望。最后,两人在一个小院子前停下。

妹妹掏出钥匙开了院门,推开那种几根木条搭成的院门,走进小院。她看看院门,说:"这种门能挡住什么人?"妹妹说:"那也从没丢过东西。"她暗暗记下如此奇特的罕见的不平常的现象。

院子很小,还盖了一个小厨房,靠着院墙摆着空花盆,几件工具。正屋两间。走进去,一股寂冷无人的气息。她问:"你就住这儿?"妹妹答:"不住这儿住哪儿?"她又问:"这儿不像是能住人,你在哪儿吃饭?"妹妹答:"我不是活得好好的?"她仔细察看着房间,没有看到锅灶,只有一张木架子床和一只旧书桌在东屋。东屋看起来勉强能住人。

两人走进东屋,仿佛走进人间。从昏暗的堂屋走进这间至少是明亮的房间,她有一种熟悉的感觉。两人在东屋里徘徊。东屋其实很小,也很热闹。床上是凌乱的被褥,被单、被子、枕巾的颜色都对比强烈,图案很抽象。这种抽象派出现在脏的塌了一角的蚊帐和刺目的颜色中似乎想显出主人的品位。色彩没有因为黯淡而灰心,倒加倍地炫耀起来。她不得不注视着床铺,扫一眼妹妹又看了看床铺,在屋里转了一个圈又站在床铺前了。

她听到一阵哗啦声,扭过头来,看到了镜中的自己,注意到正对着床的梳妆台——一张旧书桌,上面放着一面没有框的大镜子,和瓶子、盒子、内衣、书、一只沾满头发的梳子,还有许多东西她不认识。她不觉陌生。为什么她瞧不起这地方,又不觉陌生呢?她面对镜子,拽拽衣服,看着妹妹在镜中的形象,忍不住地笑。妹妹看了她一眼,不说话。她只好自己解释:"小玉,你一天要照多少回镜子?"妹妹仍然不说话,仍然对着镜子顾盼。她看着妹妹抹了点润肤霜,补了补口红,又舔舔嘴唇,端起一杯剩茶喝了一口,仔细瞅瞅,又补了补口红,挺胸抬头摆了几个造型,自己欣赏着,又在镜中不满地瞅了她一眼。她看到自己苍白模糊的脸和妹妹鲜明生动的脸。

妹妹的脸仿佛一个渴望吃肉的人,充满欲望。她决心今天中午请妹妹吃饭,要大吃。她实在看出妹妹的可怜,她知道妹妹也正在可怜她。她还要带妹妹去化妆品店买高级唇膏、高级眉笔,不是那种总是使嘴唇发干,总是掉眉毛的劣质东西。不管怎样她比妹妹有钱。她还有闲,可以嘲笑别人的粗糙,可不想嘲笑妹妹。她们是姐妹俩,她始终认为妹妹比自己高明多了。妹妹是明珠暗投,自己则是灯光下的玻璃,永远只能折射别人的光。这别人当然也包括妹妹。可这样对妹妹不公平。

妹妹似乎察觉出这一点。她曾经轻蔑地说:"咱俩是一个爹娘,为什么你是阳春白雪,我就是下里巴人?"她当时只是愕然,后来才想出说辞。她找机会说给妹妹听:"我混得灰头土脸,到哪儿都没人理,你走到哪儿都是左右逢源,朋友多得是,这就是你所谓的阳春白雪和下里巴人?"妹妹哼了一声,似乎不信她。

她耐心地等着,等妹妹在这屋里盘桓够了,看了看表,对妹妹说:"中午一起吃饭吧,去那家家庭菜馆,又便宜又实惠。"妹妹说她还有事。她假装理解地说:"事再多也不耽误吃饭。"妹妹说有饭局了。她追问在哪儿,什么人。妹妹又说:"有饭局我也不打算去,今天中午他妈请我吃饭。"她立刻说:"你就住在他家,什么时候不能吃,走,今天就吃老姐的饭,老姐无论如何请得起,吃完饭咱们去拐角楼买好唇膏、好雪花膏。"这最后一点似乎打动了妹妹,妹妹有点微微的笑。她又说:"就买美宝莲的,或者雅诗兰黛的也行。"她自豪地说出这些时髦词,心想幸好闲着无事时翻过服装杂志。她既嘲弄地想到自己,又想说出来会讨妹妹的高兴。妹妹听到"雅诗兰黛"一词就十分高兴了。她决定买,不管多么贵,她都付得起,口袋里正揣着这月的工资。

两人离开了这间因为杂乱无序而情意绵绵的房间。妹妹最后瞥了一眼镜子,出了门。她终于明白妹妹其实什么事也没有。妹妹渴望有事,就像她渴望没事一样。

走在路上,妹妹和她聊了起来,说了许多事。她开了眼界,发现电影电视上的事情就发生在她周围。那些被贫困困扰的人也有纯洁多情的胸怀。他们还有不被打扰的希望。她希望他们永远幸福,他们的收入太低了,心跳太欢活了。

一对福利院长大的兄妹俩如何辛苦流离地生活。妹妹告诉她,这对兄妹能够一个月不花一分钱还能穿衣吃饭。她很惊奇,问为什么。妹妹说:"总是有同事把旧衣服送给他们,朋友们只要有饭局就总是喊着他们,没有饭局,朋友们也总是请他们在路边小摊吃烧饼、什锦汤、菜盒子什么的,连这些也没有,他们就饿一顿,帮助消化。"

慕伏瓦无言以对,觉得自己的生活没有价值。她想到了他,疑心自己和他会有一番经历。妹妹的言语启发了她,鼓励了她,尤其是当妹妹谈到那一家七口人都靠一个女儿在服装厂挣钱养家时,那种津津有味的态度。没有钱也可以过得很好,窝窝头比肉包子香,她被妹妹的话迷惑了。妹妹拿着新买的高级化妆品和她道别,意气风发地走开时,她还在迷惑。为自己没有把这个月的工资都花在妹妹身上后悔。她不愁钱,她还有将近一年的积蓄放在银行里,大概是七八千,母亲的家随时欢迎她回去。妹妹也不愁钱,她已经两个月没发工资了,但未见消瘦,也不减生气。

她回到家,怀着说不出的心理,说给母亲听。母亲一边干家务一边听她说,她一会儿尾随着母亲,一会儿躲避着母亲,絮絮不休。母亲瞅了她一眼,那眼神仿佛在说,你怎么这么傻啊。她告诉母亲,妹妹胖了一点,气色也红润一点。母亲说:"我去过她那个厂,见过她,胖一点红一点,一眼看去就是一个粗俗贫乏的女工,天天吃大馍咸菜吃出的粗腰和满月脸,十几岁的女孩,体形像个中年妇女了。"她分辩:"妹妹看起来很满足。"母亲谴责地望她一眼,说:"假的,表面文章。你妹妹天天和那样的人在一起,也学会了这种风气。"她疑惑。母亲说:"都是些三教九流、混日子的人。"

她又告诉母亲那福利院的兄妹俩的故事,不免添枝加叶。母亲并不注意听,等她说完,母亲说:"你妹妹一定要离开那个环境,我正在想办法,这个社会是由穷人苦人垫着的,你妹妹决不能沦入最底层。"

慕伏瓦觉得自己和母亲说话总是言不及义,自己想说什么,自己也不知道,母亲却总是斩钉截铁。

母亲望了她一眼,说:"要舒适地生活,保持年轻和身材,像你一样。她现在的这种生活迟早会把她变成一个肥胖庸俗的小市民。"她觉得母亲的话很没道理,我们不是小市民? 不庸俗? 她没有说出,她已经觉得假如她不顾一切地说出,母亲一定会对她失去耐心而勃然大怒。她看出母亲的烦躁在眉尖聚集。她想自己能够理解,她是母亲,她需要为一切操心。自己只是女儿、姐姐,简单和自私使她尚能轻松愉悦。

晚饭后她独自一人趴在阳台上吃番茄,企图重温小时候的回忆,那时她把番茄当水果吃时,多么爽甜,现在为什么淡而无味? 中午在饭店里,一大盘子葱爆羊肉和一锅小鸡面饼被吃光。她不大有胃口,昨天才吃的红焖肉。妹妹胃口很好。她望着妹妹,很习惯她的大嚼。如果妹妹像淑女一样吃饭,那会多么扫兴。妹妹以她的毫不掩饰扫荡一切装模作样、一切虚假如印刷厂者。妹妹的好恶在哪里呢? 她是喜欢自己的生活还是如自己那样忍受自己的生活终至于习惯、认可、欣赏? 她从妹妹的眼角眉梢看到了愤世嫉俗,这让她感到惊奇。她原以为妹妹热爱一切世俗,一切平常自然的东西,可她心里却充满了愤慨。她灵机一动想到,妹妹所愤慨的也许正是她这个姐姐所描绘的、所代表的道貌岸然。

她已经无意之中使自己成了自己的叛徒。她说着不中听的言语,以为别人能接受,以为自己的愤怒一定会成为别人的道德。她在妹妹面前谨小慎微,却仿佛一台石磨,挤出的是糊涂浆。她不言语,却吐露了最大的秘密,就是,她看不起妹妹,认为妹妹的生活乌七八糟。看出妹妹的骄傲和怡然时,她就假装自己被说服,卸下拯救妹妹的重担。她知道自己无能为力,无论精神或者经济,都不够强大。母亲够强大,也应该强大。有了这样的两个女儿的母亲一定是强大的。她把妹妹的行踪据实向母亲汇报,没有像她答应妹妹的那样,什么都不说。看到了母亲的眼神,她以为自己的汇报会有所安慰,却看到母亲的脸更加没有一丝笑影。她心情沉重起来,望着加深的夜色,越来越沉重,被一种灾祸将临的感觉弄得紧张兮兮,仿佛小孩一看到白大褂就想到打针,她也只是瞟了一眼那白色的恐怖,就神经过电一样难受。

她需要他回眸一笑。

母亲在屋里高声道:"映红出去散步到现在还不回来。"她急忙大声吆喝:"我在阳台上,没出去散步。"母亲说:"刚才喊怎么不答应?"她愧疚地说:"我没听见。"母亲皱着眉头说:"这孩子这么木,就在屋里,喊都听不见,啥时能让人省心? 大的小的都这样。"

她不敢继续在阳台上,走进屋,看着母亲,忽然觉得母亲是光明,瞧,母亲的一番抱怨就像菩萨驱走了小鬼,一片祥和。她怀疑自己的思想有问题。

只管吃和睡,不再乱想。想到自己的白痴,有点向往明天了。

早晨走进单位时,她想起了昨晚的决心。她采取的第一步,容易且必要的一步,就是走进人堆,听别人说笑,自己说笑。他们都聚集在传达室门口,和老刘开玩笑或者彼此开玩笑,听起来是那样友好融洽。慕伏瓦觉得自己听出了冷嘲热讽,瞧瞧被嘲讽者本人却是哈哈大笑,半认真半调侃地自我辩解。她想,多么巧妙,只要她不用黑白对立的眼光去瞅,应该像那个八卦黑白鱼一样,曲折相依,黑中有白,白中有黑。

又陷入泥沼了,思念的泥沼。什么东西一旦在心里说出来就离事实越远了。她望着他们想到黑白鱼,他们就绝不是黑白鱼。他们应该是不知所以的什么东西。这似乎又远离主题了。不要想,这是窍门。她瞪着眼看着他们,觉得有趣就笑,没趣时也似乎在笑。她也想说几句,心里嘀咕了一遍,感觉没有他们说得有趣,就三缄其口。幸好在这儿,她的沉默没有引起别人的注意,没有给她招致敌意。这是在院子里,空间是广阔的,人心似乎也广阔些。她听着他们自由发挥的谈话,从身边小事到国家大事。

赵启明仿佛无意说了一句:"赵会计天天在厂长室里坐着。"

她一听到这句,心里立刻警惕起来,这一句是这场散漫的谈话的题眼。没有人对此做出反应,她知道他们都有所反应。倪至尊望望大家,又斜睨慕伏瓦一眼,她知道他的反应最明显,最沉不住气。

果然小倪开口道:"又有什么好处落她腰包了?"

潘伟说:"你看看,这就随便说一句,你就想这么多。好处,天天想好处,噘!"大家笑,不言语。少顷,有人说起了皮鞋。

慕伏瓦看出了她的收获,走开了。进了办公室,没有径直坐下,左瞅瞅右顾顾,含着期盼的眼神走到西边的办公桌,高丽娜、平落沙、尤梅正在小聚。她大胆地谈起了自己新买的桃红色运动服,渲染了价格的低廉,对于其效果充满信心。她们也都关心了她的新衣服,有节制地关心,只限于款式、颜色和价格,没有恭维这服装与人的和谐。高丽娜，只是飞快地扫了她几眼，零碎地说了几句，仿佛要保重自己的口舌。她们两人都飞快地察觉这一点，也都开始吝啬自己的口舌。她也飞速地感觉到了，不想抓住这感觉不放，她开始谈自己的父母，他们的饮食起居。也许她的话里有着她没有意料到的暗示，她们忽然都谈起了自己的青春期。慕伏瓦发现了自己和她们的相似之处，赶紧指出这一点，以为是讨好她们的方式。她们都用她看不懂的眼神瞅瞅她。她不打算难堪，又语无伦次地说起来了。她期待着她们就此发挥，可她们都点到为止。她看出了其中的拿捏和沉默。

兴趣是会带来利益的。把兴趣放在什么地方，就好像把种子撒在什么地方，那一场场谈话和小动作就是浇水施肥，使种子长出了苗，开花结果。要不屈不挠，相信人性的善。她又喃喃自语起来，开始自我毁谤。这似乎激起了她们的兴致，她们都表现出感兴趣和热情的模样。她是多么愚蠢啊，说着说着就夸张起来，她们都笑。日后，这些自我毁谤的语言就成了她的坐标，他们一次又一次地提起，一遍又一遍地传播。他们未必不知道这语言的不确实，然而这些话既经说出也就脱离了说话者本人，独自生长运动了。

他们没有说错什么或者做错什么，他们只是自然而然地想当然地说着笑着，毫不费力地模拟着，你自己是那令人震惊的第一人啊。只有张长征说了一句公平的话："小慕真有意思，人家都往自己脸上贴金，她倒往自己脸上抹黑——傻。"杨四极说："年轻，到底年轻。""年轻"这个词是对于一切如慕伏瓦者的概括。

慕伏瓦说着说着就意识到自己的不妥，她偏偏要与自己作对，梗着脑袋说下去。直到她们都笑而不吱声，她才停下，望着她们。

她们默默地交换了眼神,她默默地走开了。后来她回忆,我到底说了什么,一个女孩子又有多少值得诽谤的? 她有点后悔,虽然也没人当面说什么。假如她不那么敏感,不那么自尊,不那么苛刻,不那么怎样怎样,也没什么。什么也没有影响她。她的这一因为缺乏考虑的友好行为却给自己带来了一段时间的友谊。她们和她一起去超市,去医院看病人,去周围的矿上联络工作。

■ 第二十章　外面的那个人和里面的那个人

　　夏天到了。有人的穿着早就像在度夏。她的夏天终于到了。吃不下饭，总觉得睡眠不够。沮丧着脸出出进进，看到他在门口站着，心里没半点意思。爱慕之情就像新鲜水果，需要保湿保鲜，要不就会被热力晒蔫。

　　一日，高丽娜、平落沙、尤梅、他，还有她，一起去附近的一个单位联络工作。走出印刷厂的大门，她们讨论是坐车去还是走着去，他远远地站着，不参加讨论。她对于将要做的事一无所知，深知自己说与不说没有区别，任凭她们三个做主，她像一条狗样地跟着，心下希望自己能显出狗的忠心和卑贱。可是，她总是显得那样傲慢，她想讨好别人却又在心里鄙视自己，表现出来的就是对一切的不耐烦，她们的家常话、她们对于服装鞋帽的关注、她们的丈夫和孩子。她想对她们笑，又忍不住地恶狠狠，不等那点虚伪的笑意消失，她的嘴角就耷拉下来了，眼神显得格外凌厉。这样还有谁愿意和她说话呢？她默默地，不讨厌自己的处境，跟随着。对于她们的一切都麻木不仁，她竟然自在起来。

　　她也打着伞，抵挡阳光，看到她们的漂亮的伞，决心自己也买一只小巧漂亮的伞，不是现在这把用了好多年的褪色的落伍的雨伞。她想象着自己穿着白裙子,打着小阳伞,飘飘地走在大街上。

她回头望望他,他一直不远不近地跟着。他戴着墨镜,神情有点酷。她想想就觉得好玩,她知道那副眼镜下面是正常人的眼神和品位,一副墨镜把他变成了大坏蛋。他穿着长裤、T恤衫,一双胳膊在左右划来划去,不紧不慢且逍遥自在的样子。再看看自己前面,高、平、尤也很悠然而从容。他们也觉得热,只要看一看他不时捋一下脸再一甩手,就知道那甩出去的必是汗水,她们都用着微微含香的手帕不时地抹脸和脖子。她们都涨红了脸,在窃窃私语。

慕伏瓦瞧着路边橱窗里五个人的影子,也许她不应该和他离这么远,她和他应该并肩走,像她们一样坦诚交流且各怀鬼胎。她稍微想了一想又觉得高兴,她是形单的,他也是影只的。她注意到了橱窗里的他,他注意到他前面的她了吗?她觉得他没注意,否则不是这么一副坦荡磊落的神情。更不会这般酷。她见识过他的少年般的笑,听过他儿童般的嗓音,更是永远铭记他的羞涩的一瞥。

她不望着橱窗时,能感觉他的存在,望着橱窗时,他就瞬间翻脸而成另外一个人。他是熟悉的也是陌生的。她很轻易地把他分割,亲近那熟悉的而倾慕那陌生的。于是,她就很容易地回头招呼他:"人行道上有树荫,干吗不走人行道?"他正在车行道上穿行。他没有表情,可能没听见她的话。她也许是烦闷透了,想找个人说话,站住望着他,等他走上来。高、平、尤她们回头瞅了瞅,没有发现什么端倪。

他走过来了,与她并排了。她忽而发现他竟是这样高大,她不把脖子完全地仰过去就看不到他的脸,若对着鼻子前方的空气说话,他又根本听不见,因为他似听非听,毫不在意。这已经不是第一次发现他的这种精神状态。你以为他全神贯注时,他正神游四方;你感到他的泰山压顶的气势时,他其实若有若无。她不知该说什么好,不知道什么才能留住他稳定的步伐,他已经往前走了几步不与她并排了。她知道他不是有心,他是无心。他的步幅大,她的步幅小,刚才的并排就像行星与地球的相会,经过了几亿年后的碰巧。她想仔细观察他的后背,又觉得有点亵渎,别过脸望着别处。他能意识到背后的目光吗?

一辆大卡车轰隆隆地驶过,腾起了灰尘,渲染了热气。她无神地呆望着路边的景物。一个一个地经过,凝视,丢开。她觉得自己走了有半个小时,终于来到了这个单位。现在听高、平、尤与对方的对话,才知道自己是来帮别人干活的。对方也仿佛知道高、平、尤的地位,也只与她们交涉。他根本就不进来,在这个单位的大门口站住了。看到他这个姿态,她觉得舒服。为什么他站在大门口她就觉得舒服呢?她听着她们的寒暄,心里希望快点开始干活。一旦开始干活她就不显得这么渺小了。在工作的过程中,她曾经趴着窗户看过他几次,他就像门廊一样纹丝不动。她的目光也绝没有穿透的功能,不能像 X 光一样透过他的铁板一样的后背,照出他胸中的阴影。

他们一连干了四天才把别人的活儿干完。别人,那几个男女就在她们满面灰尘汗流浃背地干活时轻松谈笑,有时招呼她们一声,得到她们的客气的回应,就更加坦然自若地闲聊。他们不会干而花钱请她们来干,他们俨然有理由有兴致,精神百倍地愉快起来。他们一人踞一把椅子,在电风扇的轰轰中,他们的言语像棉花糖一样柔软甜蜜。她疑心这是做给她们看的。他们不能在她们面前展示自己的才干，就展示他们的和睦融洽和善意。这些善意仅限于在冰镇汽水和凉风不断的吹拂中表现出来。她想起她们刚进来时他们的表现。

　　按照门卫的指点，当她们一行四人赫然出现在办公室门口时，这间屋子仿佛受到了震动。那个正趴桌子上打盹的男子抬起头来，睁着蒙眬的眼睛分辨着她们。她看出他大概有三十五六岁。他一定是喝酒了，那眼睛流露出一种迷醉的惺忪。他用看狗熊一样惊愕的目光望着她们，不说话也不起身，吃惊又厌烦，不管是狗熊还是人，都打扰了他的酣梦。另一个角落里，一只简易沙发上，两个女人正在聊天。慕伏瓦想，为什么她所到之处总是看到聊天？这世界似乎充满了聊天。

　　现在，这间屋里的三个主人都看见了她们四人，却没有一位愿行地主之谊起身招呼她们。他们自行其是。两女的继续聊，偶尔翻一眼她们，那男的低头看自己趴的位置，慕伏瓦疑心他一定流了一摊口水。平落沙带头走进去，他们倒似乎愣了一下，仍旧不招呼。平走到那男的跟前，喊了一声"老李"，老李这下子似乎醒了，呆了呆，接着眼里显出一种神采，一种认出熟人的神采，表情立刻活泛起来，接着就飞扬。慕伏瓦看出他是个惯于交际的人，和平落沙一样，能够瞬间焕发光彩。

　　老李起身、握手、欢迎、介绍。大家都笑眯眯地你望望我，我望望你，都显得亲切随和。慕伏瓦忽然心里的蛮劲上来，她扭过脸，不笑也不看着他们，直盯着窗外。那棵树上大概有蝉吧？她的盯视渐渐变成了凝视。她听出他们要进入正题了，回过头来，跟着进入另一间屋，就是现在正在干活的这间屋。他们抱怨自己的无能，对于麻烦她们觉得十分地不好意思，天是这样热，活儿又很紧急，不得不请她们。她们也很谦逊很实在，一明白了要干什么活也就立刻干起来。慕伏瓦觉得他们正在为自己的无能骄傲呢。瞧他们的脸可显出一丝的谦逊？她们四个倒仿佛受到了赏识似的，一丝不苟地干着。等到了下班时间，她们被允许且在感谢声中离开时，四人都头发凌乱，又热又累。出了门都说身上发黏，回去洗个澡，打开空调吃雪糕。高、平、尤望梅止渴似的谈起了雪糕。慕伏瓦望着走在前面不远处的他，想着冰箱里塞满雪糕实在是个好主意。她似乎能够理解高、平、尤们的幸福了。

她们四个干得很卖力，在自己单位也没这样过。慕伏瓦百思不得其解，想想自己为什么卖力，也无非是因为老李们的不停的赞赏。尤梅悄悄告诉她，干一天五十块钱，回到单位别说。她明白原因了。即便是为了钱，劳动着的高、平、尤也是可爱的。每天傍晚疲乏地回到家时，她都想，如果总是这样，也许要美好得多。

最后一天只干了一上午，中午他们请吃饭。慕伏瓦不会喝酒，也被请喝酒，她苦着脸喝了一杯啤酒，立刻觉得头发热，看门框似乎重影。老李又殷勤地给她满倒一杯。平落沙能喝，和老李你来我往地推杯换盏，增添了些热闹劲儿。那两个女的不能喝，能吃，吃得很香，且频频招呼别人下筷子，自告奋勇地给她们揽菜。慕伏瓦疑心重重地瞅了一眼她们的筷子头，刚从她们自己的嘴里拔出，夹了南瓜馅饼放在她的碟子里。高、尤也受到了这样的待遇，她们的碟子里堆满了她们夹来的吃食，高、尤也不热心。慕伏瓦笑，对她们说，自己动手，丰衣足食，而后起身拿了一个花馍，就着面前的菜吃饱了。她很想吃远处的菜，又觉得胳膊伸得太长不够文雅，只好牺牲了,停下筷子看来看去。

尤梅也很文雅地吃着,吃不多,也饱了。高丽娜胃口又大又好,搛菜技术也很高明,她大胆勇敢,时时出击,每每胜利入口。慕伏瓦想,这也是本事,瞧她的胳膊伸得多长!夹得多而稳当,不等菜汁滴下来就进了她早就张开的嘴。她对尤梅说:"高丽娜饿了。"高丽娜听见了,回答:"不是很饿,面前一桌菜,不吃不是太可惜了?"慕伏瓦望望她吃,又望望她们吃,又望望他,发现他面前的酒只有半杯,心里疑惑。她盯盯他,又盯盯他的酒,又低头看看自己的酒。

接着她又百无聊赖地盯着他的侧面,思忖他正在想什么。她望着望着就愣了神,被他的曲折变化的侧面昭示出的含义吸引了。忽然她听见老李向她劝酒,回过神来忙拒绝,老李仍在劝,她为难地看看自己的一杯酒,又看看她们面前的酒,又瞅瞅他的半杯酒。老李笑呵呵的。突然,一幕出现了。

他忽然拿起自己的酒杯,一气喝干,接着拿过她的酒杯,以一种慷慨无畏的气势——这是她事后感觉出来的,把她的杯中酒倒进了自己的杯子。她先是一愣——为什么?老天爷啊,她遇上猝不及防的情况时总是两眼发直。他也似乎一愣,有一瞬间他似乎为自己的行为后悔。她的昏蒙的意识里仿佛闪进一丝光亮——为什么她总爱用"仿佛"这个词呢?这一丝光亮是她不敢直视的,一个刚刚睁开眼睛的人不敢直视灯光一样,那光也是暗淡的、模糊的。她明白了他的意思,有点激动,有点难堪。她竟然也承载了他如此的盛情。她不想表现出自己明白了他的意思,否则会加倍地无以自处。她做出了一个惊人的举动——是真糊涂还是假糊涂?

她后来思忖,她拿过坐在她旁边的尤梅的酒,毫不思索地放在他的眼前,假痴不癫地说:"帮尤梅也喝了吧。"尤梅赶忙抢回自己的杯子,说:"不用,不用,我自己喝。"对于她的举动,似乎所有人都愣了一下,在刚才对他的举动愣过又立刻用笑哈哈掩饰过后,他们假装不注意,又开始了吃喝和劝酒。她也假装不在意,什么都不懂,也一心一意地吃喝和听劝。这一顿饭吃撑了,有些喘不过气。

不知道她们在背后是怎样议论这件事,以她这种头脑是想不出会有怎样的言语的,也就不多在意她们的反应。她自己,后来很长一段时间不敢回忆这顿饭,仿佛她的意识一触及搁在桌子上的酒就不得不看到他的举动。他把她看穿了? 她平日里心中的纠缠他都了如指掌? 她不希望他明白这一点,也不希望自己明白这一点。也许他也对她有好感,一旦表达出来就是如此骇人。她愿他永远在她的梦中,不是像现在这样。他从她身边经过时,她闻到了烟味和一种陌生的味道,这么充沛的现实让她感到惊疑。她不敢直视他,更不敢在黑暗中摸索他。她又该怎样解释他的行为呢? 怎样解释才能使自己空空荡荡、坦然无忌呢? 又怎样才能抹杀呢?

她在自己的小屋里走来走去,担心会出什么事。照照镜子检查自己的嘴脸,一看镜子她就冷静了。他为什么替她喝酒呢? 次日早上,走进单位时,看到他又如往日,雕像般矗立在门口。那公园里的雕塑,风雨和灰尘都不能改变它们的姿态,看到那人形雕塑被冷雨肆虐时,你会不由得心里微动,它也是个人啊。她迅速地瞄了一眼他周围的空气,感觉一切都过去了。很好,她又可以一如既往了。有点失落,有点酸心。假如他还有进一步的举动,假如他不是那样寡言少语,假如他是这样的人,也许他又普通如他人了。

在冬天的田野上她看到一只奔跑的兔子,一只一直跑一直跑、永不停歇的兔子。她看到它的一纵一纵的身影,仿佛要消失在枯黄的天边,却总不消失。

办公室里的电扇轰轰响。三年前就听说它要坏了,现在仍然是要坏了。

变化? 水变成蒸汽又凝固成水,这就是变化了。

她打了一个大大的呵欠,左右看看,奇怪自己的嘴怎么没像电视里表现的那样喷云吐雾。她睁着泪水模糊的眼睛又一次打量起这间办公室,扯拉着自己的躯体,走出这扇门。单位里静悄悄的,好几个房间都空无一人,她不关心他们去了哪儿,觉得炎热也像严寒一样,凝固了什么。她慢腾腾地拖着步,不时没精神地乜斜一下周围,好像在反抗着自己的没精打采。

后院已长满蒿草。她踏进去,草已没膝。她一动不动地站着,没有头绪地想着。感觉大脑像一台空转的机器,转动着,没有产品出来。空气中,草丛中,充满了动静,又瞬间动静全无。院子里有一条隐隐约约的路,草被踩倒了,长得不茂盛,就显出路的影子了。也许是老刘,等别人都下班了,独自在此徘徊。白天从未见谁走进后院,她时时透过后窗眺望后院,知道这一点。每一间办公室都有后窗,却除了她没有一人有心情和时间眺望后院,也有匆匆一瞥的时候,却像看一个色衰的妇女,一瞥即忘,或者还有短暂的不快。曾经有人建议开发后院,收拾收拾然后租出去挣点门面钱,给大家发奖金。现在这一提议也如同长满了蒿草一样无人过问了。

"无为而治",这大概是厂长、书记的治厂战略。这个概念太清楚了,又仿佛不尽其然。像那条路,假如那是一条清晰的小路,她还会凝视它浮想联翩吗？那是一条若有若无，风吹草丛就可以隐没的路。她用空旷的眼神凝视着，看它的脚印如何凝成它的古怪的梦。

老刘忽然出现在院子里，看见她就咯咯笑开了。她觉得不好意思，对于老刘的笑还有一丝恼怒，为什么要笑呢？明天大家就都会笑，老刘绝不会忘记这件有趣的事，更不会为她避讳。老刘也不会造谣，不会渲染，只要他眯着眼睛嘿嘿一笑，再伴之以很有意味的表情，就不言自明了。还能是什么呢？一个少女，落落寡欢，独自徘徊，那就是该"给她找个男人了"。

"肥胖的蝉在树叶里长吟。"她不得不困倦木然地坐着听着。思忖昨天发生了什么，今天发生了什么。一只苍蝇，和另一只苍蝇，不是同一只，却看不出区别。昨天她喝了张长征的喜酒，张开了嘴笑了一番，和别人一起举杯庆祝。今天她吃了潘伟的喜面酒，也是咧着嘴笑，和别人一起举杯，这没有什么不同。昨天她是心情平静地走回了家，今天却是忐忑不安地走回了家。昨天，她和大家一起分手回家，今天却是一人独自回家。昨天她没看见他，今天却目睹了他的酒后姿态。他也是爱笑爱闹，酒后的他要平易近人得多。他不是那棵院子里的树，他是大众的灌木丛之一。

他们互相假笑着而交汇了目光。他似乎无所感，继续喝酒哈哈；她也似乎无所感，继续低头吃菜。她不能有感觉，就像一个打针的人希望屁股那一部分是没有感觉的。她知道假如她追踪那种感觉，又会陷入死胡同。只有依靠某个断层，纵身一跃，才能飞越。她瞅瞅厂长、书记的脸，明白只要自己一看见他们就会出现意识的断层。毫无疑问,出现了。一瞬间感到轻松愉快。她的轻松愉快应该赋予谁呢？就为这点愉快,她一个人走了。一直快到家,才想起没有和众人道别。她的愉快立刻消失,没有看到众人的眼神和表情,就像买了东西又丢失了一样。她发觉自己尽管以孤僻离群自诩,却远远没有那般清高。不管是嬉笑怒骂,或者是冷眼和挤对,只要是来自人群,她都需要。她像鲁滨孙一样,渴望人。

她慢慢地走着,一次次地想停下来回头。他们当然已不在那儿了。她若回头只会看到一桌桌残羹剩菜。她泪眼迷离地站在残羹剩菜的桌旁。几分钟前的热情和喧哗犹在耳际,现在全变了。为什么变得这么快呢？他们都是随意切换的电脑？他们不是血肉之躯,因为笑而发抖,因为吃而哆嗦？他们没有感觉,没有反思,没有像她一样脆弱的质地？她有,她就走了。

她的不安更强烈了。她觉得即使她能够对单位里所有的人示好,她仍然会焦躁不安。像一个想通过喝酒保持镇静的人却更加狂乱一样。为什么今天大不同以往？是看到了他冰冷的眼睛,还是他的含着笑却让人疑心笑容只在表层的脸？他原应该超凡脱俗,或者更老成世故,不用笑抵挡一切。因为她笑得腮帮子发酸,因为她笑得满脸褶皱。她暗自点头,明白了她的苦恼的来源。他和她不是一种人。

她想回到众人中间去。

这条路越走越寂静,穿过黑洞洞的隧道,她就走出了这个小城。厌烦的感觉一阵阵涌来,从热闹中抽身时,总有这种感觉,心底还有一丝渴望,回去。为了转移注意力,她开始关心路两旁的景物,仔细地瞅着,希望用细节充满内心,希望这块陌生的地方能够使她无暇顾及彼。

路的一侧是凤凰山庄,欧洲风格的建筑,或者说是模仿欧洲风格的一栋楼房,很有它的风格,却也使人一眼看出是半路出家。她疑心只有正面像外国风格,背面大概又拖着个中国的屁股。很常见的景象,原因只在于开发商没钱了,不得不匆匆收尾。扭过脸,看路的另一侧,几家饭店,都冠以凤凰的名字,"凤凰城酒家""凤凰烤肉"……与那种急切想敛财的心思形成强烈对比的是饭馆的门前冷落车马稀。鲜明的招牌、红色的巨大的字,孤零零的。慕伏瓦好奇地瞅着,这场面大概维持不了几天就得卷铺盖走人。想到他们大张旗鼓地准备捞一把,又灰溜溜地收场,很有意思。像鳄鱼一样张大了嘴,却只吞噬到一嘴泥。

继续往前走,就逐渐看到了村庄的景象。农民的房屋、庄稼、小杂货店,像凡·高的画一样,歪斜着的线条。房屋似乎单薄欲倒,里面的人却都安然,一个老汉坐在门槛上吸烟,一个妇女抱着孩子站在门口。一股臭味飘过来,她前后左右地察看,没有看到臭味的来源,像所有的农村一样,经过了它,闻到了它,就知道是它了。向深处眺望,在倾斜的房屋和难闻的气味中,隐隐活动着人。

路旁有几枝花,在这儿取景也许很好,只要不唤回味道的记忆。前面有一座桥,她走上去,好奇地张望。北方人很少看到桥,桥应该是小桥流水的桥,故乡的小桥的桥,不是这样钢筋混凝土的桥。她望望桥,桥上嘎嘎行走的车辆,又望望桥下的水。水是静止的,墨绿色的,还有人钓鱼。这样的水中还有鱼?这样的桥还有人用?拖拉机爬上来,大卡车驶过去,它们理所当然地使用着它。一切看起来都是理所当然,只有她,踟蹰路边引来探询地一瞥,只有她，是不理所当然的。

　　走下桥，沿着河岸走起来，睁大眼睛寻找着。她希望看到什么呢？一层薄薄的淡灰色的雾笼罩了她的大脑皮层。她在水泥凳子上坐下，觉得寒凉侵入，很不舒服，坚持坐了一会儿，立起身走开了。不舒服的感觉仿佛敲响了警钟，她意识到这个地方的荒僻，那边路上走来一个人影似乎不怀好意。不远处的桥上是那样嘈杂，那个晃晃荡荡的人影似乎不值得担心。她看了看可能逃跑的路径，只要迅速跑上几步就上了公园另一侧的小路，现在小路上正驶过一辆摩托车，小小的摩托车上挤着四个人。他们不知道自己有多么危险，她也不知道自己的危险，危险就在无知觉中溶化了。那个人影并不可怕，她瞅着他一转身走上了另一条路，忽然产生了打招呼的念头。她站住，凝望他的背影。

　　前面有一老头，在钓鱼。她走过去，一声不响地瞅着鱼竿，迫切希望老头有激烈的动作，一条大鱼跃出水面，她决定就站在这儿看老头钓鱼。

　　凝视着混浊的水面，这儿怎么会有鱼呢？鱼那样轻盈灵动的生物，应该生活在清澈的、伸展着水草的地方，像这样的浑水似乎只会生长蚂蟥，或者孑孓。老头仿佛很有信心，他纹丝不动，专注地盯着水面。慕伏瓦又往跟前凑了凑。老头忽然动了一下，嘴里咕噜了一句什么。她为听不清而着急，疑惑又渴望地望着老头的脸。老头的脸，不仅褶子多，而且那表情，总是生闷气的样子。老头又咕噜了一句，声音似乎大了些。她觉察出他在和她说话，就更加专注地瞅着老头。老头挥了一下手，仿佛要赶开什么。为了不妨碍老头的挥手，她退后几步。老头又如河边的阴影一样沉默了。

她瞧着树的倒影,昏暗了水面,一片树叶落入水中,它们就像灵魂一样抖开了。

望望周围,没有人。又凑近看老头钓鱼。老头挥手,她稍稍离开,片刻,又凑上去。终于,老头大声说话了:"离远点,鱼都不来了。"她听见了,不解地问:"鱼为什么不来?"老头说:"你站那儿,鱼看见你的影子,吓跑了。"

她觉得老头无理取闹,自己根本不可能吓跑鱼,老头只是个脾气坏的老家伙、老混球。她不在乎,不生气,这老头在岸边独自坐了这么久,仿佛成了一个木墩,或者一条老龙虾、老鲤鱼。像单位的老田,仿佛成了一张桌子、一把椅子。她觉得好玩,在两米外的石头上坐下,依旧看老头钓鱼。老头当她不存在,她也当老头不存在。可是,她渐渐感到,老头和她,形成了一个磁场。她看出老头很反感她,已经斜了她好几眼。她想,你嫌烦你提起鱼竿滚蛋,我决不先走,看谁飙过谁?

老头为什么不滚蛋呢?这条河岸长着呢,可以钓鱼的地点多着呢。老头的侧面仿佛越来越郁闷。她不担心老头的爆发,那层老而多皱的面皮已经像皮革一样鲜于表现了。她继续瞅着,感到这个地方的吸引力越来越大,老头似乎正在萎缩。是否应该离开?充满渴望地望望身后,没有动身的心劲。是什么拴住了她?她暗暗叹口长气,忽然站了起来,一阵振奋。一瞬间,老头似乎懈了,他的佝偻的身板似乎不再僵硬,一种轻松而又懈怠的状态,从他的肋骨间、腋窝下、浑身的棘皮中扩散出来。老头看出她想走了。

她的离开解放了这块地盘。她一边走一边回头张望。走出了十几步以后,又回头凝视,老头正站着,提起了鱼竿,一点银色的东西在竿旁跳。她好奇地想,老头现在该是怎样的表情? 从那褶子缝里,小眼里,一定发出攫取的光。只有"攫取"这个词能够般配一个在人世间混了六七十年却仍然事事看不开的人,一个在岸边静坐了半天却仍然心怀疑虑的人。

鱼不会想到,它在这条几乎静止的河里会遇到凶手。不要相信一切安静的东西,就像不要崇拜运动。无论哪种状态都安抚不了人心,这颗永无餍足的心。而且,她不仅渴望他的眼睛,也渴望他的身体。脱下他的衣服,吻遍他的全身,她走在回去的路上,心里忽而冒出这样的念头。接着就仿佛看到他一样飞奔着逃开了。

回去的路上依然只有她一个人,这就使得她显得很突出,路边小店门口坐着的闲人打量她,用农村人的那种赤裸裸的目光。她没有察觉出这种目光,她把那乡下小店和门口的人都等同于房屋、电线杆与路石。对于她的心不在焉,他们自由自在地想瞅她多久就瞅她多久。她有点口渴,向其中的一家小店走去。不能称为店,只是门口放了一张小床,床上放了一些货物,饼干、饮料、面巾纸、香烟,和其他一些小吃食,让人疑心它们都早已过了保质期,可能连生产厂家都没有,不知道这样的东西都卖给谁。在这条人烟稀少的路上,不时有车驶过却不像有一辆会停留。她犹豫着是不是买一瓶,倒不十分渴,只是一种恐慌,担心自己在到家以前会十分地渴,现在这种渴就变得无法忍受地加倍地渴了。

她走过去,店门口的妇女、小孩都盯着她。她走到店门口,那妇女的目光忽然飘忽起来,仿佛没有看见生意上门,她觉得奇怪,如果是城里的小店主,这时的目光绝不会像仙女一样逸开。她大声说道:"有矿泉水吗?"大人小孩都望着她,不回答。她自己动手,从床上挑了一瓶看起来干净的,问价钱。她望着那妇女,现在注意到她有一种居高临下的态度,仿佛自己不是来买东西,是来向她乞求的。她对于这种奇特的怠慢觉得奇怪,猜想是不是自己什么地方得罪了他们。

这些乡下人都有着敏感的神经。他们都是成了精的树,看着像块木头,里面却是血肉。她怀疑,大概自己一出现在这条路上,他们就注意她了,一定也注意到她在河边看老头钓鱼,这老头大概还和他们有亲戚关系。她觉得空无一人时,她的神态却全落进了他们的眼里,他们说不定还评点过了。她对他们来说不是一个陌生人,她因为陌生而自若时,他们已经像用针尖剔螺蛳一样剔透了她。她口渴,他们已经早就发现了。她来买饮料,他们一定早就明白。路边的这几个小店大概都在传播着她,期待着她。她偏偏向着一张床走过去。这就使得其他人变得失望而冷酷。这个床店的店主,这个妇女,就露出若无其事的神情,只有冷淡她、怠慢她才会调和其他人的情绪。

慕伏瓦拿起一瓶"脉动",又一次问了价钱。小孩好奇地看着她,说:"四块钱。"她扔下钱,转身就走,注意到那妇女很快地把钱拿在手中。他们的生意一定很清淡。她边走边喝,心里想,是否应该再买点东西?刚才看到床上有几种饼干,包装很简单,与超市里包装得看不清相比,显得质朴得多。她回头又朝那家店走去。本来悄悄跟踪她的小孩现在突然往回跑,用激动的压抑的声音小声说:"来了,又来了。"跑进店里。

她走过去,那妇女微笑着说:"看看,再买点啥?"她也对她笑着说:"饼干看起来还不错。"妇女立刻说:"俺的饼干都是从徐州进的,都是小康食品厂的,正宗的小康的饼干。"

她拣了两袋,看起来很像自己小时候吃的那种散装的动物饼干,记忆里更加香美,也许真的不错。她掏出十块钱,妇女接过钱并不忙着找,还在劝诱她买点别的,说什么麻辣锅巴好吃得很。她看出那妇女仿佛觉得钱到了她手里就不能再漏出去,找给买主零钱都是吃了亏。

她坚决地说:"就买这些,找钱,快点。"妇女还在犹豫。她厌烦起来,大声说:"就买这些,你快点。"妇女慢慢腾腾掏出零钱,依依不舍地递给她,仿佛随时准备缩回去。她有点愤怒,对不属于你的钱也这样贪心吗?她一把抢过钱,扭头就走,觉得饼干似乎买亏了。

打开饼干袋,掂起一片放进嘴里,尽量显得不那么好吃。一种优雅的品位,出于这样的动机她才张嘴吃东西。她意识到自己若显出本能的需要就会遭到乡下人的蔑视,他们还没有进化到把本能当作道德的地步。慕伏瓦慢慢地走着,慢慢地,小心地吃着,希望这种谨慎的吃的态度和方法能树立一种信任、一种气概。她偷偷地朝后瞟了一眼,发现那个小店里的孩子正站在门口一览无余地望着她。他立刻注意到她在偷看,随即拍着手,跳着叫着进去了。那妇女又伸出半个脑袋张望了一下。有一会儿她以为那半个脑袋是什么货物,待看到它缩进去才迷糊地想到,那是半张人脸。

她走过一家充满期待的货摊,刻意回避摊主的目光。不想买东西。摊主似乎希望她把他的货摊买光,对于她的漠视感到失望,愤愤不平,投给她戾然的眼神。那摊主瓮声瓮气地吆喝起来:"瞧一瞧,看一看,这儿也有饼干,甜饼干、奶油饼干、好吃的饼干唻,瞧一瞧,看一看。"

她听出这则广告是因她而起,针对她一个人。周围,这整条路上就她一个人。连道路也仿佛期待她的脚踩上它的脊梁骨,它一明一暗地发着光,张开水泥般的大嘴,又仿佛蒙上了一层厚皮,迅速合拢。她看出这张嘴和摊主那张嘴的相似性。明白自己若不也买点他的东西,是会受到诅咒的。

她走近货摊,蹲下来,选择了半天,最后买了一个痒痒挠,赶紧离开,生怕自己一时软弱再花钱。就这样,她只想喝水,却买了饼干和痒痒挠。她以为独自散步,却看到了钓鱼老头和小店主。

她又喝了一口这种美其名曰水的东西。水也许或者一定是不纯净的。为什么一切事物都令人生疑呢? 饼干却有着浓郁的麦面的香味,或者是放了麦香味剂。她一口一口地喝着,只要不是剧毒或硫酸,谁也没话说。

■ 第二十一章　一场因果的结束

　　现在她已经走得看不见任何人了，甚至连影子都没有。她趾高气扬地走着，自由自在地望着。一条狗大叫，她不得不注意它，不得不和自己渴望踢它一脚的心理做斗争。难受了一会儿，心想如果自己做了国家领导人，一定要在全国开展轰轰烈烈的灭狗运动，或者将来去了联合国，还要在全世界进行狗类大屠杀。这样发狠地想着，且已经虚拟地踢了好几脚，恶恶的眼神缓和了些，狗也从视线里跑掉了。

　　她又喝了口水，在嘴里搅拌着。不想咽下，还是咽下去了。她应该觉得幸福，又喝了一口，和谁比呢？渴死在沙漠里的人？饿死在非洲的人？又喝了一口，想起鱼缸里的鱼。中国的鱼啊，是愿意生活在鱼缸里，还是被污染的江河湖海里？她又喝了一口。现在已经不觉得渴了，饮料变得难以下咽。最后喝下一口以后，就扔了瓶子，看着它咕噜噜滚下路基，瞬间变成垃圾。她犹豫着是否该咽下这最后一口，似乎已经喝出了甜味剂、防腐剂以及其他除了水以外的怪味道。为什么刚才似乎不觉得呢？为什么当她满足了，她就觉得奇怪，不可口了呢？

　　经过了长长的黑暗的隧道，走进了回城市的路。她一再地回头望,那个充满巨大噪音的像深井一样的地方,确凿无疑地,她刚刚从那里面出来。去哪儿呢? 她自问。声音的冲击力还在体内回响,她有一种被抛高又落下的感觉。没别的原因,只是隧道里的声音太充沛了。总是有车在隧道里穿行,它们发出的声音被无限放大,遇到坚如磐石的阻碍就反射回来,形成更大的回响。声音在这里似乎具有了爆炸的力量。她觉得那些车子会开着开着就散了架,她也会被声音挤进墙缝里,或者碾成一张皮。

她走出隧道骤然安静下来时,还是觉得胸腔里、脑袋里轰隆作响。刚才遥望隧道入口时所产生的世外桃源的感觉那样虚浮。她慢吞吞地,手按着胸口,使劲咽口水,想压下打嗝,觉得自己虚弱得如风中柳。这种自我陶醉仿佛安慰了她,使她觉得好一点。后面传来自行车的铃声,急促尖厉。骑车人对于她胆敢走在前面充满憎恨,仿佛想从她身上骑过去,她朝路边靠,扭头后望,好奇,想知道一张憎恨的脸上如何安排五官。

骑车人迎着她的目光,充满鄙夷地看了看她,随即掉过头。车子经过她旁边时,那人使劲按铃,鼻腔嗤嗤作响。这个路边骑车人的鄙夷不屑,像灰尘扑面的路一样,使她感同身受,但单位里发生的种种,却像水浸不透塑料一样,不能浸染她。

隧道,入口和出口都是光明的白昼。夜晚的降临也使得它放射般地辽阔了。她在自己灵魂的局促和狭窄中摸索,竟然也感到身体的自由和豪迈。她含着笑走进了一条小巷,今天注定要这么走下去了。

这是一条繁忙的小巷。她像影子一样在人群中运动,有时觉得被踩在别人脚下,有时又觉得在他们的头上游走,有时飞檐走壁,有时夸张变形。她凝视着自己的影子,对于它的忠心耿耿感觉轻如鸿毛,她完全不用思想,它就暗暗遵循了。她看出这影子的卑鄙可恶,它附着于她,依赖她,又这样变幻莫测,仿佛是对她的补充。她只顾注意自己的影子没留神脚下,趔趄了一下,头撞在树上。她急忙四顾,各样的眼神在望着她。

早已经有灯亮了,事物依然可辨,灯总意味着天晚了。她准备吃点东西就回去,朝路边小吃摊望去。中午吃得丰盛,现在也不饿,看了几家小吃都不满意。有没有一种新鲜的、有趣的食物呢?不用进饕餮之嘴,只要像外国人喝葡萄酒一样抿着喝,不用麻辣刺激味觉,自有原始的味道。

慕伏瓦这样思忖着时,看到赵会计气度昂扬地走过来。她想避开赵,不和赵打招呼,她还惦记着酒席上向赵会计敬酒,赵只是嘴唇碰碰杯沿。赵的矜持、冷淡和克制,和从前一样,又一次激怒她。也和从前一样,她的心里像岩浆一样奔流,可仍旧漠然呆滞地生息。她不想在街上遇见任何熟人,不管街上有多么拥挤,只要没有熟人就是宽松的,可是遇见了熟人,一种感觉呼地涌出,她又被扔进一种黯然飘零的境地。一根羽毛,在这言语谈笑眼神忽明忽暗的空间中像蜗牛一样,背着房子挪动了,飘移了。

她笑,回应赵的招呼——在她看来却是假惺惺的招呼。她的心里充满了愤懑,以至于说不出合适的话,只是不停地笑,还弯了弯腰。赵气概不凡地过去了。望着赵的背影,她希望赵的后背突然裂开,钻出一条蛇,或者蜥蜴,或者什么,大快人心。赵的出现,仿佛给一个正在吃饭的人看头顶的疮、脚底的脓,难以下咽。她使劲咽下口水,即使把赵红烧了吃,她也没胃口。她注意到赵的头发是暗黄色,奇怪以前怎么没注意到?那么,又多了一条罪状,一个年过半百的女人,染了一头黄发。她肆无忌惮地仇恨起赵来,为自己的这种心理大开绿灯。

"你爱着的时候却是在恨,你恨着的时候却是在爱。"那么她爱他吗?恨他吗?音箱里传出的情歌又唤出了这个问题。想非想,念非念,像那龙嘴大铜壶里的茶汤,七八种佐料搅在一起,不必追究哪一种味道是来源于哪一种佐料。

星期天早上六点多钟就回家了。也许因为久不回家,回去的路上竟然也脚步匆匆。过去的时间仿佛把家庭的不快也带走了,留下的只是温暖隽永的感觉。想到这一点时,她的眼前不可避免地浮现出父母的脸,仿佛希望了许多又终于失望。她进了家,发觉妹妹也在家,感到一种意料之外的惊喜。她走进厨房和母亲打了招呼,母亲无言地看了她一眼,仿佛要把一种黏滞如泥沙的沉重传递给她。她察觉出,不在意,她已经习惯在这个家而感到这样的情绪,想到她随时可以走开,就更加不介意了。她欢声笑语地靠近妹妹,妹妹忧郁地坐在客厅沙发上,并没有对她的光临有所反应。她觉出家里有了什么事。她的愉快仿佛掺了泥沙,也忽然变得沉甸甸了。她张口结舌起来,瞪大了眼,嗫嚅着。不知道为什么心里汩汩的话语像流进了沙漠一样消失了。"沙漠",她又一次想到这个词。

没来由的愉快,这是不正常的。她无视家里的气氛,深自以为已经与他们融合,却放松愉快起来。只是现在的愉快已经与刚才的愉快有了不同的品质。刚才是自私,现在则是热情。她的热情啊,像因纽特人屋里的火炉,是在冰冻的房间里形成的。没人接她的话,父亲在看报纸,母亲和妹妹只是偶尔艰涩地吐出几个字。只有她,像一个运动型狂人一样在屋里走来走去,言语斑驳。

她在厨房门口站片刻,又走到客厅门口站片刻,大声说出激动的心里冒出的话,不管有没有应答。父亲也终于看出她的异样,放下报纸,招招手,让她过去。她在父亲的藤椅旁坐下。父亲凝视着她。她看出这眼神渴望欢愉和成功,自己没有什么能够飨它。

她的激动只是又一次来到这个家,因为思念而变得遥远的家,突然呈现在面前。她实在没有什么实质性的东西来抵御这种目光的锐不可当的希望。她立刻觉得空乏,在椅子里瘫下来。父亲以为她饿了,告诉她有蛋糕,她摇摇头。父亲又说冰箱里有酸梅汤,是母亲料到她今天回来特地做的,冰镇的,她也摇摇头。其实她嘴里已经涌出酸梅的味道,如果有人递给她一杯,她一定会满意地喝下去。父亲提出建议时,她却摇头。从父亲嘴里发出的一切,似乎都需要用摇头作答,仿佛这说话者本人也在摇头。

她不明白自己为什么要拒绝父亲的一切提议,使他终于闭上嘴巴,又拿起了报纸。看出父亲不再关注她,她觉得轻松。现在这屋里的四个人都默然,她的心跳着,神经绷紧了。这个家给她的感觉太多了,她已经听而不闻视而不见。她已经知道发生了什么,前面的种种徒劳是妄想自己改变什么。父亲又一次放下报纸,注视着她,说出来时,她不惊奇,倒是父亲惊奇于她的无动于衷,她实在是惊奇得过分了。

早已冒出了一个念头,听父亲说出妹妹生病时,她仍然吃惊大于沉思。其实她一走进家就看出妹妹病恹恹的神态,出于一种自大的心理,以为自己会扇动一股风,使一切看起来像在四月的阳光下奔跑。无足轻重的,徒劳无功的。人们没有用欢笑来迎接她,而用愁郁来迎接她,这是多么体贴和深刻。她是女儿和姐姐,她得到了该得到的,不应该为没有得到的不满。她看到父亲瞄了她一眼,霎时明白自己应该关心别人,不是介意自己被关注了多少。

她询问妹妹的病情,妹妹苦着脸说:"就是胸闷,总是闷,去了医院也没查出什么。"她问:"这种状况什么时候开始的?"妹妹说:"有半年了,刚开始就是感冒,感冒好了之后就觉胸闷,以为感冒没好彻底,也没当回事,后来越来越闷,闷得慌,难受。"慕伏瓦瞧着妹妹无精打采的模样,忽然觉得自己也胸闷起来。她又问:"医生怀疑是什么病呢?"妹妹说:"开始时说是心肌炎,按心肌炎治,没觉得好。后来又说是肺不好,按肺病治,也不觉得好。现在妈妈怀疑我是心脏病,要带我去南京看。"

她听着妹妹的话,觉得事情有些严重,起身去厨房问母亲。母亲悄悄告诉她自己的疑虑,比妹妹说得更让她揪心,她有些不信,母亲却振振有词。多么奇怪的母亲啊!非常忧虑又有些激昂,仿佛女儿有了困难而终于显出她这个母亲的价值。她听出,母亲考虑了许多,也翻阅了许多医学书,尤其是那本《医学百科全书》——几年前她一时兴起买的。据后来多次翻阅的经验,她发现,普通人不要去看医学书,那里面的名词术语实在吓人,人们看了之后又往往会不由自主地往自己身上套。生了病就去看医生,不是自己翻书,她得出这样的结论,并且想把这结论说与母亲听。母亲不等她开口又说出更可怕的怀疑。她认定这都是胡思乱想,妹妹绝不可能患上这样的病。她忽然大声笑着,使劲摇头,说不可能。母亲急忙摆手,让她克制,说妹妹自己还稀里糊涂,以为只是个感冒,千万不能把这话说与她听。慕伏瓦问母亲现在该怎么办,母亲说准备明天就去南京看病。她觉得心里缓释了点,仿佛去了南京一切就迎刃而解。妹妹这么年轻,有什么不会好呢?她有点后悔买了那本《百科全书》,它放在书柜里简直是吓唬人,父亲母亲还常常引用它。

下午,她自告奋勇去买火车票,像擎着圣旨一样底气十足,想到自己会有益于妹妹就觉得好。她根本不认为妹妹的病会怎么样,妹妹迟早又会变成一个活泼开朗的人,这场沉闷一定会成为以后的笑谈。买了票回到家,一推开门她就嗅出了一种气息,家里来了生人,且是一个不同寻常的人。母亲依然在厨房里,没有陪客,父亲刚好端着一杯茶从门厅走过,看他的表情也很奇怪。她站住,听了听,客厅里静悄悄,仿佛有人。她走过去,伸头朝里面瞧,妹妹的男朋友来了。那个被排斥的人现在正坐在沙发上,看到她就站起来。她客气地请他坐下,问茶问水果。她不想让他觉得太冷清,就端了茶,还用小茶碟装了几片饼干,放在他面前。似乎在告诫他,我们家,吃饼干都是用小碟子的,不是那种撕开包装大口嚼食。她恍惚觉得自己用这种方式是在给他一种压力。让他滚蛋吗,还是让他被这里的空气压扁?

他满眼血丝,神情委顿。她的殷勤举止仿佛使他难过,不是伤心,是难以度过。她走开了,让他们单独待在了客厅。她在门厅里做着琐事,支起耳朵听客厅里的动静。发觉母亲也在留心听着,虽然在不停地忙活,厨房里不时传来磕碰声,母亲听得更真切。

客厅里其实没什么动静,只能听到阳台的风穿过敞开的房间发出的呜呜声,闷闷的轻微的呜呜声。两人没有对话,甚至没有在沙发里挪动过身子,没有听到客厅的沙发发出吱吱声。这一对昔日的情侣,像两个冻僵的人一样,了无声息。她想,自己怎么会用"昔日"这个词?她走到母亲跟前,耳语般地说出了自己的看法,以为会给母亲安慰。母亲也破天荒地对她点点头,说:"小玉生了病,他肯定会离开她,也许坏事变好事呢。"她赶紧说:"妹妹的病肯定能好,肯定不是肺炎就是心肌炎,吊吊水就会好的,能治好的病绝不是病。你不要逮着医学书看得疑神疑鬼。"母亲似乎很愿意赞同她的话,尽管满腹的疑问。

这时从客厅里传来含混的话语,两人又竖起了耳朵。说话的人仿佛不愿意说话,一个勉强地提起话头,另一个也极不情愿地接过,敷衍。慕伏瓦疑心他们连张嘴都费了很大的劲。听不清说了什么,好像是关于服装厂的事。她明白,他们实在是无话可说了。一对曾经亲密的情人在对方的苦痛之中却谈起了这些不相关的事。他们在回避,在疏远。后来听母亲说,他没有问过一句她妹妹的病。他坐了不到一个小时,离开了,或者说,逃掉了。没人送他,他自己开了门走了,临出门时还似乎笑着望了这个家一眼。对于假想中的热情做出回应?

从此以后慕伏瓦没有再见过这个男人,曾经有一次在公交车上偶遇,他殷勤地称呼她姐,她冷淡地点点头,仿佛母亲在旁边看着,她若不同仇敌忾就是对不起母亲和妹妹。她当时就是这样冷淡,自己都觉得不好意思。他的错误在哪儿呢?只一分钟的光景,他就下车了。她松了一口气,希望再也不要看见他,也的确没有再见过，就连这一次也像没有一样模糊，几乎不能贴合"遇见"这一词所应表达的意思。那么，从此不曾见过，所具有的遥远和渺茫更符合这种关系所具有的意味。毫无关系，毫不相干，比路人还陌生了。

她有时会想起他，从不在妹妹面前提起，以为这是妹妹的敏感点，后来发现妹妹很不以为意。有私奔，有情书，有装在小盒子里的彼此的相片，有无数个游玩闲逛的黄昏。她有些轻看那些言情小说，以为凡涉及爱情总不免浅薄。那男孩只是没有把浪漫进行到底。假如他对待妹妹的病和可怜的工资，持一种浪漫的忠诚和同情，父母一定会接纳他了。他只是和别人一样，妄想不同，才有开始时的钟情、结束时的寡义。他的爱情也像所有人的一样，草草了之。

母亲怀着坚定不移的信念，以充沛的精力投入到妹妹的治病中去。妹妹自己很沮丧，父亲总是不以为然，甚至不愿原谅妹妹过去的行径而想放弃，慕伏瓦自己需要天天上班，且是个糊涂虫，三个人都帮不了母亲，倒仿佛母亲自己有病。所幸的是，慕伏瓦虽然也像别人一样袖手旁观，然而她相信母亲，尊敬母亲，对母亲言听计从，认为母亲说出的每一个字都是正确的、不容反驳的真理。母亲因为孤独和辛苦向她诉说时，她十分地理解、赞同，钦佩的心情溢于言表。她没想到这会给母亲多少鼓励和安慰，倒是她自己得到了许多鼓励和安慰。妹妹的病仿佛给这个家庭染上了一层油彩，使它在四个成员的心里都发出光来。慕伏瓦认定光源在母亲的胸中。

大家互相不再沉默，慢慢地交流淡淡的情怀，只有当事人才能感到其中的浓情蜜意。父亲给妹妹买了一双手套。妹妹多次提起这件事,许多年后还提起。母亲满头大汗地扛着两箱子医用盐水回到家里,妹妹已经吊了半年的水了,去制药厂批发盐水要便宜得多。看到母亲走进屋,放下箱子就算价钱,看看省了多少,无知的她竟然还说:"这么省钱干吗?又能省几个钱?"母亲立刻告诉她,能省几百块。在昏暗的过道里,母亲气喘吁吁地说出钱数,眼睛大睁着,表情焦灼又兴奋,仿佛省了钱就不怕生病了,老天爷也会因为她的能干勤俭而放她一马。慕伏瓦听见她祈祷似的咕噜着,老天爷啊,我这半年瘦了七八斤,快点让我闺女好了吧。慕伏瓦坚决地说:"慕映玉肯定会好的,放心吧,我有这种预感。"母亲不敢肯定地、胆怯地望着她,仿佛怕她收回自己的话。她立刻说:"妈妈,我是个傻瓜,可我一向直觉正确,相信我。"母亲转过头去,似乎不认同她是傻瓜。

妹妹在客厅里突然欢欣地叫道:"妈,我看着钟呢,我已经有半小时没有觉得胸闷了。"母亲笑了,走进厨房,又侧过头瞥了她一眼。她想,母亲,只愿意自己责备自己的孩子,别人,哪怕是孩子自己,都不被允许责备她的孩子。

慕伏瓦忽视母亲的想法,忽视母亲的一切,就像忽视四季,她知道无论怎样忽视,母亲都会像果树到了秋天就会结果一样,生出果实供她的女儿。慕伏瓦毫不在乎地走出了门,屋里有一个强大的女神,妹妹过几天就会好了。

她到了单位里,嘴既不能发声,感觉也完全丧失。曾几何时,她还像暴露的牙龈一样,空气都会使她疼痛。现在,倒仿佛刀砍斧劈都不会留下痕迹。这两种状态导致的后果是一样的,那就是,她从他们旁边走过,没有注意到什么,也没有听见什么。

张长征无意中说起该去赵启明家看看,她也无所用心地问:"干吗去?"这使得张哈哈大笑起来。看到她一脸的不解,张忍住笑,说:"赵启明的母亲去世了,别人都去过了,你还不知道?"她又茫然地问:"别人都去干什么?"张说:"去吊唁。"她问:"怎么没人通知? 上次潘伟父亲去世,不是一个个地通知,一个个地收份子的吗?"张不说话,看了她半晌,忽然问:"你不想去?"她连忙摇头:"不是不想去,只是不知赵家住哪儿。"张笑,滑稽地瞅了她一会儿,把地址告诉了她,且说:"去一趟,送了钱就完了,不用再坐着车颠簸到殡仪馆了。"这个说法打动了她,她疑心这样做是占了极大的便宜,也就欣然了。张瞅着她的神情又咯咯地笑了。她有些不快地想到公鸡打鸣的声音。

老田像往日一样,坐在材料室他的藤椅里,看到她进来就揉揉眼,仿佛想把她看清楚些。她走进去,四下打量,没有发现什么异常,谈起赵启明的母亲。没想到她的一句话引起老田的长吁短叹,老田似乎从别人的逝去中预知了自己的命运,有种兔死狐悲之感,且采取了一种反义的表达方式,就是抱怨自己为什么还活着。慕伏瓦不会鉴貌辨色,听话听音,反而更加奇怪地问道:"老田,你才多大你就想死?"老田呵哧呵哧地笑起来,掉了几颗牙,嘴巴漏风,笑得不纯粹。老田很高兴地反问:"小慕,你说我多大?"她故意地说:"四五十岁吧。"老田坐在藤椅里,笑得喘不过气。她想,要是别人看到这一幕,该以为是一老一少俩弱智。

老田笑了很长时间,慕伏瓦开始还赔着笑,后来觉得脸上的肉要发抖了,就不再笑,专注地望着他,仿佛很欣赏他的笑容。老田笑完了,告诉她,自己已经六十五了,马上就退休了。她现在六十五这个数字看来似乎没有那么惊讶了,没有因为别人的去世增加可怕感。她想,对于上了年纪的人,年龄有点像在冰上行走,不知啥时脚底下就陷进去了。也许不会掉下去呢,老人这样想,以为会无限期的。慕伏瓦向老田建议一起去赵启明的父母家。老田说他血压又高了,头晕。她说:"你的礼钱总得送到。"老田嘴里呜噜呜噜的,不知啥意思。她为听不清着急,接着忽然明白,这是老田的惯用伎俩,说不清且让别人听不清,正是他的目的。她不明白这里面有什么玄机,不就是死了一个人去送一份钱吗?她有点沮丧,被老田的讳莫如深弄得没有兴致。赵的父母家是应该去的,她只好一个人去了。

按照听说的地址,慕伏瓦走上了一条完全陌生的路。她久住这个小城,却对它的一切仿佛外地人初次来到。她好奇仔细地瞅着,心里一遍遍地重复着路径。按照说法,她现在应该能看到花圈了,为什么没看到呢?她走错了?没有岔路,她不会走错,也许只是居民楼的位置弄错了,看起来已经到了这栋楼的围墙,她犹犹豫豫地走近时,却发现那看似围墙的地方又冒出一栋楼。这一片的建筑有些杂乱,有种曲径通幽、豁然开朗的感觉。如果不是她急着找人,看逝者的缘故,大概会觉出点诗意。

在楼的阴影下有一条小径,小径的旁边长着茂盛的蔷薇花。她踩上小径,顺着走,拐个弯,来到一片空地上,阒无人迹,只有花圈在微风中抖动。她看到花圈很高兴,无缘无故地觉得松了一口气。刚才还认为找错了地方。为了确认,她读了花圈上的挽联,看到了赵启明母亲的名字。一个奇特的名字:林可人。以前听说过,赵的外公外婆只有一女,视若明珠,取名可人,意为可爱的人。这个名字太特殊了,似乎不应该在那些白色的纸条上隐现。这纸花,这薄纸,应该更适合什么梅,什么萍、玉珍、玉秀之类。林可人,似乎应该在真实的花丛中露出她的典雅端庄的笑脸。

它就在风中零落。刚才还觉得微风拂面,现在已然感到冷风叱咤。一颗明珠也像别人一样老去,消失。林可人这样的姓名也不能使她免俗。慕伏瓦站在花圈前,把所有的挽联都读了一遍,长了见识,她还想细细琢磨那些纸花的结构模样。

有人从楼里走出,招呼她。她连忙循声进去,不再需要指引,杂沓的脚步声,嗡嗡的什么声,就表明了赵父家的位置。门大敞着,有人出来进去。她一进去就受到了招呼。所有人都把目光转向她。她的放在口袋里的手暗暗捏紧了,是现在就交钱还是过会儿没人注意了再交?赵启明夫妇要给她磕头,她不知所措。总不能交了钱就跑吧?这时平落沙从里屋出来,用力拉住赵夫妇,阻止他们磕头,她霎时明白,这是可以免去的,也赶紧说着"不要、不要",扶起赵夫妇。她听见赵对着林可人的遗像喃喃道:"妈,我们单位的同事慕映红来看你了。"她陡然觉得自己坚固起来,自己是同事慕映红,不是一个影子,或者,丫头片子,那种最薄脆的片子。自己时时从张长征的眼神中看到这丫头片子,却从赵启明的言语中感到一种沉思和凝重。她不由得感激起来,对着林可人的遗像深深鞠躬,又模仿着别人烧了一卷纸,退下,站在一边,望着别人。

有人一进门就大哭,还有一个妇女大声叫。赵家人都跪在地上,披着白布,戴着白帽子,布丝儿在脸前微动,他们以头抢地时,它们就大动。这些人看着像一群叫花子。她不敢继续想,怕冒犯什么,看一眼遗像,它也似乎不高兴地沉默着。应该安静地表达哀思,不是大哭大叫,且简直是号叫,她特别仔细地观察了,那个号叫着的妇女并没有眼泪。

她看出有一个房间里似乎在收礼,有人拿着钱进去又出来了。她想起这件要事,又捏紧了钱走了进去。迅速地瞄了一眼收礼簿,看到别人的钱数,有二百的,有一百的,心里疑惑自己该交多少,收礼人翻过去一页,她看到尤梅的名字,赶紧看钱数,尤梅交了二百,就舒了口气,稳妥地照数交出了钱。收礼人写下她的名字,她很希望写的是慕伏瓦,不是慕映红。把慕伏瓦这个名字与死亡联系在一起似乎可以让它获得一种超脱和永生,一种不平凡的含义,一种可以解释一切的含义。收礼人听了平落沙的话,端端正正地写下"慕映红"三个字,她恍惚觉得写的不是自己。

交了钱后觉得自己的任务完成了,就有了想走的意思,但不知该怎么告辞,在门厅里站着,和大家一样,互相看看,又看看遗像,看看遗属。发现有人还咧着嘴笑,仿佛和她一样觉得新鲜有趣。她忽然觉得仪式是多么重要,不管真假,它表达的是庄重和哀悼。幸而没人介意这一点,只有她闲适而注意到这一点。她想,她也可算是那种自私狂妄的种族一分子,她刚才不是还觉得他们像叫花子,对满屋的烟雾缭绕感到烦闷吗?她自己尚不能感觉到别人的哀痛,就不要苛求别人也凄凄如逝者之亲。那哭泣者的眼泪,也让人不适。她思忖着,仍然像别人一样,对遗属说着"节哀顺变""多保重""不要太伤心"之类的话走出去。走出了大门,看到楼道里的大红"喜"字,知道这个楼洞还有人娶亲。

在林荫道上慢慢走着。

一阵响亮的自行车铃声过去。她好奇,回头望。一个男子载着一女子,在混乱的车行道上穿过重重迷障,扬长而去。她感觉到,他的笔直端正的身影,和同样笔直的行车路线,仿佛用粉笔在黑板上画了一条直线,它穿越无限,以它的独特的沉静和流畅从人群中、车流中驶过。月亮在云朵里穿行,箭矢在热空气中穿行,带着微凉的圆滑和锐利。她站住,瞅着这自行车上的一对远去。

他是发觉了她在看他吗?她觉得他的车子似乎抖了一下,过去了。她向远处眺望,看不了多远,眼光又移回来,又看见他安然驶过,远去。渐渐地,所有的都模糊了,只有安的画面清晰起来,她似乎看见了他的眼睛和嘴巴,那种忽闪又突然收紧的眼神,那种放任又突然抑制的双唇。纯洁与美都从对自己的审判中泄漏出来。她相信,刚才那一瞬间,他和她心灵交流了。这一瞬间,仿佛一种凝结的精油,会持久地聚散。她不允许自己这样,她不能对一个陌生的男子——他是陌生的男子吗?她不能对他念念不忘。她要茫然、忽视,以对抗看门老刘的一句话。

她正在传达室倒水,老刘忽然踅踅地靠近,从牙缝里冒出一句话:"慕映红,给你介绍个对象吧。"

她觉得奇怪,故作大方地问:"谁啊?当然好喽!"

老刘仿佛受到了鼓励,又凑近了,笑了一会儿,半晌说道:"他说你是个文静的女孩。"

她不解,问道:"谁这样说啊?"

老刘觑觑周围,有点鬼祟地,声音仿佛从嗓子眼里挤出来,小声地细切地说:"安说的。"

她"哦"了一声，不介意。那又怎样？他的女朋友是很漂亮的，这一点她已经在心中确认过无数次了。漂亮是公主的堡垒，她是那堡垒外面田野里拾荒的女孩。

现在，望着消失了的大街，她想起这句话。忽然明白，这也许是他的授意。她忽然慌乱起来，紧接着又自嘲。她不是刚刚才目睹的那一对像风一样驶过的伴侣吗？他们的身心与大街是和谐的，她是时时被排斥在外的。她明白他的意思，这点明白却像微风拂过云在水中的倒影，如梦似幻。

老刘和潘伟在说他的坏话，她注意地听着，觉得有意思。这些话无损她对他的好感，她兴趣盎然地听着，心想有朝一日要说给他听，伴随着畅怀的大笑。

黎明的天空，从深灰到浅灰，灰是主调。

吃了一份卤肉烧饼，又想起了自己的出租屋，那间小而广阔的房间。她从没有站在北墙的门边凝视南墙的窗户，或者站在小几旁凝视另一侧的床。她的目光总是不待游移就落了下来，像挨了枪弹的鸟从空中坠落。她的耷拉的眼皮仿佛要牵引着目光，在水泥地上砸出个坑。她呼吸急促，处处碰壁。卤肉烧饼很好吃，这种喷香的感觉应该继续下去。唯一的去处就是那个电脑培训班了。念头一转到培训班，她的眼前立刻浮现出李由的青春洋溢、笑容怒放的脸。

她用舌头搅拌着牙齿，要是这样的脸只对着一人绽开，那会有意思得多。她囊囊地走上楼梯，推开电脑室的门，以为李由的脸立刻会呈现出来。却没有，教室里很安静，李由和那几个不安分的家伙没来。她有点失望，又瞬即意识到这种情绪不应该，很危险。她说服自己，没那么危险，我只是需要和人说说话，我已经一星期没和人说过话了，有一个月了也说不定。看到一张不陌生的面孔时，她都不会发声了。一个小女孩招呼她坐下，她嗓子里狺狺的，想说什么。小女孩又立刻转过脸招呼别人了。她这才明白自己并不特殊，口腔里也安静了，开始好奇地望着小女孩，不明白她的善意从何而来。

她坐进椅子里，开始认真地打字。五笔字型已经练了许多遍，电脑上开始出现许多十分生僻且笔画繁杂的字，让人望而生畏。她满腹疑虑地拆解着，犹豫不决地敲击键盘，奇怪，竟然没出错，看起来那样复杂，却有着非常简单的拆解方法，她有点得意地笑，觉得自己的练习前进了一大步。这些怪字生字像一个个高人，征服它们是很有快感的。她不停地对付着这一类字，觉得今天晚上来这儿很正确，她已经找到乐趣了。

她看看四周，希望他们全在聊天或闲玩，希望他们造出嗡嗡的噪声，这样她的清凉独行就显得倍加好玩。她自己沉默且冷清，但愿别人言语不休，如冬日的围炉闲话，如穿着皮袄吃西瓜，冷与热交融才能显出彼此的高洁。她不禁望了望门，暗暗期待有人推门而入，带来一股洪流。可只有几个文雅沉静的女孩子悄悄进来，十分有教养地轻轻掩上门。她有些失望，重又埋下头开始拆字。

那个刚才招呼她的小女孩现在正忙着和别人窃窃私语，或者在椅子里挪移。她疑心小女孩也在期盼着什么，比如希望也有人和她私话，这会使自己安心愉快的。小女孩仿佛听见了她的心声，忽然探过身子瞅她的电脑屏幕，夸张地低声叫道："啊，你练习到最高级了,这么难的字你也会拆? 我也拆拆试试。"

慕伏瓦老实地说:"其实很简单,你一拆就知道了。"

另一个女孩说:"越难的越容易,越容易的越难。"她的话激起一片笑声。

有人说,这儿还出哲学家了。

女孩争辩道:"笔画越简单的越难拆,那些笔画多的字,不认识倒一拆就中。"

有人哧笑着说,说具体点就好懂了,你刚才像说绕口令。大家又哧哧笑。

女孩自己也笑,说:"我明白了,哲学家就是说话只说几个字,留出空让别人费解。"

又有人笑语,文学家是放屁不打草稿,哲学家是放屁也用筛子过着。他的话引起一片反对,有人捂住鼻子,用手扇,还有人冒出一句,把这放屁的家伙撵出去。众人笑。培训班里顿时有了热闹的空气。

慕伏瓦侧耳听着,这些中学生模样的学员正在谈论培训班的老师,谁和谁看黄色录像,谁和谁睡过觉了……她又惊诧了,互相"关心"到这种地步? 这个看似单纯的小集体就像面前的电脑,黑匣子里内容可多了。她又羡慕又佩服,佩服他们有这样的头脑和观察力,还有这样的胸怀,盛得下 DOS 命令,又盛得下嘤嘤嗡嗡。她索性丢开电脑,左右打量起来。

听出,看出,来这个培训班的都非等闲之辈。有人根本没交培训费就来这儿混,学一天是一天,混不下去就走;有人不在学校上自习,溜出来到这儿自习;有人就是来谈恋爱的。坐她旁边的小女孩十分精明地向她指出这一点。她留心看看,确实有几对处得熟络。小女孩告诉她,谁和谁被父母反对,谁谁脚踏两只船,谁追求谁,谁谁的风流韵事。她不由得问道,你还没有男朋友吧?小女孩瞅了她一眼,仿佛在谴责她的脱口而出的话,掉过头去和别人嘀咕起来。她意识到自己刺激了别人,本来可以听到更多的消息,结果被自己堵死了。她决定找机会一定要恭维小女孩一番,感谢她透露信息,顺便为自己的言语做个弥补。

她扫视了一遍教室,眨巴眨巴眼,又扫视了一遍,心里叹了口气,继续打字。暗想,她也许更适合住在南极,南极现在也有了人,她就住到火星上去吧。还好,她尚无冻馁之忧,也许这就是原因。如果衣食不保,她会幸福得多吗?这又是幻想了,站着说话不腰疼,饱汉不知饿汉饥。如果挨饿,一个馒头就会带来幸福,如果不饿,幸福的代价就大了。幸福有价格吗?会因为价格的高低增减吗?她干吗想到这个问题?她自以为能够思考而不沦于庸俗?这不正是她总是受冷落的原因吗?她以为自己在思考,其实只是在搅拌水泥和黄沙造出雷同的墙壁,别人一眼就看出这一点。她无人理睬。什么时候她才能不思不考、不想不念,只做她的肠胃规定的事?她的肠胃才是真理。吃东西吧,眼神应该反映卤肉烧饼的样子。

她用驱除得空无一物的眼睛看着小女孩说:"我觉得卤肉烧饼最好吃。"那女孩有点纳闷,看看她。

她执着地说:"我准备明天早上吃三份卤肉烧饼。"

那女孩笑了:"三份就是六个烧饼,你能吃下六个烧饼?"

她笑着说:"还要喝一碗汤。"周围的人都笑了。她长出了口气,明白这下子算对得起这个女孩了。

第二天上午,她又去了培训班,培训班离单位很近,只要五分钟的路。她坐在办公室里时,心里惦记着五笔字型,在键盘上敲出一个个字很有成就感,在办公室里做着自己分内的活时却有一种不正大光明的味道。大家全跟着高丽娜溜号了。买菜、逛街、上股市、陪领导聊天,有谁还老老实实地做自己的工作,就显得傻了。慕伏瓦也煞有介事地走出了单位。

她在培训班里坐下,对于今天的座位很满意,位于拐角,没有人进出或闪动,不引人注目。她可以自由自在地旁观和旁听。最重要的是,她只要直起腰就可以从窗户往外看,看到高楼下的情景,汽车都像玩具,人都像国际象棋里的棋子。她这样看了一会儿,忽然想到这儿的窗户开得太大太低,有点危险,如果有人想从窗户跳出去的话。奇怪,站在高楼的窗边时,总疑心会跳下去,站在门旁时,总有用脚踹门的冲动。她一眼一眼地望着窗外,这样想着。她很想问问旁边的小女孩是否也有同感。

旁边的小女孩正在叙述自己的早餐,是她母亲准备的,神情里流露出得意,似乎只有她有母亲。慕伏瓦想,小女孩是应该得意的,她清楚地认识到这种得意。自己在吃母亲的早餐时却从没想过别的,只是觉得好吃或不好吃,对于母亲黎明即起,在厨房忙碌一早晨端到她面前的饭菜从不存感激之情。旁边的这个小女孩一定是十分聪明且懂事的,她现在表达的是得意和炫耀。人人都应该为母亲的爱感到得意和炫耀,不是反感和抗拒。

她望了一眼窗外,低头打了几个字,拿起课本研究起来。看课本要比看电脑麻烦得多,课本上描述了一大段,在电脑上只需敲几下。可还是要看课本,一个人在暗中摸索,物体的凹凸不平总有指示作用。课本里,那些烦冗的叙述总会不期然地呈现出一种意义。她把课本摆在腿上,眼睛往上一扫就看到屏幕,往下一扫就看到课本,这是最轻松的办法了。大约十点钟的时候,她正在犯困,电脑和课本都不那么动人了,她盼望着出点事。

忽然听到轰的一阵,接着万籁俱寂。她倦怠地回头望去,一下子睁大了眼睛。几个陌生人正在拔他们的网络。她瞅瞅自己的屏幕,一下子黑了。学员们都惊呆了,都不吭声,看着陌生人拔下电线,抱走几台电脑。老师也皱着眉头望着,并不制止,似乎知道个中情由。慕伏瓦想到,这几个陌生人是有来头的。果然,他们刚一离开,学员们就叽叽喳喳起来。大家都很兴奋,瞧,有人用这种不平凡的方式阻碍了他们的"电脑学习"。陌生人的举动只有十分钟,对他们的举动的评价却持续了好几天。慕伏瓦毫不费劲地就听出了原委。

这个培训班的老板,学员们这样称呼他,慕伏瓦第一天来报到时还恭敬地称他老师。这老板干的是买空卖空的勾当,有学员这样形容,他口袋里没有一分钱,却借口推销,向南京的一家公司拿了三十台电脑,电脑却卖不出去,就办起了培训班,想通过培训班挣钱抵电脑的钱。可是,挣的钱他又全落自己腰包,并不给南京,南京就来人,做了这样一出事:拔了他的网线,抱走电脑。培训班的老师也没拿到工资,也不同情他,对于南京人的举动也不反感。大家都不反感。只有老板出去躲了起来。慕伏瓦明白了原来以前听到的小道消息都是真的。

没人管,没人收钱,知道这个地方的人都来这儿自由地玩电脑。大家玩着学着扯着。出现了一些年轻的陌生面孔,根本不碰电脑,一心只想找人聊天。慕伏瓦翻翻课本,算算自己基本上都会了,就离开了这个培训班。后来听说李由也开了个培训班,慕伏瓦去看过,疑心是李由把电脑搬到自己的班上,换个地方干同样的事。李由的班也沦落为聊天室和谈情说爱的地方。

■ 第二十二章　还做傻瓜

　　下了一场大暴雨，道旁树的枝条都被打断了，零落地挂着，像截了肢。街上有滔滔洪流经过，有人涉水而过，水及大腿。印刷厂的位置稍高一些，就可以观看街上的情景，做着各种猜测。有人说是街上的下水道都堵住了，会有这么大的水；有人说是从山上下来的水，水势这么大；有人猜测再往南，房屋又要进水了。大家都站在门口议论纷纷，并不忧虑发愁，似乎觉得挺高兴。慕伏瓦想，他们都是成年人，自然不觉得畏惧，这种情况对于小孩子就十分危险了。她这样想着就说出了自己的忧虑。众人听了不言语。张长征又嘲笑着说："咦，你还能想到别人？"另一人说："没事，这样大的水只是过路，一会儿就下去了。"

　　她专心地瞅着大街，约莫过了半小时，水流开始变慢，不到二十分钟，就成了一股浅流，只到脚脖子了。她如释重负，觉得解决了一个大问题。张长征瞅着她，说："和你有什么关系？"她刚一嗫嚅着说："我担心——"张就哈哈大笑，说："安得广厦千万间，大庇天下寒士俱欢颜！"众人笑。她有些恼，觉得自己无论做什么说什么，在张的眼里都像个笑话。张又笑问："生气了？"众人又笑。

　　这场暴雨还导致了一种紧密团结的气氛。平时的懒散和互相猜疑,在自然界的威力面前,就像街上的泥一样在水里溶化了。高丽娜不再显得傲慢,不时地接男士们的话茬,看到潘伟没有伞还把自己的伞给了潘伟,潘伟一个劲地拒绝,说这点小雨淋着正舒服。高丽娜说自己的办公桌里还有一把伞,力劝潘伟拿着伞。男士们都没有伞,只有厂长在办公室里搁了一把伞,女士们全都有伞,就有女士提出与顺路的男士共撑一把伞回家。爱开玩笑的人又找着了话题,说起笑话来。倪至尊称不敢与柯叶同用一把伞,怕柯叶老公吃醋。柯叶称,他从来不吃醋,倒是你老婆回家会不会揍你,你考虑清楚。众人笑说,小倪,你倒是要小心点。

慕伏瓦不喜欢这样的玩笑,也随着众人笑,暗想,咧开的嘴巴似乎不容易合拢。大家猜测水全流到地势低的地方,大概柳郢县又要发水了,又要抗洪救灾捐款了。对于捐款的去向又引出话。张长征说,前年发洪水,他老家,柳郢南面的一个村子,每家每户就分得十三块蜂窝煤和三包方便面,据说还是城里来的捐款。大家都发表意见,说捐款经过一级一级,到谁手里谁就扣一层,最后到了农民手里,就只剩下几块蜂窝煤和三包方便面了。有人冷嘲:"还好,还剩下点,倒没有啥都不剩。就算它啥也不剩,你也只能干看着。"柯叶说:"要是捐款都能到确实需要的人手里,我也愿意捐,可是,实际上都被中途截流了。"众人都同意。有人说:"不是咱觉悟低,不愿意捐,只是不愿捐给贪官污吏。"潘伟说:"捐什么捐?把那些领导的小轿车卖几辆就够灾区人民消费的了。"大家又哄然同意。

慕伏瓦瞧着雨完全停了,刚才飘着的雨丝现在都像明油一样覆盖着树叶。一发现雨停了,大家就都散了。只有她还在院门口徘徊,被刚才的言语感动着。大家都有一颗心,只是久居老屋蒙满灰尘,结满蛛网。厂长和书记早已不耐烦听他们的怪话而离开。最后,他也离开了。她没有看他,知道他也会像他们那样直到看不见。

老刘凑过来,说:"雨停了,都走了。"她望望老刘,不大懂的样子。她的心,一瞬间,已经飞了。空气是那样凉爽。她这才突然意识到,她的孤独和她的骄傲,都薄如蝉翼,一点轻微的凡俗就像手指头一样把它捅破了。她其实是在小心地保护着这种脆弱,她的一切都借这种脆弱而存在,没有了这种脆弱,她的种种自诩的暗地里张扬的思想,就没有理由出现了。

有比她的苍白的充满气泡的几乎空无一物的思想更沉更重的东西,在这个暴雨过后的傍晚,在这个善意乍现的傍晚。她抬起头来,向山顶望去。一个沉默的人凝望那云雾缭绕的山顶。

老刘忽然咻地一笑,说:"明天还有雨。"她转过头:"你怎么知道?"老刘仍然笑着。她不懂老刘的笑意,感觉是在讪笑自己。自己有什么可笑之处呢? 想了一下,突然明白了,就说:"你听过天气预报了。"老刘说:"不是。"她惊奇地问:"那你怎么知道?"意识到自己问话的幼稚。她不应该用疑问获取情报,她应该用赞同和理解获取信息。

老刘说:"只要山顶被云雾盖着,就一定还有雨。"她说:"这是你多次观察的结果,还是听谁说的?"老刘说:"我看过多次,就是这样。"她佩服地说:"老刘,你在哪儿都是个人物。"老刘用鼻子咻了一声,仿佛是在嗤笑自己。她说:"我说的是事实,你只是个看门人,可是你知道的、了解的东西比这个单位里谁都多。"老刘微微笑着,不再言语。

两人都眺望山顶。"神女应无恙,当惊世界殊。"神女峰的迷雾,像神女峰吗?一点儿也不像,倒像一个和尚,在长久的静寂中睁开他的睡眼,覆盖着他的秃顶和眼皮的云雾就缕缕散开,他向大地、向这个小城投去倦怠的沉默的心知肚明的目光。他想再次陷入沉睡时,云雾会再次聚散。那斑驳的不生一根草的山顶。她摇摇头,驱除思想,驱除围拢食盆的鸡、鸭、鹅。

老刘又笑了,一种洞若观火的笑。她望着他,疑心他并不明白。他却是明白的,又一次地笑了。她有点烦恼。老刘也看出了她的不快,不再笑,问道:"都下班了,你不走?"她问:"都走了,你一个人不急吗?"老刘说他不急,吃过饭就出去溜达,累了就回来睡觉。"你不是很悠闲吗?"老刘又笑而不语,片刻,说起了公园的看门人、别的单位的看门人。她笑说:"你和看门人都认识了,社交挺广的。"老刘说:"你要办什么事尽管找我,这一条街上的看大门的我都熟。"她笑,想到,这位农村来的刘大爷和自己,简直像类人猿与恐龙一样不同,有趣的是,他们生活在同一个时代、同一个空间。她忽然兴致勃勃地对老刘说,公园的看门人大概比所有的看门人都得意,他拥有一个大花园。老刘似乎不理解这是什么得意的理由,然而明白"得意"一词,于是说起公园的看门人老况忙着找对象的事。

老况死了老婆,老刘给他介绍柳郢县南坪村的一个寡妇。他说:"那个寡妇一眼就看中了老况,来了好多回,哪一回来都不空手,上星期还给老况织了一身毛衣毛裤。老况,这糊涂虫还在犹豫。我说他:'你还考虑啥?有个做伴的,又疼你,你还想啥?你还想找个十八的?'"慕伏瓦笑:"这个老况真可笑。"老刘进一步解释:"老况是怕那寡妇的几个儿子,老况在城里干了多年,手里攒了几个钱,怕那几个儿子把他的钱弄走了。"慕伏瓦恍然大悟,顿时理解了老况。老刘很不以为然:"钱攥在自己手里,任谁也别想弄走,关键是自己不能面皮囊。和寡妇结了婚别回南坪,还住这儿。老况老想钱,想得啥都迷糊了。"老刘咕咕着,过于简单的表达,省略了许多他自以为浅显的道理,倒使她听不懂了。慕伏瓦听着听着就出了神,又转过头凝视山顶。忽然迈步走开。仿佛看到老刘在背后又笑了。

她走过一个十字路口,经过一个小卖部,想起李由,不知出于什么考虑给他打了一个电话。李由听出是她,忽然变得惊慌起来,她能想象出现在他旁边一定有一个漂亮女孩。李由仿佛怕她纠缠,匆匆忙忙地说着,不待说完,又怕她开口,哆里哆嗦地挂断了电话。她仿佛看到那张年轻的俊脸上有着做贼被抓住一样的惶急表情,忽然觉得一切都变得不堪入目。

路过一家包子店,韭菜鸡蛋包子冒着热气,苍蝇飞舞,买了六个。包子上的苍蝇似乎比厕所里的苍蝇要干净些。包子很好吃,她不能老想着苍蝇。想也没有用,她总不能让想象生出翅膀,像蜻蜓一样捕捉它们吧?那个满头大汗正在捏褶的人,刚才对着包子咳嗽了两声。"挥挥手,不带走一片云彩。"越走越远,她仿佛体验到了包子的美味。它彻底战胜了那些乌七八糟的思想,获得出水芙蓉般清纯的效果。慕伏瓦吃完了六个包子,感到了饱足的滋味。下一步是什么?

回到小屋,往床上一躺,拿过《红楼梦》。忽然觉得自己的幸福无边无际,能淹没"人"的无边际,她又并没有被淹没。她扔掉书,望着天花板,琢磨起来。其实用"琢磨"一词并不合适,她只是感到了一种若隐若现的东西,她的有限的脑力抓不住它,她的近视的眼睛看不清它,任凭它飘啊飘。不能像抓住包子一样抓住它,也不能像控制钱包一样控制它。它像午后的蝉鸣,不知道在哪片绿荫。她想着想着,睡着了。早晨起来后她觉得鼻塞,昨晚一夜没盖被。

她忍了几天,觉得越发地严重了。两个鼻孔像两个实心疙瘩,一点儿气不透,她使劲地擤鼻涕,把鼻子都揉烂了,阻塞的感觉纹丝不动,她张开嘴呼吸就觉得口干舌苦。想到自己必须去医院开点药。一场重感冒简直使她成了畸形人,她张开嘴却说不出话,执意开口时,就发出了呜咽声,眼睛泪汪汪。

无论多么孤傲,她还是决定去看医生了。

她走进医院的挂号大厅,望着眼前的一切觉得莫名其妙。有人在闹事。大厅里停放着尸体,还有一堆堆只冒烟不燃烧的黄纸,农村人模样的人戴着孝,随地坐着。慕伏瓦走近一个窗口想挂号,立刻有抗议者在她脚边烧起黄纸,她不得不走开。别的人也被熏得躲开。她左右徘徊,看到墙上贴着大白纸,一定是病人家属的冤情书。一个老太婆用凶恶的眼神盯着她,她看出那老太婆一定是他们一伙的,立刻假装一无所知的茫然模样,无所谓地走开了。老太婆盯着她的后背,诅咒着。这是他们对抗不如意不公平常用的手段。她有点儿不同情他们了,他们总想用仇恨和耍赖解决问题,想不出法律手段。

去小药店买点药吃算了。看到几个人围拢了大白纸念念有词,有人还大声读出来,其中一句话引起了她的关注。她靠近细瞧,才知道事情原委:一个中年壮男鼻子流血不止,到医院来看,上午来的,下午五点钟的时候就死了。病人家属认为医院救治不力导致病人身亡,医院要负责任,要赔二十万才罢休。一个妇女哭哭啼啼地说:"俺男人就是鼻子淌血,到了这儿,不知怎么就死了,这医院丧良心没天理,整死了俺一个大活人。"慕伏瓦,一贯地如同糊了糨糊的嘴巴,这会儿突然脱口而出:"大概是急性白血病。"那妇女大声哭诉:"啥病也不能往鼻子里塞个棉球就不问了,啥病也不该死,俺一个大活人。"一个旁观者说:"要真是这病,谁也没办法。"一个老头微微笑着转身走开。

慕伏瓦听见他对别人说:"就是想闹俩钱花花,什么病她心里清楚得很。医院这下子被讹上了——也该讹,什么救死扶伤,早没有了,都钻钱眼里去了,小病说成大病,有用没用的药给你开一大堆,医生好拿回扣。你要是真的有个什么病,他又没本事看了。这哪是医院? 都是杀人犯。"老头愤愤不平。旁边一个人跟着他走出大门,说:"生小病扛着,生大病等死,医院能干什么? 看看感冒治治拉肚子。"老头嗾嗾笑,刚想联系政治,那知音扬长而去。不独老头,慕伏瓦也感到了几分冷落。

她站在门外的阳光里,望望烟雾缭绕的挂号大厅,大厅里的人都默默无言,或站或蹲,有的忍受着呛人的烟气缓缓移动着。那具搁在正中间的尸体也仿佛有同感似的端卧着。他活着不被重视,死了成了筹码。他如果明白了这一点,会坐起来抗议吗? 如果他坐起来,又会怎样? 慕伏瓦越想越觉好玩。那剜人的眼神又要投过来了。她若无其事地走开,觉得感冒似乎轻了一些。

她不时地闭闭眼睛,又睁开望着这个岿然不动的世界,疑心在眼睛的离合之间,世界已经天翻地覆。她又回单位坐了一会儿,依然感到密集和空茫,瞅着人们,依然有从浓睡中醒来看电视的感觉。电视只在思绪的边缘徘徊,浓雾一样的感觉阻挡了一切生动的表现。她用散漫的目光,因为小病而凝聚的目光,看看周围,没有看见他。已经有几个世纪没有遭遇他了,他在哪儿,在干什么?她想睡了,决定睡了,为什么不把思想和行动统一呢?她要试试,是否会云雨交融,或者原子核裂变?她拖着沉重的身体,霍地从椅子里站起来。椅子仿佛有吸引力,她晃了晃,站稳了,看看四周。依然像第一次打量一样,感到它们的淡漠和疏远。

路过排版室时,看到平落沙正在挠头皮,她望了平一眼,平立刻敏感地觉察,忽地收敛表情,正经起来。平一定在看《故事会》或者《妇女》杂志,也许还要吃几个卤蛋,喝一盒牛奶。这是她的享受。昨天她一口气吃了八个油酥烧饼,还想吃第九个,被李明辉阻止了。吃实在是抚慰一切创伤、安慰一切心灵的良药。平落沙自有她异于常人的地方,这就是她常常与众人不同的原因。看到平落沙的鄙视的目光与自己的泪眼相遇时,她又获得了一个经验:不要掩饰,大胆地暴露吧!平落沙仿佛理解似的,仿佛认输似的,垂下眼皮。她意识到,自己的泪眼,自己的苦恼,是胜利的旗帜。她也有点理解平落沙的伤心事。

一场重感冒的影响,始料未及。躺在床上,即将睡去时,忽然想到了喷香的烤肉,接着看见了他的女朋友。那天他的女友来技术室玩时,她碰巧在场,且心情惊人地愉快。他的女友也是个真诚的人。只说了几句话,她就喜欢上了他的女友,暗暗地,一厢情愿地,把她看作自己在他身边的代表。他对女友说话时的温柔的语气,看她时的温和的眼神,假如她代表自己,这温柔和温和就也和自己有关。她这样想着,他的柔和的面孔在小屋里荡漾。过了一会儿,她忍不住疑惑,其实,也许这柔和正是对她而发,坐在他旁边的,不仅是他的女友,还有她呢。焉知当他对一个人说话时,心里想的不是另一个人?

她在床上辗转反侧,越想越觉得是这么回事。她那时是怎样回答的呢?她一清楚地回忆起来脸就不由得烦躁起来。她那时在犯傻,在驴唇不对马嘴,在说胡话。她没有听懂就贸然开口,说着什么小提琴大提琴,仿佛自己很高雅,他们也有些莫名其妙。一个人用力拉扯毛衣的线头,另一个人用力按下浮起的葫芦。她和他们不是一个主题。她理解了别人与自己对话的艰难,也理解了他的沉默不语。

她采纳了别人的建议,不停地喝水,天一黑就睡觉。夜里两三点钟时醒了,就爬起来在屋里走来走去,待到重新感到倦意就赶紧躺下,睡到早晨,在一种清新的感觉中醒来。现在她的脑子里空空如也,仿佛被感冒药吸干了脑汁,她很单纯地喝水、吃药、睡觉,煞有介事。倦怠和鼻塞仿佛剥夺了大脑的无聊的活动,她获得了一种前所未有的体验,就是,思想不是来自于大脑的活动,是来自于皮肤的感觉。感觉是唤醒一切的原因。遍布全身的皮肤就仿佛向周围伸出了千万个触角,获得的触感简直要使人震撼麻木了。

她无力分析自己的众多的触感,只有席卷而来的睡意能够解决这令人烦恼的问题。她竟然趴在桌子上睡着了。醒来时万分难受,仿佛将要燃烧的。她朝后窗外望去,后院无人,看看前窗,前院也没人,人仿佛都消失了,连声音都没有。她奇怪人都去了哪儿,走到门口望望,只有树的影子仿佛能回答她。她在走廊溜了一圈,有人在凝视空气,有人在喝水,一口一口地喝,仿佛那是一种补品。照例有人在捣鬼,她看到了那种微微一笑的神情,只可意会不可言传的笑容。这就是它如此静寂的原因。

她习惯性地向材料室走去,这里面深藏的略微的轻视是她自己还没有发觉的,或者自己和老田有共同语言,都是总在瞌睡的,用蒙眬的眼睛观看朦胧的景象,重又感到蒙眬的睡意。

老田的顾忌和躲避也不能使她有所察觉,这个打着呼噜流着口水的脑袋。她走进老田的屋,老田一看到她就忽然站起来说有事,走了出去。她看见老田的嘴动了一下,没听清说什么,也不追问,如履平地一般,无知觉地跨入。独自在材料室坐了一会儿,不见老田回来,奇怪他能去哪儿。慢慢走出来,心里就有了一点疑问。后来听说老田去遛街了,潘伟还笑话他,这老头子是去服装店看营业员了。老田笑嘻嘻地直摆手。她去看朱兰和柯叶,两人正在密语,看到她似乎有点尴尬。这使她疑心刚才正在密语自己,站了片刻,离开了。在深夜她突然惊醒时,想到了这些,一种绞心断肠的忧伤弥漫开来。她的肺堵塞了,早晨的空气又使她遗忘了。偶然的一次,她明白了缘由。

一天,她出其不意地出现在厂长室里。不知怎么,自己忽然走进了厂长室,听见书记说了一句来不及收口的话:"这个人有些阴。"她微笑着,不认为和自己有关,也不认为自己打搅了谁,她微笑着,走近厂长、书记的办公桌,停下,期待他们问话而自己回答。他们不说话,书记开始低着头翻弄电话簿,厂长咳嗽了一声,不自在地在藤椅里扭动了一下身体。她望着桌子上玻璃板下压着的照片,大声地说道:"咦,某某年轻时这么漂亮!"书记笑笑,厂长又扭动了一下。

她站着,瞅瞅这个,瞅瞅那个,自说自话。后来听到外面传来喧哗,知道是买菜的回来了,去股市的也回来了,三个人都仿佛松了绑,她不再喋喋不休,厂长、书记走了出去。也是过了很久,一天夜里她突然明白"这个人有点阴"是什么意思,"这个人"是谁? 那些面孔上的视若无物的微微一笑是怎么回事? 她也听懂了那天尤梅说的一句话:"大家不烦我,大家都烦她。"她猛一听到这话时还以为是男的"他"呢。可笑,还有点可怜。所幸的是,她总在事情过去后很久才明白。

星期五上午开会学习。大家都聚集在厂长室里,或坐或站,听厂长念报纸。她站着,老是感到头皮紧得难受,低着头,不敢抬头。她希望大家忽视她的存在而娓娓交谈,又觉得自己像一只脚长在头上,引人注目。感冒引起的身体的不适使她回归了现实,现在她处于一种病态,产生了病态的敏锐和感知。

她看出,大家都三三两两地散布在厂长室里,可以看出谁和谁比较要好。女士们都有伙伴,男士们个个独立,她,被不动声色地、显而易见地隔离了。她觉得头皮越发地缩紧了,想摆脱这种感觉,用心听厂长的言语。那些写在报纸上的话与她是多么无关,然而,她必须无选择地接受。她也不注意听什么单位改制的文件,或者党的十三大精神。不会有什么改变,她会有饭吃,有张桌子趴着,永久不变地度过她的时间。大家听完报告,对改革议论纷纷时,她才意识到许多现实问题。

有人问："工资会不会减少？优化组合怎么搞法？真的要裁人吗？分流吗？那裁下来的、分流出的人往哪儿安排?"厂长挠着头皮，说："现在只是有这么一个文件精神，具体怎么搞法还不知道。"大家都有点担心。慕伏瓦也忽然觉得自己的凳子坐不住了，有一种危险忽然迫近，如果优化组合，也许不会有一个人愿意和自己组合，自己——极有可能成为被优化的对象，饭碗端不稳了。一着急，就突然大声问道："会优化我吗?"觉得自己浑身都僵硬了。

同事们都笑了，有的大笑，有的抿嘴而笑。书记笑着看看众人，不言语。厂长也笑着抓抓头发，也不言语。她更加着急了，呜咽地说："那我不是要挨饿了?"她抽抽鼻子，掏出面巾纸擤了一把鼻涕。厂长思考了一下，说："不会说优化谁就优化谁，这是要经过认真考虑慎重处理的。"书记略低低头，又抬起头望着厂长，望望大家，说："优化谁？说说而已，最后谁也不能动。共产党的政策是大家都有饭吃，我们到底是社会主义嘛。"她信赖又忧虑的目光迎着书记的目光，感觉书记已经原谅了她，就笑了。这一刻，仿佛照着镜子，看到了自己天真无邪的坦然的脸。书记也仿佛有所触动，含笑扫了她一眼。

朱兰笑语："你是大学生，怎么会优化你?"高丽娜语："你认认真真干工作，怎么会?"她听着"认真干工作"一词，觉得勉强，她是认真的，可并没有多少工作要干。高丽娜仿佛在说着官话，没有多少安慰的效果。张长征笑着说："说不定就把你给优化掉了，咋办?"她说："咋办？我到你家吃去!"众人笑。她忽然想到自己是否言语造次，忽地脸热起来。又有人小声地笑。

潘伟大声说："照我说，把老田优化下去就行了，反正老田快退了,这样指标也完成了。"柯叶问:"优化还有指标吗?"厂长说:"都是机关单位搞优化组合,咱这单位还得另当别论,看看再说。"大家对于指标问题议论起来,忽然有了一种人人自危的感觉。书记拍拍桌子说:"大家好好干工作,不要说三道四,心情浮躁,啥时候都少不了干活的人。"慕伏瓦心想,这话说了等于没说。不过想到自己似乎无性命之虞,就稍微安心了。

安一直在沙发上坐着,这时抬起头望了她一眼,她也望去,安的睫毛又垂下了。她疑心他不敢望她,可也许自己又在自恋了,他凭什么不敢望她?他只是不屑于望她罢了。她注意到安的眉毛和睫毛都特别的浓黑,又多望了几眼,他似乎觉察了,脸上显出淡淡的笑意。她忽然觉得自己莫名其妙,刚刚还在忧虑饭碗,现在却在调情。

她烦自己,为什么不能沿着直线走路呢?为什么总像在密林中跋涉,用砍刀为自己开路呢?

总有鸟儿从树丛中陡然飞出,消失在空中。

关于优化组合的问题在单位里议论了好一段时间,连尤梅也颇有点忧虑地对她说,让大家自由组合,没人组合的就优化。她奇怪地问道:"你也担心优化组合?"尤梅又仿佛被人戳着什么了似的,含糊不清地咕噜了几句,照例不想让人听清。慕伏瓦烦躁地想,你不想说就别说,不用这样含混,加倍地令人讨厌。她的心理活动又似乎从眼睛里泄露出来,尤梅觉察了,走开了。她有些后悔地望着尤梅的背影,感激尤梅和自己说话,又对于她的说半句留半句不能忍受。

尤梅的声音天生细小,又喜欢搪塞别人,自以为最好的办法就是说了而不使别人听见。慕伏瓦渐渐发现,尤梅只是对她和其他人这样,在与高丽娜、厂长、书记谈话时,她也能够说得清晰生动、丰富明确。大部分人似乎很理解她的吞吐和犹疑,认为她胆小谨慎、循规蹈矩。慕伏瓦看出,这是一种说了话而不需负责任的圆滑。(已经有人看出这技巧并且学习这技巧了,比如,老田。)这圆滑实在是信念太少,效果甚微。每次和尤梅的一番交谈过后,她总觉说不出话了。也实在不能称为交谈,没有交也没有谈,只是一个人在吃吃咽咽地发声,一个人在瞪眼。

她从尤梅那儿感到的失败的经验让她在别人面前也不知该如何开口了。有一段时间,单位里、世界上,就似乎只有一个尤梅了。坐在母亲的饭桌旁时,也是满脑子的尤梅。

妹妹的身体基本上好了,正在发奋学习,准备参加自学考试。家里看起来明朗一些,父母有时想起她的历史还有些难过。慕伏瓦也常常回家了,因为家里有一个可怜的独自用功的妹妹。每次她回家,妹妹总格外欢迎,她则为自己不能带来更多的欢乐而惭愧。妹妹喜欢吃,她就批发糕点糖果带回家。好几次告诉妹妹,学习累了就吃零食,和父母交谈几句,就能换一下心境。妹妹欣然接受。现在,她望着尤梅小小的后背时,又产生了自欺的冲动,她和尤梅说起了自己的妹妹,作为交换,尤梅和她说起了自己的弟弟。她高兴地发现了她们的共同点。尤梅又用含义不分明的眼神瞅了她一眼,她就又有了被蝎子蜇了的感觉,堵得慌,叹了口气,立刻意识到这也是语言,也会表达,也会泄露,连气也不敢叹了。她悄悄地走出去,院子里静悄悄,这安静也像空无一物,塞满空间和视觉。

倪至尊从外面回来了,似乎很高兴,她想,股票又涨了。平落沙和李明辉掂着新衣服进来了,她想,又买到便宜货了。朱兰和柯叶勾肩搭背,交头接耳地进来了。她想,又有新闻了。街上商店里的音响非常高亢,全是情歌,她想,只有听见的人都不动情,它的声音才能这样震耳欲聋。假如有人被感动,他就一定会陷入泥泞。

水和空气似乎都成了铁皮,沉重而坚硬。

■ 第二十三章 夜游

明天是周末,她要去爬山。这是刚刚想起来的度过周末的办法。办法似乎有效,她觉出一点愉快。准备在山上过一天,要带些面包和水,还要邀请妹妹同去。她对妹妹说时,妹妹立刻嘲笑她的想当野人的想法,对于仅带面包和水也不满意,要带一大包好吃的。不幸的是,父亲给妹妹安排了考试,让她周末在家做五套自测题。慕伏瓦走在崎岖的山道上时,想着妹妹正关在小屋里做题,心里涌出感慨。这些散漫的感慨尚未成型就被山风吹散了。

爬山的人很多,她开始时还能左顾右盼,饶有兴趣地观察别人,没过多久就觉出自己的虚弱了,腿没劲,心脏没劲,大口地喘气也供不应求。看到岔路上有平整些的石块就赶紧过去坐下。待到五分钟的休息过后觉舒服了,又有了继续登攀的信心。又爬,又休息,终于也爬上了山顶。

她和许多人一样,把山顶当作目标。到了山顶,以为可以满肚欢欣,松快地懈怠一下。山顶是一片平地,竖着一块大石碑,上书"将军亭",三个大红字。她驻足良久,对于这个小山包能和将军扯上联系觉得好奇。她自己也觉得小山包的不平凡了。绕着石碑走了几圈,又望望别人的神情,那些平常困乏的面孔。她找了个远离众人的地方坐下，望着他们，心想有谁配得上壮怀激烈？有谁配得上抛头颅洒热血？这些吃得饱饱的人又有谁配得上比吃饱更高的目标？

山风吹着，视野开阔了。不看近处只看远处，景物还不错。她安静地坐着，窃喜自己找了个这样的好地方，坐上一天也没问题。听见背后有人吐痰，很逼真很形象。她立刻头也不回地走开了，沿着山脊走向另一座山。

这些山真是可人。山坡上树木丛生，山脊却都是平坦的大青石。石缝间生出淡紫色的小花和瓦松。从这座山峰走到那座山峰只要沿着别人走出的小路下去或上去就行了，比爬山轻松得多，且风景无限。一边是小城，一边是起伏的山包，在慕伏瓦这样没有见识的人眼里，简直像是茫茫苍苍，群山巍巍。她望着，感叹着，偷眼看别人是否也像她一样感动。有闲人像她一样，有忙人只为着走道。走过了两个山顶，她停下回头望。有散步者慢慢摇曳，有轻捷者迅速走过，只有她的伫立，仿佛野山枣树，吱嘎作响。她想到了他，仿佛他就在旁边，两人共度这怡然自得。当然，自己的头发不要散乱，脸也不要涨得通红，眼神更要宁静，否则会吓着他。她望望远处，似乎要看见他了。

安坐在一块大石头上，慢慢地朝她转过脸，仿佛在等她，她靠近时，他就望着她笑。她，很好，那样自然，那样优雅——不敢把美丽贴上自己的脸，但自然和优雅不那么具体，且因人而异，她很愿意地很自得地贴上了。她迎着他走过去。第一句话是什么？要寒暄吗？要客气吗？她的画面全是默片时代。她必须说话，不能让他觉得乏味。她忽然开口了：这片景色真美！

他是完全懂且明白的。她又暗自笑。她的眼前飘动着被加热的空气,她清楚地看见了扭曲的树丛。她该对他说什么呢?怎样才能既风趣又有品位?她又急又快地说起来,什么饮马池,什么观音洞。饮马池就是个水泥砌的小池子,里面一汪水,水上浮动着落叶,应该用参差的石头砌一个池子,这才够味,水泥砌了,又撒几片树叶上去,不像……观音洞,就是一个山洞,为什么叫作观音洞?很奇怪,大概也类似于全国各地都卖的狗不理包子,并不是天津独有,和狗不理没关系,观音洞也和观音没关系。她不敢停下来,又谈到免费的饮用水,石膏做的模型,都是胖娃娃、大鲤鱼,缺乏现代色彩,现代色彩也不是指高鼻凹眼的外国人,现代色彩——现代色彩是什么?反正她不喜欢那些石膏模型,真是一堆泥——不如泥,泥不会拘泥,那些石膏,凡是看过的都被泥住了,以为石膏模型只能这样——很庸俗。她不知还应该说什么,就用了这三个字来结尾,刚说完就感到了自己的俗不可耐和愚不可及。

这样和他对话时,她已经匆匆地走过了一个山头。他总是默默地笑吟吟地望着她,专注地听着。她有些胆大起来,知道无论说什么都不会被反对被轻视,她就胆大起来,开始倾筐倒箱子地说起来。她向他汇报自己的家庭,自己的母亲、妹妹和父亲,没有谈出租屋里的生活。她不能让他想到自己与任何破烂肮脏有联系,虽然,她想得最多的就是破烂与肮脏。她低着头走,对着他滔滔不绝,说的话都很风趣。她把理想的自己嵌入了现实的环境,自己变得那样生动。这让她得意起来,简直以为是真的自己了。他必会欣赏必会赞叹。他们携手而行,衣袂飘飘。不羞愧不胆怯,仿佛他们已经相知了一个世纪。他的每一个细微的表情、每一个微小的动作,都像流星划过夜空,那样神秘诱人。她呆呆地凝视着,忘了说话。他和她之间出现了一个短暂的空白。他立刻用他的动听的童声补足,他说的什么?

她凝视着大地,看见了他;凝视着远山,也看见了他;她寻找小小的灌木果实,他似乎就在她身边微笑。他无处不在,充满了宇宙。她一个人从一个山头走向另一个山头时,他像风一样从空旷中吹过。她以为他终于离开了,一回头,他就在旁边。她想紧紧抓住他的手,在那只清秀的手上咬一口。她捏紧了手指,咬牙切齿。仿佛他会从她的齿间溜走。一声响亮的招呼忽然吓了她一跳,睁大眼望去,一老太正在意气风发地招呼一老头。

两个穿着运动服运动鞋的老人相遇了,瞬间就谈起了养生与保健,互相赞叹对方的好气色,比比画画地做起了体操动作。他们很高兴,很乐观。安仿佛离开了,像一声爆竹,烟消云散。他被老太的高亢嗓门驱逐了,她的话也似乎说到了尽头。她的惺忪睡眼无法表达不尽的言语,可怕的尴尬的寂静降临了。她曾经以为,寂静也是他们的语言,现在看来,他和她也未能免俗,寂静对别人有多难耐,对他们也有多难耐。他们在办公室里相隔多远,在这群山之中也相隔多远。

天幕上的星星隐没在太阳的光明中,再出现要等太阳消失之后。一个人的夜晚,她待在出租屋里时,奇怪他的消失是那样沉静,经过了她的言语的狂乱,他竟然不动声色地隐退了。现在她不再和他说话,又干什么呢?看别人,看风景,如果不能和心中的隐秘结合起来,看起来都没意思。需要吃点什么?假如她一边大嚼卤肉烧饼,一边看这哲学的风光——一切让人直瞪眼失了言语的风光？

　　她真正是个凡人，对别人拎着的包看了好多次，遗憾自己没有像别人那样预备了食物来登山，面包和水由于受到了妹妹的嘲笑也忘了买了，看来预备在山上待一天的计划破产了。她饿了，不再觉得什么风雅风流风趣了。一个劲地想那家小饭馆，且已经点好了菜。再见了，安，我把你留在山上了，我会在一个适当的时候再来看你。假如在印刷厂里邂逅你的背影，我会假装完全懵懂。印刷厂里没有的东西，别处也不会有。刚才我却分明感觉到了。你只是源头的那一滴水，却也成了以后的大江大河。

　　思考的灰影掠过阳光下的天空，她挖空心思地想着应该想点什么。平落沙的鲜红的嘴唇和鄙薄的大眼，她刚一凝神，又看到老田颤巍巍地走来，咳嗽一声，去了厕所，尤梅厚重眼皮下的尖刻的小眼，高丽娜的满不在乎的大亮眼忽地一闪，出去了。她不习惯把这些当作深思的材料，她想要别的什么，别的什么呢？

　　空气仿佛被鼓动了一样，发出声响，这声响就像多少年前的一个下午，在安静的小河旁有一只安静的吃草的羊，公羊的发疯和母羊的发情都不能打搅它，它似乎不是一只羊。它安分守己地吃着离自己的嘴巴最近的草，对于恐龙的屠杀也不以为惧，它深知它们的即将灭绝。就这样，几百万年的时间随着小河流走，只有它，永不改变；现在，化身成一张桌椅，继续咀嚼这草民的盛筵。它抬起头望望她，她对于它的朦胧暧昧的眼神陡然厌恶。它太像一条狗。恐龙也只是一群站不稳的家伙。然而，这只羊有箭矢的速度，有雕塑一样的沉稳，有滚圆的屁股，有三角的头颅，还有人的命运。

她一定要想些什么。她盯着墙上的一个黑点,仿佛通过眼睛把自己的脑质注射进去。那黑点离开了,在墙壁间喋喋不休。她望着墙,觉得它们朝中间挤,且生出了许多狼牙。望着天花板,白色似乎要铺天盖地而来。自己眼花了,揉揉眼,很惊奇地发现,一切都消失了,风把画报翻过了一页。

她又开始努力思考,却听见别扭的吱嘎声。一台灌香肠的机子。在菜市场看到这样的一幕,猪肉从机器的一端放进去,从另一端就挤出肉泥,人把肠衣的开口处接在出肉泥的龙头,香肠就自然而然地出现了。个别肠衣破裂,肉泥挤出。思考大概类似于此,从破裂处挤出。

看到大街上有小孩拿着大便模型,说是香蕉便便,更觉得像了。她一思索问题就要拉肚子,为什么?思索的快感源于一种排泄。这是很通俗的一种说法,已经被大家认可。这其中的关系也许应该追踪到生理医学之类,或许大脑和肛门有直通线路,这个问题应该研究。她在屋里踱开了,便意更浓了。仿佛堵车了,思维突然停止,肛门按响了喇叭,世界嘈杂无声,她奔进厕所。再次出来后,就舒适地坐在椅子上,把脚跷上桌。

窗外视野开阔,一直望过去,看到远处飞起一件衣服,接着衣服像下坠的石头直直落下。远处衣服坠落的地点立刻围了一圈人。听到了只言片语,一个老太被撞飞了。那腾起的红雾是喷出的血。她的幸福大打折扣,想起了许多不幸,又都不由自主地安排了一个幸运的结局,拖着一个沉思的尾巴,像砝码与石磙。她用来衡量的,反复掂量的,是那样轻小。看到了这样的石磙,她还会较量那样的砝码吗?

　　柯叶正在与两会计聊天。不时有人驻足倾听,笑着走开,或者评论两句。她明白自己也应该听,且可以听。为了验证一下刚才的结论,她含着笑,走过去。柯叶望望她,没有停下。赵会计注意地瞟了她几眼,那松弛的眼皮下的目光很可怕——一个中年妇女应该总是使自己的脸呈现出和蔼可亲或端庄的神情,否则就显得狰狞。这是疲劳和不快在一张青春已逝的脸上常常出现的状况。衰老不仅意味着失去美貌,还意味着妖魔的出现。

　　她看了赵会计一眼,两人目光相遇,赵微微一愣,她立刻堆起笑脸。对于自己这样顺畅的不假思索地笑她也感到一点惊奇。她以前常常为自己的毫无来由的笑感到羞愧,现在看来纯粹是认识错误,这应该是一种大方的友好的理解的宽容的笑。给自己树立了强大的思想支持,她更笑得坦率真诚。这一点从柯叶的讲话中可以看出来。柯叶讲到了自己在婆家受到的委屈,眼睛有点红,且用红的眼睛看了她一下,仿佛慕伏瓦也能给她安慰。慕伏瓦知道这是自己笑容的报答。

　　她耐心地听着柯叶的婆家婶子娘家舅,对他们的关系感到费解,对他们的出自各人立场的言语也费解。想在心里重复时,却像放走了一条大鱼,留在手中的只有腥味,和几片鱼鳞。鱼鳞闪着假惺惺的光,很快黯淡。她有点恼怒,恼自己。她直直地盯着柯叶的嘴,眼里射出愤怒的光。柯叶的言语开始打顿,她还没有领悟到。赵会计和常会计都斜睨她一眼,成竹在胸似的微笑。杨四极走过来,说:"柯叶的棉套子话又开播了!"说完就消失在另一扇门里,半只眼睛闪出奇异的光。

一根荆棘，是荆棘不是冬青，因为它具有忐忑的特质。

　　她反复地核对数据，不停地清算，每一次得出的和都不同，有时也会有两次相同的，第三次又不同了。她已经数了很长时间，简直觉得自己是白痴了。尤梅走进来，略带同情地看了她一眼。她想起尤梅也常干这活儿，不知是否有同感，她是否该说明一下自己的困难处境，为自己的一张困窘的脸作证。她转向尤梅，不由自主地表现出一种可怜巴巴的神情，这不是她的本意。尤梅立刻友好地告诉她，自己也常常这样，一份清单，内容不过二百多项，数来数去，结果总不一致。尤梅又趴在她耳边说："我看着会计一天到晚地打算盘，常常怀疑她哪儿来的那么多账目要算，现在理解了，你看咱们数数都多少遍了，还总数不对，会计必须做到一分钱的账都不差，她不就得天天地打算盘了？"慕伏瓦觉得有道理，确实，要想做到一分钱不差是不容易。可是，她又问道："像这样的小单位都有算不清的账，那些在银行工作的都不要吃饭睡觉了？"

　　尤梅举着两只手，手指松弛，手腕弯曲，呈现出一种欲言又止的状态，就是那种想阻止对方，又似乎放任自流的情形。仿佛对方说了不合适的话，她不便苟同，又不便不同，希望对方自我暴露，又有心表达善意。用优柔和寡断表达同心同德，用隐约的晦涩来明哲保身。慕伏瓦明白自己的无意而发又暗合了什么。她对尤梅说："人家荷兰的办公大楼都是玻璃做的，通透得很，里面的人在干什么，外面的人看得清清楚楚，就是为了让群众监督。"尤梅吸了一口气，仿佛想说什么又不说了。慕伏瓦知道是荷兰离得太远，她的话等于没说。

不知道谁——这种事是永远不知道谁的。有人在市政府大楼的外墙上贴了一张小字报，骂厂长和书记，流行骂什么就骂什么。可以肯定是本单位的人，是谁，全都不知道。大家全是一副不知道的嘴脸。有人还加上了生动的反问的表情。倪至尊就似乎总在作反义疑问句，作得多了，自己也觉可疑，就改作否定句。慕伏瓦看出，这件事是开不得玩笑的，他应该一开始就作否定句。没有人怀疑自己，她惊奇地发现了这点优势，有点委屈地想到，我是如此另类，以至于连怀疑都不配了。其实她也并非没有遭到怀疑，厂长用思索的目光凝视她的后背，可她的后背没有像别人那样长了眼睛，书记也斜睨了她好几次，可她只能看见自己的正前方，有时连正前方都看不见。

她正在这样被人暗暗地揣测时，却迎面撞上了墙。想想都可笑，大白天，一个大活人，一个非盲人，却直朝墙上走，被撞了后还大声地哎哟，唯恐别人没注意。厂长紧抿着嘴，走进了办公室才微微咧开嘴，笑了一下，又用鼻子哧了两声。书记皱着眉头，用一半脸笑，另一半脸忍着。慕伏瓦看得清清楚楚。厂长、书记弓着腰进去了，笑仿佛从腰部哆嗦着抖出来。

小字报这件事让她看到大家的心里。只可能是一个人写的，可瞧大家背地里的高兴样儿！

她走到后院，去看那被锁住的、落满灰尘的房屋。后院草丛深深，小径也被淹没，夏天要过完，秋还没有来。走进了草丛深处，听着簌簌的声音，希望这草丛无限地扩展、拔高，终于像树一样直达天空。草丛的静寂仿佛铁铸一般。她感到自己的坚实和自由，她在原地转着圈,想让这种感觉更充沛。仿佛过了很久了,她似乎听到了哧哧的笑声,循声望去,一张脸倏忽闪过。接着又有更浓厚的笑声传来,夹杂着压抑不住的私语。她知道自己又被看见了,她凝视着蒿草,尽力地驱除这笑声。

忽然,一声开窗的声音,响起朱兰的笑语:"慕大小姐,该进来歇会了。"随即一片笑声。她走出来,走进朱兰的办公室,几个年轻人在聚会。朱兰善于应酬,喜爱说笑,大家也都好和她谈话玩笑。她走进去,看见他们的脸都挂着笑,柯叶还和别人交换了一下眼色。她笑着站在一边。朱兰说起她小时候的经历,为了躲避母亲的责难,独自在街上遛了一天。张长征说他和母亲口角,一个人在河边钓了一天鱼。杨四极说他曾经彻夜不归,吓坏了母亲。慕伏瓦感觉,他们都在尽力理解她的怪异举止,又好像在说,她一点也不怪异,不要因此得意。

走廊里传来陈林燕的嗓门。大家走出去,她也走出去。陈站在走廊里,正眉飞色舞地对赵会计说,杀人犯游街了! 赵启明不动声色地问:"那个无线电厂的案子吗?"陈点头说是。大家都说起话来。有的说,早就该绳之以法了;有的说,终于抓住了那家伙;有的说,今天该枪毙他吧? 陈林燕很有把握地回答:"今天就枪毙,游过街就完蛋了。"

大家都走到街上,准备看押死囚的车经过。赵会计微微笑着,不像别人那样着急,也无声地凑到街旁人行道上,翘首以盼。慕伏瓦想,赵会计也来看游街,今天肯定游街,囚车很快就会出现,我们伟大的赵会计已经在等着了。果然没多久,有人预告,来了,来了。赵会计敏捷地登上一个水泥墩,比别人都高出一个头,精彩的瞬间不会错过。慕伏瓦想,大家都在路边挤挤挨挨,没人想起这个水泥墩,赵的先见之明和敏锐眼光可见一斑。

囚犯站在大卡车里,一个犯人身后站两个持枪的武警。犯人是不是五花大绑,她没注意,光顾着看他们的神情,是沮丧的还是昂扬的,比如视死如归什么的。车很快驶过,有三四辆,没看清什么,只觉得这些死囚都低着头,偶有抬着头的,立刻引起观众的不满和骚动。有人说,他妈的,还扬着头! 有人说,二十年后又是一条好汉! 听见的人笑,没听见的人渴望地望过来。还有人说,我认识那家伙! 听见他的话的人都朝他扭过头来,想辨别这个认识杀人犯的人有什么异秉。还有一些人跟着卡车向刑场走去。慕伏瓦想,对于生者的娱乐,却是那些囚犯的可怕的死地。张长征这会儿不望着大街,正望着她笑,仿佛看穿了她的哲思。她不高兴地扭过头。

车子过去了,大家的目光还追随了许久,终于有些留恋地回到了院子里。接下来就是关于无线电厂杀人案的讨论。女士们一般都认为,杀人犯被枪毙是大快人心的事,男士们似乎都觉得那个杀妻而被处死刑的男人有些不值。年轻的男士和年轻的女士互相嘲笑起来。慕伏瓦忍不住说了一句:“幸好法律不由你们制定,否则这世上就没有公正了。”潘伟大声说:“要是由我来制定法律,这个世上会更加公正,贪官污吏逮着就杀,不管是贪一块钱还是贪污一百万。”众人笑。慕伏瓦说:“你们都觉得那个男人死得有点亏,他杀了人啊,难道女人不被爱就该被杀吗?”朱兰拍手笑着说:“听见了吗?”有人说:“确实,人人都有活着的权利,不能不被爱就该被杀。”有人笑而不语,仿佛另有所指。慕伏瓦听见自己的话从别人嘴里说出来,忽然意识到一点,他们的意思并非指那个被杀的女子,倒是指某一个人了。

有一个人就是不可爱,像被这个单位的社交生活判了死刑一样,她从一个男士的眼神里看出了这点。张长征哈哈大笑,说:"女人不是不可爱才被杀,是太可爱了才被杀,像杨贵妃,男人都被诱惑得不能干正事了,才杀了可爱的女人。"大家笑。潘伟对漂亮的柯叶说:"小心你也被杀。"大家又笑。柯叶受了侮辱般地争辩起来。

慕伏瓦不舒服,这句话从她口中说出,原是希望被批驳,却没有遇到反对,然而得到了貌似肯定的否定,她怏怏不乐。她说出那句话时,并不认为自己说得对,像一个过于自谦的人只是想得到一个反效果。那些自称鄙人的人,也并不觉得自己卑鄙,倒以为自己高尚磊落呢。有趣的是,张长征又看出了这一点,不露声色地微微讥笑了她。她以为人人都看出了自己的小心思,因而难受、不自在起来。仔细听听他们的谈话,早已经转移到了股票和柯叶的婆家了。她从个别人的眼角嘴角看到残存的笑意,知道这点笑还没有从心里消失,明白他们根本不当回事,只是一顿饭的残羹一样,粘在齿间。他们又争论得热火朝天。自己又夸大了自己。

走进办公室,坐下,听见平落沙、尤梅、高丽娜在谈论死刑是打两枪还是打一枪的问题。各抒己见,没有定论。尤梅提出一个疑问,如果一个死刑犯没有被打死,又从刑场上逃脱了,比如说,他挨了一枪没有死,大家都离开后,他从昏迷中醒来,逃脱了,那会怎么样?平和高说,从没听说过这种事,大概从没发生过这种事。尤执拗地说:"假如发生了这样的事,会怎么样?"高不耐烦地说:"不可能发生的事,假如它干吗?"尤不吱声了。

■ 第二十四章　无情似多情

　　看到一个浑身黑色的人走进会计室。慕伏瓦侧耳听着,听出那个黑衣人是陈林燕。她懒洋洋地走到走廊,听着陈林燕与众人的谈话。隔着墙,窗户大开,她不仅能看见情景,还能听得清楚。陈穿着黑色长裙,有点像电视上的黑色晚礼服,大概也正是为了模仿这一点,头发用黑色纱扎着,戴着黑手套,穿裙子戴手套不合时令,却很突出一种效果。这满身的黑,就是在宣布:陈林燕失恋了。这就是失恋的服装和格局。慕伏瓦立刻下结论:女子通过不同的服饰进入不同的角色,不需要真的做什么,只要注意穿戴就行。

　　朱兰问她的黑裙什么时候买的。陈林燕回答:"刚买的,就为了失恋才买的,要不还不买呢。"柯叶问她:"就是为了穿这条裙子才失恋的吧?"陈眨巴眨巴眼,说不是。众人笑。有人又说冷热话,你这一身打扮比不失恋还有魅力,他看到了一定会后悔。有人说,找他去吧! 有人说,还是失恋好! 陈痛苦地大叫,接着又呵呵笑,用手抹抹眼睛,说:"你们都没一点同情心。"有人说,丢了这个换那个,咋还要同情? 陈伸出胳膊,大家注意到她的手腕缠着纱布,听到了她割腕自杀的故事。有人疑惑地问道:"你好像割腕自杀好几回了。"陈说:"自杀过好几回,割腕就这一回。"有人评论,这又是跟电视里学的。有人说,现在时髦割腕。有人偏要她打开纱布看看伤口。待到陈打开向大家展示,又有好几个人嫌伤口不够意思。慕伏瓦正在猜测这个"不够意思"是什么意思。

潘伟解释了:"你应该狠狠地割一刀,血淋淋地给他看,他保准回心转意。就这样用刀片轻轻地划一下,还包着这么厚的纱布,他还以为你装的呢。"陈说:"不是装的,是真的,真流血了。"大家笑问,流了几滴?陈说:"流了好几滴。"大家又笑。赵启明皱起眉头说:"伤得不重,你也得小心不要感染了,一旦感染,再小的伤口都很危险。这纱布干净吗?"陈咧开嘴笑着说:"感染啥,我都觉得痒痒了,这就是快好了。"有人说:"痒痒不是好现象。"陈说:"感染了会觉得疼。"有人坚持感染了就是痒痒,有人坚持感染了就是疼。

慕伏瓦站在窗外,望着陈林燕。人倒是应该经常地犯傻,像经常地生点小病一样,把自己暴露在病菌中,激起更大的抵御力。像自己这样,藏着掖着,仿佛梅雨季节的棉被,是要发霉的。可自己又有什么好摊开的呢?如果让她说说自己的生活,她只能看到那一顿又一顿的饮食,像顿号一样在持续的雾霭中打盹。她知道别人有洞悉一切的欲望。她需要开口,给别人洞悉的快乐。可是她张不开嘴,被别人在疑问中排斥。她默默地走开,陈的失恋给大家带来了快乐,她却感到鳞片一样的苦恼,层层叠叠。她连失恋都不会,都不曾有过。

周末去了商场,买了一条淡灰色长裙,考虑到夏天即将过去,那是一条呢裙,还有灰皮鞋,灰提包。接下来的天气都很凉爽,她理由充足地穿上裙子、灰鞋,挎上灰包,摇摇曳曳地走进单位。忽然看到他不自在地动了一下。她老远就看到他站在门口了,她一直盯着他,直到靠近才若无其事地移开目光,就察觉出他的不自在。她从他旁边走过去之后,这种不自在的感觉忽然像酒的后劲,腾地涌起,她感到一阵晕眩,走路有点发飘,眼神也长了毛。

表哥来访。这个表哥和她同住一座城市,一年见不了一次面,可以说,她已经有五年没有见过他了。猛一看到他,她不知是该喊他表哥还是该喊他姓名。他们已经疏远得不像亲戚了,直呼姓名又仿佛挑明了这一点。她望着这个白白胖胖、满面笑容的男子忽然出现在面前,心里这样想着。不等她招呼,表哥就开口了,仿佛对于这个表妹并不认生。他告诉她,自己在街上闲逛,路过这儿,忽然想起她就在这儿,就进来了。她有了一丝感激,赶紧请他坐,办公室里并没有多余的椅子,幸好安不在——照例的不在,她把安的椅子搬过来,请表哥在旁边坐下,心里忽然想到:假若安这时进来,看到她和表哥坐一起,会怎么想。

表哥坐着左顾右盼,使劲地打量她的办公室,提了许多问题。说她的办公室环境好,离街不远,还很安静,有一个小院子,院里有三棵树。后院的静寂也引起了他的好奇,他对于后院的草那么深觉得很感动。她的思绪被他的话带远了,正在悠悠,忽听他说道:"这儿简直就像桃花源。"她愣了一下,稍微想了想,笑起来。表哥不介意,不想追踪她的忽然一笑的含义。表哥是个十分开朗的人。

他追问她每天的工作,很有同感,认为和自己的工作单位差不多,冬天捧着热茶杯,夏天拿着苍蝇拍。他又用眼睛瞅瞅后院瞅瞅前院,仰头望望天花板,笑着说:"在这样的环境里简直可以作诗了。"表哥沉默了一会儿,又忽然问她天天都在忙什么,又自说自话:你一定忙着炒股和谈恋爱。她脸红了,知道自己什么都没忙,而这种悠闲不堪说出。

表哥朝窗外望了一眼,忽然问道:"她也在你们单位?"慕伏瓦不解:"她是谁?"不等她回答,表哥又对现在人都忙着炒股表示轻蔑。慕伏瓦疑心他的股票亏了。他看出这点疑心,昂然说道,他不干这庸俗市侩的事,一天到晚想着钱,他现在正在研究尼采哲学,他妈的,尼采真是个伟大的家伙。慕伏瓦立刻钦佩地问他有尼采的著作吗?能借她看一看吗?她也久闻尼采声名,很想见识一下。表哥犹疑了一下,说:"并没看过尼采著作,只是看到了一本评论尼采的书——根本不必看原著,只要看看评论就行——原著咱们肯定看不懂。"稍停又说了一句:"他妈的,尼采真是了不起。"这后半句大概是引用评论文章的语言。

她问:"怎么了不起的?"表哥不说,忽而谈起了别的事。她试探着问了一句:"你到底喜欢尼采什么?"他的话被她打断,顿了一下,问道:"你也对尼采感兴趣?"她回答:"尼采是太阳,人人都会对冬天的太阳热心。"表哥笑,觉得她这样说话很好玩,点评道:"一看你就是学校刚毕业的,说起话来书卷气十足,呆气十足。"她笑说:"希望能尽快和别人一样。"表哥大笑,嘴里啧啧。待笑过后,望了她一会儿,又笑起来。她只好说:"我知道我是有点好笑。"表哥又笑,说:"你以为我在笑你? 我不是笑你,我是笑别人,所有的人都是疯子,这是尼采的话,我认为这话很有道理。"慕伏瓦说:"尼采说过这样的话?"表哥说:"尼采最后发疯死掉了。"她看出他也像别人一样,随手拎起一件什么就能借他物而抒情。

像往常一样,一个大名人总能使一场虚无的散漫的谈话变得煞有介事。

表哥又似乎看穿她了,笑说:"瞧瞧瞧,我就是随口一说,你又认真了。哈哈哈,我看出来了,你是那种什么事都当真的人,你太老实了,哈哈哈。"表哥笑罢,说:"其实我不读什么书,但我一开口就能唬住别人,这有个诀窍,比读书管用。"慕伏瓦想说,这个诀窍我也知道。

表哥又忽然严肃认真地问:"她也在你们单位?"慕伏瓦没有反应过来,张大眼睛望着他。他笑说:"你发现没有?只要你突然地说一句话,别人往往是你这种状态,呆傻傻的嘴脸。"她没话说。他又问:"柯叶,她,她现在是叫这个名字吧?我和她高中同学,她也在你们单位?"慕伏瓦点头说是,她在机房。他问机房是干什么的,她回答不知道机房做什么用。

她看出他很想出去看看,就带他到了走廊里,很想也引他到三棵树下停留片刻,他自作主张地走过每一间办公室,伸头察看,使得屋里的人停下谈话都望着他。他走到机房,伸头一瞧,走进,大声喧哗起来。慕伏瓦走开了,没有为他作介绍,但他立刻自来熟了。她站在树下,听到他的话源源传来。她扯起了布幔,不透缝隙,只能听见他的话语,别人的话透不过来。她倾听的时候,渐渐觉出别人的不满,因为别人都沉默。

她走过去察看,就听见他在夸奖柯叶的美貌,表达自己的倾慕。柯叶沉着脸,勉强地应对着。她的两个字"是吗"唤起了他更大的热情,她立刻闭紧嘴巴,不再开口。其他人暗笑。慕伏瓦走过去,表哥看到她,仿佛忽然意识到什么,恋恋不舍地收缩了话尾,一边离开一边笑着说以后会再来看柯叶。柯叶脸涨得通红,问了一句"走了吗"又立刻后悔。幸好表哥走了,没有因为这三个字停留,或者大概自己正觉意态洋洋,没有听见如蚊蚋似的声音。

柯叶满脸不高兴,看到她,打顿一下,眼神复杂地问:"他是你表哥吗?"慕伏瓦觉得问题的答案很简单,可她似乎不能简单回答。为什么这一瞬间会有这样的觉悟了。在黑暗的隧道里打出火星,刺目又微弱。出于本能地想讨好别人,本能地意识到这是一个机会,她的自命清高和妄自尊大这一次没有阻拦她,她说:"是我表哥,已经许多年不来往了,谁知道他今天怎么来了,莫名其妙地说了一大通。"柯叶似乎脸色缓和一些。慕伏瓦做出不屑一顾的神情,说:"他这个人,半吊子,说话支里八叉,形象点说,就是说话不喘人腔,你不用和他一般见识。"

慕伏瓦不知道自己怎么会这样说话,这样评点刚刚还口口声声称呼的表哥。为了蚊子大腿粗细的什么好处?柯叶似乎有点高兴了。她又想了想,没有词来侮辱这个多年不见的亲戚了。

朱兰的眼中闪出诡异的光,她是个清清楚楚的旁观者,需对柯叶受到的调戏表示同情,又暗自以为没有什么大不了,或许还对"表哥"出言不逊地赞美柯叶感到嫉妒和不平,或者以为柯叶装腔作势。听到慕伏瓦这样说话,她又很有来由地且不问情由地嘻嘻笑。慕伏瓦出乎自己意料地说出了正确的话,却不知自己对在何处。

朱兰说:"你表哥刚才一个劲地说他在高中时就仰慕柯叶。"慕伏瓦微笑颔首,表示十二万分的理解。不明白表哥说错了什么,更不了解柯叶怎么会有这样的激烈反应,她仍然一再地说:"别当回事,别理他。"柯叶说:"谁理他啊?我正在这儿站着呢,他就进来了,也没人招呼他,他就胡言乱语起来。"慕伏瓦稍微理解了一点,说:"谁拿他当二分钱!亲戚们都拿他不当回事,他在家里和父母吵,在单位里和同事吵,离了三次婚,和谁都搞不好关系,没人不烦他!你要是和他较起真来,你能气死。没人拿他当二分钱。"柯叶露出了一点笑意,说:"可是真的?"慕伏瓦加重语气说:"你就当他是一只猫、一条狗,谁和猫狗生气?"柯叶笑了,朱兰也笑。慕伏瓦忆起上学时生物课上看到的兔子解剖图。

慕伏瓦发觉自己说对了话,影响竟然遍及全单位。大家看她的眼神,这让她开始诚惶诚恐起来,想到了自己以前的许多作为。如果这小小的轻微的一句话就产生了这样的效果,以前她的种种岂不是埋下剧毒、炸弹?她不是会被毒死,变成碎片?他们回避她、猜忌她的时候,她已然感觉自己片片裂开。

她变得狂躁,不能坐在办公室里,不时地走到院子里望望,忍不住地老想去窃听。她窥伺每一个人的眼角,瞅他们的后背。他们看起来都很平和,他们的后背也没有说着背叛的语言。他们看起来还有点可怜。

潘伟一边嚼着大饼油条,一边从厕所里出来。大家皆笑他,有人问,吃着得香吗?潘伟说,我就是小便,这厕所比许多人家的厨房都干净。柯叶笑着说,那也不是个吃东西的地方啊。

昨晚八点多钟时,有人敲门。慕伏瓦以为是和自己合租房的那个女子回来了,她很少回来,常常住男朋友家。她没有细想就开了门,一个男人跳进来,立刻滔滔不绝地说着免费什么的,且迅速地在门上安了一个煤气泄漏警报器,她以为真的免费就没有阻止他,等他安好,以为他可以走了,不料他又提出收一百元的维修费。她看看装好的报警器,心想总不能再卸下来吧,况且万一用得着呢。就给了钱。那人刚一走,她就觉得不对劲,有一种受骗的感觉。后来越想越觉得受骗,等到一夜辗转,天亮了以后,明确地知道,自己受骗了。这个报警器只值五元钱,也根本谈不上维修。她开始愤怒,对自己的愚蠢,对骗子的奸诈。

到了单位里,望着这些天天见面的人,倒觉他们亲切可爱起来。有什么呢? 他们不就是老想着涨工资,多听听新闻,甚至希望你倒霉? 你不倒霉他们也没办法。那个骗子可就危险了。昨天晚上她和他共处一室,幸好她乖乖地给了钱,否则不知会出什么事。她由愤怒而后怕,得出这样的结论:给钱是明智的。她险些引狼入室,或者已经引狼入室,钱安抚了杂念和悸动。让一只狼满意,比激怒它要好得多。她不停地重复地想着。站在窗明几净的单位里,悟出了这点道理。

尤梅走到她跟前,对她说:"你做得对,那样说话很合适。"她对于这样的评价高兴又难受,高兴是得到了肯定的评价,难受是她竟然需要这样的评价。她努力地自解着,希望把这种浓烈的情绪化淡。她面无表情地,稍含蔑视地说:"噢,是吗?"尤梅令人奇怪地无知无觉,热心地详谈她的正确与体贴。她这才从第三者的口中听说了那天发生的情况所造成的恶果。表哥的热情洋溢的恭维和赞美被看成了侮辱和调戏。不知道表哥是否真的存这样一份心思,也不知柯叶是否过敏了。她又想起自己的情书,也许就被看作挑逗和勾引。可是,不被这样看,又该怎样看呢? 要人们相信什么呢?

她不喜欢这个单位,现在却发现恰恰是这个地方,她才能开始梦幻和远游。她用沉默和虚脱为自己造就的真空,没有杂质的空气,很少的氧气,几乎要呼吸困难了,这是她的真实,如果没有这种窒息般的感觉,她本身就真的要雾化飘散了。

站在三棵树下,望着眼前被阳光穿透的树叶,发出珠宝一样的光,她的眼角已经扩散开去,一切都像高度近视眼的人看到的一样朦胧模糊。一声尖锐刺耳的刹车声,一根针戳破橡胶,钝滞的、又肉又韧的,扎了进来。她茫然地望去。

要真实,永远的真实,自己的真实和别人的真实。真实,永远是指向终点的一条最短的线。要看到自己,也要看到别人。只要她是真实的,她就不惧怕他们,不惧怕一切。她能够且可以无愧于众人。望着他们的眼睛说出心里的话,不以为必须虚伪和掩饰才能使自己发扬光大。

马路上发生了一场虚惊。几个小男孩横穿马路,卡车司机紧急刹车。这时马路上已经围了一大群人,司机继续发怒,旁观者已经开始哄笑,有的人似乎还有些失望。几个小男孩被一老太赶走了。有人说要通知他们学校,老太说:"就这已经吓得没魂儿了。赶紧回家吧,好好想想,以后不能在马路上打闹。今天多亏司机有经验,反应快。"有人尖声说道:"小命差点没了!"孩子们望望众人,灰白着脸,走了。司机犹不解愤,砰地关上门,开走了。等卡车的声音消失,这边的围观者也慢慢散去。看他们的表情,刚才的一幕还生动地表现在脸上,刹车声犹在耳边。慕伏瓦满意地看出,自己没有嗜血的爱好,自己对于几个小孩充满怜惜。

围观的同事回到办公室,叙述了见闻。大家就小孩放学路上的安全问题开始议论。有人说给每个小孩戴上小红帽,有人说学校应加强这方面的教育,有人说在学生多的路段加强交警巡逻。各抒己见,家有小孩的深被触动,家没小孩的无关痛痒。

人需要滋味,每天的胡椒、花椒自然出现。前一段时间的优化组合,也只是辣椒这个调味品。厂长、书记的口头禅是:"把他裁了,他咋弄?又没本事,还能让他挨饿吗?"事情就在厂长、书记的柔情蜜意中发酵了,生出一种不单一的味道。圈养的动物,已实在不大像它的名字了。

她竭力对自己说,很好,很好。说不出哪点好,直着眼望去时,觉得什么都不好;蓦然回首,觉得一切都好。她不能说服自己,她常常急不可待。你千百次地从眉毛一耸,睫毛的颤动中感到一缕情意时,你还会介意吗?

她已经有一段时间没有想他了。他更不会想自己。她自知是自己的性格催化了这样的感情,他的性格,是不会有这样的理化反应。同事暗地里称他是护花使者。常有小姑娘含着笑走过来,趴在他耳边说悄悄话。他大概是很讨人喜欢,不见得是轻浮。自己的古怪的性格又对一切受到欢迎的东西嗤之以鼻,他就好像一套人人都穿的衣服,她要用脚把那衣服踢到垃圾堆里。她恨恨地想,仿佛自己被背叛了。一会儿又对自己的如此认真感到不满,难道他们之间发生了什么,她竟要求他负责?什么都没有发生,这才是原因。

她无所依傍,两手空空,她实在只是付出了念想,却总在以为真实不虚。他鼓励过她吗?不能说有,也不能说没有,她实在分不清那种眼神是否代表人间的一种表情,是否具有掷地有声的坚实。

没有嘴巴的配合而贸然出现的眼神，横空出世，像一个炸雷，没有余音。没有绵绵的细雨，没有暖暖的阳光，像沙漠中的植物一样，在一场暴雨后出现，在一场酷旱中消失。他凝视的眼睛，微微的笑，一点白牙，仿佛小鸡啄破蛋壳的感觉，使她无理由地欢喜和忧伤。他似乎不想做这种游戏了，她也久将他忘记。太阳把阴影投射到他的眼里时，他看起来才有点微微的触动。

老刘的老婆来了。慕伏瓦瞧着她，觉得真新鲜。这个女人有着洁白细腻的皮肤和清亮有神的眼睛，还有永不歇息的嘴巴。她简直不像一个农村女人。大家都对老刘有这样一个老婆感到惊奇。潘伟反复调侃他，你从哪儿拐来的老婆？老刘笑而不语。他老婆滔滔不绝地说开了。

经过了几天的相处，大家都了解了许多，不再觉得陌生，见了面总有话说。老刘老婆也穿起了城里女人的衣服，看着就是一个城里女人。她和老刘一起住在小小传达室的隔壁，那间隔出来的小间，一张单人床。慕伏瓦好几次充满疑问地望着那床，不明白这张床怎么睡两个大人，老刘不瘦，他老婆还丰满。问老刘，老刘笑着说，就是这样睡的。她还是想不出，就算他们很会拥挤，可总有一个人大半个身子在床外，没睡着时尚能坚持，睡着了时不掉床才怪。她细心地看看他们的眼睛，没有睡眠不够的迹象。她笑着说："你们睡觉一定像玩杂技。"不知为什么，老刘有些木讷。他老婆很大方，立刻叮叮当当地笑语开来。

慕伏瓦听不清她说什么，只看出她很高兴，以为她一定遇到了高兴事，听了半天，才突然明白，这女人正在兴高采烈地叙述老刘打她的事。可怜,这个词在她心里一闪而过,不能驻留,她知道这个词不合适。她睁大眼睛,望着这张美丽生动的脸,意识到这女人诉说的一切都远离她的模式和臆想。不能理解,她仍然费劲地听着。老刘在旁边听到了也不觉羞愧,笑着走开了。他老婆让她看自己的头发,老刘揪着她的头发往床沿上撞,往墙上撞,头都撞烂了。

慕伏瓦终于听懂了,愤愤不平地说:"他怎么能这样对你? 你犯了什么错误? 犯了错也不该挨打,你们是夫妻啊!"老刘老婆没有回答她为什么,或者她回答了,慕伏瓦不认为是回答。老刘老婆继续诉苦。慕伏瓦看出,"夫妻"这个词就仿佛把辣椒扔进油锅里,一下子炸开了。老刘老婆振振有词地说:"他把我的头打成蒜瓣,我也不理他,我也不哭,我该吃就吃,该喝就喝,我一沾枕头就打呼噜,睡得可香了。"慕伏瓦又忍不住地问:"到底因为什么事? 他再打你,你就打110。"老刘老婆仍然不说什么事,只是对于挨打一事详加描述,突出自己的坚强倔强。慕伏瓦觉得自己遇到了难题,老刘何以那样手毒? 他老婆何以那样愉快? 她把自己的费解说给朱兰听,朱兰笑。又说给别人听,别人也笑。张长征说:"谁能像慕大小姐,一点污不沾,一点烟气没有,还整天思啊想的,不快活。啊,人生识字糊涂始。"说完哈哈笑。慕伏瓦觉得自己又被嘲弄了。

慕伏瓦觉得自己和谁都没有共同语言,坐在办公室里又总担心光阴的流逝带走了什么。有什么在她看不见听不到的时候发生了。在她的眼力之外,思想的太空里,有流星划过。那闪亮的尾巴,只有老刘老婆才能抓住。她看着老刘老婆的眼睛,看着她的不停动弹的嘴,心里掠过所有同事的嘴巴,和极有可能冒出的话。不管他们是否真的讲过什么,老刘老婆开口的时候,就仿佛扫荡蒿草跑出了兔子,他们全都泄露了。他们全在她的面前说笑起来。她无物般地自处。

　　慕伏瓦看侦探小说,对于谁是凶手抱着迫切又沉缓的心情阅读着,最后肯定会揭开谜底,她若过早地翻至最后一页就会大大降低快感。一个小孩知道中午要吃美味的烤鸭,整个一上午都变得有趣。她看了看书页,才是书的三分之一不到,那么这个刚被疑为凶手的人一定还会有许多曲折,也许根本不是,凶手一定是一个大家都想不到的善良之人,这个人的善良仿佛衣服,在书即将结束时忽然褪去,露出真实的身体。她舒服地读着,不时地感到愉悦,知道今天的光阴该怎么度过了。书看到一半时,她放下,走出去,不舍得一下子读完。走到三棵树下站定,望着阳光覆盖着这小院的西边,她站在东边的阴影里,有种强大的隔离感。机房里传出说笑声,一切都昭然若揭。侦探小说的氛围突然缩成一个小球,骨碌碌地滚动起来。树与机房之间正在展开拉锯战。她浑身的充实感一次次地挑战机房的笑语和密谈。一个充气的球,看着是个庞然大物,一戳就瘪了。平落沙走进了机房,她知道现在机房的说笑不会那么纯粹了,雾和阳光都不见了。慕伏瓦的耳边响起老刘老婆的声音。知道平落沙已经与西边的阳光与雾融合,扩散消失于其中,使一切都变得浓烈刺鼻。

　　她望着老刘老婆,听懂了,这女人正在抱怨菜贵。她用息事宁人的笑容和专注的倾听安抚了一下老刘老婆,就忍不住地烦躁起来。知道这是因为平落沙,只要她一看到平就会心绪不宁。平落沙以一种坚定不移地势必改变的状态，指引了她的方向，虽然她根本不愿被指引。平落沙时时用嘲讽鄙视的眼神瞅瞅她，她对于这种毫不掩饰的目光感到害怕和反感。只要平落沙的身影一出现，就仿佛晴朗的天空飘来一片云。她主动热情地与老刘老婆说笑起来，想抵御心中这片云。

她对于老刘老婆只买了一只辣椒、一个茄子感到稀奇，自己的母亲，还有单位的同事，都是提着大包大包的菜从菜市场归来。这种稀奇的感觉迅速征服了她，她变得专注，一种愉快轻松之感也在慢慢袭来，她希望它不久就会战胜所有的不良情绪。可是，和老刘老婆聊天的满足感不能超越平落沙带来的缺陷感，她渐渐开始言语支吾，左顾右盼，希望有什么能够安慰自己。

老刘老婆仿佛明白了似的，眼神一闪，慕伏瓦就看到安正从对面马路那边的电影院走出来，怏怏的，低着头。她赶紧移开目光，似乎看到了什么不该看的。这一瞬间，她看到了粗糙的脚后跟和该修剪的脚趾甲。她狠命地一摇头，老刘老婆的声音又出现了。"蒜泥茄子"。老刘老婆说。她笑着，望着安走过来，似乎充满期待。安从她与老刘老婆的夹道中穿过，没有看谁。她也无视他，却觉得他的目光时时地拐着弯瞅过来。等到他进了办公室，她发觉自己的目光也曲曲折折地追踪着他落座，凝视。她始终在看着老刘老婆，一秒钟也没有离开。

老刘老婆现在不说话了，她又有心逗引这女人，觉得自己需要掩饰什么。她说了老刘的一件趣事。老刘曾经和公园看门老头一起去过歌舞厅。两人没干什么事，在里面盘桓了一会儿又出来了。过后老刘把这件事说给别人听，立刻引来嬉笑。现在老刘老婆听说了,立刻用幸灾乐祸的语气说,他是屎壳郎进门洞——走错了地方。慕伏瓦呆了呆,翻翻心里的歇后语词典,觉得很生动。

片刻,慕伏瓦问:"一个辣椒,能做什么?"老刘老婆说:"切成丝,和蒜泥茄子掺在一起,又中看又中吃。"慕伏瓦心神不定,她的眼前老是浮现出他的目光,他就在两米远的墙那边坐着,她却觉得自己的腿迈不过这遥远的距离。他仿佛一个远方的来客,有着怡人而陌生的气息。她想靠近他,又想反抗这种诱惑。这里面有毒吗?有毒又怎样,不是有毒让事物更新鲜吗?毒药可以杜绝腐朽吗?

她慢慢地朝他靠近,下决心和他说几句话。她直觉地感到,只要交流一开始,她就有可能摆脱,一个中过蛇毒的人会产生免疫力。她忽然变得如此期待,期待自己坦然浩荡,期待自己无情无义。她把自己的纠结不堪的生活都归因于这种莫名其妙的情感。奇怪,没有爱,她却时时想到爱;一个孩子思念糖果,总以为那个自己够不着的搁在五斗柜上的包包里有糖果。它呈现出有糖果的形态,他也呈现出有爱的形态,她理解为是对自己的爱。她把他的一切忧郁委顿都理解为爱的结果。阳光普照万物,只有向日葵向着阳光。她朝着他走去,像戴着脚镣手铐。

她站在门口,停了停,进去了。没有看他,恍惚觉得他如石雕般稳固地坐着。她一在自己的座位上坐下,立刻感到进入了一个广袤的不停循环的世界。空气声音很响地快速流动着。她的身体一会儿翻滚一会儿飘浮,仿佛进入了四维空间。它们不停地变幻着,仿佛失真的电视屏幕。她喘了一口气,清楚地看到他微微掀动了眼皮。她忽然明白,他也有和她一样的感觉。紧接着,对于这种领悟有种深深的感动。

她总有一天是要否定它、破坏它的。想到自己在将来的某一天会轻视、会忘记，这给了她勇气。

她开口道，仿佛一个中年妇女对小伙子讲话："小安，有女朋友了吧？那天，我在大街上看到你与一女的在一起，是你女朋友吧？"他不回答。

她陷入了自己挖的泥坑。话一出口，就仿佛一缕魂魄也悠悠出去了，她看见它冒着气出去了。她陷入了分裂状态。不知道自己是什么意思，她只是希望自己能老成世故地说一句话，她曾经见过平落沙、赵会计这样问他，于是，在这个危急的时刻，在手足无措时，下意识地模仿了。她现在想撕裂自己的嘴巴，想对他龇牙咧嘴地一笑，用头猛撞桌子。她想象自己的头有巨大的力量，把一切都撞得四分五裂，使自己保持完整。她咬着牙，说："你女朋友很漂亮，很清秀的漂亮，不是那种俗气的漂亮。"她要逆天而动，逆流而上。她偏要让他鄙视自己，她还要让自己鄙视自己。

她忽然说起了算命，提出给他算一命。她说，只要他伸开手，她看看他的手掌上的纹路，就可以知道他的命运。他当然不理睬她。她等了一会儿，见他没动静，就低下头，装模作样地思索起来。她注意到，他偷偷地瞄了自己的手掌，仿佛对于命运很是关心。她猜想，他的心里已经伸开了手，他不反感她。她坐了一会儿，开始恶心自己，抑制不住对自己的恶心，开始轻蔑他。这时，平落沙走进来。她忽然明白，平落沙刚才一直坐在这屋里，不知啥时候出去的，现在，又进来了。那么，平落沙一定目睹了全部，那么，她又制造了一个大笑话。这种感觉，仿佛树的纹理，十分清晰，还没有形成一棵树。它会开枝散叶的,在他们的眼神和口水中。她知道这一点,无动于衷,她没法有所感有所动了,她的心里已经交通堵塞了。她的心,又一次被塞满布满了。

第二十五章　囹圄

　　她沿着街道上的铺路石笔直地走着,看了看表,走到那个拐弯需要十分钟。她不会被人打扰,不会有人改变她的行走路线,她将毫无悬念地走完这条路,到达母亲的家。她的心里充满担心,担心有什么会突然降临,她会穷于应付。这样的一个平静的星期五的下午,她无忧无虑地走在下班的路上,突然地感到巨大的忧虑。一种如履薄冰、如临深渊的感觉渐渐逼近,越来越浓重起来,随着她的凝眸越来越强大地袭来。

　　街上的情歌像流水一样涌出,碰上她的心境,像浪涛打上礁石,她纹丝不动,它片片飞散。奇怪,一颗充满爱情的心却拒绝爱情的渗透。一杯浓盐水不能再溶化一微克盐。她的心里惊天动地地轰鸣着,她却像电视机前看打仗的人一样,不为所动。

　　走到百货大楼时,路面更加拥挤。一个胖乎乎的男孩跑过,男孩只有两三岁,歪歪扭扭地跑着,很动人。她停下脚步,瞧着他。他跑着,笑着,忽然,跌倒了。他被自己的脚绊倒了。慕伏瓦急前趋,想把他扶起来。一靠近小男孩,她忽然一转身,拐了个弯,走开了。小孩趴在路上哇哇大哭。她没有不安多久,小孩妈妈很快赶过来扶起了他。一个小贩妇女,拥有粗夯的身材和泼辣的神情。

她忽然明白,刚才的做法是对的,遇事绕着走,这是谁告诫她的,现在派了用场,假如刚才她直走过去扶起小男孩,也许就会被认为是她撞倒了小孩,要不她干吗扶起他呢?麻烦立刻就会上身。她有点庆幸,一念之间,她如此聪明地躲开了。

走出去几步,回头望望,那女人正在安抚小孩。听到路边一个男人对另一个男人说:"处理谁?反贪局的局长就是大贪污犯!"周围听到的人都咧嘴而笑,频频颔首。像人们常说的,"派出所所长都是痞子流氓",因为截然分明的融合而十分生动,表达的意思比说者想要表达的多得多,比周围人想象的还多。她注意到,路人听到了这句话,都呈现出一丝动态。本来他们的脸都像冻僵了似的,现在仿佛被仙人点化,有了点人气。她又在心里重复了一遍:"反贪局局长是贪污犯。"这句话因为它的完美的主谓宾,完美的对抗式显得十分真实。是真的吗?无论真假,人们似乎确凿地认定。也许,这句话的内涵不够真实,外延却是无比的真实。

慕伏瓦想着那句字字分明的话,想着那个跌倒的小孩。它们在这一时刻同时出现,就像日食时,人们敲锣打盆,有联系吗?她不再走一条直线,随心所欲地走走停停。

忽然听到呵呵的笑声,转头看,李由的笑脸绽放。形容一个男孩笑面如花不妥,可李由这会儿就像饱满的热情的盛开的大花朵。她不想理他,对于他的情绪的回忆,对于自己的感情的回忆都使她有吃了沙子的感觉。她笑着招呼他,还看着他的眼睛,以为他的眼睛会泄密。会泄什么密呢?他只是觉得好玩,她也只是好玩。他已经远远地抛开,她却还揪住不放。

就像一个嗑瓜子的人,吃头不多,一旦开始嗑就停不下来,非得把桌子上一摊瓜子变成皮壳。她讨厌他,他是热情的、活泼的。她的无声的世界里需要声光电热,认清这一点,她就不在乎了。她襟怀坦荡地问候他,采取了一个看似能洗刷自己的办法,问候他的女朋友。他挥挥手,不耐烦地说:"别提她,咱说咱的话。"慕伏瓦心想:是谁?她又是谁?他为什么不否认呢?以前他是常常否认的,现在已经发展到不否认的程度了?她惊奇地发觉到自己的醋意,立即来了一个大翻身,把什么都抖落。仿佛抖掉身上的跳蚤,她抖掉了一种情绪,心情顿时旷远起来,自己一点也不在意他。

他不是安。安是一棵树,任凭她爱,不会转移,不会相通。他,只是树上的一片叶子,时间一到就变成了泥。此刻,她面对他时的复杂感触,是不合时宜的时间和地点引发的混乱。试一试,离开这儿,她会立刻丢弃他,他就像柳絮一样没重量,飞满天,令人讨厌。

"讨厌",这是她望着他时,第二次想到这个词。这个词令她镇定,镇定的态度就是一言不发地安详地、微笑着望着他,望着他笑意弥漫的面孔。他似乎想讨好她,有点结巴地说:"慕姐,你走路和别人不一样,别人都是走着走着就歪了,你走的是一条直线,你咋连走路都是直的呢?"她故作姿态地说:"走直路不费劲,只有身体不费劲,脑子才能自由。"他不信服,说他认为走直路更费劲呢。她说:"我绞尽脑汁时,就总是会走一条刻板的路。"

他笑得欢畅,觉得她言语有趣,好像给他开了天窗。这又逗得她心旌摇动,没人这样坦率地欣赏她。坦率和欣赏是多么有蛊惑力啊!可是,油盐酱醋,不会有人只吃盐或者只吃醋,只有调和好才能下肚。一点点,一点点,就行了。自己的情绪很正常,别人也和自己一样,那个迎面而来的热情洋溢的女孩,蓝天,肯定也有同样的情结。

她已经从蓝天看到他和自己一起站在大街上时微微愕然的目光。很高兴蓝天的打扰,蓝天有意,就让他去与蓝天游戏吧。她立刻走开,他的眼睛仿佛忽闪了一下,表情有点失落,也许又是她的误会了。她扬扬手,说:"我走了。"他问:"干吗去?"她说:"我有事。"不再看他,走开了。有谁能撼动安这棵大树呢?

大树,那棵大树要倒了。在她的出租屋旁边,一棵五十年的老树,根已经顶破水泥路面,整个树像比萨斜塔。一个老婆子蹲在树下抽烟,告诉她。她那会儿正在树下站着,望着虬龙似的树根,心里猜疑。老婆子告诉她,不赶紧想法弄走这棵树,一旦倒下就会砸塌房子。她不相信,有这么凶险吗? 老太婆说,她已经和房东说了好几回,房东不当回事,真的出了事,谁也跑不了。

慕伏瓦问:"你预计这棵树还能撑多久?"老太婆吧嗒吧嗒烟,说:"这不好说,下暴雨炸雷,它这么高很容易劈着,那一下子就倒了。不雨不风,半年也能坚持。"望着老婆子干瘦焦黄的脸,鸡爪子一样的手夹着烟,嘴微开,不时冒出一股烟气。

许多人从树下经过,从未留心过,只有这个蹲在地上的老婆子注意到了。她采取了与众不同的姿势,别人都是站着,只有她蹲着,且在抽烟。她的眼光和话语就注定了这棵树的结果。慕伏瓦想,结果一定不出她所料。从干瘦老太婆嘴里出来的话是一针见血地发人深省。又想,灾难经过了她的口,已经仿佛过滤了,变得简单纯粹。只是一场麻烦,给生活微微地添一点波折,大家可以继续皮毛无损地享受、忍受。她没有离开,深信,老婆子已经警告了,灾难便不会残酷了。

从安的泰然自若的神情来看,什么也不会发生。可是,慕伏瓦的心里已经产生了……望着蓝色的窗帘在半夜的月光中舞动,她知道产生了什么。自己再也不可能大方地磊落地直视安了。他存在的每一秒钟都是折磨。她窥见了一片花斑,误以为是一只花豹。

那天早上,空气凉爽,天气妩媚,大家都站在院子里,对于每一个走进来的人都夹道迎接,刚刚进来的人含着笑招呼过后也立刻加入到队伍里,就形成一个奇特的景观,大家站成两排,一边一排立在大门旁。慕伏瓦进来,有点胆怯地望望他们,又望望后面,没有人要光临。队伍寂然无声。她签了名,自动地站在了队尾,也像别人一样,似乎开始期待。

朱兰进来了,一阵喧哗。张长征进来了,一阵悸动。他们两人也顺势站好。然后,慕伏瓦看到了他。她又畏惧他了,仿佛她的心理活动像大屏幕电视一样纤毫毕显了。她避开这个名字就仿佛避开一块烧红的煤球。现在,这煤球就迈进了众人的夹道中。她疑心别人也像她一样,感到了一种烧灼。她望望他们的脸,他们都默不作声。扫视他们的眼睛,有几个人颇有心计地转动着眼珠子,碰上了她的目光,停顿,移开。她奇怪,想到,为什么她们不和她一样爱上他呢?已经不觉羞愧。她决定做个小尝试。

她大胆地凝视他的眼角。她不可能面对着他直瞅他的眼睛,她只敢看侧面一只眼的眼尾。在心里说着,爱,爱,爱,看他可有反应。他签了到,不慌不忙地走出去。离单位不远的大街上,有一家服装店,他的女朋友在那儿上班。她知道他又去站岗了,大家都这么说。经常看见他笔直地站在店门口。他在单位门口站着时,她每次从他身边经过,都觉着恍惚受到了礼遇,现在他站在远远的那边,她遥望着他,觉得他在怄气。她仔细地看了看他,以为眼睛所看到的都会在将来的某个时刻有用。

他吹着口哨走进来,她忽然闷笑了,她大彻大悟了。她望着他,笑语:"店里有打折的衣服吗?"他不回答,只是微微扭头,望了一眼她的桌面,又走出去。她看出,自己的一句故作轻松的话引起了他的愠怒。仿佛他喜欢她总是愁眉苦脸,仿佛他忧郁,她也应该不快。她分明听见、看见他与她们的嬉笑怒骂,按照梅诗韵的说法,就是打情骂俏。她猜想,他不快活的时候,他与她是相通的。阴天的时候,树与土壤是亲近的,在晴朗的日子里,它们全都欲拔高而去。她很高兴,他的反应是这样不平常。刚刚放宽的心又缩紧了。慕伏瓦仔细看了看桌子,没有什么异常,他的眼睛绝不是望着桌子,是望着桌子上方的另一双眼睛。只是这样的眼睛是不适合相遇的。只好一个望空气,一个望桌面。

她忽然觉得一种满足,这样不是很好吗? 她和他之间什么都没有,连一句言语都没有,她和他也就避免了一切庸俗的情节。她现在可以放肆地思念他了,什么都没有,将来也不会有。她已经把这个他和那个他完全分离了。这个他是属于自己的,那个他则属于别人。这个他是一股气,永远在她的眼前缥缈徘徊,任凭她的想象来改变他的形态。她可以轻易地否定那个他,毫不影响这个他给她的感观。这个他是秋天的黄叶在湛蓝的天空下的情意,那个他可以和许多的女子轻浮,却不会影响天的蓝和叶的黄。它们是永恒的,她要的,就是这点永恒。从黄豆里轧出豆浆以后就将豆渣抛弃了。她遇到了挫折和背叛过后，经过一番心理活动，又得出了这样的结论。

走出办公室，也在大门口站了一会儿，向大街走去。在街头站住，凝望，仿佛在泥里发现蚂蚁，她认出了一只蚂蚁。对面的新华书店门口站着李由，他似乎正送一个女子走出来，一种暧昧从两人的举手投足之间散发出来。女子似乎有点留恋，他似乎急于她离开。两人的关系有点不平衡。这又是他的热情的后果，随便唤起一个人的爱情，又草草地将其打发。他以此为乐，这样地玩了许多回。慕伏瓦有经验，看得分外清楚。那些心存幻想的女子，她想，就被他戏弄。他经常被女孩子包围，总有一个人的眼神与众不同，这样的眼睛会消失，再换一双新人的眼睛。

李由送那个女孩子走出大门，立刻转身离开，那个女孩子似乎还以为自己会被呼唤，脚步和背影有些犹疑。慕伏瓦带着胜利者的心态远观这一切，深为自己面对李由时的冷静得意。那个女孩走开了。不到十五分钟，李由与另一个女孩又出现在了书店门口。两人还站着聊了半天，似乎都很豁达。看来这两人之间没有什么，也许女孩有所期待也说不定。一个又年轻又帅的男孩和你笑语热聊时，会有一些暗示让女孩糊涂。

对于李由的记忆迅速地消失。一种永远消失了的被忘记的东西，即使面对也想不起来。

他们像一堵墙，坚硬顽固。仅是在面对她时，他们才如此表现。是自己促成了这种大团结？对于偶然闯进这个小院的陌生人，小院的固有主人，包括她自己，都俨然地矜持地做起主人翁来。

对于迟迟不能融合的陌生人,他又抵赖着不离开,就把所有的人都变成了敌人。

她微笑着这样想着。忽然,有人问她:"小慕,一个人又站在那笑啥?"她回过神来,是朱兰。接着又听到赵会计的笑声传出来,都胜她一筹。她低下头,希望自己的眼神不要与自己对抗。朱兰只是看着她笑。片刻,安走进来。

望着他的背影,朱兰忽然对她耳语:"他有几个女朋友?怎么一会儿见他和这个一起下饭馆,一会儿又见他和那个手挽手遛公园?"慕伏瓦没反应过来,看到倪至尊走出去,还以为是说的他,也亲密地说:"厂长、书记不是一天到晚嫌他素质低吗?"朱兰受到了鼓励,又说:"你和他坐对面……"(言外之意,你都知道的。)她这才明白。为了不辜负朱兰的信赖——说坏话是一种信赖,更何况说的是厂长儿子的坏话,她立刻回应道:"我觉得他有些轻浮。"对于朱兰接下来的话语,危言耸听,她不敢接茬了。不知道朱兰的话中有多少是事实,多少是猜想。她想起他们在厂长面前对他的恭维,总说他是一个好青年,这会儿却又说成了一个流氓。他就是这样在同事们口中变来变去的。

仿佛为了印证她的结论,从业务室传来"哗啦"一声,什么东西破碎了。接着就是争吵声响起,是倪至尊和张长征在争吵。慕伏瓦津津有味地从窗户外透视着他们,听不清,只能目睹他们俩像哑剧演员一样比画着。倪至尊用手指着张长征,似乎想用自己的手指在张长征那涨红的胖脸上戳一个窟窿。张长征挺胸抬头,表明自己毫不退缩。两人的这种姿态保持了约五分钟之久。倪至尊狠狠地推了一下张长征,张摇晃了一下又傲然屹立,从嘴里发出声讨

的语言:"你凭什么打人? 你凭什么打人?"倪至尊十分轻蔑地说:
"就打你了,怎么样?"张的脸鼓胀着,胸脯起伏不停,说不出话来。
这使倪更加轻蔑了,倪说:"就打你了,怎么样吧? 你这个窝囊废,
势利眼! 你这个不男不女的东西!"张受到这样的侮辱,极其愤怒
地把仍旧拿在手中的书狠狠地一摔,冲着倪大叫:"你这个流氓、人
渣、黑社会! 你以为你是谁! 我今天倒要看看,你能怎样!"张握紧
了拳头,直视着倪。倪瞪着他,嘲弄地笑着,说:"我是流氓我怕谁!
我今天就来教训你这个正人君子! 你算什么正人君子? 窝囊废!
一天到晚装模作样,给谁看!"

　　慕伏瓦听见倪的话,忽然觉得倪不那么粗鲁了,仿佛成了正
义、公理,他竟然引用了王朔的经典名言"我是流氓我怕谁",前来
拉架的人都仿佛由于这一句极有水平的话而畅笑。张长征,也许
倒不是首先挑起这场争吵的人,却由于愤怒的沉默和软弱的压抑
而失去大家的同情。大家都喜欢率性而为的人,无论过错在谁,只
要你痛快淋漓,胜利就是你的。

　　有人抚着倪的肩膀,小声地说着安抚的话。没人安慰张,大家
似乎都认为张不需要安慰,张自己会克制、会温文尔雅、会消停。
大家拥着倪而去。张独自站了很久,坐下,鼻子里喷着气,眼睛瞪
着墙壁,又很久。慕伏瓦走到窗边,笑着说:"犯不上,他是啥样的
人,你是啥样的人? 你总不会降低自己吧?"说完忽地一噤,四顾没
人,又放松,只是笑着望着张长征。张思考了半天,叹口气,不言
语。慕伏瓦知道他是不想和自己说,换一个人,他就会说出原委。
她对于起因过程不感兴趣,觉得有趣的只是,这场突如其来的争
吵,仿佛闷热的天气下了一场大雨,雨骤风狂,瞬间又晴朗。清凉

的空气一扫沉闷和暧昧,叮叮当当的铃声仿佛敲响了。

倪至尊被请进厂长室谈了半天,等到再出来时已含着笑了。书记在张长征的桌旁站了片刻,听张说了几个"不知道"和"莫名其妙",笑着走开了。仿佛有人知道起因结果,大家的表情都似乎很满意。对于慕伏瓦来说是支离破碎、不成画面的,对于别人来说却是一个完整的故事。这一点,她从几个年轻人进进出出别人的办公室,而后在最西边的机房里聚会半天,就明白了。赵会计看到朱兰从机房里出来,喊住了她,两人嘀咕,赵也明白了。平落沙也迅速地和高丽娜、尤梅聚首,高、尤也知道了。安走进厂长室,安也获悉了。他再度走出时,慕伏瓦以为自己也应该算知道了。"同心同意,拿我心,与你身,心神相依。"她篡改了一句歌词,觉得妙不可言。

大概过了半个月,有一天,几个人在一起聊天,倪至尊和张长征也站在队伍里,各抒己见。张说了一句,倪接了他的话茬。张稍稍停顿,就平铺直叙开来,似乎倪的接口非常自然流畅。众人不动声色地观察着,说着淡话或浓话,不让倪感觉出什么。大家都看出,倪、张二人和好了。个别人还有点不甘心,似乎觉得和平来得太快。那人悄悄指点张长征:"咋,挨了一巴掌就这样过去了?"张说:"那还能咋地,还能咬着人不放?"那人说:"让他道歉。"张说:"人家找你说话了,那就是道歉了。"那人还想说什么,张摆摆手,说:"这事不要再提。"仿佛有许多难言之隐。

那人又加倍地好奇和无奈,认为张实在像个扶不起的阿斗。那人不语。张又似乎自我解嘲地说:"总不能和小人一般见识吧。"随即意识到这句话十分的不妥,保不准又成为一根导火索,急忙摆手摇头,颇想收回,又感觉收不回了,戒心满怀地说:"你不会跑他跟前又去学话吧?"那人说当然不会。张笑,闭紧嘴巴,再不开口。那人仿佛面对一桌盛宴,没有吃饱就得离开,很不舍的样子。张斜睨着他的背影,十分自我地笑了笑。一转头看到慕伏瓦正站在院子里朝这儿张望,张长征大声说:"你也想知道吗?"慕伏瓦也大声说:"我一点也不想知道。"转身走开。张呵呵笑出声,说:"没有什么,真没有什么。"慕伏瓦又掉过头,说:"没有什么,却总有什么在发生。"张哈哈大笑,觉得这个女孩子的话有点卖弄。

大家都在嘀咕着今年不同于往年的酷热。似乎每一年都不同于过去的一年,这一点从赵会计的嘴里可以得到验证。赵像九斤老太一样,总在季节交汇的时候说一年不如一年,她年轻的时候一切都好,夏天没有这样热,冬天没有这样冷。现在,不仅热,而且臭。赵会计穿着爽滑的丝绸的裤褂,一边摇着扇子,一边摆着姿势。书记和她闲聊,不时有人路过而停下说两句。慕伏瓦听见她俩在谈论"人是泥做的"这一话题。她们的共同经验是,无论洗多少遍澡,总还能搓下灰泥。书记似乎漫不经心,不时瞅瞅别处。赵会计也很淡定,慕伏瓦从她微微努起的嘴唇和闪烁不定的眼神中看出,她的心里正在起伏着什么。她在寻找机会指引谈话。

慕伏瓦转过脸,不想看她,瞅着大街上一只被剃了毛的狗。片刻,回过头来,又看着她们。她们现在已经谈起了民主党,慕伏瓦以为美国又大选了,听下去,原来不是美国,是中国的民主党,原来中国也有民主党,还相当不错,时不时地开会讨论发东西以证明自己的存在,偶尔还会有小小的抵触,很有主意和思想。慕伏瓦奇怪她们怎么会产生这个话题。赵会计笑着说："他倒挺会钻营，想起来去人民主党。"书记不屑地说："他瞎摆拾，共产党不入，人民主党——瞎摆拾。"赵会计笑着说："老高挺幽默的。"慕伏瓦听出，赵的每一句话都不是随便说的，字斟句酌，投石问路。

她走到大门外站住，留心着走廊里两人的动静。赵会计谈到自己的老公、自己的家庭和即将高中毕业的女儿，考大学是无望的，听说现在有个政策，就是可以照顾本单位职工的子女，安排一个进单位工作。慕伏瓦听到这，知道这是赵的目的。她仿佛看到赵的小腹正在收紧，腿似乎拉长了。书记说："明天去局里打听打听，如果有这样的政策……"书记没有把话说完，若有所思。

赵开始用沉痛的声音诉说自己的苦难。老公没本事，两个女儿，一个也不能指望，大事小事都是她操心，母亲又得了癌症，父亲又极其地暴躁，只是发脾气什么都不做。现在眼瞅着小女儿高中毕业了，找工作又成了大难题，她为了这事，吃不下睡不着，啥时想起啥时百爪挠心，人眼瞅着就憔悴了，白头发长出不少。慕伏瓦很想开玩笑地送她一句："人比黄花瘦。"想一想，应该换一句："易求无价宝，难得有情郎。"这里，"有情郎"改成"有心人"。无论赵如何悲哀，书记总有些心不在焉。慕伏瓦猜她在想自己的心事，她的儿子即将退伍复员，安排工作也是个问题，如果有这个政策的话，她已经把自己的女儿安排进来了，怎么办？得想办法。她也是满腹心事，欲诉无人能懂。片刻，她忽然提醒赵，这事不要告诉别人。赵当然明白，说："机不成密就成失。"

慕伏瓦走到街道旁，靠着围栏，思忖着，她们忘了防备她了，她不是全听见了？她会泄密吗？不会，需要这个秘密的还有梅诗韵和田常仁,他们也遇到了同样的问题,慕伏瓦不会告诉他们。她没必要替赵会计保密,可她有必要替书记保密,一个单位的领导要比其他人更可亲可爱。她后悔听到了刚才那番谈话,如果这个消息泄露出去,她就会被怀疑。她们为什么站在走廊里说呢? 为什么不关上门在屋里密语呢? 想到这一层,她发觉,赵会计选择的地点很好,在会计室门口。且不关门密语符合赵会计于俯仰之间完成大事的做派。另一个人常会计在机房与李明辉聊天,可以听见两人笑语不断,她们只能听见自己的谈话。其他人不是去股市就是去街市,老田在屋里瞌睡,是真睡,不是装睡而支着耳朵听,赵会计用心地溜了他好几次。还有男厂长在屋里抽烟,他一向袒护赵会计,有时甚至当她是个小女孩。不知他听见没有,也许听见了也没啥,与他没有利益相关,且他又是个极其沉默谨慎的人。在这个开放的院子里,这个秘密倒使它成了一个封闭的地方。

■ 第二十六章　还是囫囵

　　这个大门和窗户都敞开的地方,却很闷人。慕伏瓦暗叹一口气,走了出去,站在街头望着。看门老刘和老刘老婆也站在附近,两人已经看出了许多蹊跷和道道,只有她,还像一个初次进剧院的人一样,只被花花绿绿的服装吸引。

　　忽然,老刘老婆大声说:"又打起来了!"慕伏瓦急忙望去,这才发现,街上出现了新情况。小贩急忙奔走,有人大声喊叫,刚才的平静仿佛一下子变形了。有人的秤被拿走了,有人跟着要,有人的瓜果蔬菜被拿走了,有人不满地嘟囔。城管或耐心地、或暴躁地,说服着、呵斥着。被驱赶的小贩用很难听的词叽里咕噜地骂他们。没人能够听清他们的骂词,从他们的表情可以看出,那些语言绝对可以入画。

　　慕伏瓦很同情小贩,也很同情城管。他们都是老实本分的人,在互相对峙的时候,却都变了样。小贩打游击,城管百折不挠。你来我往,你走我回。大街上天天都是这样。慕伏瓦没有注意过,今天同老刘两口子一起看大街,才发现这戏剧的一幕。她兴趣盎然地望着逃跑的人和追赶的人,希望他们跑掉,又希望他们追上。这两者都牵动了她的好奇心,前者的慌乱和后者的沉着,倒使得她矛盾起来。不愿意看见城管打人，也不愿意看见小贩和城管拉锯。老刘两口子肯定向着小贩，他们都是从农村来的。

忽然听见老刘说："折了他的秤，该！"她笑问老刘："咋，不同情他们？"老刘说："那家伙，卖你一斤能少二两。"慕伏瓦说："那城管的态度就可以原谅了？"老刘说："城管——也都是些——"他似乎觉得什么词都表达不了。老刘老婆说："堵塞街道，弄得到处都是垃圾，小贩也确实应该有人管。"老刘说："不是这么个管法。"慕伏瓦说："应该扩大菜市场，让他们都在菜市场里卖。"三个人都随意地发表着见解，望着对面街道上东躲西藏的小贩，一个坐在窗边的人看着窗户下面的混乱，有一种优越与远瞩的感觉。老刘两口子已经被大大地城市化了。

她问："老刘，你进城多长时间了？"老刘老婆回答："他一直在乡合作社干，早就不当农民了。"慕伏瓦说："确实，老刘师傅一点也不像个农民。"她听出，老刘老婆的"不当农民"似乎是自夸，这女人又是个惯会弄影作声的人，她的话里有多少事实就不用想了，自己的一句"不像个农民"就类似于赞扬了。（她感到自己越来越想讨好这两人了。）

老田散步回来，准备回办公室继续睡觉。先盹一歇子，出去遛弯儿，回来继续盹。就像一个夹心饼，遛弯儿就是其中的心。他似乎也把退休前的办公室生活变得十分的规律，他不费心思地按规律行事而觉得自由自在。大家也都很认可，常有人这样问候他：老田，睡醒了？老田，散步回来了？他也嘴里呜噜呜噜地回答。

望着老田渐渐靠近的身影，她忽然有了一种逗他说话的想法，一俟老田走近，就开口问道："田师傅，回来了！有什么新闻吗？"老刘则问："怎么今天遛这么长时间?"老刘老婆笑着说:"退了休也没有现在好,拿工资又不做事。"老田对于她的话不想苟同,又像嘴里塞满了食物一样,回答,他今天早上一上班就开始干活,没有睡觉,刚才只是干累了出去走走。老刘问:"今天走到哪儿?"老田回答:"走到公园门口。"老刘问:"老况在那儿吗?"老田仿佛被触到了神经,立刻眉开眼笑地说起老况。

慕伏瓦以为必是十分有趣的事,可惜老田像个大舌头,看看老刘两口子,他们全听明白了,满脸蕴藏着含义。是什么使这个一天到晚瞌睡的人变得生动起来? 她就追问,用好奇的神态逼迫老田说了几遍,老田竟也不厌其烦,唠唠叨叨地重复。等老田过罢嘴瘾,离开,又听到老刘两口子的评论,她算是弄清了。

老田散步到公园,没有进去,和公园看门人老况闲聊起来。老况正在吃油饼鸡蛋。老田看着他吃,劝他上了年纪,少吃油腻食物。老况不听,吃完一副油饼鸡蛋觉得不过瘾,又买了一副吃。对此,老田向老刘预测,照这样吃法,老况迟早会三高,甚至仿佛已经看到老况的三高化验单。幸灾乐祸和深深的友谊使得老田觉得无比地充实,他产生了一种担忧与愉快混合的心境,于是在老况的小屋里格外多坐了会儿。慕伏瓦理解了老田今天的容光焕发的脸。

接着,老刘老婆说到杏。她侧耳谛听,没有明白的就跳过去,不用想象和推理,最后看出,跳过去是最好的办法,老田也是不按逻辑地叙说。关于杏的说法是这样的:老况吃完油饼,喝完茶,老田始终用惋惜的眼神瞅着他,似乎他做完这些后就会躺下不再起来。老况确实躺了会儿,大概是在消化。老田望着他的身躯,怀疑它已没有生命迹象。老况忽然坐起,要吃杏。老田说到这,嘿嘿笑起来。慕伏瓦把前后情景结合起来,觉得老田的笑是应该出现在这一时刻的。老田紧接着就说:"像个小孩,净想着吃。"老田陪老况去买杏。据老田描述,老况不时咽口水,看见第一家水果摊就直奔过去,眼睛直盯着杏,问了价钱,有点贵。老田拽他离开,又问了一家,是个挎着藤篮的农民,价钱更高,杏搁在绿叶之间,杏黄中微微带点红,个大饱满,很诱人。老况就蹲下翻弄,不时地咽下口水,无力地讲着价钱。老田看出,那狡猾的农民也看出,价钱不会也不用让步。老况已经馋得挪不动步了。老田想拉他走开,仿佛那个农民的要价是伤了自己的钱包。老况不肯走,花九块钱买了一斤杏,立刻就吃起来。老田哧哧笑着说,连洗都不洗,慌得来不及了。老况吃了几颗杏后,有些醒悟,怀疑被扣了秤,去菜市场的校秤处一称,只有四两。老况想想自己刚才吃下的三颗杏无论如何也不会有半斤,明显是那农民缺斤少两。老况有些沮丧,觉得杏儿也不够酸甜可口了。想去找那农民,已经吃了,话说不清了。老田说到此,呵呵笑起来,又说老况把杏往床上一扔就生起闷气来。老田的结论是,人不能好吃,一好吃就得吃亏。老田笑着回了屋。老刘却大智大慧地说,吃小亏占大便宜,老况老婆就喜欢老况这样,还说他老婆有钱、能干。

街上的小贩又被城管撵得如鸟兽散。老刘两口子又说又笑,指指点点。

厂长、书记一起巡视各间屋,然后沉着脸回到了自己的办公室。一缕烟从窗户里飘出来,厂长又在低头抽烟了。书记呢,她不抽烟也不喝茶,她在干什么?平落沙从西边机房里走出来,匆匆地进了排版室,很老实地坐下,开始看书。慕伏瓦仔细投掷了几眼,看出那仍旧当然只是一本《故事会》。就是这一本《故事会》也很骚扰她,平落沙坐立不宁,在用毛衣针戳了几次自己的头发后,忽然站起来,把书一拂,书飞进了墙角,她又走出去,进了厂长室。慕伏瓦看出,这本《故事会》是一种障眼法,在宁静下掩饰着不安。尤其是平落沙,她更不会对着一页写满字的纸望上一刻钟。只有厂长、书记是宁静的恬适的。慕伏瓦想,如果人人都向你倾诉,不在意你的面孔表情,你随时拥有来自四面八方的信息,没有秘密的旮旯,你仿佛神眼、天眼,一切尽收眼底,你也一定是宁静的恬适的。"信息饥饿症",慕伏瓦想到这个词,不知是自己的发明,还是别人的提法掩藏在意识中,现在一遇到合适的机会就跳了出来。她觉得这个迥然出现的词十分恰当。人人都患上了这病,她的病最重。

■ 第二十七章　在一个方框里下棋

一日,听到柯叶说,她和我年轻时一模一样。柯叶不过三十多岁,喜欢自诩老。她疑心是在说自己,只有她别扭,别人都很流畅。

她竭力向他们靠拢,却忍不住掩鼻而去。她像需要厕所一样需要他们,又像排斥厕所一样排斥他们。她费了好大劲,成功地停止乱想,大脑里又立刻浮现出安的形象。

安的女朋友可是得到同事们的认可、在安家里登堂入室的人。她是浓郁的花香,自己只是草间一缕风,轻得如此没重量,随便什么都会改变它的方向。

她下意识地走进机房,年轻人正在聊天。她像冰柱一样戳在屋子中间,大家心中充满情绪。她正准备走开,厂长忽然若有所思地走进来,大家立刻把注意力转向他。有一瞬间,她以为这是尊重领导的表现。平落沙不动声色地招呼道:"厂长来了,我们这儿正聊天呢——又串岗了,嘿嘿。"厂长摆摆手说:"实在坐得急了,也能稍稍出来走动走动,像那些一出去就半天不回,一聊就是两三个小时的,就说不过去了。"平落沙说:"我们刚才谈防暑降温费的事呢,上头的钱拨下来了吧?"厂长似有不快。

他总是这样,一听别人谈钱就不快,好像大家不是靠上级财政发工资,是他家给人发工资。平落沙看出他的脸色,立刻舌头一卷,说:"其实也就是几十块钱的事,谁也不在乎那几十块钱,我就不在乎,发不发无所谓,昨天我一下子批了八十块钱的冰淇淋,塞满了冰箱,中午晚上回到家,一边吃着一边做饭,多滋润! 那点防暑降温费不够买两盒冰淇淋的。"大家都有同感,一致说道:"这么点钱,还取名叫防暑降温费,会耍大刀。"厂长皱着眉头说:"给多少算多呢,能给就不错了。"

一直没有表情的赵启明这时开口道:"降温费少,咱单位不能贴补点吗?"没人吱声。书记也走了进来,赵启明执拗地又问道:"就不能给大家搞点儿福利吗?"还没人吱声。赵启明提高了声音说:"单位里又不是没钱,厂长、书记,给大家发点钱吧?"慕伏瓦知道人人心里都是这样想的,只有赵启明顶着屈辱和压力说出了这样的话。

厂长和书记交换了眼神,书记说:"上面不允许发。"赵说出一个和本单位性质相同的单位,说人家都敢发。厂长说:"人家为什么能发咱不知道。我们前日去局里开会,局里特别强调不能乱发钱。再说,说着都是笑话,咱上哪弄钱去?"赵张张嘴,没有说出来。慕伏瓦猜测,他大概想说,以前王厂长在任的时候,就经常发钱,经济状况也不比现在更好,现在经济发展了,大家倒没钱了。大家都看着赵,不管怎样,赵说得对。厂长、书记仿佛被赵的话赶了出去,忙忙地离开了。平落沙也忙离开。大家也都陆陆续续地离开。

后来,慕伏瓦听见赵启明对潘伟说:"别人吃肉咱不眼馋,只要能喝点汤也行,现在连一口汤也喝不上了。"潘伟说:"骨头渣子都不能让你瞅见。"慕伏瓦觉得奇怪,这个看起来很清贫的单位能有多少油水？大家显然都认为，肥水都流进了某些人的腰包。

她问尤梅，尤梅悄悄告诉她："厂长、书记都又买房子了。"慕伏瓦傻乎乎地问："这说明了什么？"尤梅没好气地说："我也不知道说明了什么。"慕伏瓦又问道："他们哪来的钱呢？"尤梅说："不知道，不知道，我什么都不知道。"慕伏瓦看出，自己又引起了尤梅的后悔。

尤梅还是很可爱的，她偶尔会在自己的谨言慎行上打几个小叉叉，使人能够原谅另外的那个她。但要清醒，不要在人多的场合表达这个她。曾经有一次，慕伏瓦不动脑子地指出尤梅说过什么什么，大家都惊诧地望着尤梅。尤梅立刻说："她造谣，我从来没说过——我怎么可能这样说？"用狼狗一样的眼神瞅着她。她想说，你说过，你忘了，我没有造谣。尤梅不等她开口，就堵住她，说："你自己说过的话你自己不要忘了。"她寻思自己说过什么。这时，大家都认同了尤梅。

慕伏瓦注意到，自从这件事发生后，有一段时间，赵启明的处境有些尴尬。厂长似乎有意无意地回避他，大家也就避免和他多说话，像从前那样的聚会也很少见地缺少了赵启明。慕伏瓦想，不能责备墙头草，它实在只是一棵草。可以歌颂树，崇拜树，只能原谅一棵草。赵启明也颇自知，不使大家为自己的处境难做，他同大家疏远了一段时间，等到日子慢慢地过去，他也慢慢地不动声色地再次融合进大家的群体。在这段孤单的时间里，慕伏瓦就看到他一声不吭地上班，独自一人下棋，或者在九点钟时走出去。他一定是去股市了。希望他的股票大涨。

她踅踅地走进赵的办公室。赵正坐在桌子旁钻研棋谱,面前摆着一盘棋。她站着看了一会儿,其间,厂长、书记又查岗了,伸进头瞅瞅。她想离开,晚了,后又想,她离了岗,可她到底属于少数没有离开小院的人。高丽娜和安都神奇地坐在自己的座位上,领受了一块香皂、一条毛巾的奖励。她以为自己大概没有,后来厂长似乎斟酌再三,给了赵启明一份,也给了她一份。她发觉,厂长、书记也不十分讨厌她,面对她这个问题时,他们往往更理智更有原则。这就是她能够在小院生存的原因。她得罪了大家,大家却都能像看怪物电影一样理性。这也是尤梅为什么有时会突然走近她,说些听起来知心的话。她捅破了大家的感情,却巩固了大家的理智。她无意中发觉了这点,大为舒心,她没有被大家抛弃。像发烧的人需要冰块,冷的硬的硌人的,却被需要着。

她站在旁边看赵启明下棋,不说什么,以为自己站在这儿就是一种支持和理解。赵也不说话,仿佛很专注。她像个盲人一样看着棋子,什么也没看见。她灵魂出窍般地站着。过了好一会儿,赵说了一句话:"其实最难的是和自己下棋。对方的思想活动你很清楚,你还要反对,还要偷袭;把自己分裂,那一半无论提出什么,这一半都要有对策,单纯的反对还不行;有时候自己就像个疯子一样逻辑混乱了,这时还要清醒,因为另一半还在监督着,还在隐约地要推翻。很难。"赵说。慕伏瓦立刻像个应声虫似的说:"很难。"想想,又确实很难。赵以为她很了解,就开始讲解棋局,邀请她也来一盘,她胆怯地摇头。赵不勉强,继续自己下棋,她看着。

外面树叶落了。

想着自己的灵魂,想着赵的灵魂,想着所有人的灵魂。她看到高丽娜笑眯眯地整理着毛巾、香皂，已经塞满一抽屉了。安也是这样。他们连一条毛巾、一块肥皂都不会错过。她不是也得到了吗？她却总以为自己得到的和他们不一样。她现在尽量避免想到安、看到安。她不希望自己的目光穿透他的身体，像在墙上打眼儿一样，看到墙那边的情形。那情形，是不能凝视的。

单位里的同事在一起扎堆时，也往往不谈论安和高丽娜，如果有人提及，大家往往停顿，沉默。她思忖，安和高丽娜不是坏人，也不是多么好，他们只是太普通了，和大家一样普通。即便作为厂长、书记的儿女，他们也还是太普通了。可大家仍然对他们另眼相看。这就是矛盾了。你不能对一个人抱着一种清晰的情绪，也不想给一个人明确的画像，却不得不采取一片光明的步骤。

树只是树，不是朋友情人什么的。后院只是一片杂草丛生的荒地，不是神秘和荒凉的诗境。安也只是安，不是一个有着深沉情感的男人，他只是笨嘴拙舌而已。漫天的雾，使一切都影影绰绰，雾散去，也只是稀薄而陈旧的影像，不同于她所想的浓厚有形。

他们却加深了怀疑。他们总以为，在一堵墙的后面，在浓雾里，一定有着不能示人的阴谋诡计。她呆滞的目光仿佛随时会沉入睡眠，他们却警醒着，在无数个一样的日子中发觉突然降临的蝇声。于是，行动起来，喧哗起来，亢奋起来，仿佛一直在等待这一刻。这一刻是他们的《圣经》。他们一定从中读出了深意。

尤梅用洞察的目光窥视着她，说了一句："我二十岁刚来上班时，有一个晚上，一个人吃了一斤饼干，喝了两瓶水。"慕伏瓦明白她的意思，她似乎很理解自己。可她不喜欢自己，自己也不喜欢她。她原可以把这些看作知心的话,尤梅却用这样一种躲躲藏藏的方式讲出来,含义似乎要她自己去领悟,似乎还含义无穷。她感到了其中的嘲笑。

这就是尤梅常犯的错误,她似乎看穿了自己,结论却又是那样浅薄。尤梅的话,常常让她又感激又皱眉,为她的理解,也为她的不理解。尤梅说完这么重要的话就径直走开,根本不看她的脸色。她瞪着眼,激起未了的思绪,未出口的话,只能干咽下去,张大了嘴,瞪圆了小眼。看见尤梅暗暗地笑,她觉得自己输了一步,很觉不甘。她没有和谁对弈,别人偏要将她一军,且感到胜利的欢欣。

办公室里只有她和尤梅,她木呆呆地站着,尤梅不时地走动着干活,始终背对着她。最后,她暗沉沉地叹气,对于自己不是她的对手感到苦闷。她坐下来,望着尤梅的矮小身影,很想一步跨过去,用力狠狠地扳过她的肩膀,对她说:"不要以为人人都像你想的那样,我也曾经一个晚上干掉一斤大饼,喝掉一升可乐,我暴饮暴食是因为我——你很明白的原因,为什么那样想?这不丢人,不是丑事,也不应该广播给大家听。我能理解你,希望你也能理解我,不要把什么强加给我。把棉帽子盖在一个夏天的脑袋上,让人憋闷!"

她在心里演练着这番话,仿佛已经说给尤梅听,尤梅也似乎听见,肩膀已经不再暗笑着耸动了。

今天中午下了班,慕伏瓦立刻走了出去。走出大门后,忽然想起什么似的,又走回来,假装检查门窗,竖起耳朵听着。不出所料,他们都没有离开,有的人聚在最西边的那间屋,不时伸头看看,瞭一眼院子又缩回去,几个年长点的聚在会计室,他们有一搭没一搭地聊着。慕伏瓦知道,他们全和她一样竖起了耳朵,厂长室的动静全像打雷一样进了他们的视听范围。她察觉出这点异样,又懈怠地走开了。

上级领导忽然降临这个小单位,一定有重大的事情要发生。她也应该留下来,听消息。她又返回来,在别人诧异的目光下走进办公室,仿佛听见有人在问,她怎么也这样留心?她在空荡荡的办公室坐下,听着两个小集团的喊喊喳喳声。从厂长室传出椅子挪动的声音,来人要走了。又听到了他落座的声音。这时,忽然想起一个笑话,说:马克在家乡的公共集会上演讲时不小心放了一个屁,很羞愧,多少年不敢回家乡,二十年后,他回去了,以为大家早已忘了,就向一个服务生打听一件事,结果,服务生问他,你说的这件事是发生在马克放屁前还是马克放屁后。

慕伏瓦被这个笑话鼓舞,打起精神走进了会计室。赵会计惊奇地问:"小慕还没有走?"慕伏瓦很想说:"你不也没走吗?"但她没有说,笑着回答:"回去也没什么要紧的事,就是吃饭睡觉,早一点迟一点没关系。"赵会计坚持说:"回去吧,去晚了食堂就没好菜了。"慕伏瓦回答:"是的。"

梅诗韵和赵会计、常会计都催她走,似乎担忧着她的中午饭。她心里有些着急,她和他们一样都好奇着隔壁厂长室里的事情,也许对别人来说还不仅是好奇,这里面一定有着利益攸关的内幕,她们却想赶她走,她又找不到理由留下来。赵会计的声音柔和体贴,仿佛慕伏瓦是她的一个亲人。慕伏瓦对于赵会计的温柔早就知晓。赵曾经用温柔的言语支走常会计,找到机会与书记单独商量事儿,但看常会计难看的脸色就知道常吃亏了。有人说过,每年赵会计会比别人多弄万儿块钱。慕伏瓦相信这是事实,否则不能解释赵的热心和关心。

钱是和秘密相关的,一个人知道多少秘密就会得到多少钱。大家都对秘密趋之若鹜。一个上级领导就仿佛一个大财神,他带来的信息必在不久的将来变成可以触摸的钞票。重要的是看你怎么运功。

赵会计、常会计和梅诗韵都离开了会计室,赵还认真地锁了门,又拉了拉锁,三人离开了,不时交换着午饭的食谱。慕伏瓦随着她们走出小院,真的以为她们要走了,对于赵的如此疏淡还奇怪。赵、常、梅三人走到大街拐弯的地方,大概距单位有十分钟的路,这时,赵忽然说她忘带什么东西了,不得不回去拿。慕伏瓦一直跟着她们,赵的话一出口她就明白了,看看常和梅也都明白。赵一人匆匆而返。

慕伏瓦走回斜对着单位的小饭馆,要了一碗牛肉粉丝,一边搅动着滚烫的汤一边等待着。她就是要看看赵什么时候离开,别人什么时候离开。那个引起动静的领导是否还有动静。她喝着汤,想着,他们都不饿吗?饿的问题怎么解决?领导们肯定要去酒店了,还得有随从,杨四极、平落沙是肯定要陪同的。最后,人人都真相大白,只有她,是雾里青。也许可以问他,他会告诉她吗?她觉得不会。他——安,这样一个简洁的名字,却有着无比现实的意义。

她吃完了牛肉汤仍然不见赵会计走出来,又要了一盘凉拼,一筷子一筷子地吃着,一下一下地望着,最后烦得趴在桌子上睡着了。老板也没有唤醒她，大概食客少，不影响什么，或者她常来，是熟客。这种睡姿很让人疲乏，她很不舒服地醒来，看到自己的口水流到了桌子上，赶紧擦擦，望望四周。几个陌生的面孔也像陌生的门脸一样，雷同。没劲。她迷惘地望出去。单位门口静悄悄的，他们一定已经离开了。

她不感兴趣了，刚才的梦境太累人，她看到张长征安了一条假腿，看到杨四极的脸像日本动漫人物一样忽闪。最让人不快的是，他们似乎都说着戏弄的话，他们开玩笑，她恼怒，大家都笑。她也笑，觉得自己当真了，实在有点可笑，一转脸看到安也在笑，她又怒了。又有人笑。她想，一定要把这一切记录下来，就开始回忆。然后就突地醒了。有一瞬间，这梦有趣且清晰，紧接着就混沌了。她越想，它越消失得快。

■ 第二十八章 风波（帽子的颜色）

　　一个妇女不停地打量她，想猜出她的心思。她想，哼，你永远也猜不出来，我是漫无目的向前走。她耷拉的眼皮下的目光浏览着。潘伟拎着早点进去了。赵启明干瘦挺直的身影也非常利落，毫不犹豫地进去了。杨四极也进去了，这个矮小灵活的人不仅用腿脚走路，头也晃着。他进了自己的办公室，不久又出来，进了会计室，他还会进别的房间。他会把这每天都勘察，已经勘察过许多次的地方继续勘察下去。这里的每一个人都是这样。朱兰和柯叶肩并肩地，袅袅地进去了，仿佛好姐妹。慕伏瓦心想，朱兰、柯叶的友谊比起平落沙、李明辉的友谊，要差得远了。就好比冬天落叶的树与常青树，天气影响了前者，对后者却没有大碍。柯叶会为了领导的青睐疏淡朱兰，朱兰也会为了一时的嘴快贬斥柯叶，但两人又会很快和好，仿佛前嫌尽释。慕伏瓦常疑惑地想，她们真的能忘记吗？或许，真的忘了，又重新点燃友谊的火焰，只知道是在继续燃烧着，燃烧得全无意识。

　　她走进单位，小院里没有一个人，能够听见史梦雪的声音从西屋里传出来。史仿佛认识这个小城的每一个人，她常常能够告诉你，你的小学同学现在干什么，你的中学同学现在哪儿高就，你的从前的邻居现在和谁结了婚。对于每一个人，哪怕是第一次听说或者第一次见面的人，她都能说出许多。她极善于联想，能从一个眼前的事物蹦到她的经验中的许多事物，她只有十八岁，却仿佛活了八十年。慕伏瓦很少和她说话，一是很难碰面，二是惧怕。她和史第一次见面时，史瞅了她几秒钟，立刻呱呱地说出慕伏瓦和她的一个同学很相像，她的这个同学——史流畅地说出一大堆，全是透视和轻嘲。慕伏瓦觉得自己没了尊严，史还在滔滔继续，忽然看出了慕伏瓦的不自在，舌头一转弯，又说起了那人的优点，只是这优点比起刚才说出的缺点，显得那样不足道，仿佛史为了安抚她十分牵强地编造出来的。

她不由得想到，这也是一种嘲讽，依照史的性格和本事，她决不会如此牵强地说话，她只是想让自己看出这种勉强，暗暗地抽自己一下。这些话似乎比刚才的话还含着更多的锐刺。慕伏瓦有点惧怕她了。自己的一句话会换来她的十句话；自己的话常常词不达意，她的话却常常直逼人心。慕伏瓦见她就绕着走，这也被她看出了，她笑着说："慕伏瓦怕我。"她没有像别人那样称呼她慕映红，很乖巧地称她慕伏瓦。慕伏瓦很领情地朝着她笑着，溜进了自己的办公室。

史正在西屋推销化妆品，男士女士都在听，女士对于东西便宜质量可靠都大为动心。史自己用的就是这个，她立刻从瓶里挖出一块抹在自己脸上。她的十八岁少女的脸不抹化妆品就很好，她却把这归结于自己巧妙地使用了这种雪花膏。女士们瞧着她的脸，真的相信了。男士们想走开，她及时地指出他们脸上的粗大毛孔和油疙瘩，什么样的护肤霜可以使之细腻动人。"细腻动人"一词引得男士哈哈大笑,他们似乎认为自己不必"细腻动人"。她立刻从包里掏出一幅宣传画,画上的男士有着可人的相貌和动人的皮肤,正用眼睛看着你。

史梦雪立刻抓紧时机地宣传,街面上的所有的化妆品都一样,只是牌子不一样;买我的和买别人的没有区别,我的更便宜,直接从厂家拿货,没有中间的经销环节,而且质量好;越昂贵的化妆品越有害皮肤,添加剂太多;我的这种护肤霜只有植物萃取成分和一点点油脂、一点点香精,没有别的乱七八糟的东西。大家都不知道什么叫"植物萃取成分",都感觉很好。陌生的名词仿佛会带来惊人的效应。

女士们又合计了几天就都买了。男士们只有倪至尊买了一瓶,说是给老婆用,据慕伏瓦后来的观察,大概是给自己用了,因为他常常带着一种淡淡的香气来上班。其余的男士都动了心,终于没有决心掏腰包,这说明史梦雪的功夫还欠火候。慕伏瓦也破天荒地随大流,花五十块钱买了一瓶,没有商标厂家,连成分说明也没有。冬天到了,手脚皲裂,觉得便宜,挖一疙瘩抹上。后来才觉得,如果仅仅涂涂脚后跟,五十块钱还是太贵,街上地摊卖的一角钱一支的油棒就行了,若涂在脸上,又有些不放心,香味也让人想不出它的来源,一种塑料的气味。她隔了半年后,忽而觉得受骗了。从前都用美加净,一元钱一袋,用得挺好,五十元钱能买五十袋美加净,多少个冬天都用不完,且总是新鲜。这一大瓶,今年冬天用不完也不合适搁到明年冬天再用。总之,今年冬天用了五十块钱的雪花膏,其实花三块钱买三袋美加净就过去了,再往多里算,五袋美加净也过去了。还是吃亏了。

一花钱就有吃亏上当的感觉,这一次听史梦雪说得天花乱坠,随大流,以为不会有这种感觉,可还是有了,只是推后了一点,半年以后,不是像以前,过了几天就醒过来。把这种感觉说给朱兰听,朱还取笑她,仿佛她是个小心眼。朱说:"他们总是要赚钱的,你也得到了实惠和便利。"慕伏瓦说:"可是我一花钱就心里不舒服。"朱兰笑,对张长征说:"小慕也是个能过日子的人。"张斜睨了慕伏瓦一眼,只是笑。慕伏瓦知道他为什么用这种眼神瞅她,无非是因为她直到现在还没有男朋友——没人喜欢她。

刚来这个单位上班时,她曾经特别接近张长征。张给她的第一印象并不佳:蓬头垢面,戴着副眼睛,穿着中山装,出人意料地扣上了所有的扣子,使得脖子的转动都看着困难,最让人看不惯的是,他的后背上还落满了头皮屑。慕伏瓦一下子觉得他和蔼可亲,主动找他攀谈,诉说心事,常常惹得他大笑。慕伏瓦不明白他为什么发笑,他却笑得打嗝。虽然有点恼怒他的不加控制的笑,出于习惯,慕伏瓦还是经常找他说话。有时候她会突然发问,问些对方难以回答的问题,看到他忽然噤口,她以为自己戳到了他的命脉,以为他从此会克制。她决心常常发问,看他忽然严肃起来的神情,她有种得意的感觉,仿佛是他败了。

不久,她就听见他对朱兰说:"慕映红什么都不知道啊,哈哈哈,什么都不知道,哈哈哈,哈哈哈!"听到这样的评价,她不知道心里是什么滋味。如果真的是傻瓜,谁又愿意被人说成是傻瓜呢?她郁郁了一阵子,看到大家各自扎各自的堆,她一人独坐,落寞和无聊又都一起来了,又去找张长征说话。张好笑话她,她却坚信张是个好人。这样的结论不知是怎样得出的。她似乎总倾向于认为，一个邋遢的外表下必有一颗不善钻营的心。她总是一厢情愿，在面对张长征的态度上，也是如此。

她又如往常一样，犹豫着走进张的办公室。

总是犹豫，哪怕喝一口水，她都在犹疑。这是这个单位给她的烙印，总觉得有什么没有想清楚，却没有时间去想。

张和朱兰一间屋，朱兰正在打毛衣。这个乍冷的季节，拥着一堆长毛绒线给人的感觉是那样的好。慕伏瓦摸了摸绒衣，不由得坐下，直着眼睛看她的灵巧的手指迅速地移动着。张长征拿着一本书，端坐着，眼睛和书距离老远的，费劲地瞅着。她嘻嘻笑，问朱兰："他能看懂吗？"朱兰望了他一眼，说："喂，不能看懂就别装了，人家慕大小姐有疑问呢？"张笑着放下书，慕伏瓦看出那是一本古汉语，知道里面有着许多《新华字典》上都查不到的字，张的办公桌上赫然摆着一本《新华字典》，张一定看不懂。看不懂并不影响什么，人不必为了看得懂才看书。干吗要看懂呢？看不懂不是留下了无限的空间吗？她心里这样想着，嘴里也这样说了出来。

结果是，她又一次逗得张哈哈大笑。张扔下书，饶有兴致地瞅着她。她也瞅着他。望着张的布满灰尘的黑呢帽，她说他该换一顶帽子了。张问她："你说我该买一顶什么样的帽子？"她愣了愣，说："鸭舌帽、许文强戴的那种礼帽、巴拿马草帽，都行。"张说："鸭舌帽可以考虑，其他的不必考虑。"她问为什么，说他戴许文强礼帽会很有风度的。说完这句话，她认为"风度"一词用得很好，仿佛夸奖一个长得丑陋的人漂亮，可以理解为恭维，也可以理解为嘲弄。能使他难堪，她总是愿意。

张在认真考虑自己的帽子，拿下帽子弹了弹，又戴上。慕伏瓦说:"早过时了,现在谁还戴这种帽子? 只有大队书记戴这样的帽子。"张说可以买顶鸭舌帽试试,感觉鸭舌帽好一点。朱兰望望他,也倾向于鸭舌帽。张又自言自语地说:"买什么颜色的呢?"慕伏瓦说:"黑色,无论什么样的人戴黑色帽总没有不合适的。"张又揶揄道:"难道我是无论什么样的人吗? 你不觉得我稍稍有点与众不同吗?"朱兰听了这话就咯咯笑起来。慕伏瓦又说:"蓝色或者咖啡色。"接着又否定:"你的面孔是红色的多血质,蓝色和咖啡色大概不合适。"张笑问:"我的脸是什么质?"慕伏瓦认真地思索了一会儿,忽然说道:"绿色,绿色最合适。对,你应该戴绿色的。"

张长征不再开玩笑似的望着她,他瞟了朱兰一眼,仿佛很克制地又拿起了书。朱兰忽然用手捂住嘴,弯下腰去。慕伏瓦没有发觉什么异常,认为自己的提议没有被反对,开始阐述绿色如何般配红色。张长征仿佛很认真地回答,这样的帽子没处买。慕伏瓦说:"到处都有,怎么没处买? 某月某日我就看见一个男的戴着,气宇轩昂地走在大街上。"张似乎无可奈何地说:"噢。"又拿起了书。

从朱兰那儿传来怪声。慕伏瓦奇怪地望着她,看到她的脸涨得通红,仿佛喘不过气来,喉咙里发出气流的吱吱声和嗝嗝声。慕伏瓦再看看张,他也仿佛在抑制,她愈加惊奇了,忍耐了一会儿,问道:"你们都笑什么?"他们忽然抑制不住地爆发了。听着他们的大笑,笑了半天,慕伏瓦觉得仿佛受了侮辱,她不高兴地望着他们,希望自己生气的面孔能够让他们自制一些。可他们似乎一发不可收拾,笑了很长时间。朱兰擦着眼泪还在哼哼。张长征不时抿紧嘴巴,脸部肌肉收缩,一副怪样。慕伏瓦站起来走开,临出门时,朱兰的塞满笑意泪光盈盈的眼睛望着她说:"有空再来。"她闷闷地答应了一声。

此后有好几天,朱兰和张长征见着她,都是一副忍俊不禁的样子。她不明白是什么造成了这样奇特的神态。不久,就在人人的脸上都看到那种奇特的表情。她一直没弄清原因。尤梅似乎很理解她,有一次忽然看着她,说:"我从前也不知道。"她并不因此就释疑解惑,她根本就不知道尤梅在说什么。很久以后的一次半夜梦回,忽然浮现出尤梅的脸,和自己说这话时的样子,这话也清晰地再次想起,又联想起小说中的描写,模糊觉得是男女之间的什么事。一定不是好事了。她渐渐体会出尤梅的好意,可这好意并不让人愉快。

事情慢慢地过去了,大多数人不再一看见她就仿佛想起什么。话题聊完,空气沉寂,就会有人提起,时间重新被注满活力。它像一列老式的火车,发出咔咔的声音,又长鸣不已。经历了这件事,她更畏惧开口了,看到张长征更是惴惴不安,生怕引起他的开玩笑的兴致而使他大肆言语。她加倍地自重自尊,听见别人谈论内衣内裤都觉不好意思,如果是男士谈论,她就要昂然走开。她一心想表明自己是容不得轻薄的人,严肃庄重得格外讨人厌,自己不觉察,仍然认为是自己讨厌别人。

独坐,眼泪忽然涌出。她想无限期地拉长现在,又鄙薄现在,能采取的办法就是白日做梦。"梦"这个词突然出现,安已消失了很久。它的再次出现,就仿佛给草施了肥,呼呼啦啦地冒出一大片。这芽一天天长大,她的决心也愈来愈大。

冬天来了。秋天只是夏天的尾巴,夏天一过,寒流就到。她穿上羽绒服的那天又引得张长征大笑。她说:"别笑我,一会儿我就看你跺脚流鼻涕。"张笑着,用手背蹭蹭鼻子,果然有清涕流出。慕伏瓦立刻说:"你干吗不用袖子蹭鼻涕呢?那样更动人。"

她想离他们远远的,真的不再听见他们的声音时,又巴望着听见了。她以为只有自己是这样,后来发现人人都这样。人人都觉得被冷落,被对不起。她看出这一点,觉得有意思。她不是孤单的;他们全是孤单的,她不是被排斥的,他们全在互相排斥。她觉得自己勇敢了,她并不特殊,不管貌似多么不同,他们和她却是极其地相同。她走到他们中间去,就像走进一群老友中间,有什么可以惧怕的呢?

看到他们扎堆聊天,她不再站在树下,假装沉思竖起耳朵,她无畏地走过去,面对他们的目光和戛然而止的声音,侃侃而谈。她不论时间和地点,把一切话题都引到自己身上,大谈自己的家庭和自己的童年与少年。张长征又常常打断她,对她使眼色。她停下来想想,没有发现什么不合适,一定是有不合适了,这一点让她沮丧,有什么环节出了毛病,她还不知道。有这么一段时间,她感觉到出奇的和谐。她觉得从此会开始新生活,幸福生活,成为他们中的一员。

她又忽然地不满意了。她不再满足于诉说自己的家事,对他们的家事也不感兴趣。经过了近一个月的突变,她发现自己黔驴技穷了。事情又回到了老话题,她应该像他们一样,结婚、生儿育女,满足于把自己的雄心壮志通过语言滔滔而出。"过把瘾就死",这句话充满激情,却像一切激情一样,一旦过去就成了灰。你死不了,不能用死亡做完美的休止符,不能因此而神圣而神勇。她又忽然地沉默不爱搭理人了。

慕伏瓦已经学会不用一个词来概括一个意思。

阳光照进院子里时,她声称喜爱,连绵的阴雨淅淅沥沥,她又颓废地、照例地不相信感观了。她有时候想,安也许是被她吓跑了。她为什么控制不住自己呢? 为什么像一只单细胞生物呢? 别人都会在时间的流逝中变得成熟复杂,只有她,需要一百万年才能完成她的进化。谁会等她一百万年呢?

第二十九章　白雪公园

今天早上一打开门,看到满地雪,一阵欣喜,一阵激动,又忽然一阵怅惘。她穿上全套衣服,小心翼翼地走出去。寒冽的空气像夏天打开冰柜的感觉。去公园吧,公园是一个没有男朋友的女孩子在周末唯一的选择。(等她有了朋友,公园也仍然是唯一的选择。)进了公园才发觉热闹,今天的热闹很动人,皑皑白雪。她不由得嘀咕了一句:"银装素裹,分外妖娆。"又重复了好几遍。好几个人从旁边走过,其中一人大叫道:"银装素裹,分外妖娆,啊,数风流人物,还看今朝。"认识的,不认识的,看到这样的豪情都笑起来。

跷跷板的一端积满了雪,另一端坐着一个小男孩,正在吃菜盒子。

周围没有大人。他有一副似乎刚刚哭泣过的面容。他一心一意地吃着,不理会周围。在这寻欢作乐的人群中,他像一块断砖,被掷在花坛中,像绿化带里的一块裸地,像雪地上的一个泥足印。

她在公园里转悠起来。坐了两次飞机,颇有惊悚的感觉,担心飞机会掉下来,电视上不是报道过游乐园出事吗?及至下了飞机,又忽然想起那男孩,朝跷跷板望去,已经看不见了。他能去哪儿?他绝不会离开乐园,他也一定没有钱,只有跷跷板是不需要花钱就能玩的。她慢慢地走着,寻觅着,玩了卡斯特大炮,没有打中目标,倒无故地觉得兴奋;看了一会儿熊猫拉车,瞧那黑着眼圈的熊猫拉着吱嘎作响的车在轨道上行驶,小孩子坐在里面,一副紧张的模样,父母们在一旁鼓励着。西边聚集了一堆人,走过去,挤进去。

一个金鱼池,大家在钓鱼。每当有人钓上来就会有人大声说:"钓上来了,钓上来了。"人群就有微微的浮动。慕伏瓦很喜欢这个地方,安静纯粹,大家都为一条小小的鱼渴望着,高兴着。陌生人也会为另一个陌生人终于钓上一条鱼开口赞叹,有时还要加以指点。被指点的人不觉得没面子,微笑着接受,大家心中全无栅栏。小孩子费了很大的劲钓到了一条,口齿不清地说:"鱼,鱼。"大人立刻夸奖,端过小盆来接住。孩子就蹲在小盆边数自己一共钓了几条,数了几遍,数不清楚,鱼是游动的,他似乎还没到识数的年龄。有大点的孩子兴高采烈地大叫,我钓了十条了,我钓了七条了。忙着与鱼池主人讨价还价,一条鱼一块太贵,九毛行不行? 八毛行不行? 还完鱼价又还鱼食的价。最后从裤子口袋里掏出皱巴巴的小额钞票,似乎很大方地递给鱼池主人。交易之间,神情颇似大人。

只要看到从公园出来的人手里拎着装有鱼和水的塑料袋,就知道他们准在这鱼池逗留过。带回家的鱼,有的会长得很大,有的两三天内就会死掉。他们都是欢欣鼓舞的,瞧着这小小的活物在小小的袋里挣扎。慕伏瓦总在不由自主地找那个小男孩。她看到他的小小的脑袋在人堆中挤了一下又消失了。她张望了几次,不见,心里思忖,也许可以和他说说话,买几条鱼送给他。他一定是空着手走的,菜盒子一定早已吃完了。过了一会儿,她看到那男孩在池子拐角蹲着,非常专注地盯着鱼池,不理会周围的拥挤,仿佛他没钱把它们带走,就用凝视和精神带它们走。

慕伏瓦瞅了他半天,他也就半天不动地蹲着望着鱼。想到一条鱼带给他的欢乐一定远远超过鱼价,她就买了三条,朝那男孩移过去。挪到他旁边,她俯身向他,问道:"宝宝,你喜欢鱼吗?"他没有理她。她蹲下,望着他的脸笑着说:"我钓了三条鱼,不想拎回家了,送给你吧。"他不看她,也不吭声。她把鱼放到他面前。他仍然不看,似乎生气了。看到他的娇嫩的侧脸,她忍不住想碰碰他,就拉起他的手,想说——男孩突然立起来,看了她一眼,跑开了。

她把鱼送给了别人,也走开了,意识到自己的贸然举动剥夺了他的乐趣。他像她一样,不需要任何同情和怜悯,不觉得自己比别人更倒霉。他也是快乐的,在望着鱼和独自玩着跷跷板吃着菜盒子时。他和她一样,只要来到这天地之间,就会忘掉一切不快,感受别人的快乐和自己的快乐。

快乐像糖一样融化在心,虽泪痕犹未擦干,眼神还时时带出乌云的暗影。

离开了乐园,慕伏瓦朝鸽棚走去。从那儿也时时传来笑语。还未走近,就有一大群鸽子腾空飞起,落下一片呼哨声。白色的、灰色的,在人们的头上盘旋。慕伏瓦买了一袋鸽食,准备喂它们。看到那男孩在不远处站着,抚摸着一只落到他胳膊上的小鸽子。小鸽子哆哆嗦嗦的,似乎站不稳。他亲了一下它的尖嘴,还伸出舌头舔了一下它的毛。慕伏瓦决心走过去制止他,它浑身雪白,可并不干净。

她把鸽食递给他,说:"喂它吧,它要这个。"他似乎很愿意接受这个建议，有点犹豫，也许不该拿陌生人的东西。她倒出一把在手心里，鸽子立刻飞过来，围绕着她咕咕叫。他很羡慕，踌躇着。她拉过他的手，在他的手心里也倒了一把，他也立刻被鸽子包围。她对他说："这些鸽子天天都在挨饿，鸽子的主人并不喂它们，它们只靠游人来喂，如果游人吝惜那点鸽食钱，它们就要过苦日子了。"他沉思了一会儿，说："我要有钱就好了。"慕伏瓦赞同，说："有钱的确不孬。"他说："我要是有钱，我就天天来把它们喂得饱饱的，再带着它们周游世界。"

慕伏瓦不知道该怎样迎合人心，尤其是迎合一颗孩子的心，从这个孩子的只言片语中，她又感到了自己的做作。她不过是解闷，才注意这个孩子，这个孩子却对一切看得很认真。

他专心地观察着鸽子，有时望她一眼，说着什么"我爸爸"或者"灰雨点"。她猜想，他爸爸爱养鸽子，他家有一只叫"灰雨点"的鸽子。慕伏瓦知道，受宠的鸽子常被称作"灰雨点"，这种鸽子有着灰色的羽毛和深灰的斑点，还有与众不同的千里追寻的能力。也许对于这个男孩，"灰雨点"和爸爸都是过去时，他的脸上出现伤感的追忆的表情。她指着一只灰色斑点的鸽子对他说："你可以常来这儿看它，它天天都在这儿，一定也很希望有人看它。"男孩向鸽子伸出手，那灰鸽立刻站在他的手掌里。慕伏瓦又买了两袋鸽食给他，他毫不犹豫地接受了，鸽子们都在他身边期待着。

她为自己的善心得意，只花了两块钱就获得了男孩的心。

喂鸽子的大人小孩很多，他们更像施食者，只有这个小男孩是一个乞食者，乞求鸽子吃他的食物。他站在鸽群中，远看像一只更大的鸽子。慕伏瓦望着，决定走开，避免受自己不纯粹的心思的折磨。男孩忽然小声哎哟了一声，她应声望去，发现他正低着头看自己的手腕。他手腕上布满红色的抓痕，有几条已经泛紫。慕伏瓦惊讶地说："怎么回事？"男孩说："它们揪的。"她看看他的眼神，明白了他说的"它们"是指鸽子，接着自己也明白了，这是鸽子抓着他的手腕叨食手中的食物留下的爪痕。她让他把食物撒在地上，他照着做了，更多的鸽子围拢来，他高兴得忘了一切。

　　慕伏瓦在人工湖边坐下，湖上有雪有冰有水，几只动物形的船像洗澡的鸭子一样。夏天时在这湖里看到很多鱼，现在都去了哪儿？在水底？水底有什么呀？一层水泥。听见一个男子在训斥一个女子，听了一会儿，明白起因是那女子让孩子喂鸽子，孩子的手被鸽子抓破了。男子生气地说，鸽子也传播狂犬病，女子担忧起来，男子仍然在斥责她的糊涂。慕伏瓦想起小男孩手腕上的抓痕，觉得自己有推不掉的责任，越想越觉得责任重大，立刻起身去找他。以为他仍在鸽群中，远远地看着是他，走到跟前却发现不是他，向四周望望，仍然不见。那些红色紫色的抓痕变得粗大隆起。她的心怦怦跳，以为自己犯了很大的错误，那两袋鸽食就是证据。假如那男孩感染了，他的家人又不知道，根本不会想到带他去打狂犬疫苗，结果会怎样？医学书上关于狂犬病的话都很可怕。她又返回去，又望望跷跷板和金鱼池，找不到。游人们看起来都和他关系不大。

　　她看不到他，是回家了还是荡到了哪一处？她需要负责吗？她有责任吗？她心事重重地走出公园，想事情不一定那么糟，尤梅被猫抓伤过，不也没感染吗？她松了口气，认定不会有大不幸。可是，狂犬病的潜伏期有十五到二十年呢。二十年，漫长得不够实

际。不会，绝不会。绝不会有这样的悲哀等待她二十年。那男孩
不会有事。回头望去，公园显得茫茫，雪似乎刺目，游人似乎僵硬
起来。

■ 第三十章 可怜的人

　　元旦联欢会在兴华大戏院三楼举行。她本不想去，知道自己不会觉得有趣，也不会使别人有趣。吃过早饭后，徘徊了一阵，又去了。她发现自己来得算早的，戏院大门还没开，门口已经聚了一群人。大多数人都穿着讲究，有人还新做了头发。几个秃顶而头颅明亮可鉴的人吸引了她的注意。头的主人在自己的头上的确很用了心，头发从后往前覆盖在秃顶上，还时时向两边夺拉，主人时时用手捋之，从后脑勺向着头顶，不是通常的从头顶向着后脑勺。头发染过，抹了油，伏在秃了的部位上，有点不服贴。有着这样的头颅的人也应该有着合时的衣服，慕伏瓦对他们的黑呢大衣看了几眼，不觉轻视起来，大衣散发出一种古板过时的气息。不是樟脑丸的气味，不是霉味，你能嗅出它曾深藏衣柜。他们都是谨小慎微、精打细算，又想时时显出尊贵的人。他们都像赵会计，会计算每一根布丝的用处，有着同样狭窄的心胸和干瘪的钱包。

　　慕伏瓦不知道自己的廉价衣服给别人什么样的观感。"看到别人衣服上的灰，不知道自己脚趾甲里的泥。"她想着这句话，鼻子哧着气且没有表情地笑笑，对于入木三分、一针见血的俗语产生一种切割般的感受。

忽然听到有人喊"慕映红",回头望去,发现平落沙走过来。平穿着羊绒短外套,黑色,款式活泼。慕伏瓦张开嘴笑着,自我感觉笑得很夸张。她得掩饰自己的厌烦,又得表现出温暖的友好。她对平落沙无话可说,在办公室里是这样,在外面似乎也是这样。平落沙不这样认为,在单位里她没工夫和慕伏瓦闲扯,在这个戏院门口,慕映红倒似乎成了她的亲人了。平拿着早点,要与她分享,又说着自己的感受,也与她分享。这使得慕伏瓦忽然觉得,人生原是应该抛开一切芥蒂的。一个人的结构,就是一张皮裹着不堪入目的内脏,你一味追求皮的美丽光鲜,又该怎么看待五脏六腑?平落沙现在是可爱的。

慕伏瓦觉得愉快,认定一个人可爱原来也是有报偿的。自己也不那么可憎了。

联欢会上挤满了人,许多人站着,座位不够。慕伏瓦本来也站着,一个坐在旁边的人接了个电话就急急出去了,她预料他不会再回来,看看四周,没有需要谦让的人,就坐下,专心听主持人说着什么。自然是听不清。背后就有俩妇女在大声私语。她们在谈论谁家的女婿,谁家的媳妇。有人表演节目,两腿夹着气球往前跳,谁的球最先掉下来就算输,就没有奖品只有纪念品,没掉球坚持到终点的,就获得一个二十元的奖品——一个漂亮的枕头套。慕伏瓦的眼睛随着第一波人到达终点,才发现这是一间宽敞的大房间,有着高高的天花板,和贴着名人语录的墙,是个挺不错的地方,比印刷厂敞多了。游戏者的气球飘上去了,有人蹦起来抓也没抓住,又有人踩炸了一个球,全场哄笑。慕伏瓦吃了一颗糖,就开始仰头望着上面。周围的热闹仿佛一盆炭火,热烘烘的,她的手脚都很温暖,目光向着清静的天花板飞去。

天花板没有什么装饰,它应该垂下些彩色纸带和气球,才能和下面的气氛对应。装饰会场的人只是在自己目力所及的范围内悬挂纸带气球,对于手不能及眼不屑及的地方就不理睬了。慕伏瓦瞅瞅周围,在这个两种氛围对抗的大屋里,有多少人像她一样,坐在屋里注目天花板?

她不敢再仰着头,仿佛许多目光已经迎面扑来。平视,看到一群活人装木偶。低下头,有人捅捅她:"嗨,睡着了?"她赶紧笑着抬起头,对于这样的问话有点不满,她是那样没精神的人,竟然在联欢会上也能睡着? 问话的人是个中年男子,有着一双大眼和满脸褶皱,脸小,显得脸很拥挤。慕伏瓦看到他的上唇竟然还有着茸毛一样的胡子。他的关切的眼里有一种受惊的模样,仿佛她惊扰了他。她觉得他是在刺探她,他有些反感。

这个男人不去注意那些喧闹的游戏者和观众,却注意她,张口和她搭讪,他一定有着不平常的晦暗的心和草木皆兵风声鹤唳的神经。慕伏瓦察觉,他迫切需要安慰,只要她满足他的好奇心,用自己的秘密平息他内心的不宁,就是给他安慰了。如此轻而易举的一件事,为什么不做呢? 她热情地说:"眼睛看累了,低头歇一歇。不知咋搞的,看电视可以几个小时不觉累,看一会儿这个就觉得累了。"他说:"不是累,是烦。"她点头称是。对于他一眼不眨地瞅着她,似乎要扒出她未出口的话,觉得不舒服。她假装专心看节目,不看他。他又直了一会儿眼睛,忽然叹了一口气。

她仿佛看到他的心里生出许多小钩子,在空气里挠抓,在这个没人理会他的空气中。她知道他叹气的目的,他是希望她询问,他回答,套近乎,最后得出她低头和仰头的真正原因。她不理睬,他又叹了口气。她觑了他一眼,他正可怜巴巴地盯着远处。眼前的游戏不能给他愉快,他的心思也全不在游戏上,像一个小人被迫看着政治家的游戏,不懂且不自信。慕伏瓦思忖,他应该知道,离开这间屋以后,这里的一切都会无与伦比地重要。她用他,引出这点经验。他是转折起承的因果,他会使她大受启发。一颗跳动在自己体外的心。

他的渺小、焦虑,与讨好,都是想获得什么而不得。人人都是吝啬的。他大概愿意用自己的血肉去换取他体外的什么,可那些怀揣着这种东西的人,不在乎什么血肉。他的乞求的眼神东望望西望望。慕伏瓦看到他盯着一个穿淡蓝色袄的女子,就问他:"很美吧?"他望望她,不明白。她又说:"淡蓝色的袄很美吧?"他说:"淡蓝色?"慕伏瓦指指那女子。他忽然醒悟似的频频点头,说:"美,美。"嘴唇抽搐着,像电影里丑角的笑。他的眼神,却分明掉进了自己心的窟窿中。这个到了五十岁还不能淡定自如的男人。

没有人和他搭话,他倒是常常和别人搭话,别人的回答往往很简洁,甩又甩不掉似的。慕伏瓦看出,也没有人和自己搭话,自己却很自在,自己是一个圆球,有着封闭的完整的空间。他,像啃了一半的西瓜,受了损,会很快变质。她感觉出,在几分钟的时间里,他已经改变了好多回了。

她开始仔细地打量他。他瘦得很,以至于腰躬背驼的,很谦卑地坐着,转动着眼珠向周围示好。他的眼神,仿佛水溅到墙上,又流了下来。他穿着很低廉,尼龙的质地,发污的淡灰色。为什么不穿得好一点来参加联欢会呢?联欢会不是每年都有啊。既来了,又为什么拿他粗劣的衣着和无餍足的饥渴一样的目光让人不自在呢？他还坐着，他后面早就站着几个衣冠楚楚的男子在抑扬顿挫地评论。他更适合站在门口，挤在人堆中，从别人脖颈的缝隙中观看。她看出，他已经不自然地扭动了好几次，大概想站起来让座，没人接他的目光，他也不敢搭这个茬。慕伏瓦对着虚拟的镜子打量着自己，遇到一个比自己还尴尬的人，自我的感觉会好些。

这个拥挤的、冷热不均的会场上，仿佛有人打开了窗户，一股细细的风吹进来。慕伏瓦望望窗户，灰尘紧闭，望望大门，被人挤开了。开始有人不被察觉地朝外走。她也偷偷溜出去。听到门在背后又关上。下至二楼时，听到门又开了。她站住谛听，有脚步声下来。似乎没有一人的脚步声属于那个中年男子。

老刘的大哥来了。

上午倒水时，慕伏瓦看到一个精瘦的中年人提着水壶给茶瓶续水，老刘在一旁笑着。她问了一句："新来的师傅？"老刘说："我大哥。"慕伏瓦哦了一声，朝他多看了几眼。他持重地笑着说："过年了，回来看一看。"慕伏瓦问："听说你在南边做生意？"他说："不是啥生意，就是卖小百货，有时收收废品，有时打个小工，啥来钱就做啥。"慕伏瓦发自真心地赞叹："你们总是那么能干。"

老刘大哥看起来很神气。他穿着整齐干净的衣裤，脚上的鞋子也很干净，这会儿正笔直地站着，与人打招呼。大家对他都很客气，早就从老刘嘴里听说了他，及至见到了他，感觉和老刘嘴里说的差不多，只是稍微矮了一点。他应该是一个高个子，有着微驼的背和精神的面孔。现在见到他本人，形象虽不高大，平和的笑容和得体的举止却弥补了这一点。他会和厂长、书记从容不迫地谈话，和大家有模有样地闲扯，遇上能逗的潘伟，他也会自我解嘲。

那张憔悴的脸和花白的头发，显得比实际年龄衰老，这在农村人中是常见的现象。你会以为他是一个城里人，一个退休的老工人，生活不十分富裕，却有着闲暇和闲心，会笑嘻嘻地提着鸟笼子，玩着核桃铁球什么的，见了人就谈鸟和养生。有时也会从他的抬头纹中疑心他的生活并不如他所叙述的那样得意。他很知足很愉快，预备过了年再带几个亲戚一起去打工。慕伏瓦随便问了一句："你住哪儿？租房吗？"他说，他们几个人合租了一间房。"房租多少？"他回答："一个月六十块钱，我们十二个人合租，便宜得多。"慕伏瓦睁大了眼睛："十二个人，房间一定很大吧？"老刘大哥说："和这间传达室差不多。"

慕伏瓦屏住了呼吸，想了想，不知道这间十平方米的小屋如何挤下十二个人。她问："一定很挤吧？"他说："挺好的。"她又问："那你们吃饭都怎么解决，买着吃？"他说："不能买着吃，若是买着吃，一分钱也省不下来，都是自己做饭。""你还有锅灶？""我从家里带了一口小锅，可派上大用场了。"慕伏瓦又觉得惊奇，问道："你都自己做饭？有煤气？"他说没有。她问："你烧什么？"他说："旧鞋子。"她问："哪儿来的那么多旧鞋子？"他又笑了："拾来的旧鞋子，就当柴火烧了，有点味，还不错，一双鞋子就做熟一顿饭了。"

她愕然，问："你都吃什么？"他说："挂面。"她问："只有挂面？"他说："天天吃挂面，很好吃，我一顿能吃一斤。"她斟酌着说："你不会只吃面条吧，要打个鸡蛋放点菜叶吧？"她觉得他已经突破她的认知底限了。老刘大哥笑着望着她，说："吃面条省事省钱，烧一锅水,水开了,面条下了,过一会儿,就能吃了。"她问:"总要放点油盐吧?"他说:"没油,有时放点儿盐。"她问:"你天天都这样吃?"他微笑不语。

在他看来顺理成章的事,为什么她有着那么多疑问呢?

她忽然问道:"刘师傅,你能挣多少?"老刘大哥似乎很喜欢师傅这个称谓,眉毛里都有了笑意,说:"去了福州三个月,挣了三四千回来。"她问:"就收废品吗?"他说:"也收也拾。"她问:"拾什么?"他说:"汽水瓶子,一天能拾七八十个呢,要是跑得远点还能拾更多。有一次我跑了二三十里地,总共拾了三百多个。"她想起自己总把饮料瓶子随手扔掉,不知道还有人当宝贝。她佩服地望着他,感觉他是一个用硬笔书法写出的"人"字。

片刻,她又问道:"那你们十二个人到底是怎么住的呢?"老刘大哥说:"能住下,挺好的。比在家里有趣,家里的人能打工的都出去打工了,你走遍全村也摸不着个说话的人,急人。我们十二个人一屋,天天晚上躺在各自的帐子里拉呱,热闹得很。"慕伏瓦问:"有蚊子吗?"他说:"有啊,蚊子多得能吃人,有一个老几不舍得买蚊帐,脸都咬肿了,没有人样了。"她又一次地睁大眼睛。老刘师傅两人又都笑了。她忽然说道:"那你到了这儿就是享福了,能多住几天吗?"他说:"明天就走,家里还有事。"她瞅瞅传达室里面,对于老刘的卧室里并没有增加一张床铺不感到奇怪。

他当然休息得很好,只要看看他的笑容和眼神。

母亲的朋友把远房亲戚介绍给她,据说是在张家口工作,来这儿相亲。她一听就觉不合适,张家口,那多远啊。母亲说,假如谈成,以后可以考虑调到张家口。她更加觉得不可能了,离开父母,离开这个单位,离开安,都似乎不可能。如果她不得不离开,那一定像剥皮抽筋一样难受。母亲却成竹在胸,经过多方打听,竟然发现在她周围,远嫁的姑娘还不少,好像都过得不错,逢年过节携夫挈子来看娘家。母亲已经在算计着她的远嫁。她觉得烦躁,一想到将再也看不到安,又有点心悸。为了少听母亲的唠叨,她去做头发,去买新衣服。等到相亲的日子临近,母亲又让她穿戴一新地去火车站接他。

她穿着银灰色的大衣,戴着淡灰色的宽檐帽,系着墨绿色的丝巾,最可怕的是,穿着鲜黄色的牛仔裤,只要相亲母亲就叮嘱她穿上。仿佛她穿着罕见的黄裤子就会变得极度美丽似的。这身穿戴很让母亲满意,她以为那位先生必能在拥挤醌龊的火车站上一眼就望见自己的清丽脱俗的女儿。“清丽脱俗”这个词是她自以为是地赠送给女儿的,并非用词准确,是使用该词的良苦用心使得慕伏瓦一声不吭地接受了。她知道母亲在鼓励她,想提高她的自信心。可是,对于母亲所做的一切,她永远像个旁观者,在看笑话,或者像一个观众,也许会被剧情感染,可是有隔膜。

她看出,温顺地接受是最好的方法,便按照母亲的嘱咐做了,除了对口红和胭脂的绝对反对。她研究过自己,深知口红和胭脂会使自己变成怪物。鲜艳的颜色只适合花,不适合一棵瓦松。自从她在一本园林杂志上看到瓦松的模样,就觉得如果每一个人都对应自然界中的一物,那她就应该对应瓦松。这种长在屋顶瓦片上,颜色和瓦差不多,从不开花,与落在瓦片上的灰尘、树叶、废纸为伍的植物,它的叶质厚厚的,像一片肉,没有一点观赏价值,也不知是否可以入药入食。拒绝了口红和胭脂，不能拒绝母亲的水晶项链。她就这样地去接站了，去接那个和他素不相识、只是见过照片的人。照片上是个帅小伙，他和安长得不像，她也就不觉其帅。

车站总是空荡荡，她以前来过几次，都是这种感觉，这次来更是这种感觉。仿佛老天爷为了嘲笑她、捉弄她，把她的未来的爱情安排在这样一个地方。不是它空和乱，是因为，在候车大厅里，中国式的小城候车厅里，充满了焦灼的面孔，人人自顾不暇，谁有心思恋爱呢？也确有几对情侣，亲热得让人难受，漠然得让人难受。为什么没有发自内心的自然而热烈的情感？她想起一位名人的话——爱情是奢侈品。她，还有和她一样穷困的人，都不配拥有。他们都只有镀金的首饰，假冒伪劣的爱情。这样一想，一切都合情合理了。

她追求的不是爱情，是一个锅里吃饭的人，只要他接受这样的小锅小灶，不朝锅里吐唾沫，她就可以与他同桌而食了。同床共枕，这个严重的问题也许会顺流而下地解决，她想不出办法。人类的夫妻也像动物的夫妻那样？为什么要给饥渴的肠胃听汩汩的泉声？她还没有准备好用什么样的心态来接受这个陌生男子。他又会有什么样的眼光看待自己？她尽力站得笔直，眼睛平视，觉得周围的无数双眼睛都是他的眼睛。很快又泄气，觉得自己可笑。

有车进站了。她连忙靠近窗户，仔细辨认，媒人说他会乘这班车来。他就要来了。她的心跳加速，不停地深呼吸。人群出现了，走向了出站口。她尽量镇定地望着，看到一个个都有点像他的人过去了，怀疑自己看漏了，又怀疑他坐错了车。等到车站上又空旷起来，才意识到自己白来了一趟。本来不想见他，现在却又有些憾意了。这个骄傲的人，为什么没来？为什么尚未见过她就把她否定了？

她踌躇着，想离开，回家对母亲说他没来，母亲又该十分地失望和愁闷了。候车厅又变得空荡荡。人人都来去匆匆，独有她，格外地引人注目，她穿着整齐而无所事事，不等车也不等人。她想，用什么给这段尚未开头的姻缘做个了断？枉费了她穿衣戴帽。问了火车站的工作人员，到明天六点之前不会再有张家口的火车。她有点沮丧地决定走了。忽然听到有人号叫了一声，抬头望去，看见一个人从人堆里冲出，向门口跑去。有人大喊抓住他。紧接着，那人忽然打了个趔趄，摔在地上，随即拳头和脚落在他身上。有人气呼呼地说，打死你！打死你！让你偷东西！被斥为小偷的是一个年轻男子，相貌不丑，脸被打破，沾着泥和血，在众人的拳脚下告饶。没人愿意原谅他，都恨不得把他置之死地而后快。

人们原可以偷也偷得有气节的，不是有孟尝君的鸡鸣狗盗，还有时迁之流么？可是，在这个地方，一切看起来都是那样卑鄙和下流。打人的人和被打的人都像小偷。等人的人和被等的人都像在偷情。一个农民工躺在三把椅子上吃鸡蛋，脏破的衣服很自得地展示着。如果他能够安静规矩地坐在自己的位子上，不是抽烟、大声聊天或者躺着占据几个人的座位，她就会认为他是可爱的。没人在乎这一点。他们倒时时用充满血丝的疲倦的乖戾的目光，看穿她似的，瞅她一眼。

她不能再在这个候车室里徘徊了，她不是将要远行的人，不具备他们的神态，她快要被他们唾弃了。她明白了群体的力量，自己原不该穿得这样干净整齐，尤其这条黄牛仔裤，已经惹得几个年轻女孩剜了她好几眼。她渐渐觉得,自己快要变成小偷了,他们下一分钟就会呼啸着打过来。她决定离开时,忽然想到了来这儿的目的,忽然觉得是一种幸运,幸好他没来,幸好她不必在这个候车室里假惺惺地表情达意。他没来,很好。她一路走回家,心里猜测着母亲。

回到家,母亲迎上来,她立刻说出实情,母亲的脸陡然变色。这又让她愤懑。父亲也走出书房,看看她,不说什么,跟着母亲到厨房。她听见父亲悄悄地问母亲,母亲无精打采地说了,父亲又悄悄地走回书房。静寂像屋子一样有棱角。

不知道后来母亲是怎样与远房亲戚交涉的,那个陌生男子逐渐变得无声无息,不再有人提起他。有时,慕伏瓦会好奇地想到,为什么没来呢? 是个怎样的人呢? 一省悟到这种挂念的不妥,就立刻抛开了这念头。因为,昨天,她和安相视一笑。

■ 第三十一章　相逢一笑泯什么

　　她在机房里看朱兰打字,听朱兰说着电视新闻。朱兰不时地与她交换秘密的眼神。不知道什么秘密,可这种被人当知己的感觉很好。她穿着舒适的衣服,舒适地站着,舒适地听着,朱兰源源不断地说着。这一瞬间,世界是多么明净。她相信自己的眼角嘴角都流露出舒适,因为,安进来了,拿着一沓纸。她的舒适和笑容都是为他准备的,准备了好半天了。没想到他会进来,可他来了。久未谋面的她和他,要碰撞了。她自然愉快地笑着说:"复印材料吧?"安也自然愉快地说:"是的。"两人互相望了一眼。她希望自己的目光大胆而坦然。安的目光,也似乎大胆而坦然。一瞬间,世界上只有他的眼神了,羽绒一样暖暖地覆盖着了。她连忙走开,表示自己真的相信他的话,真的离开复印机给他腾个地方。安认认真真地操作起来。她站在不远处看着。朱兰询问着,他轻言细语地回答着。她把他的一切对于朱兰的回答都当作是对自己的答语。

　　安只在机房里待了十多分钟,她坐在离他稍远的地方,清晰地听见静谧中的声音。这声音不仅预示着现在还呼唤着未来。有未来吗?她想起了火车站,假如安知道她衣着光鲜地去等一个陌生男子,那样迫不及待地想嫁出去,会轻蔑她吗?她望着安的背影,更加明了自己的被羞辱。安印完材料,两人又凝眸一笑,他匆匆离去。她知道自己又将很长时间见不到他,这凝眸一笑会像酒精一样挥发,在她的失落的心情中隐隐冒着火苗。她已经得到了补偿,被那个陌生人的忽视,被安的一笑化解了。安有这样神奇的力量,他的背影,他的微笑,都会使她豪情万丈,都会使她充满信心抛开卑琐。她以为会有美好和奇谲,在未来。

下班时,走出办公室,看见安站在大门口,正朝她的方向望着。他在看自己吗?他有话要对自己说吗?她的心扑通起来。怀着畏惧,她随着别人走过他身边,以为自己随时会停下服从召唤。她不敢看他,却已经觉得目光正穿过空气与声音的屏障。她低头匆匆而过,没人招呼她。她想回头,又没有回头,一种惯性牵引着她,一种力量压制着她。走到看不见单位的地方时,她停下来想了想,为自己的惊慌失措感到羞愧。刚才的紧张大可不必,安绝不是在遥望自己,尤其不会当着大伙的面遥望自己。

他的眼神似乎含情,且充满好奇。他在望什么呢?这个已被俯视过千百遍的小院和面孔,是用不着用眼睛看的。她的存在就用得着眼睛的确认吗?她的理性告诉她,他不是在看她,搜寻她,他不用看,不用搜寻,她会像狗一样,从人堆中跳出来,扑向他、撕咬他。她多么想这样做,告诉他不要躲闪,不要回避。她的疯狂的情绪像一块冷凝霜,成块地堵塞着她的思路,且一次次地告诫她,要服从理性。理性就是,他没有看她,根本没有。

然而,感性是多么让人愉快啊!

她发觉自己进化了,她可以把自己大卸八块,使每一块都符合既定的规则。比如,她可以理性地驳斥自己,使自己冷静自如,同时,还能保持舒服的感性,想自己所想,乐自己所乐。疯狂和冷酷互相比试,使对方都登峰造极。现在,她可以舒心地回味他的目光,自知不会堕落。有一根冰冷的坚固的绳索连接着她和这生活。半夜梦回时,过电影一样定格了他,白天的公事中,他又像镜头一样闪现,消失。只有一首歌,从大草原飘来,隐隐地奏响。

　　老刘的儿子女儿都来了。慕伏瓦对于他们一家四口人是如何在传达室的小屋里度过一夜,早已不再心存疑问,他们自然会奇迹般地生活。刘方和刘园,老刘的儿子和女儿,都很漂亮,眉眼分明,皮肤匀净。老刘似乎对女儿更关心一些,时不时地问她一句什么,她也低低喊喊地对父亲诉说着,不大理会母亲。可大家都知道,老刘疼儿子,老刘老婆疼女儿。慕伏瓦观察了几天,得出结论:对于疼爱自己的人是不能过于亲近的。这深沉的感情不是人人都有能力消受的。

　　刘方憨痴地谈论着他的女朋友,刘园则用颇有心机的眼睛望着众人,适时说些什么。他俩衣服干净整齐合时。慕伏瓦望着刘园,心里思忖,生活在不平等的环境中,她是否还觉幸福? 刘园的圆眼睛朝她骨碌一下,仿佛回答了她的问题:如果一切都是约定俗成的,就没有什么难过的,我们村里都这样。慕伏瓦滞了一会儿,走出传达室。心想,是的,都这样,都这样就掩饰了一切不公不平和缺陷。这个小单位里,大家都知道,就不会再问。只是赵启明有时会不知死活地说,问。大家都像看笑话一样看着他,希望收获有趣又希望收获好处。

　　杨四极和厂长、书记有一段时间不合,大家都对之另眼相看,杨憋闷了一阵子,在单位里来去匆匆,独往独来,仿佛在忙着大事要事。在杨极度孤独的时候,他还找过慕伏瓦聊天,慕伏瓦爱莫能助,不能提供他需要的信息和合群的感觉。她很同情他,这又似乎伤了他的自尊心,他也不再和她说话了。不知道发生了什么,杨的困难处境,大家全看出来了。没有打击报复,尽管杨宣称有人这样做。没人将他怎么样,他却很受伤。

杨四极拿着一份材料需要厂长、书记签字,厂长、书记一言不发地走开了。大家全看在眼里。杨四极干干地站着,被晾在一边。没有人和他说话,或者开玩笑;如果有人这么做,他一定会感激。慕伏瓦忽然觉得自己负有神圣的使命,自己应该大无畏,就走过去,小声说:"发过节费了,你领了没有?"杨冲她笑笑,又朝不远处的人堆望望,仿佛渴望又没有勇气靠过去。

过了一段时间,有一天,慕伏瓦听见厂长怪亲热地喊:"杨,来一下。"人们知道,杨的噩梦结束了。是怎样开始的,又怎么结束的,只有杨明白。杨也像她一样,接受了混沌的建议,不去探究不去深思。谁能分清这单位里的千丝万缕,给每一根丝一个方向呢?它结成了网,你能挣破一根丝,你挣不破一张网。有一种压力,不知道来自何处;有一种张力,不知道何处为靶。

她曾经问过张长征,杨是怎么回事,张没有回答,她疑心他也知道不多,事情未必敏感到需要忌讳的地步。大胆地猜测,分赃不均?她认为这世界上所有的矛盾和冲突都可以这样理解。说出了这未加思考的话,又惹得张长征大笑,笑完后,张郑重地说:"可不能乱说。"慕伏瓦感到自己乱说倒说对了,也笑。脱口而出的话往往不出其右。张大大地打个呵欠,说:"困,总是困。晚上一上床就精神得很。"慕伏瓦建议:"和你的心上人在一起,天天望着她,就不困了。"张说:"我的心上人? 哈哈哈!"笑了半天,望着她,又笑。张的锐利的小眼睛瞥瞥她,她顿时脸红了。

下午上班时,发生了什么事,几个人聚在门口。慕伏瓦走近时,听见是某某的一个熟人,四十多岁的男子,骗小姑娘,被抓起来了。聚在门口的几个人都见过这男子,就都有话说。慕伏瓦驻足谛听,张长征又开起她的玩笑,说:"谈恋爱可得小心,别被人骗,现在骗子多得很呢!"她说:"我不谈恋爱,你放心。"张哧哧笑,斜睨了安一眼。安此刻正站在几步远的地方,肯定把这儿的一切行为和言语全收在心里。

这是安高明的地方,他也像她一样远离众人,却不会放过身边发生的一切。张长征说:"年纪轻轻的小丫头不谈恋爱,怪,要是女孩都像你一样,那男的怎么办?"慕伏瓦说:"男人全靠不住,全不是东西。"众人笑。安也在笑,笑着低下了头。她很高兴让他听见自己的这番话,这就仿佛意味着这个意思:除了你,所有的男子都不可信任,这样的话,我只对你一人说,相信你一定会明白其中的荒谬和逻辑。赵启明忽然说道:"这个人其实是个痞子,听说他在老家还刮拉了几个女人呢。"慕伏瓦知道他们又拾起了刚才的话题。

"痞子"这个词使人想起,夏天的中午,腆着大肚子,流着油汗,张开膀子,迈着外八字脚走路的人。她说:"痞子都长得丑,都是胖子。"大家笑。张长征说:"谁说的? 我认识一个痞子就长得不丑,挺俊,也不胖。"慕伏瓦说:"痞子都爱打架。"张说:"谁说的? 我认识的痞子都文绉绉的。"慕伏瓦自作聪明地说:"那个女孩子怎么会上当受骗,她喜欢他?"赵启明说:"他会说话,连四五十岁的男人都能被他骗,别说一个女孩子了。"潘伟说:"那女孩子经常挨打,还跟他过,他会哄人。"慕伏瓦不以为然地说:"那女孩没志气,要是我,哪怕你碰了我一指头,我都会立刻离开。花言巧语,我从来不听。"赵启明说:"花言巧语都是合情合理的话,至少听起来是这样,否则不会有人上当。"慕伏瓦说:"那她还挨打呢,不觉得疼?没有一点警惕?"潘伟嘻嘻笑说:"有的女的就喜欢挨打,男人一天不打她,她就一天不舒服。"慕伏瓦问:"痞子都喜欢打老婆吗?"张长征说:"谁说的?我知道有几个痞子就不打老婆,对老婆才好呢,言听计从的。怎么样,找一个痞子吧?"大家笑。慕伏瓦恼怒,走开。瞥了安一眼,他转头望着西边,看不到他的表情。

她猜测他在掩饰自己的表情。他一定觉得她好笑,憋不住,扭头望着西边;他一定对"恋爱"一词由她引出便充满柔情,那仿佛就是在对他表白,就像一个人在秃子旁边谈论电灯泡的效果。慕伏瓦对于他的置身事外很感激,他远远地听着,关心着又清澈着,没有与那些男士沆瀣一气。这番毫无关联的莫名其妙的谈话仿佛沟通了两人。她在办公室坐下,不一会儿他也进来了,坐下。她不由自主地低下头,感觉他也低着头。时间仿佛一个学走路的小孩,磕磕碰碰地过去了。她感觉自己只要一伸手就会抓住什么。过了很久,她抬起头,望着对面的空位,知道他已离开。

站在三棵树下,瞅见老刘正心事重重地出来进去,不时望望天,仿佛天上有启示。老刘老婆精神干练地送水送报纸,或者也站在大门口,望着。自从安开创了一个这样的模式,这个单位就出现了一个与从前截然分明的时期,就是大家谁有空,谁累了烦了,谁就在大门口站着望,望不尽街上的行人熙熙攘攘,望不穿远处的山顶云雾缭绕。有时会有狗匆匆而过,把那眺望的目光带出很远。书记颇有微词,厂长没说什么。

临近春节,大家都忙起来,买年货,探亲,单位里更萧条。奇怪,总是愈热闹愈萧条。慕伏瓦在傍晚的暮霭中坐了半个多小时,看看表,该下班了。走出去,人都几乎走光了。只有传达室亮着灯,她走进去。有两个年轻漂亮的女子正在里面,一个拎着蛋糕,一个在打电话。说的方言,似乎故意不让旁人听懂。她瞅着这两人,全无好感。这是两个精心雕琢的女子,发式、衣着和五官,都很用心地表现着,充满小家子气的俊俏。她们是谁? 怎么会出现在这儿? 慕伏瓦用挑剔的目光打量着她们,想起侦探小说上的推理,自己也这样地猜测起来。她们都有着精巧的五官和精明的眼神,衣服紧贴着身,可以看出窈窕的身材,淡施脂粉,笑起来和说出的话都经过考虑。慕伏瓦猜测,她们一定对着镜子练习过笑和说话,微启朱唇,表情微现,就有合适的笑影伴随、应景的语言吐出。

她们有一种表演者对于观众的忽视,又有着一种惯于逢迎的拘谨,从自己的内心深处泛出的拘谨,仿佛自知不合礼法。她们是谦虚的,又是骄傲的。似乎她们自知比众人都美,也自知比众人都不如。她们用笑意盈盈的眼睛应和着周围的人,不多说话。她们的沉默和周围人的冷淡,都使人奇怪。两个女子像两根棍一样,笔直地站着,戳着,老刘一家人则在旁边走来进去,不交谈一言半语。慕伏瓦想,也许这只是两个陌生人碰巧进来借电话打。单位紧靠马路,常有路人进来借电话,老刘高兴时就不阻止,不高兴时就不允许。这两个女子,有些特殊,她们站在传达室里,仿佛很舒适,且不发一言,老刘一家人似乎容许她们的存在,也不发一言。双方都不难堪,一方没有要离开的意思,一方没有要赶走的意思,都不置一词。慕伏瓦看出了这种别扭,就兴趣盎然地观察着。

这两人,性格完全不同,却有着一种身份上的共同感。她刚才一看到她们,就下意识地把她们看作同一类型的人。她们非朋友,也非一家人,像商店橱窗里摆放在一起的假人模特,据于相同的地位而具有了一种共性。她们是谁呢? 这在黄昏中出现的、在老刘一家的简朴中出现的、在傍晚的灯光中出现的两个女子。

老刘老婆给她一个眼色,她就随着老刘老婆走到大门口。刘太太望望身后,悄悄告诉她,那两个年轻女子是李青海的小蜜。李的儿女也有那么大了。刘太太说:"不要脸,和自己的女儿一般大。"慕伏瓦想起李青海的故事,这人间的男女总不按套路出牌,爱情变奸情,痴心变冷酷。她问老刘老婆:"这两人什么来路?"老刘老婆说:"一个是附近矿上的,一个是南城农村的。这个农村的,家里有兄弟姊妹一大堆,就她出落得漂亮,就她干这样的事,她娘也不嫌丑,到处给人说她的女婿多有钱多能干,也不看看这女婿都能给闺女当爹了。"慕伏瓦笑着说:"出落得漂亮,就该这么卖。这还算有面子。该过生日过生日? 过年过节去拜访,有点人情味。"老刘老婆鼻子里哧了一声,说:"什么过生日? 想法捞钱,谁不是一年一个生日,她都一年几个生日,蛋糕买了好几盒了。"慕伏瓦吃惊道:"她怎么好意思?"老刘老婆道:"想着法子弄钱呗。她一过生日,那男的就得给钱给礼物,带着满大街地遛,什么贵买什么。"慕伏瓦笑语:"都说政府单位巧立名目乱收费,这小三也巧立名目乱收费。"老刘老婆沉吟了一会儿,说:"我看她们两个连妾都不是,听说李青海又要结婚了,对方是哪个书法家的女儿。"慕伏瓦说:"沾上墨香了。"老刘老婆说:"狗屁,我就看这两人能从李青海那儿捞到多少? 到现在连房子都没给买一套。"慕伏瓦说:"李青海太无耻,占尽了便宜还不想付钱。"老刘老婆认为那两女子太贱。

慕伏瓦产生了一种新观点,凡是可以用钱购买的东西,都应该物有所值,公平交易。只要这样做了,哪怕女子的卖淫都应该成为正当的商业行为。现在之所以有那么多龌龊卑鄙,都是因为违反了这个原则。把一切纳入轨道,一切就都是值得了。

远远地看见李青海过来了,气宇轩昂的。待走近,慕伏瓦用批判的眼光毫无顾忌地打量着他。李似乎有觉察,瞥了她一眼。李穿着西装,打着领带,头发上喷了摩丝,脸上抹了护肤霜——她闻出了护肤品的香味。李容光焕发,大声地和老刘打着招呼,接过那女子手中的蛋糕,牵引着那女子,走了。老刘老婆没说什么,只含着笑容目送他离开。慕伏瓦觉得有趣,李青海看到的是巴结,自己看到的是不屑,两种情绪都源于同一人。一股水分了支,一支用来饮用,一支用来冲厕所,不会有人觉得不妥,因为人们心里早已树立了壁垒,阻挡这两股水的会合。它们终于汇合时,早已改变得连分子都奇形怪状了。

慕伏瓦惦记着还有一个女子坐在传达室里,没有与李青海一起离开,就走进去瞧瞧。那女子望望她的友好的想搭讪的面孔,并不回敬微笑和关注,而是瞅着不吱声。慕伏瓦一门心思地认定这女子今天没有跟李青海一起走,是一种高尚行为,一种自洁行为。她的闲得发慌的心情迫切需要看到正面形象,想起了杜十娘、陈圆圆之类的绝尘女子。

慕伏瓦望着她,女子扫了她几眼后,开口了。她说:"你在这儿上班吗?"她回答是的。女子很镇定,瞟一眼电话,瞟一眼老刘。此刻老刘正笑眯眯地在旁边站着,也很自在自然。慕伏瓦想,如果不是给李青海当小三,她看起来也和良家妇女一样,一只草食恐龙没有被命名之前也和所有的恐龙一样霸气。良家妇女的王者姿态只有当这时才是有力的,有理的。面对的是一个自知谦和的女子。那女子又问:"你的工作辛苦吗?"慕伏瓦说一点也不辛苦,除了工资低,什么都好。女子又问了她的工资状况。她一一回答。慕伏瓦巴不得她问她答,已经认定这是一个与众不同的女子,因为她的小三面目而格外脱俗。

小三都是可恶的,可假如一个人身为小三而心系良家,她就无比的可爱了。慕伏瓦认为她就是这样的人。她继续笑着望着女子,女子却是冷淡的不快的。现在慕伏瓦想起,刚才面对李青海时,她也是这表情。她是个怎样的人呢?在卖身挣钱时也是冷淡不快的吗?她不大像是个演员,为了人前的尊严刻意做作。大概只是天性淡定罢了。

她又问:"进你们单位很难吗?"慕伏瓦回答:"不难,只要局长同意就行。"她又问局长的姓名职权。慕伏瓦知道得也不多,就说:"你想进这单位很简单,只要托个熟人,然后——"她在她耳边说出大家熟知而大家都隐瞒的事实和办法。那女子不吭声,似乎正在掂量她的突如其来的友好和亲热。她深知,自己是只想看到一个戏剧化的小三,不是那平庸得任钱就可以收买的小三。

女子看起来只有二十岁,李青海已经五十多了,如果不是钱的关系,就只有戏剧化可以挽救他们了。慕伏瓦问她:"你有文凭吗?"她仿佛受了侮辱,不吭声,眨着眼,瞅这瞅那。慕伏瓦说:"没有就上一个,电大、党校什么的,拿了文凭好找工作。"她不说话,片刻,说:"有了文凭,能进你们单位吗?"慕伏瓦说:"当然,有了文凭,再摞一块'砖头',李青海又有关系,不是什么难事。"那女子奇怪地望了她一眼。慕伏瓦忽然明白,她不希望别人知道她和李青海的关系。

片刻,女子又问:"你在哪一个科室?"慕伏瓦答技术室。她问技术室是干什么的,慕伏瓦揪揪耳朵,一句两句说不清,干脆地说:"负责技术方面的事。"女子问:"什么事?"慕伏瓦说:"明天我们上班时你来看看,立刻就明白了。"女子望她的眼睛里有了笑意。她也立刻意识到,自己已经不由自主地站在与其平等的地位上了。女子对此是如此敏感,现在则充满感激。

过了几日,那女子果然来了。大家都对她很客气,有的还格外亲热,仿佛已经相识了很久,仿佛都不愿意她知道他们明了她的身份而羞愧。慕伏瓦仔细地瞅那女子,她感觉出这种刻意的虚假吗?也许感觉到了,伸手不打笑脸人,她又不得不被这种伪饰感动。人们尚且愿意作伪,可见也有片刻的虚心和诚心。

无论这女子走到何处,她都会受到欢迎,厂长、书记看见她过来了也站起来让座。慕伏瓦自己也简直要疑惑了,也许大家真的体谅她的身份? 后来想想,大家可以大快朵颐一样大鼓唇舌了。那女子来了一段时间,忽然又不来了。大家对她念念不忘,仍有人用戏谑的或轻薄的口气说起她。朱兰是对她没有偏见且敢大胆说出的人。柯叶对她也没有偏见,然而保留,只是随着众人的意见"左倾"或右倾。慕伏瓦对她没什么感觉,她已融进了这个人堆而像花瓣一样凋落了。美只能遗世独立，不能在人的嘴中传播的。那女子已置身于牙齿和舌头之间，就不会在慕伏瓦的思想中占一席之地了。她的清秀小巧的五官和不苟言笑的态度仿佛为她挽回了些什么。

发工资的时候，慕伏瓦特地留心了一下，有她的名字。她想，大家都会注意到这一点，她的不合法的身份又会罩上神秘的光环。这种神秘让大家互相挤挤眼，露出一种笑容。

一天，单位组织旅游。去了市里的旅游示范单位"解山公园"。市政府的领导想把这个内地小城变成旅游城市，靠旅游推进经济发展，斥巨资打造了"解山水上乐园"，也被称为"解山公园"。没有人来旅游，没有想象中的钱哗哗来，解山公园杳无人迹，只有水和垂柳，远看似烟，近看处处是人工雕琢的台阶、护栏。连水也规规矩矩地流着，在该旋起水涡的地方打个转，然后哗哗垂下。设计者做这个水帘时，心里一定想着尼亚加拉瀑布或者花果山水帘洞。水很清澈，没鱼。这个地方曾经是矿山，煤被掏空后，地下陷，形成大水坑，有人灵机一动把它变成了人工湖，湖中心修了亭子，还有九曲长廊。

湖边有一个商店，飞檐彩瓦的仿古建筑。大家都下了车，慕伏瓦只顾着看风景，暗暗在心里酝酿着多愁善感的词句，对于别人的世俗都看不上眼。许多人一下车就奔商店里去了。她在心里推敲了半天，钻木取火，很艰辛，这时才蓦然回首，发现别人都在商店里，也落落寡合地进去了。她还没有为自己的心情找一个着落。一个人定要把最寻常的景观变成最璀璨的诗篇，是需要激情和伟力与天才的，她没有。她随着众人的脚步在那个四合院一样的商店里漫步时想,他们是对的,假如她能跟得上他们的脚步。瞧,他们,正在讨价还价,她顺从着他们,不费一言一语就买到了便宜货,自觉占到了便宜是会比唐诗宋词更让人心旷神怡的。也许那样会很好。也许那里面就有着烟柳和碧水。

商店里卖的都是书画、工艺品、手镯玉佩之类。她觉得那都是假的。张长征极力赞美一幅字,慕伏瓦凝神瞅了半天,不明白他为什么这样欣赏,在她看来,字有点浮夸,仿佛大风中的小树,似乎很快就会被连根拔起,飘摇而去。她欣赏的一幅看着很沉静的字,却被旁边一个陌生人称作钝滞。她想,这是不谋而合,沉静和钝滞都是这幅字的锋芒。只要能被冠以一个名字、一种气势、一类表达,就是成功的书法。

她看看旁边这人,一个头发乱而疏、留着胡子、尖头尖脑的人,暗暗叹口气,想不要期望只有大象嘴里才能吐出象牙。她不再注意他的相貌,掂量着"钝滞"一词,仿佛嚼着油条。她很想买下这幅字,问了价,吓了一跳,连她看不上眼的那幅都要好几千,她看中的这幅,要上万。没钱买,她倒很高兴,原来自己看着好的东西,别人也看着好。她需细细端详,将它装在脑里带回家。她分解了它的一笔一画,仿佛拾干柴一样,枝枝杈杈地拾进了自己的筐。那些笔画都像黑泥鳅一样灵动,她觉得自己抓住了它们,可它们一扭一滑地脱开了。黑色仿佛具有了灵魂,在白纸的衬托下,愈加地魔怪起来。渐觉周围安静,分神一瞧,书画店只剩下她了,大家都聚集在玉器店了。

她瞅瞅店主的脸,一张文化商人的脸,不缺算计不缺清雅,就像在菜市场里喝一杯茶。慕伏瓦觉得自己的酸文假醋又怎能比得上他喝一杯天价茶而收获的品质？

在玉器店里，她看中一个玉制的弥勒佛，指甲大小，弥勒笑得特别生动，仿佛肚子都颤动起来。看了看价钱，五块钱，她很高兴，便宜，就算假的也值。环顾四周，准备买下，这时看到那女子也正在她旁边，专注地瞅着柜台。她一定是和他们一起同车来的，刚才怎么没看见她呢？那女子穿着桃红的上衣、烟灰色的裙子。慕伏瓦注意到她的裙子，才蓦然想起冬天不知啥时候已经过去了，现在是春天，自己是如此的混沌，忘记了季节。刚才远观烟柳时，她曾觉燥热，现在看到裙装，发现自己仍然穿着薄袄。看看周围，男士女士也都是一身轻装。她闷笑，自己像冬蛰的熊，刚刚睡醒，在满目的春天中没有合适的皮毛。

旁边响起一男子的声音："看看喜欢什么就拿什么，我付钱。"她抬头望去，是单位里的一男同事，正笑着说。她惊奇地想，我拿东西你付钱，你喝多了？脸上大概露出愣怔。那男同事又笑语："慕映红，嘿嘿，慕伏瓦，小曼，你们看看喜欢什么，就拿什么，我请。"她仍旧没有拐过弯来，在单位里会为着十块钱的毛巾、肥皂计较抱怨，这会儿却如此的豪放？她禁不住想他一定打麻将赢钱了。她当然不能让他付钱，她承不起这情，也占不起这便宜。她拿起那个五块钱的玉佛，正欲付钱，这个男同事抢先付了钱。她不知所措，遇到的这个崭新的情况该如何处理？她竟然让一个素昧平生的男同事帮她付了钱，钱不多，意义却很重大。想到意义的含义，她有些沉重感，不知道这耍的什么花招，使的什么伎俩。她正在踌躇，欲把钱还给那男同事，又听见男同事说："小曼，看中什么了，喜欢啥就拿吧。"小曼是这女子的小名。慕伏瓦总是规规矩矩地称她吕曼玉。听到这样亲热的招呼,慕伏瓦瞅瞅女子的脸,看不出什么不适的感觉。她突然想到,这个男同事的热情因何而起,都是因为吕曼玉了。自己无意之中沾了女子的光。她不再计较那五块钱了,掉过头来望着吕曼玉,看她如何应付这羞耻、这恩宠。

吕曼玉,淡淡的表情,沉静的动作,拿起一盒十二生肖。慕伏瓦非常惊愕地看到那一盒生肖的价格是八百块,她也真敢拿。有一瞬间,慕伏瓦以为女子在开玩笑,想捉弄一下这个男士的慷慨。他一个月的工资也不过一千多块钱。吕曼玉没有开玩笑,她是认真的,她丝毫不觉得让一个男同事替自己付钱有什么不妥。她平静淡然地接受了这份殷勤,仿佛比任何人都有尊严、有资格。

慕伏瓦看出来了,一个女子可以这样接受男人的礼物。这礼物接受了以后,她又该怎么办,依旧平静淡然无动于衷?吕曼玉端着装十二生肖的小木盒,跟她说,她特别地喜欢这十二生肖。慕伏瓦很想说,你的喜欢,让男人付钱——没说。那男同事看起来很欢欣,吕曼玉也很惬意。倒是慕伏瓦自己,占了人家五块钱的便宜心里惴惴,总想找机会还给人家。她为自己恰巧在玉器店里站在吕曼玉旁边觉不快。她看出吕的精神境,一个人可以平静淡然地做着可羞的事仍旧平静淡然。

她开始讨厌吕曼玉,她的从不羞愧,她的一贯从容。慕伏瓦曾经以为在这样的外表下有着深深的感触和沉思,不是,她只是十分认可自己,十分自信自己。无论处于何处都会遭遇男人的目光和殷勤,她怎么能够不认可自己,不自信自己?慕伏瓦可以原谅她做李青海的情人,却不能理解她接受陌生人的礼物。同事之间,铁与水,永远是冰冷的、不融合的。

　　来了一个大学生,学印刷专业的,在技术室实习。他是个老实巴交的人,只知道干活、看书。活儿不多,看书占了他大部分的时间。技术室的两伙人似乎都不入他的眼。慕伏瓦不由自主地把平落沙、尤梅、高丽娜归为一伙,把自己和安归为一伙,意识到这一点时,她暗忖,一厢情愿地和安成了一伙,安自己一定没想过。这个大学生不入流的原因也不是高傲,是还没有脱离学校的氛围。望着那个小伙子耳目塞听的模样,她仿佛看到了自己。大家在他初来时议论了一番,后来见他如此老实木讷,也就都放开了他。他就像慕伏瓦一样,不被觉察,自由自在了。

　　他总是第一个上班,最后一个下班,默默地做着那连白痴也会干的工作。他却倾注了热情和精力,仿佛这是一桩辉煌的事业。他还翻译了一本书,一本英国出版的谈印刷的书,他的同学从英国寄过来的。他皱着眉头,翻着字典时,大家都知道他在译书,对于他的高深的学问都敬而远之,不屑又畏惧。译书是他的围城。慕伏瓦发现,他不觉什么不合适,大家却都觉得不合适了。尤其是,夏天到来时,他竟然还戴着一顶帽子。一个从饮食趣味到行为举止都异于常人的人,且以他的异形异状戳着大家的心。连慕伏瓦也有点别扭了,她对他有着十二万分的理解,可自从他走进了这间技术室,就仿佛独霸了这间办公室。他穿着深色的衣服,戴着深色的帽子,一动不动地伏案研究,或者在屋里走来走去,不时翻出眼白,望望天花板。长得也不俊,神情也不活泼,脸似乎总是黑着。仿佛遇到了许多困难,他在齐膝深的泥淖里行走,对于自己选择的这条路充满了诗情画意,故而满脸的拘谨,似乎他不板着脸就会泄漏自己的得意。他比慕伏瓦高明,孤独自处是一样的,这点高明使得他在这个单位待不下去。实习刚满一年他就离开了,他一定是被迫离开的。慕伏瓦听他说过好几次,很愿意留在这个单位,符合他学的专业,又离家近,且是旱涝保收的单位。他走了。慕伏瓦望着凝滞的空气,企图呼出一口气时,就看见他的黑影挪来挪去,堵住了呼吸。她凝视白墙,上面出现一块黑影。

她没看出其中的蹊跷,有人说了一句,她猛然醒悟。

吕曼玉继续以她的淡淡的无往而不胜的神态扫荡一切污言秽语。说过了多少遍的话失去了咂摸的味道,放进锅里就熬成了汤。慕伏瓦想起以前读过的和尚用石头熬汤的故事。不管吕曼玉的来历是多么生冷生硬,她也和大骨头以及各种调料一起变成了汤。

■ 第三十二章 一个人的离开

　　平落沙的父亲去世了。慕伏瓦随大家一起交了份子钱,先前平的父亲住进医院的重症监护室时,也都交过钱,现在不到两周的工夫,又交了第二份。刚刚到手的奖金没了。就有人议论,老头子会折腾人,不干脆一下子死掉,还在监护室磨蹭了半个月。听到这样的议论,慕伏瓦倒没觉得失去了几百块钱是多么大的憾事,只是想自己得去看那老头子两次,一次是看那老头像仪器一样地躺着,一次是看老头变成了尸体,无观感,无触动,只是觉得一个八十八岁的老头子,折腾了一圈,走了。她想到了安乐死,想到自己以后一定要勇于接受这种死法。也许自己还远不到该死的年龄,安乐死听起来不那么现实,似乎自己独可以躲过,于死中不死。

　　平落沙的父亲是离休干部,生前职位很高,来吊唁的人很多,有看起来很有派头的人,让人忍不住猜测他一定是领导;还有穿着干净衣服,却是旧衣服的乡下人,他们谨慎地不发一言,带着郑重的表情和人握手,举止匆忙,神情克制,像个聪明的小孩上了大堂,知道该何等的庄重和荣光。哭的时候,他们也哭得最伤心,仿佛为了报答什么。慕伏瓦想,这些人都是乡下人中间的精英,如果不是生长在乡下,他们也会和那些领导干部一样瞵视昂藏。现在却形成了这样鲜明的对比，一个廓廓然，一个缩缩然；一个像肉食动物；一个像草食动物；前者虎视眈眈，后者随时准备逃走。

慕伏瓦走进灵堂，里面哭声一片。她很同情地望着平落沙，她一定很伤心吧。平痛哭着，不耽误地招呼着每一个走进来的人，了解来人的职务和身份，不时地冠以徐主任、蒋处长之称谓，对于那些乡下人，则称五婶，或者三叔之类。慕伏瓦佩服地望着她，她是怎样举止有度，点到为止，眼泪在应该出来的时候就出来了，在应该止住的时候就止住了。还有两个人扶着她，仿佛怕她悲痛过分而昏倒。

慕伏瓦在墙角站着，觉得很清静。看着这些披麻戴孝的子孙，她掂量着他们。身处热闹的场合时，她总仿佛看到了另一张脸。忽然一声号叫，吓了一跳，循声望去，平落沙的嫂子正在悲鸣，跪在遗像前不住地磕头。慕伏瓦扫视了平落沙一眼，看到她微微撇着嘴，斜睨了她嫂子一眼，迅速移开目光。慕伏瓦想起从前常听平落沙说起她哥嫂与父亲的矛盾。

一个人对于自己厌恶的人的死亡可以做出痛心的表情，流眼泪是一种无中生有的运动。平落沙的嫂子全身颤抖着，伏在遗像前久久不动。慕伏瓦开始怀疑，这巨大的悲痛是不是和分割遗产有关。她又立刻觉得自己以小人之心度君子之腹了。关于钱的想象在她的脑子里徘徊，驱之不去，钱的念头像虎狼一样，软弱无力的驱赶却使它进攻得更凶。她开始心算，来了多少人，交了多少钱，平家这场丧事会赚多少。这样显然离题了，她也根本算不出。

很容易分清亲属和来宾。手里拎着一条白毛巾的都是来宾。她看了倪至尊一眼，他正似笑非笑地站在门口。慕伏瓦仿佛听见他在心里嘀咕：交了二百块，买了一块毛巾，不止二百，连上次老头子生病，去探病还交了二百，四百块钱买一条毛巾。慕伏瓦这样想着，对倪一笑。倪望望她，那眼神，似乎在说他什么都知道。倪到底是个男人，做事很有章法。他很有尊严地握手、鞠躬、应酬，彬彬有礼地和来宾说话。不知内情的人还会以为他和死者有关系。倪的翩翩身材和新西装更易让人误解，以为他不是高级干部就是高级知识分子。慕伏瓦笑，倪立刻注意到了这种笑，对她做出一副无奈的嘴脸。

　　慕伏瓦在轰然而起的哭声中走了出去，不忘紧紧握住亲属们的手，有冰凉的、有热乎乎的、有潮湿的，她一律紧握，放开，握紧了那些手就是真诚的表现。她对于自己临时想出的这个主意很满意，她看出，被她紧握的亲属都现出真切的表情。她忽然发现自己也可以成为场面上的人。

　　庄子似乎说过一个寡妇扇坟的故事。鲁迅先生似乎说过"亲戚或余悲，他人亦已歌"，好像在纪念范爱农那篇文章里。她想着这些，忽然觉得那死者仿佛在垂帘处翘首，而后偷偷地走开，好像怕人掀开这道幕幛。他的佝偻着的腰、灰色的背影，在荧幕上越来越远，成了一个点。犹有哭声在近处响起。损失了四百块钱。慕伏瓦这样想到。钱一捆捆，像砖头一样砸来，却感觉不出重量和冲击，刚一靠近她，就突然飞逝。多么强大的力量，抓摸不着。

　　她想起赵启明母亲的丧事。赵的母亲是死者中的平民百姓，平的父亲是死者中的高官显贵。赵母的去世是一家子的悲哀，平父的去世是一大群人的戏剧。赵母是悲痛的原因，平父是悲痛的借口。赵母和平父，仿佛悬在半空中的神仙，露出观音菩萨一样的笑容。

一场丧事,她从香烛的烟熏火燎中走出,觉得自己也在隐约飞升。忽然,一阵哈哈大笑,她吓得浑身一紧,定神望去,张长征迎面走来,眼神凝聚,两个黑豆一样的眼珠仔细地观察着她,说:"从哪儿来? 往哪儿去?"她没有回答他,只是闷闷地笑笑,低头走过。张又笑了,仿佛很谅解她。死人灵魂什么的,忽然在张的笑声中杳然。她的眼睛,也在那开朗然而有点讥讽的笑中,撇开了睡意。站住,稍停,腿一拐,向着农贸市场走去。

市场上,人头涌动,人声哄哄,不时有叫骂声响起,待你循声望去,又似乎人人都很和平。她转悠了几圈,找到卖西兰花的摊位时,就像主妇一样做作了。她老练地摆弄着西兰花,对于小贩的叫卖不动声色,挑了两个漂亮的,称了一下,17块9。她仿佛听见了天文数字,大惊,不由得嚷嚷起来,说绝没有那么贵。小贩让她看秤,她装模作样地看看,其实并不认识秤。仍有一种被欺骗的感觉。小贩发着誓,说着天打雷劈的话,她仍然不相信。看着这两颗漂亮的花菜,有点舍不得。小贩很了解人的心理,他迅速地装袋,递到她面前,一连声地说着自家花菜的好处:没打农药没施化肥什么的。她犹犹豫豫地接过来,不情愿地付了钱。走出市场后,过了几分钟,忽然想到,她被坑了。刚才就像被催眠了似的。

她陡然愉快起来。因为她看到了一个人。

在人头攒动中,在熙熙攘攘的农贸市场上,在吵架似的叫卖声中,她看到了安的额头。她顿时心里突突跳起来。他在人群中是那样明显,在许多的黑脑袋和黄巴巴的额头中,她竟然一眼就认出了他。不是看见了他的脸,是看到了那一角的前额。她觉得奇怪,她也并不曾仔细研究过他的五官，却对他的五官分布了如指掌。仿佛他是一张画，在应该浮现的地方就出现了浓眉和同样浓的睫毛，鼻子不算挺，在这个不出色的鼻子下有着一张倔强的嘴巴，富有感情色彩。配上变化多端的眼神，说着嘴巴不愿意说出的话，就使得这张脸充满魅力。慕伏瓦望见人群中的额头时，就立刻仿佛看见了这样一张脸。

她有些脸红，知道自己在偷看别人。她想知道，在这个拥挤喧嚣的农贸市场里，她的梦境会变幻成什么样。终于，她看到了他的脸。他半低着头，不时驻足。他在挑选、在讨价还价吗？那些烂菜臭肉，他准备买哪一样，买多少，买给谁吃？她觉得他应该在水果摊前流连，只有那水灵鲜艳的苹果才配得上他，配得上他想要送的人。他买了一块钱的黄豆芽，拎在手里，仿佛拎着一根羽毛。在走完长长的蔬菜摊以后，他停在一家卤肉摊前。她悄悄地踅过去，很容易地隐没在人群中。

她听见他问了价钱，什么也没买，走开了。她知道他是嫌贵，知道他极想买卤牛肉。他忽然向西张望了一下。这一瞬间，她看到了他的表情。眼睑微微有些浮肿，表情似乎失望，不大高兴，像那些终于感受到寒温的人一样了。她很喜欢这种神情，这不是一个恋爱中的人的表情。她喜欢他的微肿的眼、空洞的脸，这说明他有一个辗转反侧的夜晚。他躺在夜色中，望着窗外的月亮时，他思考的绝不是身边的女友。谁会思念身边的人呢？

夜晚的思念仿佛冬眠的熊，在饥饿了一个冬天后，它的胃和他的脸一样空空如也。不能把夜色印在白昼上，也不能把思念印在脸上。这思念是不现实的、不合法的、虚的、幻的。他在思念谁呢？

慕伏瓦只顾着想，没有看到他在公平秤上称了一下，自语着，走了。她再次追寻他时，只看到了背影。他有些微微地发胖了，衣服似乎很紧，使穿者别扭，也使看者别扭，仿佛他一不小心就会开线。她遥望着，也感到了一种别扭。他已经不适合被凝视了。她只能够提取一种，加以扩张，再添上喜欢的口味。糖果里加了橘子的颜色就变成了橘子糖。主动权在她手里，她可以使他永生，也可以使他灰飞烟灭，也可以使他形神兼备地表现出另一种状态。

她这样地訾言着，为他手里的那一袋豆芽，为他的不合身的衣服，为他的苦巴巴的脸却离她越来越远，为他的一切都和她无关。她再次回头看农贸市场，眼神掠过他刚才站立的地方，仿佛又看见了他的额、他的美丽的表情。这一次，他是冲着她来了。他对她不是一无所知。她看见他笑语盈盈地走过来，她也笑语盈盈，从容不迫地表达着，就像一个社交家，知道人间的一切风月和狗苟，用高山俯视大海的精神，享受着泰山无转移的气魄。

她掉头走开。一个女子拎着的塑料袋破了，黄鳝流了出来，在地上扭动。她想到蛇。蛇在它爬过的地方留下黏涎的湿迹，她要阻止它千方百计地爬上来。空想，空想的毒蛇正在用力束紧她。她要认识世界，认识自己，驱除这绳索，这肉链。猛然一挣，挣开了，发现自己仍然有力量。只是，要时时一挣。

她忽然又愉快起来，仿佛又一次地看到了他的影子在前方冉冉升起。他凝视着她，欲语还休。是什么使得他们隔离疏远，互相提防？想起昨天的情景。看到朱兰、柯叶和他站在门口说着什么，她不假思索地靠近，对于他也参与这种单位的流言蜚语感到好奇。想知道他在说什么，想不出那些鄙俗凡人的语言会怎样从那样一个富有个性的唇中流出。她靠近了,他们就停止了。她敏感地发觉,是他先住了嘴,他朝她的方向瞥了一眼,没有看她,他用不着看她,就闭上了嘴。朱兰还想再说,他看了朱兰一眼,朱兰也瞥了她一眼,也住了嘴。柯叶的脸上带着笑,望望她,望望他,露出一种深明大义的表情。朱兰似乎有点别扭,可她也遵从大家的意志沉默起来。

这三个人先是望着她,一副希望她快点走开的神情。她一时有点懵。她想断然走开,又想需得圆滑地退下,以利于以后再碰面。她假装毫不察觉地说道:"发奖金了,一人五十块钱。"她把钱字说得很重,仿佛她很在意钱。这一招似乎有效,他们忽而都生动起来,互相看了看,逐渐散开,朱兰、柯叶进了会计室,他则毫不犹豫地向街上走去。她知道他是去看女朋友了。一阵心堵,然而又和她没关系,从来就不曾有过关系。可是,为什么在她的意识流中,他像一块石头,停在流水的中间,时时阻碍她的意识,使她的意识泛起新的波澜?他是如此和她有关,她简直以为他和她要心心相印了。

这个下意识的靠近,就拂去了幻想的云雾,看到清晰的防备。裂开一道大缝的桌子,没法修补,只有抛弃了。她眼睛干涩,含着笑和老刘说笑。她曾诗意地以为,他和她,是互相遥望的山头,同样地被云雾遮绕,同样地被天然的距离分隔,却能够永远眺望,像一首诗里所说,共享雾霓虹岚,共享风雨雷电。她是多么可笑啊,简直像路边耍把戏的猴子一样逗人。不知道这是第多少次了,她在自编自造的情绪中感到了自己的可笑。她的可笑还会自编自演地持续下去。

她的衣服上破了个大洞,这不是一件昂贵的衣服,可以对别人对自己炫耀,这只是一件内衣,一件破旧的内衣。她的滑稽与可笑会继续存在,因为别人不知道,自己也不相信。不必信仰,靠自嘲与嘲弄就可以很好。她这样想着,心里宽慰些,情绪一放松,眼泪忽然出来了。她笑笑,对老刘说:"刘师傅,你的故事真感人啊。"老刘咂着嘴巴,嗓子眼里哼哼着,非常精明地不理睬她的话。她也实在没听见老刘说什么。忽然意识到老刘也洞悉了她的难堪。老刘微笑着,问她喝水吗。她说喝。她本不想喝,说不喝就又别扭了。

老刘立刻殷勤地提着水壶去她屋里灌水,她默默地接受了老刘的好意。看着老刘穿着暴露的七分裤,她说得过于突兀。老刘在她的办公室里盘桓了一会儿,忽然问她有对象没有。她有点羞愧地回答说没有。老刘沉思了一下,说,他想给她介绍一个。她的心一跳,预感到什么,然而她无视自己的感觉——她竟然无视自己的感觉,她总在需要正视的时候无视。她问:"哪儿的?"老刘眼睛眨巴着,忽闪着,仿佛很难说出口,说:"不远。"她问:"他是哪个单位的?"老刘只是笑,不语。她看着老刘的表情有些奇怪,自己却感到心力交瘁,不想再说,趴在桌上看报纸。老刘拎着壶,停了一会儿,也走开了。她望着老刘言犹未尽的背影,自言自语老刘想介绍谁? 哪个看门人的儿子? 我沦落到这种地步?

过了两天,她突发奇想,问起老刘:"刘师傅,你给我介绍的对象呢?"老刘不是像平常那样伶牙俐齿,有点讷讷地说:"只怕你看不上。"她说:"别讽刺我,是他看不上我吧,你给他说了?"老刘讷讷。慕伏瓦对于这种含糊不清顿觉烦闷,发怒道:"用不着吞吞吐吐,他看不上我就算,我不在乎,难道本女士生天地间是为了讨好他吗?"老刘似乎窥视着她的神情,说:"你一个女大学生,想找个什么样的找不着?"她顿时脸一红,仿佛她是冒牌的女大学生。老刘看她脸红,越来越红,仿佛连眼睛都充起血来,就说:"他配不上你,他就是一看门的。"她忽而愤怒,说:"老刘,你看不起人,我自身条件不好,对他的要求也不高,可也不想找一个看大门的。"老刘嗫嚅着,说:"其实也不是看大门的。"她莫名其妙地望着老刘。老刘说他没有胡言乱语,完全在说事实,是她完全明白的事实。她不再与他多言,她的兴致忽然消失了。她又忽然变得烦躁愁闷起来,不再理老刘,踟蹰了一会儿,望望大门外像标志牌一样的他,奇怪他有点反常。唉,这样的念头不能有。她摇摇头,又甩甩头,咬咬牙,走开了。

一日,闲坐,忽而想起老刘想给她做媒的事,忽地有了感觉,忽地有了疑心。她一定是有精神病了。可是这种疑心又似乎是唯一的答案。她回忆起老刘的神情。仿佛当人的心里生出一种希望时,所有的风都会顺着它吹拂。老刘要介绍的对象是谁? 这样的想法一产生,就好像从前没注意的种种迹象都在说明这个。由于她把令人心醉神迷的时刻想得太多,重复了无数遍,以至于不在乎真假了。一天晚上睡觉前,她把这些天真的疑惑又回味一遍,糊涂地坚定起来,大喜过望。

早晨很清醒,又一次想到他的结婚,想到自己必须去吃喜酒,去交钱。那礼钱,会横亘在她与他之间,像一根原木横在断崖上,路似乎通了,距离却是永难跨越,仿佛这两个活人之间是生与死的距离。

自己会坦然自若地参加他的婚礼吗? 会像别人一样端着酒杯

祝贺他吗？会大吃大喝，看着一张张油腻的嘴巴而再次感觉到一种情绪的味道？她需要怎样做才能不显得异常呢？她是个不会虚情假意的人，心里有，必定表现得全世界都知道，若不想别人看出，就必须自己心里彻底打消这个念头。她必须真正地视他若无，才能做到视他若无。怎么办呢？他像一颗星，高悬在天空，她不能涂黑他，就只有自己隐没了。变成陨石，陷身于地球的泥坑中。让他的光芒照耀出自己的坑坑洼洼，让她在他的眼睛中无处躲藏。

若无其事地参加他的婚礼。真的若无其事，才是重要的任务。她拿出镜子，用挑剔的眼光审视着镜中人的相貌。看了一会儿，她想，如果有一面镜子总是高悬在她的额头上方，她就一定会成为一个理智的人、冷静的人，绝不会因为安的一个和自己无关的眼神、一个含义不明的小动作，就想入非非。

余下的日子。

她想到这个词，不知道为什么会这样想，她不会死，也不会离开这儿，为什么要说余下的日子呢？仿佛某一件事发生了，或者发生后，会有截然不同于现在的日子。她仔细地想了想，是什么让她产生"余下"的感觉呢？

安的婚礼，在大家的口中传递着，有人恭喜厂长完成了一件重大任务，以后就等着抱胖孙子了，有人借机送礼，有人借机联络。有的露骨些，比如慕伏瓦自己，就不由自主地赞美高丽娜，是出于真心，也是出于讨好书记。她无意识地察觉到，书记对她微笑时，她的日子似乎就好过些。只是似乎，不易发现的一点似乎。扎在皮肤上的针眼，看不见，疼的感觉是有的。这种疼感出现在久滞不动的身体上，倒仿佛一种愉快。有的含蓄些，比如赵会计。慕伏瓦看到赵会计以她的活泼欢喜的态度对厂长说,什么时候喝喜酒,一定要给我请帖啊。厂长说,那是,那是。满脸的喜欢。赵会计又很顺畅地打听女方家里的情况,这些情况早就被打听清楚了,大家都知道。赵当然是很聪明的,知道自己的话的含义和效果。仿佛从同一只母鸡肚里下出的蛋,都不一样。

她又听出了一些新鲜,一些别人尚未知晓的内容。慕伏瓦听到她打听女方家里的经济条件时,原有点不耐烦地想走开,走了几步就听见两人声音低下去,就站住。空气中有了蝴蝶。她捕捉到几个字,猜测出男方又买车又买房,用的女方的名义。听到一声咳嗽,两人沉默了。她走开,心想,如果一个人自我感觉良好,就容易流于天真、糊涂。厂长这会儿正满心欢喜,且以为别人也和他一样欢喜,说话就不慎重了。他平时一向是谨言少语的。

这场谈话的两天之后,就有人算出他为儿子结婚花了多少钱,这笔钱又是怎么得来的。这场婚礼还没举行,就有人在诅咒它了,还有人含沙射影地说新娘。和往常一样,他们只是叽咕,他们都等着看那个大声说话者的笑话。赵启明受过这样的愚弄,以为自己代表了群众的心声,会受到广泛的欢迎,就大声,结果被广泛地抛弃。大家都还是良善君子,又都在背地里安慰了他。这一次,赵启明险些又被当成了枪,书记莞尔一笑,倒替他解了围。慕伏瓦想,赵从此不会再愤激了,因为没有敌人,没有靶子。

赵又开始研究围棋,一手握棋谱一手拈棋子,半天委决不下。朱兰的毛衣打得越来越好,简直像从商店里买的,她给高丽娜织了一件,大家都说好。单位里经常没人,他们也都来上班,没有被扣考勤奖。慕伏瓦问张长征,张大笑,说:"工作很辛苦,闲暇之余忙点私事。"慕伏瓦说:"根本没人上班,怎么说是闲暇之余?"张颇有含义地望着她,说:"寂寞了?"她不能听这话,总觉得是侮辱,于是走到树下站住,望着遥远的景物。

她不会再看到他了,现在他忙于即将举行的婚礼,以后,他是别人的丈夫。他不属于任何人时,还能属于她的梦,被纳入家庭的桎梏后,他就只属于那个圈子。孙悟空用金箍棒画出的圈,凡人不能走出,一走出就会遇到妖魔鬼怪。他要忠于他的家庭和妻子,这样,她才能看到希望,看到净土。想起他的新娘,她不再恐惧,麻雀站在大鸟下的害怕心理,她不再有了。她已经出现这样一种心态:大鸟啊,希望你过得比我好,我麻雀,也是五脏俱全。

忽然想起自己的家,仿佛一个远在他乡、每逢佳节倍思亲的人那样想念着,可是今天早上她还在家里吃了母亲的鸡蛋泡米饭。不明白为什么会突然涌出这种情感,仿佛她突然之间感到了家庭的可贵。这段时间的家庭生活是平静幸福的。妹妹拿到了自学考试的文凭,正在积极应聘新岗位。

一个人睡了深沉的一觉,醒来,躺着,等待着一种精力充沛的感觉慢慢出现。安,这个已经融化的名字又凝固了。她看见安兴冲冲的,穿着一身毛蓝色套装,从她旁边跑过,就像一块石头从木头旁边经过。她曾经以为他和她之间存在一种蛛丝马迹。他的兴致是那样高涨,不说话,眉眼却活蹦乱跳、喜气洋洋。她顿时被与世隔绝,顿时陷入了自己的黑洞。安的欢乐是一种绝缘物质,从此她和他,不会再有一丝幻想、一丝假想。她希望他永远是痛苦的,只有痛苦才能普遍存在无不相通,可是他已经找到了幸福。她以为自己会永远痛苦,可是她也不大痛苦。她需要一个底,来托住她。她的心中出现了一面镜子。想到自己夜里的面目,她理解了别人的欢乐。如果她不能使自己适应白昼下的生活,她就只能看着别人欢乐了。

安进了技术室,技术室立刻传来喧哗。安的愉快的嗓音和潘伟因为感冒而沉哑的声音,此起彼伏地响起,她听出他们正在议论最近的防火防盗。消防车的尖锐声音又远远地响起了。她也走进去,坐下。安微微一愣,又兴高采烈地说开了。她是第一次看到他这样,心在坠落,味道在变酸,她泰然自若地正视着,发觉它已停止坠落,浓厚的酸味也微微地发酵。她像一个小孩,拿着一只唯一的酸苹果,终于吃出了甜味。她开始微笑,对着自己笑,笑自己。平落沙看到她在笑,也笑眯眯地说:"慕映红也快结婚了吧? 上次我看到你们在公园——"慕伏瓦不想说那个已经吹了,也笑说:"正在向你说的努力。"平落沙隐隐地说:"不是我一个人说的,是大家说的。"慕伏瓦说:"正在向大家说的努力。"大家笑,暗暗地惊奇。

■ 第三十三章 又一个人的离开

　　一种神秘的默契似乎不存在了，也许以前也没有存在过。她认识到，这样很保险，只是，她做错过一件事——那封情书。所幸，没有生动的羞愧感。她不太考虑这个，仿佛她从未做过这等尴尬事。现在想起这事，倒仿佛有一种疏离感，仿佛那是别的什么人做的。她仔细想想，是自己已经久别于那种情感，以为这世间的一切都久别了？

　　她爱过他吗？以为会在梦中邂逅他，她盼望着，他出现过吗？倒是当她清醒的时候，梦境仿佛一种滞后反应，他却出现了。身临其境时毫无感觉，远远地眺望时才有所触动。她又忆起了他的一切，风吹动他的额发，他的脚仿佛踩在弹簧上，灵巧地脱离地面，又稳稳当当地落下，他的青春勃发的脸就在雾中出现。大部分时候，他像尊粗制的石像。就因为此，她才产生幻觉，以为寸草不生的火山头必通往炽热的地心。不过，然而，应该，而且……她又拿出了镜子。一幅真实的自画像可以解决许多问题。

　　就像一只蚂蚁，它最大的理想，最重要的任务，就是把别人嘴边掉落的一粒米搬回自己的窝。它惧怕一切，蜜蜂的嗡嗡让它想到蜇人的刺，天边的一片灰云似乎预示着大风暴，随风飘来的花香都有着可疑的有毒的气味。它不相信一切,又极端地轻信。只要看到了别人的眼睛,就相信那眼睛下面的嘴巴;看着后脑勺时,知道那前面的嘴巴一直在撒谎。它倾慕他,又诋毁他,想用破坏获取勇气和力量。没有爱的能力,也没有恨的能力,可它知道这两个字眼,且和一切庸人一样,以为自己了不起,因为爱恨曾在那锅里翻滚,干涸。它爱它所恨的,又嘲笑它所爱的,以为自己有了思想。这思想使它穿上了衣服,不同于裸体,又沾沾自喜。它无所事事,又忙碌不堪。它没有超人的宁静,和到达这宁静的智慧。它只是个二道贩子,贩卖别人的言语,添上自己的汗气,使之模糊起来、朦胧起来,看着像自己的。

她凝视着镜中的影像,看出了这点做作。想,做作的弊端,在于没有做好,不是已经做了。最伟大的演员不是把自己都献身了吗?

扔掉镜子,略带恐怖。现在已经不知道该如何调整自己的脸了。自笑,现在,就等于理性批判和感觉自由。怪不得赵会计在嘴的轻轻一努中就完成了心计。赵的刷过的睫毛和涂过的嘴唇,在这个年近半百的女人脸上,就仿佛墨笔写字,练习过,临摹过,熟练运用了。想到赵会计,她回归了现实,觉得开朗了,安的婚姻带来的窒闷感仿佛这间办公室,只要开门开窗就会通气。安不是一切,这世上还有赵会计之类的人,她又怎么能够不为着她们活下去?她们才是这世界的门窗,世界的眼。会有那么一天,除了安,一切都可爱。

安要结婚了。这个概念驱之不去,就像水草纠缠着尸体,她已经不在乎了。又像虫蚁在蛹里蠕动,心里还是有点动静,她以为这点动静会放大,会在某一时刻让她难堪,她已感觉出难堪的滋味了。她要摁死它,像摁死一只小虫,虽然微小却仍是一只虫。她担心婚礼的气氛会使自己更加鲜明。

在那个合法合理的婚礼中,她不就像一块斑吗?这种想法让她不舒服,也许自己可以不去,让别人帮交份子钱。假如不去,她又似乎在宣言着什么了。她的眼前已经浮现出热闹的景象,无边的笑脸。笑意冲破了脸的束缚,展开,一朵开得过大的花。收敛一下也许会好一些。可是人人都合不拢嘴,这张嘴既要吃又要说笑。笑是合法的,人人都会,张开大嘴,露出牙齿,让皱纹吞没眼睛。慕伏瓦立刻学会了。她无言以对或无话可说时,就张开嘴巴,让空气自由流动。

她想象着婚礼的情景,一遍又一遍地告诫自己,要沉稳大方,旁若无人。仿佛她成了婚礼的主角,仿佛安的眼神像胶一样粘着。仿佛她不是去参加一场别人的婚礼,而是去赴刑场。必须在那场婚礼和现实之间隔一层什么。已经想出了一个办法,就是婚礼之前的那一夜不要睡觉。她要整夜的散步,整天地绝食。这种做派的结果是,会淡化自己的情绪,一心只想吃和睡。像一只挨饿的老虎,失去一切意识形态。她不是老虎,可用对待一只老虎的办法对待一只老鼠,效果会加倍地好。她又一次地自笑了。婚礼没什么,安也没什么。她只要少吃点饭,睡会儿觉,问题就解决了。仿佛已经解决了。知道它必将解决。

望着老刘正笑容满面地询问安的新娘子,她想到了自己的策略觉得信心满满,也走过去,预备和安说点什么,表明自己的清白和无辜。她是清白和无辜的。她觉得需要表白这一点。她含着笑,说:"我见过她,很美丽很小巧玲珑的一个女孩,她是南方人吧?"她望着安的眼睛,又迅速地滑落至老刘的脸上。安很自然,她看出这点,心里起伏了一下,想起了自己的策略及成功,又释然了。她继续笑嘻嘻地望着他们。老刘的眼神有点含义。她瞪了老刘一眼,说:"安,你和她长得有点像,赵会计和梅师傅都说你们有夫妻相。"老刘嘿嘿笑。安不说什么,似乎没听见她的话。看他的表情,仿佛在想着另外什么事,就像一个地球人在想着银河系。

她继续夸着他的准新娘,觉得自己越来越豁达,越来越高明。老刘变得支支吾吾起来,安更加心不在焉。她知道,这是由于她,由于她本人。她却认为,这样很好,说明她很成功,也说明他很成功。她和他,都完成了一个转身。她询问婚礼的细节,安瓮声瓮气地回答,老刘还只是笑。她觉出这两人都巴不得她闭嘴,走开。她更加开心了,更加放松了。她终于心无挂碍地走到一边去。

她在院子里走走停停,细心地察看着每一条砖缝。她是这样投入和专心,没有注意到那边的谈话又热络起来。她凝神听听,他们在谈家具。她睁大眼睛望着四周,感觉到大睁着的眼睛的确有镇定的效果。景物进入了眼帘,冷空气进入了套房。她拐过墙角,走到了房后,看着仓库和荒草。

"芳草萋萋鹦鹉洲",一句诗从心里跳出。鹦鹉洲上一定没有鹦鹉。风从草间滑过,发出了嘀咕声。她望着这片荒草的土地,仿佛看到天翻地覆,土地翻了过来升上去变成了天。土地清澈碧绿,天空乌云压顶。她变成了一只小虫子,在地里面钻啊钻,感受细腻的土壤从身上拂过,在地层深处必有温暖的窝。一只老鹰从草中扑棱而起,尖利地哗啦一声,迅疾冲向天空,空气仿佛没有阻力,它的力量又如利箭一样富有穿透性。她凝视着它,听着它的声音消失在苍穹深处,有什么发出了绝响。眨眨眼,幻象消失了,一切又都静悄悄了。一种奇异的感觉,一种温暖而充实的热流正向心里倒灌。

　　空气中充满了笑声。她想起刚才听梅诗韵说的安,从前不相信,不当回事,现在却变得非常介意。她一会儿希望这些流言蜚语是真的,一会儿又希望他们只是出于嫉妒才这样诽谤。她想像他们一样,往安身上泼污水,又想象着安像出淤泥而不染的荷花。这一切应该不再能打动她,她应该无动于衷才对。她仍然怦然心动,似乎在这个小单位里,在它的言语中、氛围中,它的蒙眬似睡的目光中,安仍然属于她。这是一种奇怪的感觉。

　　她又照起了镜子。那张倦怠的脸,没有个性没有生气的脸,就像一只宠物狗的脸,无论你怎样宠它,它都是一张狗脸,愚昧的无知的没有表现力的一张脸。安为什么从前还会凝视它?为什么她顶着这样一张脸却毫无知觉地来来往往于人群中、大街上?她越看越难受,这简直不像一张脸,根本不是一张脸,这是被胶水粘上的五官,不合适,随时会脱落。在它的下面一定还有一张更生动的脸,但她不知道该如何揭去这一层。

　　她开始憎恶起自己来,开始理解并原谅了安的移情别恋。"移情别恋"这个词如此坚定不移地出现,倒使她暗暗地一惊,仿佛真的有,否则怎么解释那潜意识中的肯定?她不是在黑暗中看到了一丝裂缝,就幻出瞬间铺天盖地而来的光明吗?现在,他收回了光明,她也付出了黑暗。她不再感觉无望,有了隐隐的希望。他应该幸福,别人应该幸福,她也会像他们一样。他们是蝉,她是尚未羽化的蛹,这是她不同于他们的地方,也是她必将同于他们的地方。还有什么好想、什么好做的呢? 假如她是进化树上的一个点,如此地苦苦思索着从大海到陆地的第一步,不是很——自大吗? 像母鸡思考鸡的起源。

她走到高、平、尤跟前,悄悄地对她们说,自己昨夜——说完即暗暗观察效果。高平尤的脸不动声色,她们真的无动于衷吗? 片刻,高和尤瞅了她一眼,继续打毛衣。平摇摇头,吞吞吐吐地说,哦,是这样的。慕伏瓦搞不清这是她们的谈话的继续,还是对她的话的反应。她却已经鬼使神差般地开始描述自己的行为和感觉,就像一个生育过十二胎、做过许多次妇科检查的女人那样,描述着。

她很快意识到,自己又掉入了一个泥淖。说了半天,看着她们凛然危坐,觉得有点得意,可吓着她们了。她们很快会广播出去。安也会听说。她完成了一场进化的使命。她采取了这样一种方式使得自己与众人同。过了几天,朱兰忽然望着她笑,然后,凡是在这个小院里遇见她的人,都似乎在笑。她想,她采取了陈林燕式的方式,是否会像陈林燕一样得人心? 她还不能想象出这种话在各人心里的回响。她只是打破了自己的冰雕伪装,完全的解冻还需要时间。

她大胆地发表着自己的见解,不在乎引起了多少讪笑和猜忌。她不再被像贼一样地防范。连安有一次也对她笑了笑。自从她肆无忌惮地大放厥词以后,她发觉自己的爱情也不像从前那么使她难受了。她听着别人谈论安和他的女友,心里有点扬扬得意。她喜欢听别人偷偷说安的坏话,这就仿佛给了她一个机会表忠诚。她心里说,我一点也不这样认为,那些损你的言语越多,你就越可爱。安仿佛神庙里的塑像,因为这些大不敬的言语,恍惚有了人气。她现在可以坦然地看着安,听着别人说安的恋爱。

一日,她和高、平、尤一起去车站取邮包。邮包很多,满满一三轮车,拉着到了单位门口。她们跳下车,开始卸包。两人一组,费劲地扯着。等所有的包卸完,三轮车工人离开,她长舒了一口气,伸伸腰,望望院子,以为一定会有侠义之士来帮忙。安站在大门口,纹丝不动地凝视前方,用那种曾让她想入非非的眼神。

她们把包搬回技术室,没有招呼人帮忙,也没人觉得应该帮忙。她和尤梅搬着一大包,一瘸一拐地走到门口时,包忽然散了,东西摊了出来,有的躺在了安的脚旁边,她以为他一定要帮忙了,至少应该弯腰捡起来。他只是往旁边站了站,似乎这些散落的东西携带电荷。

慕伏瓦这一刻忽然又一次地看出了自己的糊涂和盲目。确认,原来,过去、现在和未来,都不曾有过对他的爱,是什么让她自以为是地猜想?且把一切猜测都当作事实,且用这事实垒成窝,蜷缩在里面。她需要一个真实的形象以抗拒这个生造的形象。她的身体和精神都需要一个了。把吃变成信仰,把性变成爱情,把一切都变成不朽。周末,就去赴母亲安排的相亲吧。深信自己不会腐败堕落,即使平庸像满含赤藻的水。

■ 第三十四章　真的恋爱了

一张洋溢着喜气和灵气的脸。慕伏瓦望着面前的这个年轻人，看起来他的精神状态不错，自己今天也很不错，没做梦也没抑郁，由着浅薄和短见而来的满足与自信，给了她恬和的笑容和平静的态度。不错，两人都有着这样的状态，也许她和他有缘呢。想到这儿，她有了一种感觉。这个机灵的小伙子一定刚刚洗过澡，他的半干的头发和清爽的面孔，使得他倒有点帅气了。她垂下眼皮，再次抬头望时，眼睛却沿着裤裆向上，至腰带，往上，至脖子。

他急促地呼吸，喉结有些明显。她不由得看定他的脸，他的嘴努了几下，似乎想说什么却没说。这使得她好奇起来，一时间又没法引他开口，她更加地好奇了。介绍人把他们简单地介绍过，就离开了小小的起居间，让这两个陌生人擦火花。她明白了这一点，感到一种瞬间的孤独和无助压下来。她喝了一口茶，叹了一口气。就是这样开始吗？按部就班地培养感觉，了解了对方的工作单位，再暗暗地打听他的工资收入，只要拥有正常人的情感，就可以结婚了？很简单，太单薄了。

两人都没话说，都感觉出在急切地等待对方开口。望着这个大男孩一样的人，她觉得自己有引导谈话的义务，就说起了自己的经历,从上幼儿园到大学。自己从母亲嘴里听说的,如今从自己的口中说出,就显得很有见识。她开始后悔平时和母亲聊天太少了。也意识到,自己的许多错误,也都是因为和母亲沟通太少。她原应该是个乖乖女,现在却成了拧筋头。她需要一个家,有母亲有丈夫的家。眼前的这个人,能和她结婚吗?她该怎样做才能勾住这个人?为什么从来没有人教过这个呢?她对他笑了笑,他也别扭地笑笑。她悄悄地咽下口水,想说话却说不出时,口水倒源源不断。她不时地吞咽口水,暗思他看出没有。

他不时地拂额发。她以为这是一种潇洒的表示,后来想到他大概也和她一样紧张。她随手玩起了手旁的工艺品。专心起来,弄得哗啦响。这种工艺品都是在旅游区买的。她说起自己旅游的经历,发觉谈起自己感兴趣的事倒不愁没话说。她以一个过来人的身份看那段经历,说出了一些真实的东西。比如,旅游其实并不都是愉快。拥挤的人群,花掉的钱,种种疲劳……你拎着旅游包终于到家以后,旅游才真的开始,你回味这几天的辛劳,恋恋不舍,心思萦绕,把身体力行的经历又在精神上实践了一遍,顿觉胃口大开,后悔没有多照几张相,多钻几个洞。假如游览古迹,这时候就会把一路上没有时间看的说明书拿出来,看许多遍,到能背诵,且常常怀疑那古迹不古。这古迹就是这印在书上的文字吗?斑驳的面貌让人失望,鲜明的面貌又像造了假。还是看书吧。慕伏瓦最后得出结论:哪儿也不要去,就坐在家里看看电视就行了,这是保持景仰和自豪的好办法。

小伙子笑了。第一次真实而自然的笑。慕伏瓦先就听介绍人说过这小伙如何优秀,就问起了他求学时的生活,料想他必有生动的故事。他是从上小学一年级时讲起的,他是农村长大的,没进过幼儿园。他的言语很简洁,过于简洁了,以至于她有时听不懂。他常常省去一目了然的事实,只说他认为的点子上的话。她却是个不善倾听的人,不能把那没说出的话听出来。她感觉到了困难,笑倒是更爽快了。她不能让他看出自己理解力偏低,又想给他一种开朗聪明的印象。她小心着,只在该笑的时候笑,仍然露出了马脚,有几次显得不那么合适了。他倒没有想过她的笨拙,反以为自己的确可笑了。他又拂拂额发。她也抿抿头发。互相坦率地望望,都感到这是一个良好的开端。

这人不讨厌她,她也不讨厌他,这就是和平共处的基础。她开始认真地正式地谈起恋爱。从前自己所轻视的,比如逛公园、轧马路、钻树丛,现在也都在做。两人一周约会一次。见了面就觉得轻松些,临近约会的日子就莫名地有了点期望。理智上总在自嘲,可是假如哪一周没见,就会产生一种沉重感、不安感。及至见了面,互相偷觑着,对方的容貌都不是自己理想的,她和他也都到了不拿理想当真的年龄,有过挫折,有点阅历,知道勉强和忍耐是这种生活的智慧。

慕伏瓦疑心他和自己一样,想过分手,终于没有提出,大概也是这个道理。她需要一个丈夫,他需要一个老婆;她有洁白的皮肤,他有灵活的大眼,互相就都迁就了,一日日地相处下去。每当慕伏瓦坐在办公室里发呆时,她的茫然的心思,总会在他旁边触礁。她时时想到他,猜测他是否也时时想到她。她发觉,她一无所求的时候,他竟然变得重要起来。在一个贫寒的家庭,一只板凳都是珍贵的。有一天下午,午睡醒来,他的形象忽然出现,且变得脉脉含情起来,她知道自己又在涂抹了,知道现在需要这种涂抹。她从前生造了一个安,模拟出许多凄情,最后却像曲终散场一样,踩着满地的果壳,在晕黄的灯光中走出电影院。回头望望,大招牌依然竖立,情感却如神女峰消失在迷雾中。现在,她又要模拟了,要把假象贴在真的面具上,像两张纸粘在一起,撕不开,成为正反面。

自己现在这种情感是多么恰当。比如,她可以在和他一起逛公园时,突然丢下他,向厕所跑去。绝不难堪,绝不感觉卑琐。卑琐却是她坐在办公室里望着安的背影时,常常想到的。她又自笑了,不明白还要装糊涂的嘲笑。不是难得糊涂吗?装糊涂就更加高明了。近来她常这样做,和这个姓祝的小伙子在一起时,她不由得认真糊涂起来,也觉出了一点乐趣。两人口是心非地聊天时,望见拍婚纱照的情侣,就都得意起来,自己不久也会成为那样队伍中的一员。没有理由不该那样。大家都那样。她越来越认可这个真理。瞅着橱窗里的婚纱照,真的有一点美好的意思。

每次约会前,她都吃得饱饱的,正应了那句话,吃饱就是幸福。她倒有点分不清,她的幸福是源于这种约会,还是源于吃得饱。即使是因为后者,她也会为前者找到理由。她正是为了这次约会才吃饱的啊!她在自己的小包里装了许多女孩子的零食,经常掏出来,逗着他吃。他有点腼腆地,和她一起吃着。后来两人就很坦然地分享。在他面前,她不怕暴露自己的缺点,比如,好吃懒动,动辄冷笑别人,看谁都不顺眼。对于她的乖戾,他只是笑笑,仿佛知道她在表演,对于她如此地认识"个性"一词持宽容的态度,不真的以为她就是她表现出的那样。感觉出这个,她有时憋闷,有时急躁,想一想,自己又毫无道理。

　　他是个聪明的人，早已深知一切，就对一切都采取温和的态度。她的激情早已过去，就也很快地平静下来。两人手拉手闲逛，不避讳孕妇和流浪汉。前者是丑的，后者是鄙的。有一次，两人买了一大包花生和橘子，坐在公园的长椅上吃了很久，不说话，只是吃。等到都吃够了，才互相望着笑。过了几天，两人的嘴都上火起泡。慕伏瓦倒没觉得他更丑，他也似乎容忍了她的被破坏的面相。

　　两人都不想结婚，他想谈两年三年，她觉得十年八年都成，只要父母不催促。她认识了他的好朋友，和他一起去了这小城里所有有趣的地方。这种淡然从容有点温暖的时光，几乎使她相信结婚是正确的选择了。不考虑这样功利性的结尾，他俩倒都觉出一种纯净的快乐。暂时的平静就这样维持着，对于以后的轩然大波毫无预感。她知道必会有风波，事情绝不会这么平常。

　　过中秋节的时候，她没有把他带回家，他回农村老家了，据说是帮家里收玉米去了。母亲十分不满，认为他看不上自己的女儿，不够殷勤和真诚，就有放弃的意思，咨询她的意见。她想了想，也发现没有可以拿得出的证据证明他的感情和她的感情。他和她就像一个公式，有着程式化的过程和顺势而下的目标。她也早就发觉，不是爱，正因为此，他们才能这样和平从容。可是，就要有爱从这和平中诞生，正如慢慢地熬粥，终至于喷香四溢。

　　她劝慰母亲，不要着急，也许他是个孝顺的孩子，也必会是个有责任心的丈夫。母亲略微有点惊奇，她竟然已经用上了"丈夫"一词。慕伏瓦有点百口莫辩地烦恼了，为什么天下的人，除了那当事人，其他人都会旋即想到那个。母亲没有纠缠这个念头，她只是对于他不爱自己的女儿感到愤愤不平。他竟然中秋节整整三天都回乡下去了,他不想念自己的女儿吗? 一对有情人怎么能分隔这么久? 慕伏瓦觉得母亲有些可笑,有分离和思念这么严重吗? 母亲总是生气,一天忽然对她说,散了吧,他又不珍重你。母亲的话仿佛给了她压力,使她心里沉甸甸的。母亲不也曾经说服她,不要总想着爱情么,可现在又为什么如此看重爱了呢? 她觉得母亲的矛盾态度很讨厌,她已遵母命谈了恋爱,现在还要遵母命分手? 母亲的反复无常表现得这样彻底,她开始逆反,继而坚定。

母亲在一天的时间里竟然变化了多次,早晨时,母亲还用商量的口吻对她说:"祝的工作单位很好,工资福利待遇高。"她也轻松地回答:"就这样吧。"中午时,母亲就不高兴地说:"回乡下收玉米了,他的父母不知道他在谈朋友? 中秋节不该上门看看?"她也有了不快的感觉,嘟着嘴没说话。到了傍晚,母亲做着饭,把厨房敲得叮当响。她知道母亲火气很大,就走进厨房,预备听母亲牢骚。母亲阴沉着脸,不说话,似乎等她开口。她不知道什么事,猜测是关于祝。果然,母亲重重地把一盘子菜放到桌子上,说:"我的女儿又不是嫁不出去。农村家庭出身的,兄弟姐妹这么多,家庭负担这么重,有什么好?"慕伏瓦试着玩笑了一句:"你不就一直担心我嫁不出去吗? 逮着个男人就像抓不着似的。"母亲大怒,指责她不自重,侮辱自己,把自己看得这么低贱。她的女儿这样不值钱? 慕伏瓦无所适从,没想到惹出这么大的怒火,且母亲竟然说她低贱,使得她也立刻不能够理性了。她也觉得自己有点低贱。她噙着眼泪说:"不都是你一天到晚忙着给我介绍对象,看见了一个就想把我推出去?"母亲脸变色,瞪着眼睛,大声呵斥。那语言,真像鞭炮在跟前爆炸。这个中秋节就这样过去了。慕伏瓦听了一通痛骂后,觉得自己和祝的一番交往,在母亲的浓厚的语言面前是那样轻淡无迹。她反抗般地说了一句:"其实你就巴不得我不和任何人结婚。"母亲不再言语,大概累了。

节后去上班,她精神抖擞地走进单位,觉得一切都不再可怕。朱兰望着她笑。她奇怪地问她笑什么。朱说:"慕伏瓦,谈朋友了吧?"她低头想想,她和祝在一起时没有遇见过熟人,他们都在尽量避开可能会遭遇熟人的场合,那朱兰怎么知道的?她就问:"你看见了?"朱兰觑着她说:"我没看见他,什么时候带来给我们见见?"慕伏瓦心里嘀咕,她怎么知道的?朱兰笑语:"看你的神情就知道你有男朋友了。"慕伏瓦心想,这三天来我根本没有想过他,这神情倒和他有关了。朱兰又想问。她思忖着一切都还没有敲定,不合适讲得太多,就转而问起朱兰的宝贝儿子在哪儿过的中秋,姥姥家还是奶奶家,就引出了朱兰的关于儿子的许多"趣事"。朱兰自己觉得有趣无比,慕伏瓦呵欠了几次,坐在对面的张长征似听非听,不时用一句完全无关的话打断她的流水。

张长征也时常用似笑非笑的眼神瞅瞅她,仿佛洞彻一切似的。她觉得应该谈谈自己的爱情,就开始夸奖祝。张长征又从嗓子眼里挤出了笑声。她有点心虚,住了口。朱兰和张长征相视而笑。慕伏瓦觉得自己知道他们为什么笑,心里一阵愤懑。她又假装不在乎起来,开始大肆渲染她和祝的"爱情"。他们一起散步,一起度过的周末时光,祝有一次喝了点酒说过的话,祝过后觉得不好意思,慕伏瓦却牢牢地记住了。

那天,祝忽然喷着酒气对她说:"我要向全市人宣布,我爱你。"现在她把这话说给朱兰他们听,想证明什么。他们笑而不语,仿佛想起了什么不相关的事。慕伏瓦忽然意识到，从今以后她和祝就是"合法"的、应该公开的了。有什么因素簇拥着产生了这样的想法。还考虑什么，犹豫什么呢？马上结婚，走一条拥挤的大路要比走人迹罕至的小路通畅安全得多。这样想着，她就不由得说了一个从书上看来的故事。故事是：一老和尚对小和尚说，修持的心要就在于，有饭的时候就吃，有水的时候就喝，有礼的时候就回礼。她这样地说，振振有词，在转述这个故事时忽然明白了其中的道理。

朱兰似乎明白她的意思，说："就是这样。"张长征抛下手中的书，盯着她的眼睛说："你怎么才明白？唔，也不算晚，还能嫁得出去。"说完又大笑。慕伏瓦按捺着怒气看着他笑。她早就发觉，张长征对于她说的话，无论是经过她深思熟虑的，还是张口而出的，都一律地觉得好笑。她愤然说："别笑了，我知道自己老年痴呆。"张和朱都又笑。她发起怒，脸涨红了，起身离开。走到外面，瞅瞅四下无人，就在门外偷听起来。

一阵静默，就听张长征说："慕映红——慕伏瓦，这么个怪名，怎么老是显得痴痴呆呆的？"朱兰说："地球人都知道——她不是地球人？"张说："她是哪里人？"朱说："树上的蝉，喝空气吃露水长大的。"张又嘻嘻笑说："上哪儿找这样的人——人事不知。"她慢慢走回去，坐在办公桌旁，想自己为什么会是像张长征说的那样的人。自己做着和别人一样的事，说着和别人一样的话，还是被视为异类。

模仿总是不能产生相同的效果。她佩服高丽娜、尤梅、平落沙，希望自己有朝一日能像她们那样。最关键的一点是，像她们那样结婚。在这之后,她发觉自己竟然都不会说话了,不知道该怎么看人,怎么点头,怎么应声。在木讷中表现出一种无以自处,不知所以的情态。她是一个笨蛋演员,总不能把表演与自己的天性融合,总不能事事当真,事事悠游。自从大家知道她有了男朋友以后,都发现她明显地弱智起来,在别人说话时走神,在别人不说话时发笑,仿佛按捺不住地大笑突然地在脸上皮肤下凝固。她自己还觉得自己深沉得无以复加。她不认为他们知道她深夜时的徘徊,看夜里出洞的老鼠怎样在地板上迅速溜行;她凝视日常生活时那种出格的眼神;她走在路上看到娇宠的狗时,那从心里窜出的仇恨。这些隐秘的情绪,使她感觉出一种真实。没有这些,她就真的沦亡了。

祝从家乡回来后没有立即给她打电话,她却想着母亲的告诫去找他。仿佛母亲的声音有多么响亮,她的决心就有多么坚定。一味地顺从并不能改变命运,她决心尝试反抗了,去找祝。祝似乎又瘦了,他本来就干瘦,现在似乎更像一根秸秆了。不知怎么回事,她一眼看到祝的时候就立刻也看见了安,想到祝的时候,安的影子也时时飘忽。这世界绝没有这么巧,让她看到左边一个祝,右边一个安,可她的心里却时时刻画着这种巧合。她要靠着安来抗拒祝这个坚硬的现实,还要靠着祝来缓解安带给她的酸涩。她的怀念和陌生都要依赖这两个意象的彼此扶持而无中生有,有中生幻。

还有一个伟大的问题,就是有了祝,她就可以强大无畏地参加安的婚礼了。她已经感觉到自己的强大无畏,又对那一天的到来感到不安,就像一个首次登台的人,准备充分,可还是紧张。感谢老天,现在遇到了祝,祝是她的吉祥物。她特意穿戴了一番,对于自己即将实施的行为很热心,她实在没有多少心,也只有此时,她才能用心。她又穿了一身白衣,曾经怀疑是自己的一身白衣打动了安。这一点并不明确,就像她和安,这个并列词组也似乎虚构。然而她以为一身白衣很动人,就添上了自然自信的笑容和对一切不如意的宽容。还有什么不顺心呢? 她在应该谈情说爱的季节和年龄而开始谈情说爱了。不如意的感觉,像大街上的嘈杂,成了背景。那背景一成不变,节目每日相同,谁有工夫计较它们的雷同呢?

她飘啊飘地进了祝的宿舍,她是打算高兴的。她挥手拂去安,笑盈盈地面对着祝时,有了翻开书的第一页的感觉。这是一本经典,她应该倾心尽力地阅读。祝对于她的到来有点慌张。她说,我在门外站一会儿。出来站着,给祝时间收拾打扮。片刻,祝来到她面前,请她进去坐。她随着进去,看到了一个单身汉的宿舍,确切地说,是几个单身汉的宿舍。

这间屋里住了三个单身汉,另外两位恰巧不在。祝只是整理了自己的床,把冒着味道的鞋子踢到床底下。慕伏瓦看到了另外两张不整齐的床铺和散乱床前的鞋子。祝穿了一件雪白的衬衫,刚才穿的是背心,似乎还有破洞。慕伏瓦认为,对于这些破洞应该忽视。她笑着说:"新衣服很好,旧衣服也很好,贾宝玉不是送给林黛玉一条旧手帕吗?"祝也笑,抚摸着自己白衬衫的扣子,讷讷地。

慕伏瓦问起今年玉米的收成,祝汇报。慕伏瓦又谈起了今年的秋老虎,祝说他昨夜在外面乘凉到十二点才进屋。慕伏瓦力图显得自然,祝越来越不自然了。她建议出去走走,祝的表情一下子释放。这是个周六的下午,出去走走会遇见熟人,尤其是祝的同事和朋友。慕伏瓦想到了这一点,不得不这样做,这总比坐在祝的宿舍里好受多了。她仿佛有一种感觉,坐在祝的宿舍里就好像坐在祝的床上。她也的确就坐在祝的床上,这间屋里只有一把椅子,还堆着另一个人的被褥和内裤。那人不在,他的被褥和内裤却凛然不可侵犯。慕伏瓦自己不能碰那堆东西,祝自己在屋里转了几圈,也没去碰那堆衣物。于是她和他就都坐在祝的床上。床仿佛一个易碎的灯泡,照耀着,拿捏着,让两人喘不过气。

走出这个房间时,站在阳光下,两人都松了一口气,互相望望,都有点脸红,眼神仿佛不能触碰了。

两人又向公园走去。慕伏瓦不知出于什么心理,竟然告诉祝,说母亲不同意她和他的交往。祝不吱声,仿佛在掂量着她的话。慕伏瓦有点失望,如果祝这会儿积极踊跃且信誓旦旦,就会弥补母亲的反对带来的不安感,可是祝似乎一下子就被打倒了。自己说这番话也许只是想开个玩笑,玩笑却如此不合适,使得两人都有些怯意。她安慰祝,无论母亲是怎样的看法,她都不会受影响,她仍然认为祝是个聪明真诚的人。祝抓住她的手,握得紧紧的,口吃着说,她迟早会看出他是个怎样的人,他决不会让她失望,也决不会让她母亲后悔。他非常自信这一点。

慕伏瓦想说,你中秋节干吗不上我家去,这是个多好的机会啊,你明明是想躲开。她说出口的却是:"农村的中秋节一定比城里的中秋节有趣吧? 乡下的月亮比城里的月亮更大更圆。"她曾经在乡下住过一夜,看到夜晚的星星又多又亮,像钻石布满黑色的天幕。用钻石比喻星星有点俗气,可那亮晶晶的东西的确很能引起人的贪婪之心,她在那一夜望着满天星辰时,就很想对着天空狠抓一把。她对祝说:"也许乡下的生活清苦,每晚望着数不尽的钻石,仿佛葛朗台望着他收藏的金子,也是享受啊。"祝笑笑。她说:"你为什么笑啊?我就是这样想的,不是逗。"祝说:"我们一家人分吃一块月饼,一人只能得到一小牙,然后就说话聊天,说过去的中秋节是怎么过的,城里人的中秋节是怎么过的。我的弟弟妹妹总望着月饼咽口水,那是还没分食的月饼,父亲命令不准动,留待明日再吃。"慕伏瓦说:"我家里还有许多月饼,明天我给你带一大包来。"祝悄悄握紧她的手,说不用。

　　静默了一会儿,她又说出她的担忧,希望祝好好表现,让自己的母亲不计前嫌,祝仍然模模糊糊的。慕伏瓦有些急躁,就说起单位看门人老刘的儿子刘方节日给女方家送礼的事。她描绘了刘方的高大英俊,心里也不明白为什么要这样说话。她细说刘方的自行车上装载的东西,自行车都压倒了,刘方如何巧妙地骑上,一阵风似的而去。刘方有着少年闰土一样的脸蛋和精神。为了降低自己的谈话中的物质的成分,她又谈起了现代闰土和现代骆驼祥子,她亲眼见过这样的人。她问祝:"你说是不是?"祝心不在焉地说:"也还是这样,不过要好一些。我上小学二年级时就下决心,一定要离开农村,现在这个目标算是达到了,我是我们村第一个上大学的人。"慕伏瓦说:"以前听你说过。"祝继续说:"我接到录取通知书时,村里人凑钱请了戏班子,唱了三天戏,我上火车时,他们又送我去火车站,可是——我现在毕业了,工作了,却帮不了他们。我的小学同学、中学同学,有的在农村,成了老年的闰土;有的在城里,成了现代的骆驼祥子,拉四轮车,或者跑出租。"

慕伏瓦听了,半晌才说:"其实你这个人挺可爱的,并不像你自己表现出的别人以为的那样精明世俗。我知道你为什么中秋节不去我家,你怕送彩礼,怕咱俩的事黄了,你的钱收不回。你曾经对我说过,不见兔子不撒鹰。我现在明白这句话的意思了。不过我一点也不认为你市侩,或者庸俗,其实相反,我挺欣赏你的冷静和现实。你不用担心,我母亲虽然不大高兴,可她影响不了我。"祝似乎仍有顾虑。慕伏瓦说:"我有工作有工资,你也有工作有工资,只要你我愿意,我们也会过得好,等到我母亲看到我们真心要好,她也不会再说什么。"祝说:"只要你坚定,我就能披荆斩棘一往无前。"慕伏瓦笑起来,祝也笑起来。

她揪揪祝的耳朵,望着他的眼睛,希望能在他身上看到安的影子,那样她就会真的,或者更爱他了。祝和安是截然不同的两种人。祝,一条小溪流,明亮的,泛着金光,被太阳晒得温暖。有时也有着冰冷的精明,可掩盖不住内心的随和。安是一池水,被夏季的太阳照热,被冬季的风雪冰冻,当春暖花开,它也会春暖花开,可是你不会忘记那热与寒,那禁锢与呆滞,在八月的郁闷中,在春假的无聊中。

她起身离开办公室,给祝打了一个电话。为了坚定自己,为了使自己心中的波动像水泥一样凝固而坚固,她和祝聊了许久,向他报告一切事,自己的早餐、午餐和晚餐,母亲、妹妹、父亲说过的话,自己的总有点疼的小脚趾——不会是转移的癌吧?她开了这样的玩笑,觉得自己很幽默。祝没笑,被她吓着了。祝对她母亲的话很注意,仿佛想从这些日常用语中看出她母亲对他的看法。可惜这种迹象太缺乏了。家里人都以为她的再次恋爱又流产了,都不提起祝,母亲尤其小心不引起她的后悔。在慕伏瓦的絮絮叨叨的谈话中,祝只是回应只言片语。慕伏瓦不受影响,她感觉出祝不是厌烦是拘谨,不习惯这种远距离没表情、言语像辐射一样的交谈。安进来几次,看看电话又走开了。她斜觑着他的背影,突然明白他是想和女友通话,而她占据了太长时间。

她心里一阵欢呼,无意中发现自己现在可以对抗安了。她也有了心上人,她不会在无聊寂寞中想安了。祝是个多么随和现实的人,一定会使他们的生活像肥皂一样滑溜。她不会再想安,没有在思念的土地上生出杂草和乱树。芽啊,籽啊,根啊,深埋在土中,或者不遇到合适的气候,它们就死在土壤的深处。泥土的表面是多么平静啊。她对着想象中的镜子咧嘴笑笑,放大了声音和祝约会,说再见,还决定要带着祝一起出席安的婚礼。她为这个突然冒出来的主意得意,对它的辉煌成就感到放心称心。

她第一次感到,走向人间是一件十分容易且舒服的事。她哼着歌离开传达室,差点和推门而入的安相撞,安敏捷地闪身,她愣了一下,看到安的热情的脸,瞬即意识到这是他给女友打电话的前奏,就像一支歌的开头几个音,是高亢的、激动的、热情的。她的心里不由自主地又发愣了。只要正面看安,哪怕一眼,都会像闪电一样震撼,像闷雷一样深远。她撇撇嘴,仿佛要轻视自己的情感,轻视安,轻视一切。理想的她,应该是和祝幸福地在一起,且恰巧在大街上远远看到安的背影,与女友携手的背影。他们应该是深情的、厚谊的,她希望他们这样。真的与祝在街道上漫步时,她真心地希望这样,且为察觉出这种真诚而得意。所有的真诚都是不平凡的,她悟出这点道理,拉着祝的手,飘飘欲仙了。她和祝一起从这个小城的西面走到东面,又走到北面。路上有许多人,都是怕胖想减肥的人在晚饭后出来散步。慕伏瓦觉得自己的心情在孕育着什么,在这种热闹而温暖的环境中,冒出来,发出声音。

■ 第三十五章 梦醒与出道

　　时间一天天地过去，仿佛有了终极目标。一天上午听见同事说中午去喝喜酒，她突然欣快起来。一种蓄谋已久的东西，状态和意念，出现了。一个人练了十年功要上台表演了。她的不知起于何时的自我批判也临近结束。她不再反复地考虑"爱"这个字眼，感到一种放松和愉快。她需要面对着安，多多加强这个练习。安似乎更忙碌了，常常是在办公室坐一会儿就匆忙出去，表情也显得镇静沉着许多。她仔细想想，也许安和她一样，都完成了人生的重大任务，觉心思宁静了。他们都没有选择对方，对于自己的选择也满意。最奇怪的是，在这种和平而尴尬的情势中，她仍然隐约觉得安对自己有情谊，就像一个母亲忽然死去了心爱的孩子，却仍然认为他还活着。这种忽然之感像夏天的蚊虫，一阵阵地盘旋，驱赶它们，它们就飞走，飞不多远又飞回，依然在你头顶嗡嗡。

　　她立刻站起来，走进传达室，拨通祝的电话，告诉他，她今天中午一定要见他。祝说，他刚刚接到通知，要去蚌埠，中午不能陪她了，明天，明天晚上，他带她去朋友家吃饭。她有些快快不乐地，仍旧活泼地和祝道再见，想到她要独自去吃安的喜酒了。祝的话仍仿佛给她打了强心针，她有祝撑着后腰，可以直面安了。她一点儿也不比别人差,她也一点儿不怕。

尤梅的声音叽叽喳喳地回响在小院里,仿佛一只蝉褪去了硬壳。自从关于她要接任领导的传闻在小院里流淌,就能够常常听见她在讲话,她不再像从前那样轻声细语了。许多场谈话都以她为主角了。一个被夸大的人显露出来的往往是丑态,慕伏瓦觉得更加看她不顺眼。意识到这一点,她深深地忧虑起来。尤梅当上了领导,会使自己处境艰难。唯一的办法就是要彻底改变对尤梅的看法,发自内心地认为尤梅自有优点,这样会使自己的心境、态度平和很多,不再产生相处的困难。据她的经验,喜欢一个人和讨厌一个人都同样地难与其相处。不过她倒可以试试喜欢尤梅。她要真的喜欢尤梅,她看出这一点的重要性。做到这一点容易吗?她要咨询祝,她要获得心平气和的宁静,这两者都会教她宽容。

尤梅,虽然冷淡她,不也常常容忍了她的懒惰和糊涂?想到这一点,她开始感激尤梅了。感激这种情绪,又使得她心胸旷达起来,她已经预感到,她会和尤书记亲密相处了。她和尤梅之间不存在隔阂,她自备着打磨机,磨去一切不平与坑洼,变成一块圆滑的鹅卵石,在小溪的冲蚀中变成一件艺术品。

她要承认一切,这个小院中的常理。她不必再用自己的浅薄心胸漫想宏大,不必再用自己的狭隘意念奢望高远,她在这个小院中生活,只要看到这个小院就可。只有老虎和狮子才向往森林和旷野,而她,只是一只小虫,只要后院就可。就像把棉被装进柜子里,拥挤窘迫,终于装了进去,它是软的、无形的。一旦装了进去,还很合适。她深吸了一口气,望着阳光像光柱一样穿过窗户,灰尘在其中飞翔,看见了阳光才能看见灰尘,没有阳光连灰尘也看不见。

刚刚发现真理,又发现了冰制的底座。她把头朝桌子撞去,以为这种蛮力必使事物恢复正轨。确实,摸着撞痛的额角时,她的心里只有祝了。安、尤梅,都像水表面的分子,逃开了凝聚力变成气体了。一列火车轰隆驶来,无论它激起多大的喧嚣,它从不脱轨。祝就是她的轨,她愿意沿着这轨向着远方,无限延伸。

喜酒设在希尔顿大酒店,慕伏瓦记得应该是喜尔登或者希尔顿,在这个小城里就当然变成了希尔顿。一想到有好吃的食物,这个亦土亦洋的名字也显得不那么别扭了。慕伏瓦一走进大堂就忘记了它的名字,对玻璃柜里的食物样本专心瞅起来。耳朵里灌满了声音,像这酒店里的闹哄哄的气氛一样嗡嗡响。她觉得很自在,仿佛这种嘈杂的环境可以抒发一种孤芳。她的同事都陆续进来,与人握手,交了礼金,步入包间。她也克制自己对这个大堂里发生的一切的好奇心,模仿着交了钱,还和新郎握了手。她紧紧握了握他的手,立刻松开,他的手冰凉。

为什么这么冷呢? 天气温暖,他西装革履,应该觉得热才对。新郎的脸上充满事务性的笑容,新娘也始终笑眯眯。慕伏瓦想,如果这样的笑容从早晨四五点钟就开始了,还要保持到中午十二点以后,也只好这样笑了。她忍不住地对新娘说了一句这样的话,很辛苦吧? 新娘也竟然点头同意。她忽然冲动地抓住新娘的手说,你一定会幸福的。又说了一句,你一定会生个大胖小子。新娘的脸上有了腼腆的色彩。慕伏瓦笑,仿佛在笑话自己。她朝新娘摆摆手,转身随着引座人穿过一个山洞进入一个十分广阔的大厅。

很别致,大厅里有假山树石,刚才她就是从假山下面的拱门进来的,感觉像从山洞进来。这个大酒店的设计者一定是受了桃花源的影响,所有来宾都得经过昏暗曲折的山洞入口,然后眼界蓦然开阔,光明从屋顶倾泻下来。屋顶完全是玻璃的,且很高,几乎要把头背过去才能仰视。这样高的屋顶简直可以不算屋顶,类似于天空了。

极目望去,穿过无数黑色的脑袋,可以看见在大厅南端有一个舞台,搭着粉红色的帷幕,贴着新郎新娘的金光闪闪的名字。音乐震天动地。交谈的人必须拿出更大的嗓门说话。慕伏瓦感觉自己在这种阔大的声音的缝隙里穿过,随着人走过一条曲折的石头路进了包间。

坐下后,她检查了自己,发现没有醋意,倒是有点儿愉快。这喧哗而奢侈的酒店已经超出了她的容量,像一只羊被关进了大屋,它却只在门边徘徊。饱食的人被置于丰富的宴席旁,全身心都饱了。一只溢水的碗,不论碗是粗瓷的还是细瓷的,水却是满满的。

她不再羡慕新娘子,那个穿着婚纱、化了妆、无声的新娘。仿佛这不是她的婚礼,是大家的聚餐。一场葬礼,慕伏瓦要埋葬什么,还要挖掘什么? 她看到自己只睃了一眼墙壁,墙上就出现一个洞,她把什么红彤彤的、湿漉漉的、微微振跳的东西放进了洞,洞立刻合拢。于是她和大家一同呼吸、一同感觉了。

那红东西在墙土里化开,最后变成土。糊着墙纸的墙壁静悄悄的,两幅静物画挂在那里。以后,一有躁动,她就看到它在墙泥里淋漓,像气蛤蟆一样一鼓一鼓的。它一会儿死亡,一会儿复生,挣扎着想突破,又瞬间干瘪。她在百忙之中微笑着,耐心听着他们的谈话。

　　一阵鞭炮响,夹以嗖嗖声。有人说,开始了。有人跑了出去。慕伏瓦奇怪,开始了什么?她也走出去,看了一会儿,明白婚礼仪式开始了。差点忘了这茬,还以为坐下来就该吃了呢。望望大厅里的宾客,也都团团围住桌子,望着桌上的凉拼,几欲动手,又没有动手。

　　有人大声地赞美着新娘。慕伏瓦想大声地赞美新郎,又有一种感觉,赞美新娘是约定俗成,赞美新郎就有点欲盖弥彰了。司仪站在舞台上介绍着新人,只有新郎在旁边。慕伏瓦睁大眼睛,前后左右地搜索着,终于看到,就在正前方,大厅的中央,有一个粉红纱幕的小亭子,新娘站在其中,像个公主,一个画中人,一朵大花。听不见司仪说什么,他声嘶力竭地嚷着,让人难受。他还说了好半天,似乎很享受自己。终于轮到新人表演了。大众的喧嚣似乎平息了一点,大家都乐意看新人。

　　新娘从纱幕中走出,鹤立鸡群般耸立在大厅中央。烟花又再度冒起,发出嗖嗖声。慕伏瓦这才明白,刚才的嗖嗖声是源于这个。鞭炮又震耳欲聋地响起。在一个封闭的大空间里燃鞭炮,可想而知,不知是谁发明了这样野蛮的仪式。新郎拿着花朝新娘走过去,大概是走得快了,被司仪拉了一把,赶紧放慢了脚步,走了两步,又被司仪拉了一把,一定是走慢了。从舞台到大厅中央新娘所站的位置,新郎走了一会儿。慕伏瓦想,照他的意思,两步就跨到了,他不得不一步步地捱,照应着司仪的语速。看到新郎走到新娘面前,慕伏瓦替他松了一口气,终于走到了,这大概是最难的表现了。

　　他在新娘面前跪下,手里举着花。司仪又是一篇阔论。等司仪讲完,新娘接了他的花,点头应允,他才站起来,对着这位见过无数遍的新娘笑着。慕伏瓦希望他们互相握手,互相凝视,不用理睬这周围的一切。慕伏瓦疑心他们希望这仪式快快结束。后又一想,是自己希望这些快点结束,饿了,看累了,可还早着呢。新郎要对着岳父表决心忠心,幸好不需要自己发明这些话,他只要重复司仪的话,在每一句之前加上"我愿意"。

慕伏瓦打个呵欠,看看周围,有人热心地看着,有人只看着面前的饭桌。慕伏瓦换了一条腿站着。新郎现在心里想什么呢？据她的经验,越是隆重的场合,人们越爱想不相关的事。"仿佛一件华美的袍,却让人想到它上面的虱子"。我不是虱子,慕伏瓦想。一种自卑自惭的感觉忽然朦胧了她的眼。有一会儿,她听不见看不见了。她深深地大喘气,仿佛被什么掐住了脖颈,那只有力的手又忽然松开了。她深切地希望有谁能够帮她摆脱这种不良情绪。她在心里呼叫着,向别人学习,和别人一样。

包间里的同事们开始吃了,男同事们很满意地举起酒杯互相敬酒,只要有酒喝,他们就很容易地高兴起来。女同事还有几个在观赏婚礼。慕伏瓦看到大部分人都开始吃了,热菜也开始上了,就觉得自己也有必要坐下吃了。她早就想吃了,可又想知道自己融入这种场合的程度,就克制着,看着听着,和别人一样地咧开嘴笑着。美中不足的是,没人和她共同点评。史梦雪和吕曼玉已经共同点头咂嘴多次了。朱兰和柯叶议着婚纱的价钱,坐下,吃了一筷子凉拌木耳。她也吃凉拌木耳,发觉很好吃,本来以为木耳凉拌一定很奇异,现在感觉和常态一样地中吃。看着奇异,仍是常态。不是平常,平常的淡而无味的概念不能表达常态的浓缩性与概括性。

平常是一杯果味饮料,常态是一杯纯正的地道的果汁。

众人吃喝起来,嫌门外吵,还关上了门。等到新人来敬酒,大家才想起新人。新娘换了衣服,一身红衣。大家全朝着红衣敬酒,新郎成了个似有若无的灰色点缀。他穿着灰西服,一语不发地端着酒。慕伏瓦偷偷仔细打量着他,觉得那身西服做工拙劣,不使穿者英挺,倒使穿者显得窝囊,越发使得他可有可无起来,就像道旁树,或者电线杆。慕伏瓦从侧面看着他,他的黑色的脸,由于血液的充沛,洋溢着气息。这使慕伏瓦怀疑了,这些徒具形式的仪式,不是他和她一样都厌烦吗?

如果她结婚,决不举行婚礼,他们要去海南岛、呼和浩特、大兴安岭,还有其他的在风景画片上见过的、在中学课本上读到的,等等。祝的形象出现了。她自从进了这个酒店就几乎忘了他,现在他及时地出现了。安正在向她敬酒,她冷静地端起酒杯,祝他幸福美满。她不看他的眼睛,他也似乎不看她的眼睛。他们的眼睛很容易有着落,有这么多的笑脸和敬酒。看着新人离去,去另一桌循环,大家似乎都松了一口气。有人开始谈自己结婚时的样子,都觉得自己简单朴素、情深意浓,就连常闹家庭矛盾的人也对自己的过去殊堪怀念。有人抽起烟,小包间的环境立刻恶劣了。女士们都选择了离开,只剩下男士在云吞雾绕。

酒店外面出奇地安静。走出来的人都显得惫懒,渴望着床铺。大家都不吭声,还没有缓过来。走了约十四五分钟,有人开口说,打的回去吧。又都纷纷扬扬地开始说话,话题不是刚才的喜宴,这场喜宴必须经历过才能成为话题。大家扯得很远,仿佛心里有那么一道坎,要绕着走。谈起了车,公交车,对日益增多的私家车充满了不满。又忽然说到了化妆品和衣服。慕伏瓦皱皱额头,又要听那些外语一样的名牌词汇了。朱兰用指甲剔剔牙齿,说她没有吃饱,这就一下子把话题拉到了跟前。大家沉默了片刻,忽然仿佛被释放了,说起了刚才的喜宴。慕伏瓦回头望望大酒店,已经被群山一样的高楼遮住,看不见了。这就仿佛它在人们的视野里消失,在人们的口头出现。

大家把高丽娜结婚的场面与安结婚的场面进行细致的比较,如抽丝剥茧一样地发现种种蹊跷。这种蹊跷的感觉一出现,就都立刻地闭嘴了,只任烟雾在心里缭绕。有什么呢? 慕伏瓦看不出,感觉出了,她也闭紧了嘴。紧接着,她又大声说道:"怎么不见老刘?"看门老刘是个无关紧要的人物,可请可不请。提起他,既避免了无话好说,又显得自己全无肝肺,在这群苍蝇的胡子都看得很清楚的人中。果然,大家笑起来,确实没有看见老刘,大概是没请他,为老刘省钱了。片刻,仿佛卸了一道栅栏,朱兰开口了。

慕伏瓦听出蹊跷在哪儿了。高丽娜结婚时,请了局里的什么人;安结婚,也请了局里的什么人。午后的阳光,明亮而温暖,听着她们的富有启示的言语,她感觉出,和大家在一起,是一种幸福。母鸡在泥土里打滚,泥鳅在淤泥里钻来钻去,都是天然而生的。无比的正确。她的过于爱惜羽毛,过于自重的身价,都是不自知的表现。她迟早肯定且已经发现,在泥坑里,比在清水里,要愉快得多。

"和别人一样",这个严重的论题,现在正以天体砸向地球的态势呼啸而来。曾经是心智中的一点星光,现在演变成巨石和伟力,不由自主地出现了。

温和的下午,幸福生活正向她招手。她向她们每一个人都道了再见,也得到她们友好的回应,心满意足地走上了回家的路。她听清了他们小声说出的话,看到了那张待分配的大饼。等到看不见她们时,她停下来,望着她们消失的地方,深知自己也会在那儿消失。

她不再是一张脆弱的膜,她是一个立体的人,她要做一个丰满的人,与他们共处。她看不见的,她坚决相信其不存在;她听不见的,她坚决相信其子虚乌有。要简单,要说话。复杂和沉默是一切的弊端。完成这一切,必须有一个附加题,结婚。结了婚才能使这一切有了分量,仿佛做出了附加题的孩子都是聪明的。要结婚,和祝。他是一块蛋糕的二分之一,他是一块掰开的馒头。他也是美味,永远不会让你厌倦的美味,因他永远只有一半。她要买新衣,收拾得漂亮去见祝,她要拉紧祝,要营造出情趣,比如,带着他去龙脊山看唐朝的树,去南湖公园看荡漾的水,去他的宿舍和他一起做饭。她想出了好几个花样,已经看到祝的发光的眼和白亮的牙。她越来越自信,一定要使祝行动起来,抓紧时间谈婚。如果这些还不够有力,她还有一手,这样也许不够光明,然而可以造成"既成事实"。祝,是十拿九稳的了。她忽然觉得心里一阵平静,婚礼仿佛远去的虹。

她回到家后,坐在床沿上,看着这虹褪色,睡着了。在睡眠中翻了个身,咕哝道,永别了!安。安是谁?她皱皱眉头,仿佛想对母亲说,不用操心了,你的大女儿很快就要嫁出去了。她睡了很长时间,薄暮笼罩小屋时,她仿佛被碗碟的磕碰声惊醒。她迷迷糊糊地想着,是晚饭时间了。母亲一定把饭菜端上了桌。母亲摊的薄饼、凉拌的藕和黄瓜、醋炝的土豆丝、绿豆和糯米的粥。砰砰砰，有人敲门。是谁呢？她努力地想着。仿佛聚集起的雾霾覆盖着她的眼皮。她努力要看清，可她是多么眷恋睡眠，这物质仿佛构成了她的躯体。她一再地努力着，敲门声急促了。母亲为什么不去开门？她苦恼地拉起身子，努力坐起，又跌仰过去。为什么母亲不开门？她想了想，忽然明白，这一定是祝了。恍惚有过约定，她一定要去开门。她要换一件衣服，她现在穿着什么衣服？她沉思半晌，她在睡觉，她什么也没穿。祝要进来了，她大惊失色，忽然一惊，醒了。四周静悄悄，看了一会儿，明白自己刚从一个梦中挣开。穿上衣服，照照镜子，脸红晕晕，眼睛亮亮。有敲门声响起，大概是妹妹，她去开了门。祝拿着一枝玫瑰花站在门外，母亲也走过来，没说什么就去了厨房。她知道这就是首肯了。

望着祝的明眸，她看到雾正在散去。在祝的欲语的情态中，她看到，永别了的即是永生。